国家社科基金
GUOJIA SHEKE JIJIN HOUQI ZIZHU XIANGMU
后期资助项目

美国当代女作家
母性叙事中的情动结构

李　芳　著

Affective Structure in
Contemporary American Women Writers'
Maternal Narratives

SWUP 西南大学出版社
国家一级出版社　全国百佳图书出版单位

图书在版编目(CIP)数据

美国当代女作家母性叙事中的情动结构 / 李芳著
. -- 重庆 : 西南大学出版社, 2023.5
ISBN 978-7-5697-1891-1

Ⅰ. ①美… Ⅱ. ①李… Ⅲ. ①妇女文学—文学研究—美国—现代 Ⅳ. ①I712.065

中国国家版本馆CIP数据核字(2023)第106570号

美国当代女作家母性叙事中的情动结构
MEIGUO DANGDAI NÜ ZUOJIA MUXING XUSHI ZHONG DE QINGDONG JIEGOU
李 芳 著

责任编辑: 畅 洁
责任校对: 何雨婷
装帧设计: 闰江文化
照 排: 贝 岚
出版发行: 西南大学出版社(原西南师范大学出版社)
网 址:http://www.xdcbs.com
地 址:重庆市北碚区天生路2号
邮 编:400715
电 话:023-68868624
印 刷: 重庆市圣立印刷有限公司
成品尺寸: 165 mm × 238 mm
印 张: 13.75
字 数: 260千字
版 次: 2023年5月 第1版
印 次: 2023年5月 第1次印刷
书 号: ISBN 978-7-5697-1891-1

定 价: 68.00元

国家社科基金后期资助项目
出版说明

后期资助项目是国家社科基金设立的一类重要项目，旨在鼓励广大社科研究者潜心治学，支持基础研究多出优秀成果。它是经过严格评审，从接近完成的科研成果中遴选立项的。为扩大后期资助项目的影响，更好地推动学术发展，促进成果转化，全国哲学社会科学工作办公室按照"统一设计、统一标识、统一版式、形成系列"的总体要求，组织出版国家社科基金后期资助项目成果。

全国哲学社会科学工作办公室

谨以此书献给所有的母亲

序

经过几年的努力，李芳的《美国当代女作家母性叙事中的情动结构》终于与读者见面了，我由衷地为之感到欣喜。与其说它是一部聚焦于母性书写的研究，不如说是关于母亲之为人的书写。这部作品摒弃了对传统的伟大母性叙事的关注，转向了不同族裔、不同文化中日常的母亲，使她们以其复杂的个体情感而非僵化的神性获得属于自己的生命力。阅读这部作品无异于让我们认识形形色色的母亲，她们与我们不同却有着我们的影子。因为，她们不仅仅是母亲，更是有血有肉的人，是我们身边的你我她。李芳从情动结构维度对美国女作家母性叙事的解读实际上是对当代美国母亲所经历的各种困境的条分缕析，在这一过程中，她赋予了母亲更为丰富的含义，使之获得尤为广阔的生存空间。

虽然最近20多年里情动理论在各个领域取得了蓬勃发展，但在文本解读上的探索并不多见。许多研究往往倾向于聚焦较为传统的情感(emotion/feeling)，而较少关注情感与身体之间的关联，更具动能性的情动(affect)。李芳将情动结构引入母性叙事的研究是具有开拓意义的。自博士课题研究起，李芳就关注母亲身份，那时她自己也刚成为母亲，因此她对母性叙事的聚焦可以说源于对自己身份的思考，具有一定的现实性考量。但作为学者，令人欣喜的是，她通过大量阅读母性方面的理论著作与文本，摆脱了自我可能带来的桎梏，以更宽阔、更具容纳性的视野为母性研究补充了自己的见解。该著作选取了自1960年以来的12位美国著名女作家的12部作品，将这一时期的母性叙事置于情动结构的框架中进行考察，为读者理解当代美国女作家所关注的问题提供了新颖独特的切入点。

李芳的研究把握住当代美国女性在其母性书写中力图解决的两大问题，即母亲的身体与情感问题，使之成为情动结构的两大轴线，极为清晰地梳理了当今美国女性在重新建构母性过程中的主要诉求。而贯穿母性书写的两大情感——愤怒与母爱正是基于母亲的肉身而作用于母亲，使之走向母女联盟，成为爱的主体的核心力量。该研究对母爱长期以来被固化的神性进行了解构，并通过聚焦于脆弱而不完美的母爱，使母亲获得摆脱母爱的羁绊成为爱的主体的可能。此外，作为主体的母亲还需要摆脱受父权控制的空间束缚，获得能够凸显其情动力的空间，这也是情动结构中具有统领性的部分。该研究注意到母性叙事中女作家打破传统的女性空间界限建构的母性的荒野空间，进而将人同荒野的关系带入读者的视野。母亲作为荒野的存在既指向了荒野的具身性，也使母亲在荒野化的过程中获得对非人类生命独特的感触力，从而为人类与非人类之间的关系建构了通道。因此，处于荒野中与荒野成为一体的母亲不仅与孩子建立了联系，更与世界万物建立了联系。

《美国当代女作家母性叙事中的情动结构》体现了当代美国女性所关注并力图解决的母性问题，对理解21世纪母亲的存在有着重要意义。这一情动结构的核心是关联，包括母女之间的关联，母亲与自我的关联，母亲与自然乃至整个世界的关联。母女关系是情动结构中最为基本的一环，可以说每部作品都受到母女之间情动力的牵引，而“愤怒”既是分离的，也是团结的情动力量，指向的是对母女联盟的渴望。母女联盟的建立、具身自我的确立以及母亲与荒野的一体性，使母亲得以成为具身情动主体，在其个体的、个性的、有血有肉的、饱含各种情感体验的生命存在中获得生命力。21世纪是充满虚拟空间的智能时代，伴随着各种生育技术的发展以及各种家庭模式的出现，母性必然囊括更多含义。如何顺应时代的发展赋予母亲更多的可能，这是美国当代女作家母性叙事中的情动结构引导读者面对的问题，相信本书会为读者理解并接纳21世纪具有多样性的母亲的存在打开一扇重要的窗口。

母亲素来是人们讴歌的话题，但作为研究主题却往往因其过于日常或神圣而被边缘化，李芳能够将情动理论与母性叙事结合起来，通过对以愤怒、母爱、记忆、主体、身份、空间等为核心的情动结构的考察，来凸显当代美国女性对于母性思想的重新建构，这不仅对母性理论进行了补充，也对理解现实生活中母亲的存在状态具有实践意义。作为李芳的导师，看到她在学术研究上不断取得新的成果，着实感到欣慰，也为她高兴。期待她的学术道路越走越宽！

金莉
2022年10月于北京

目录

CONTENTS

绪论

母亲身份迄今为止仍是大多数女性所承担的角色,也关联着所有人的生命,“发生在母亲身上的事情也将发生在我们所有人身上”(Daly & Reddy 18)。然而,长期以来,在父权文化仍占统治地位的社会环境下,母亲仅仅被看作繁衍后代的生物体,是“缺席的在场”(Kaplan,1992:3),她们不断成为言说对象,却往往没有自己的声音;是“没有脸面的形体,一个配角……她使自己消失在背景中来突出其他人物……唯有保持在底端她才得以存活”(Derrida 38)。对母性的传统书写也往往停留在对母亲的无私奉献的讴歌中,母亲的自我一旦出现则会被打上“自私”的标签,以其不称职而备受谴责。波伏娃影响深远的作品《第二性》中将生儿育女看作束缚女性自我发展的根本原因,生儿育女使身为母亲的女性身陷囹圄。但正如琳·哈弗(Lynne Huffer)指出的,母亲是“没有出路的机械的重复,也是会带来不同、带来另一未来转折点的重复”(65)。20世纪60年代以来,尤其是伴随着1976年艾德里娜·里奇(Adrienne Rich)的《生为女性:作为经验与制度的母亲身份》(*Of Woman Born: Motherhood as Experience and Institution*)一书的面世,包括朱莉亚·克里斯蒂娃(Julia Kristeva)、南希·乔多罗(Nancy Chodorow)、萨拉·拉迪克(Sara Ruddick)、安德里·欧瑞丽(Andrea O'Reilly)等在内的学者开始重新审视母性,并试图赋予母亲新的能量。这一时期,大批身为母亲或身为女儿的女作家也认识到理想化的母亲是女性受压迫的根源,强调母亲无限牺牲自我的意识形态是父权社会合法存在的基石。正如玛丽安·赫希(Marianne Hirsch)所言,“女性主义的发展可能要靠倾听母亲们不得不述说的故事并为这些故事寻找空间”(1989:167),因此她们致力于从新的层面书写母亲的故事。这些母性书写开始了母亲自己的话语,其重要任务之一便是粉碎关于母亲的神话,驱散笼罩在母亲身上的神性光芒,还原母亲的本来面目,确立母亲的主体性。长期以来,西方社会以“好母亲”的标准塑造作为母亲的女性,一旦她们的行为偏离这些标准,她们便被边缘化,饱受唾弃,同时即便她们致力于成为社会倡导的好母亲,她们的努力也往往被看作母亲的本能,天经地义,无足挂齿。即便拥有好母亲的美名,她们在社会上也往往无足轻重,没有多少社会地位与发言权。同时,母亲是替罪羊,孩子的问题、男人的问题、社会的问题都归咎于母亲。因此,对这一父权制度建立的母性神话进行全方位的批评,从女性主义的角度重新建构母亲真正的“现实”,寻找母亲的主体,成为母性叙事的重要内容。

情动理论为理解当代美国女作家的母性叙事,促使母亲成为具有能动性的主体提供了全新的视角。情动[①]这一概念指向的是情感与身体行动力之间的关联,强调两种力量的撞击,即"感触"与"被感触"的双向情感力量。因此,情动思想解除了情感与理智之间的对立关系,使之成为一个连续体、一种作用力,同时又黏在主体之上,为理解女性母性叙事中的母亲主体建构提供了新的路径。在理智与情感对立的哲学传统中,女性尤其是母亲历来以缺乏理性的身体及其易感性为由遭受贬抑,在一定程度上造就其从属地位。然而,不管是身份还是自我都有具身性,既存在于身体中,受制于身体,还与身体发生互动,在互相作用中成就彼此。具身性一方面体现了自我存在的脆弱性,另一方面也赋予了自我能动性。弗洛伊德的生命本能理论、波伏娃的《第二性》、福柯的圆形监狱理论与巴特勒有关性别表演性的论述,都从不同角度对这种具身性进行了深刻的阐释。斯宾诺莎、威廉·詹姆斯、马苏米等人的情动理论更是为理解身体的作用提供了重要工具。情动包含了情感与运动两个含义,其英文"affect"一词本身既有情感的含义,又有影响、触动的含义,即运动性。运动的实体是身体,身体具有情动性,身体引发了运动。情动理论强调身体在建构主体意义上的能动性,聚焦于身体与身体的关联、身体与情感之间的作用,为分析母性叙事中的情动结构提供了重要的指南。当代美国女作家的母性叙事毫无疑问充满着各种与身体纠缠的情感力量以及为母性身体谋求生存空间的努力,探讨其中的情动结构意味着理解当代女作家对于母性建构的"身体力行"以及母亲们的具身未来。

一、情动于中:当代西方女性的母性理论[②]

西方女性主义者对母性的重新思考源于这样一个困惑:母性带给女性的究竟是桎梏还是力量?这个问题的核心指向的是女性作为生物性存在的身体,即这个身体究竟蕴含着什么。发表于1949年的《第二性》成为这一问题的导火索。该书1953年被译成英文,为美国女性运动的第二次浪

① 该词英文为"affect",含有"影响""发生作用"等意义。国内有学者将其译为情感。我国学者汪民安在他主编的《生产(第11辑):德勒兹与情动》中将其译为"情动",并在《何为情动》一文中进行了理论阐释。本研究中考虑到"affect"一词所含有的"触动"与"影响"的意义,因此使用了汪民安的译法。(参看:汪民安、郭晓彦:《生产(第11辑):德勒兹与情动》,江苏人民出版社,2016年。汪民安:《何谓情动》,《外国文学》2017年第2期。)

② 本节部分内容发表于《西南大学学报》(社会科学版)2016年第2期,文章名为《当代西方女性批评与女性文学的母性建构》,收入本书时有一定改动,不再另注。

潮注入了重要的女性主义思想，激发了女性对婚姻、家庭、母亲身份等与女性命运之间关系的重新思考。波伏娃在该书中驳斥了女性被等同于子宫或性的看法，从生物学、社会性、心理学等角度出发，强调“身体是我们把握世界的工具，认识方式不同，世界也必然大为不同”(36)，进而剖析女性是如何被父权假借身体劣势处于受压迫的从属地位的，说明女人之所以成为女人的社会建构性。在波伏娃看来，以不同的方式认识女性的身体是使其摆脱他者身份的重要途径。她对身体的重新阐释为女性突破男性的限定而获得能动性指出了方向。但她对于女性身体带来的母亲身份感到极为不安，认为母亲身份是女性受压迫的深刻根源，是女性无法作为独立主体存在的根本原因，“女人的卑微地位缘于她们被迫过着重复性的生活，而男人为了过上更为重要的而非日复一日、千篇一律的生活，炮制出各种理由让女性受到母性的桎梏，使她们的处境代代延续”(De Beauvoir 502)。波伏娃的消极观点以及她本人身体力行对母亲身份的摒弃，在很大程度上影响了20世纪六七十年代美国女性对母亲身份的理解。在《第二性》英译本发表十年之后的1963年，贝蒂·弗里丹(Betty Friedan)的《女性的奥秘》继承了波伏娃的核心思想，被称为“《第二性》的私生子”(Dijkstra 293)，是美国版的《第二性》，也是女性主义运动第二次浪潮的标志性著作。《女性的奥秘》紧紧把握美国中产阶级女性受困于家中的“无名的烦恼”，从各种媒体及消费主义思想对女性形象的塑造出发，剖析了女性无法施展自我、无从实现自我的困惑。同波伏娃一样，弗里丹强调成为母亲并非女人的天职，她在书中呼吁中产阶级白人女性走出家庭寻找母亲身份之外的自我。这一时期被称为“反母亲”年代，许多女性拒绝成为母亲，批评现有家庭制度[①]。美国著名自白派诗人、小说家西尔维娅·普拉斯于1963年出版的自传体小说《钟形罩》(*The Bell Jar*, 1963)尤为深刻地再现了这一反母亲情结。主人公格林伍德极具创作才能，而她的母亲却竭尽所能把她推向为妻为母的道路，她因此对母亲充满憎恨，在极度抑郁中进入精神病院。现实中的普拉斯本人在小说出版后不久就舍弃了一双年幼的儿女而自杀，拒绝母亲身份的普拉斯不仅以其文学作品更以其生命书写了一曲“反母亲”悲歌。

---

① 弗里丹在《女性的奥秘》中对家庭的抨击引起了许多女性的不满，认为太过极端。她本人在1981年出版的《第二阶段》(*The Second Stage*)中对此进行了修正，强调家庭作为女性主义前线的重要意义，并指出第二阶段的重要任务便是重新建构家庭与工作之间的关系。“走向平等并不仅仅意味着获得原本属于男人的工作，也不意味着将家庭主妇的受挫感替换为使男性早逝的中风或心脏病。”(Friedan, 1981: XXXIII)弗里丹认为，女性运动进入第二阶段意味着对女性的自我及女性在关照他人中形成的价值观的认可。参看：Betty Friedan, *The Second Stage*(Boston: Harvard UP, 1981)。

同一时期，朱利尔特·米歇尔(Juliet Mitchel)在《女性：最长的革命》(1966)一文中运用马克思主义理论解读母亲身份，认为女性生养孩子的劳动无异于资本主义社会中工人的异化劳动，甚至更加糟糕，因为孩子的所作所为对母亲的自主性造成了极大的危险："如果生育能力成为女性行为与创造性的替代，家成为男性放松的场所，那么女性将永远困在自己的角色里，受困于被普遍认可的天然状态中。"(22)她指出母性并不是导致母亲退出公共领域的决定性因素，"女性在繁衍后代中起的作用……生孩子、抚养孩子、对家的维护——这些成为女性天职的核心"(20)，对传统家庭制度的认可导致了女性的从属地位，最终造成两性之间的不平等。米歇尔在该文最后甚至构想了一个极具容纳性的多元社会："夫妇住在一起或者不住在一起，与孩子之间长期联盟，单亲父母抚养孩子，由社会而非血缘父母照顾孩子，扩展的亲属团体，等等。"(36)她认为要实现女性的解放就必须打破父权制下单一的家庭制度，使女性的天职趋于社会化。米歇尔从家庭制度的角度对母亲境遇进行的分析，对于21世纪多元家庭结构下的母亲身份来说是一种具有预见性的观点。

1970年，舒拉米斯·费尔斯通(Shulamith Firestone)出版了《性的辩证法》一书，这是反母亲浪潮的集大成之作。该书被称作生理本质主义的代表作，充满了极端的反母亲思想。费尔斯通极其推崇波伏娃，认为"在所有的女性主义理论家中，波伏娃的思想最为全面、最为深刻，使女性主义与我们的文化中最好的思想得到结合"(7)，该书题首注明"献给长久不衰的波伏娃"。费尔斯通强调生育功能是女性受压迫的根源，从性别差异这一生物性角度而不是经济基础角度来解释女性所受到的压迫并为之寻找解决方案。她强调男性对女性的统治地位缘于男性生理上的优势，女性要获得平等地位只能靠拒绝母亲身份或依赖于科技发展改变单纯由女性繁衍后代的方法："必须以各种方式让女性从其生物性魔爪中解放出来""生养孩子可以通过科技实现或者……必须寻找补偿的方法，而不是以占有孩子作为自我的回报"(Firestone 238)。作为激进的女权主义者，她鼓励女性通过拒绝生养孩子来摆脱生理上的劣势，从而最终摆脱受奴役的状况。这些观点让渴望拥有孩子、渴望成为母亲的女性感到不安，引起了诸多非议。但费尔斯通的论说充满了对父权制度的不满以及对母性力量的渴望，也由此促进了女性主义者向着寻找母性力量的方向前进，从而开启了母性理论的新时代。

艾德里娜·里奇于1976年出版的《生为女性：作为经验与制度的母亲身份》与南希·乔多罗于1978年出版的《母职的再生产：心理分析与性别社

会学》,是两部使母亲身份展示出积极面貌的重要著作,使母性在成为女性力量之源的道路上迈出了重要一步。里奇从个人经历及人类学、心理学、文学、女性主义理论等角度审视母亲身份,将其置于社会文化语境中追溯其制度化过程。与波伏娃等试图向男性看齐获得与男人等同的力量不同,里奇的《生为女性:作为经验与制度的母亲身份》旨在探寻女性有别于男性的独特身份,通过对母亲复杂情感的认可与对母亲人性的展示来接纳母亲的存在。里奇在该书1986年再版的序言中指出,该书的撰写始于1972年,当时“似乎女性在其他领域遭受的贬损以及女性在证实其母性的有效性上受到的压力需要得到进一步探讨”(Ⅷ)。里奇显然感受到了当时“母亲”饱受敌意的存在,力图摆脱投射在母亲生理上的阴影,从文化的角度促使母亲从父权制度下受压抑的身份中解放出来,获得新的生命力。因此,她在前言中强调“该书并非对家庭或母职的攻击(除非这一母职受到父权制度的定义与限制)”(14),而是从历史与社会的角度解释母亲身份的社会建构性,促使女性突破这种制度化的母性束缚,建构起女性主义的母职观。“摧毁这一制度并非要废除母亲身份”(280),这是里奇贯穿于书中的观点,也给其后的女性主义者提出了问题:如何使母亲身份成为抵抗父权制度的武器和力量之源?

南希·乔多罗随后在《母职的再生产:心理分析与性别社会学》一书中,从精神分析角度运用心理学客体关系理论,从性别分工不平等导致的母职与儿童心理发展中出现的问题,讨论母职如何在各种社会历史文化力量作用下在女性身上代代复制。乔多罗在该书第二版的序言中指出,“70年代的重要任务之一就是挑战生物决定性别的独裁论调”(1978:ⅩⅢ)。她深入驳斥了女性承担母职为其天性的观点,强调“女性承担母职不是一成不变的跨文化的共性”,“女性的角色是历史的产物”(1978:32),“角色训练、认同与强化都与某种性别角色的获得有关系”(1978:33)。在分析母亲角色社会建构性的同时,乔多罗用心理分析方法阐述了女性在担任母亲的过程中如何通过与孩子之间的动态关系,使女儿接替自己承担起母职,最终实现母职的再生产。母亲照料抚养女儿,女儿从母亲那里习得自己的母亲角色。乔多罗的核心观点是:由母亲养大的男性绝不可能习得母亲角色。她在后记中指出,如果两性共同承担起照顾孩子的责任,两性照顾孩子的能力必然旗鼓相当。简言之,父亲也可以具有母性,母性是后天形成的。由此,她不仅深入阐释了女性如何成为母亲的过程,并指出改变旧的性别分工制度使男性开始肩负母职是结束男女之间不平等的重要途径。乔多罗的这一观点赋予了母性新的含义:母性不是女性独有的,任何人都可以具有母性。通过对母性内涵的扩展,母性的束缚性也就自然得到了消解,这无疑给母亲的未来展示了一个可观的前景。在讨论母职的再生产过程中,乔多罗也从心理分析角度对母女之间相互认同的关系进行了深入阐述,正契合了70年代美国女性主义研究的另一重要话题,即母女关系。

南希·弗莱荻(Nancy Friday)的《我的母亲/我自己:女儿对身份的寻找》是关注母女关系的另一个重要文本。尽管该书充满了反女性主义的论调,激发起对母亲更多的憎恨与不满,似乎"相信我们会永远被困在盒子里,她所做的不过是劝我们去装扮这个盒子"(Voorhees 77),但弗莱荻肯定了母女之间的联系,强调了母亲在女儿身份形成过程中的重要作用,"再现了女性主义者需要审视的矛盾、痛苦、欲望以及恐惧等情感"(Hirsch,1981:213)。同一时期,塞恩·赫曼(Signe Hammer)的《女儿和母亲:母亲和女儿》、朱迪斯·阿卡纳(Judith Arcana)的《我们母亲的女儿》通过大量采访,从社会现实角度讨论了母女关系中的问题。后者对弗莱荻书中体现的对母亲的敌意进行反击,极为勇敢地尝试从不同角度突破母女之间的重重关隘,使女儿了解到母亲所受的压迫,从而学会接纳母亲,学会爱母亲,最终建立起母女之间应有的联系。阿卡纳对母女之间建立同盟关系的必然性的讨论,掀起了女性主义者建构母性谱系的热潮,为赋予母亲力量找到了一条极具可行性且意义重大的道路。

80年代女性主义理论家的另一个焦点是母亲的身体。不同于波伏娃对于母亲的身体在桎梏母亲作为人的发展上的消极态度,也不同于乔多罗试图将男性拉入母亲阵容从而扩大母亲队伍的策略,以朱莉亚·克里斯蒂娃、埃莱娜·西苏(Hélène Cixous)、露丝·伊利格瑞(Luce Irigaray)等为代表的法国学者,对弗洛伊德和拉康的理论进行批评,聚焦于差异性而极力肯定母亲的身体,以此为阵地为母亲身份建构新的生存空间。在《恐怖的权力》中,克里斯蒂娃提出"贱斥"(abject)这一概念,认为遭贱斥的东西包括令人作呕的食物、排泄物、我们所恐惧的东西,如死亡和尸体等,都是不可言说的。[①]她认为母亲的身体因具有深不可测的吞噬力的子宫在男性恐惧中成为遭受贱斥的核心,将母亲以"呕吐"的方式驱逐到父权的语言之外,成为父权制度谋杀母亲的一种方式。因此,将不可言说的说出来,意味着让贱斥物显现出来,让母亲成为获得语言的主体,这也是女性书写的重要内容。

---

① 参看:Julia Kristeva, *Powers of Horror*, Trans. Leon S. Roudiez (New York:Columbia Up,1982)。张新木在其译著《恐怖的权力》(生活·读书·新知三联书店,2001年)中将"abject"一词译作"卑贱",本文考虑到该词所包含的动词含义,特选用"贱斥"一词。

露丝·伊利格瑞吸收了福柯的话语观，把欲望与权力联系起来，认为身体是权力话语的产物。她一反弗洛伊德的弑父理论，指出“整个西方文化建立在谋杀母亲的基础上”（1991：36）。“弑母”概念蕴含了两层意义：首先是作为主体的母亲的消亡，其次是与母亲的身体联系的断裂。在《非一之性》中，她用诗性的语言歌颂女性身体，试图通过语言为女性建立起不依赖于男性的新身份。同20世纪70年代美国的母女联盟相呼应，她强调母女之间的联系以及女性之间的爱，推动了“母性谱系”的寻找与建立。在她对母性谱系的建构中，母亲的身体成为焦点：“我们必须找到新的词汇、新的句子来表达母亲的身体和我们的身体之间最原始也最现代的关系。”（1991：43）女性必须让自己“置于女性的谱系内才足以征服并保持自己的身份”（1985：44）。伊利格瑞认为西方哲学充斥着对差异性的恐惧与对同一性的追求，与之相对，她强调性别之间的差异，认为“性别差异是我们这个时代最重要的问题之一”，是“也许能使我们得到拯救的问题”（1993：5）。她用女性身体构造的独特性解释女性的愉悦，号召女性探寻“我们的性身份，我们的欲望、天然的情欲、自恋精神以及异性恋特征与同性恋特征等的独特性”（1991：44）。伊利格瑞打破了父权社会对女性身体的禁锢，以新的语言塑造女性的身体，为母亲的身份正名，为母亲成为独立主体而不受父权谋杀奠定了物质基础。

西苏与伊利格瑞一样强调“身体书写”，认为女性的书写是抵抗父权秩序的重要场地。她在《美杜莎的笑声》中写道：“书写你的自我。你的身体必须被听见。唯有那时，你潜意识中无穷的资源才会奔涌而出。”（880）西苏认为女人体内都具有“母亲”的成分，“在她体内至少有那么点好母亲的奶液。她用乳白的奶汁书写”（881）。西苏将母性身体看作女性书写的源泉，不免使人质疑其观点中的本质主义倾向，但她着力建构的并非是传统文化中为维护父权制度而存在的伟大母性，而是与父权理想相抗衡的母性主体，是不依赖于象征界的符号而独立存在的主体。她强调女性用自己的语言书写自我，这是对女性独立性的宣告，对于构建母亲的身份提供了一个走向差异性的立足点。

对母亲身体的书写毫无疑问打破了传统的父权伦理对女性身体的束缚，使对母性的考察进入了女性主义伦理学的视界。女性主义刊物《西帕迪亚》（*Hypatia*）1986年秋季版有一辑以“母亲身份与性行为”为主题，对女性之间的友谊、边缘群体的性取向、性生活中的控制权、性别歧视、性行为的社会建构性、生育技术发展对母亲身份的影响等，从政治、伦理、哲学等角度进行了讨论。当期主编安·弗格森（Ann Ferguson）提出了母亲身份与性行为的女性主义伦理观,认为寻找母亲身份与性行为的女性主义伦理观这一问题在当今美国的女性运动中具有尤为重要的意义。[①]

从伦理角度介入母性建构,这对于打破父权文化对女性的束缚来说无疑是开启了一扇大门。1980年,萨拉·拉迪克在《母性思维》中提出"母性思维"概念,是将母亲个体的实践生活纳入母性思考的重要开端。安·斯妮托(Ann Snitow)认为萨拉·拉迪克这一概念是"继艾德里娜·里奇之后对于号召结束母亲书写禁忌的最完整的回应"(40)。萨拉·拉迪克在这一影响深远的著作中指出,"母性思维,即她所形成的智性能力、她所做的判断、她所具有的形而上的态度、她所确定的价值观"(347)。她认为,母亲在"保全孩子的生命、促进孩子生长并接纳孩子"的"母性实践"中形成了母亲不同于主流文化的独有的价值观。萨拉·拉迪克将母职当作一种任何人都可以承担的工作,即一种将男性纳入照料孩子的母性实践中,使他们获得"母性思维",使"经过改造的母性思维进入公共领域","使他们能保全所有的孩子,促进他们的成长,具有公共良心与立法功能的工作"(361)。萨拉·拉迪克试图将母职与母亲身份分离开来,从而使母亲摆脱由生理特征带来的束缚。这一思想在1980年代也许只是一种乌托邦理想,但随着越来越多替养母亲的出现及同性恋婚姻的合法化,在很大程度上开始成为美国的社会现实。1989年,萨拉·拉迪克在《母性思维:通向和平的政治》中进一步提出了"母性政治"概念,认为母亲所从事的作为母亲的工作使她们不可能支持战争,因此她们注定会反对军事主义与战争。因此,萨拉·拉迪克强调"充满关怀与正义"(XXI)的母性政治,力图将母亲的工作与促进和平、消除暴力联系起来。

萨拉·拉迪克对母职这一工作独特性的讨论及其对关怀思想的关注,在卡罗尔·吉利根(Carol Gilligan)1982年的著作《不同的声音》(*In a Different Voice*)中得到了进一步的论述。这一女性主义伦理思想的代表作从情感与道德的角度为母亲的主体寻找支撑点,提出了"关怀伦理",认为女性自己的经历为"成人生活的核心真理提供了线索"(1982:172)。吉利根强调客体关系,认为女性往往将自我置于各种关系中,从对他人负责而不是从权利的角度解决冲突。关怀伦理强调"关怀关系而不是个人的道德",因此聚焦在"一连串涉及培养与维护关爱关系的价值观,如信任、同情、敏感、互相考虑、团结及对需求的回应"(Held 51)。也因此,关怀伦理注重情感的重要性以及培养关爱情感的重要性。吉利根对人与人之间亲密关系的

---

① 参看:Ann Ferguson, "Motherhood and sexuality: some feminist questions," *Hypatia* 1986, 1(2, Autumn): 3-22。

关注使女性主义伦理摆脱了传统伦理的普遍性与抽象性，成为基于情境与情感的道德判断。同时，吉利根强调母职，认为母亲正是在承担关心他人、对他人负责的工作中形成了基于关系的价值观。同拉迪克一样，吉利根对母亲视角与母性经历的关注，使她被视为强调性别差异者，对女性遭受压迫的奴役角色起到内化作用，因而受到反本质主义者的批评。但不可否认的是，她削弱了现代道德理论的基础，通过性别来审视道德发展观，将女性视角与女性知识的合法性提上了议事日程，为人们确定伦理准则提供了新的思维方式，并“频繁在法律论著中得到引用”，“有助于改善法律”（Bender 1）。吉利根的关怀伦理思想引发了人们对女性主义伦理的讨论。奈尔·诺丁（Nel Noddings）、弗吉尼亚·海尔德（Virginia Held）等认为，“关怀”是基于女性经历而在女性关照他人的过程中形成的基本道德。伊利斯·马里森·扬格（Iris Marison Young）将“正义”放在社会建构框架下进行新的阐释，认为唯有从制度化的制约中解脱出来获得自决权和自我发展，才有真正的自由。

19世纪80年代后期出现了一些反对性别差异思想的学者，朱迪斯·巴特勒便是其中的代表人物之一。巴特勒强调文化的建构性，用“表演性”概念来解释母性，认为母性是通过实践获得的。在《克里斯蒂娃的身体政治》中，她对克里斯蒂娃的母性思想进行了毫不留情的批评，认为其将母性身体建立在父权社会的律法之外，无助于女性的解放。[①]她反对克里斯蒂娃认为母性身体承载了文化产生之前的意义这一观点，认为这一观点实际上“维护了文化属于父权结构的思想，从而使母性受限于文化出现之前的现实状态”（106）。巴特勒忧心忡忡地指出：“一旦维护母亲身份这一制度的欲望被尊为前父权社会与前文化时期的驱动力，那么这一制度便在女性永恒的身体结构中获得了合法性。”（117）她坚信，要想颠覆女性受压迫的状况，必须将女性的身体置于父权社会的律法内，正视其文化建构性。巴特勒的这一思想暗示了母亲通过发挥能动性成为主体的可能，因为在母亲“行动”的过程中，母亲无疑具有扰乱父权社会主导话语的潜能。巴特勒对性别系统不稳定性的讨论，以及她试图颠覆性别差异的理论，给同性恋母亲如何在异性婚姻的体制中获得主体性带来了希望。

在中产阶级白人女性为新的母性呐喊的时候，非裔、亚裔、拉美裔等少数族裔母亲也开始发出声音。佩特里西亚·希尔·科林斯（Patricia Hill Collins）强调女性在建构母性思想时，不能无视“西方社会思潮的去境化”背景

① 参看：Judith Buttler, “The body politics of Julia Kristeva,” *Hypatia* 1988, 3(3): 104–118。

(1994:57),不能忽视种族与阶级的影响。她反对将中产阶级白人家庭的模式套在黑人家庭结构上。她认为非裔母亲在三个方面与白人母亲有所区别。首先,黑人家庭里公共空间与私人空间并非简单地对立为男性在外养家糊口、女性在家抚养孩子这一两极分化。科林斯认为对于有色女性而言,工作和家庭是不可能对立的。[①]她用"母亲工作"(motherwork)一词来替代母职,试图"消解私人与公共空间、家庭与工作、个人与集体"等的对立(1994:59)。其次,在黑人家庭中严格的性别角色分工并不常见。黑人母亲在家庭中的影响往往比男性更大。再次,认为好母亲必须待在家里,使母亲成为全职工作,也绝不是黑人母亲的现实。因此,她认为"冲突的焦点在家庭之外",因为"母亲工作相信个人的生存、力量的获得和身份的实现与群体的生存、群体的力量和身份息息相关"(1994:59)。不可否认,男性的统治地位对于少数族裔的女性来说也是很重要的问题,但两性之间的不平等与种族歧视和经济压迫是紧密相连的。科林斯认为对母亲的神化是黑人母亲面临的重要问题之一,这在黑人男性作家的书写中尤为突出。在不断称颂"伟大的黑人母亲"的同时,黑人男性无视她们在贫困中抚养孩子的挣扎,继续将不可承受之重委以她们,甚至在眼睁睁看着她们受尽苦难时,他们潜意识里的声音是,"这是一个伟大的姐妹"[②]。不同于中产阶级白人母亲,生存问题是拉美裔、亚裔、非裔等少数族裔母亲面临的首要问题。科林斯指出,在为孩子的生存而斗争的母职工作中,产生了许多矛盾冲突,比如母亲的"个人自主权的失去""个人成长被群体利益的侵吞""母亲与孩子的分离"(1994:62—63)等。科林斯将少数族裔母亲为获得母亲的力量进行的斗争也归纳为三个方面:首先是对自己身体的控制权,即选择做母亲的权利;其次是保留自己的子女,不被迫与自己的子女分离的问题;最后是不让自己的子女受主流群体的思想控制的权利。[③]总的来说,黑人母亲被看作"力量的象征"(Collins,1991:51)。她们的力量不仅仅源于家庭内

① 参看:Patricia Hill Collins, "The meaning of Motherhood in Black Culture and Black Mother-Daughter Relationship," *Double Stitch: Black Women Write About Mothers and Daughters*, eds. Patricia Bell-Scott, Beverly Guy-Sheftall, etc. (Boston: Beacon Press,1991)43-44。

② 参看:Patricia Hill Collins, *Black Feminist Thought: Knowledge, Consciousness and the Politics of Empowerment*(New York: Routledge, 2000)175。该著作中科林斯引用 Michele Wallace 的例子说明黑人男性对母亲的苦难的回避。

③ 科林斯在"Shifting the Center: Race, Class, and Feminist Theorizing about Motherhood"中指出,美国土著儿童因被迫接受白人的教育而失去自己的语言及文化是对母亲力量的挑战。参看:Patricia Hill Collins, "Shifting the Center: Race, Class and Feminist Theorizing about Motherhood," *Representations of Motherhood*. Eds. Donna Bassin, Margaret Honey, et al.(New Haven and London: Yale UP,1994)56-74。

的角色，更重要的是她们对社区其他孩子的抚养。因此，替养母亲、社区母亲等非血亲关系的母亲也是黑人母性理论的重要议题。

当代西方女性主义者从历史、文化、经济、心理、生理等角度对母性进行了全新建构。如果说20世纪60年代在“反母亲”浪潮中，母亲身份引发的主要是批评与抵抗意识，那么20世纪70年代以来，学者们则倾向于更为积极地接受母亲身份，致力于寻找赋予母亲能量的方法。一方面，她们将母性的内涵扩大，使母性不再仅仅归属于生养孩子的女性，而是将包括男性在内的各种承担起母职的人囊括在内；另一方面，她们立足于差异性以及女性日常的生活实践，致力于母性谱系的寻找，并从女性主义伦理的角度为母亲如何摆脱传统的母性束缚而成为具有主体性的母亲出谋划策。布莱恩·辛普森(Brian Simpson)的《获得平衡的母亲：抚养孩子而不失去自我》(2006)、艾米·理查德(Amy Richards)的《选择：有孩子但不失去自我》(2008)、安德里·欧瑞丽的《不守法规的母亲：为母亲赋权的理论与实践》(*Mother Outlaws: Theories and Practices of Empowered Mothering*, 2004)及其论文集《女性主义的为母之道》(*Feminist Mothering*, 2008)等，都体现了女性主义者试图改写父权制度下传统的母亲身份，并以女性主义话语重新定义母亲、赋予母亲力量的努力。

在不断书写母亲的自我、为母亲寻找不依赖于孩子而存在的理由时，女性主义学者们正视了父权制度下的各种阻力，如苏·兰希·维拉尼(Sue Lanci Villani)与简·E.瑞岩(Jane E. Ryan)合编的《十字路口的母亲身份：遭遇角色变化中的挑战》(1997)，朱迪丝·沃纳(Judith Warner)的《百分百的疯癫：焦虑时代的母亲身份》(2006)等，对21世纪母亲面临的自主性威胁感到很不乐观，提出了许多母亲们单靠自己的女性主义行动无法解决的问题。2006年，琼·布雷兹(Joan Blades)和克里斯汀·柔-菲克贝讷(Kristin Rowe-Finkbeiner)合作出版的《母亲宣言》被认为是与《女性的奥秘》一样影响了一代人的标志性著作。该书不再停留在感伤与愤怒的叙述中，而是对健康保险、带薪休假、早期学龄教育与孩子入托、儿童电视节目、灵活的工作安排等现实问题进行了深入讨论。2015年，美国最高法院裁定同性婚姻在全美合法化，这无疑是人类婚姻史上的大事件，将给传统婚姻模式下的母亲身份带来强大冲击。可以肯定，在不久的将来，女性不再是母亲的对等词，家庭性别分工也将逐渐模糊，母性书写必然呈现出别样的光芒。

二、颠覆与建构：当代美国女性的母性叙事研究

当代女性主义理论中母性思想的发展极大地促进了女作家的母性书写。这些书写摆脱了男性书写中对于母亲一厢情愿的期望，颠覆了传统的伟大无私无我的母亲形象，使母亲们从不同的维度呈现出多样性和主体性。普拉斯的《钟形罩》，鲍尔·马歇尔（Paule Marshall）的《褐色女孩，褐色石》（*Brown Girl, Brownstones*，1958），奥德·罗德（Audre Lorde）的《查米：我的名字之新命名》（*Zami: A New Spelling of My Name*，1982），谭恩美（Amy Tan）的《喜福会》（*The Joy Luck Club*，1989），汤亭亭（Maxine Hong Kingston）的《女勇士》，托妮·莫里森（Toni Morrison）的《秀拉》（*Sula*，1973）、《最蓝的眼睛》（*The Bluest Eye*，1970）、《宠儿》（*Beloved*，1987），金索弗（*Barbara Kingsolver*）的《豆树青青》（*The Bean Trees*，1988）、《毒木圣经》（*The Poisonwood Bible*，1998），等等，是这一时期母性叙事的重要成果。这些作品大多聚焦于母女关系，从种族、历史文化以及后殖民的角度对母女关系中的困境进行了深刻再现。面对这些丰硕的母性作品，学界也将大量注意力转向母女关系，试图寻找母亲的谱系，建立母女联盟以及女性共同体，从而使母亲获得抵制父权压迫的能量。艾德里娜·里奇在《生为女性：作为经验与制度的母亲身份》中指出，"母亲失去女儿、女儿失去母亲——这是最为根本的女性悲剧"（237）。这一真知灼见成为许多进行母女关系研究的学者的起点。古希腊神话中有两对母女的故事被女性主义者频繁用来再现这一悲剧。首先是大地之母得墨忒尔与其女儿帕尔塞弗涅的被迫分离，其次是伊莉克特拉对母亲克吕泰涅斯特拉的谋杀。不管是出于维护父权统治的需要，还是对母亲力量的恐惧，或是女儿摆脱母亲束缚的需要，母女被迫分离进入了许多女作家的视野，成了无法驱散的梦魇，也是研究者们无法忽视的话题。

最早对文本中的母女关系进行系统理论阐述的是1980年戴维森与勃朗勒主编的论文集《失落的传统：文学中的母亲与女儿》（*The Lost Tradition: Mothers and Daughters in Literature*）。该书以大地之母得墨忒尔与其女儿帕尔塞弗涅的互相失去为引子，既讨论了英美等国重要女性文学作品中的母女问题，也将焦点放在女作家自己与母亲的关系上，包括对伍尔夫、狄金森、普拉斯等人与母亲的现实关系的考察。在母女关系充满矛盾与斗争的不协调的音符中，该书以建构母女关系中的谱系为终结篇章，为母女联盟从共同的遗产上寻找前进的动力。这也与法国女性主义者建构母性谱系的努力不谋而合。另一从文本中讨论母女关系的是玛丽安·赫希于

1989年出版的《母/女情节：叙事、心理分析、女性主义》(*The Mother/Daughter Plot: Narrative, Psychoanalysis, Feminism*)。该书摆脱了心理批评对母女关系的束缚，从历史的、经济的、政治的角度出发，将19世纪以来众多西方女作家作品中的母性叙事置于"家庭传奇故事"的框架中进行分析。赫希认为家庭传奇故事讲述的是"我们自己关于家庭的社会与心理现实的故事，在这些故事里我们找到自我以及促使我们与其他家庭成员交流的欲望模式"(1989:9)。她强调18、19世纪传统的西方女性小说故事情节中不断表现出母亲的懦弱、无足轻重、死亡或缺席等，女性家庭传奇故事体现的是女儿希望有别于母亲的愿望，"想参与写作或希望有所成就、有所创造的女主人公无论如何必须与她们的母亲摆脱关系，从而不至于被认同于母亲的沉默"(Hirsch, 1989: 45)。这实际上体现了女性与代表着传统女性身份的母亲的反抗，是女性获得主体性的开始。同时，赫希认为19世纪女性家庭传奇故事情节中体现的父亲的权威是对母女之间联系的压抑。尽管赫希承认20世纪70年代以来，女性之间的联盟已经成为女性叙事与主体形成的基础，但她认为那些关于母亲的文本仍然主要是女儿的文本，"替母亲说话既给予了母亲话语，同时也使母亲失语并被边缘化"(1989:16)。因此她在该书的最后寄希望于新的小说的出现——"足够尊重并反映母亲之间差异的小说"(1989:198)和新的理论的出现——"能摆脱心理分析模式控制并使之与其他视角，历史的、社会的、经济的等结合起来的理论"(1989:199)。盖尔·格林(Gayle Greene)在对该著作进行评论时，对其囊括的作家之多、范围之广进行了赞誉，尤其是对黑人作家作品的深入分析，但同时又对其没能给予玛丽·戈登(Mary Gordon)、苏·米勒(Sue Miller)以及爱丽丝·莱辛等白人作家的作品应有的空间表示遗憾。[①]

但如果我们翻开同一年米奇·帕尔曼(Mickey Pearlman)所著的另一本书《母亲的难题：当代美国文学中的母女关系》(*Mother Puzzles: Daughters and Mothers in Contemporary American Literature*, 1989)，就会发现戈登的《男人与天使》(*Men and Angels*, 1985)、米勒的《好母亲》(*The Good Mother*, 1986)、玛丽莲·罗宾逊的《管家》(*The Housekeeping*, 1980)、莫娜·希姆森(Mona Simpson)的《除此之外的任何地方》(*Anywhere But Here*, 1992)等都进入了评论家的视野。如果说赫希更强调从历史的角度分析母女文本中的叙事策略，强调女儿与母亲分离背后的心理、社会、经济等方面的压力，《母亲的难题：当代美国文学中的母女关系》则将焦点放在当代文学作品中

① 参看：Gayle Greene, "Family Plots," Review of The Mother/Daughter Plot by Marianne Hirsch, *The Women's Review of Books* 7. 5 (Feb, 1989):9。

母女关系的复杂性上，更多地从母亲的角度构建母女的联系。1992年，苏珊娜·沃尔特斯（Suzanna Danuta Walters）的《共同的生活/不同的世界：通俗文化中的母女》（*Lives Together/Worlds Apart*：*Mothers and Daughters in Popular Culture*）通过对20世纪60年代以来大量电影电视文本的分析，更为忧心忡忡地讨论了父权制度下笼罩着母女关系的阴影及其心理羁绊。沃尔特斯认为"母女关系是家庭生活的桥梁"，足以"改变传统的家庭结构"（8）。因此，她强调必须从历史与批评的角度重新审视母女关系，只有这样才能"使我们从导致女性受男性统治的心理框架中解放出来"（9）。国外对母女关系的研究也多集中在非裔和华裔女作家的作品上（参看*Demetrakopoulos*，1992；*Heung*，1993；*Adams*，1995）。简妮丝·索科洛夫（Janice Sokoloff）早在1986年即在《母权时代的宣告》（"Intimations of Matriarchal Age"）一文中强调莫里森小说《秀拉》中母女关系的传承性。[①]加拿大母性协会的创办者安德里·欧瑞丽在其著作《托妮·莫里森与母性》（*Toni Morrison and Motherhood*，2004）中，从断裂、重建联系、母性干预、母爱修复等多重角度出发，探讨了母女之间错综复杂的关系。总的来说，学界在母女关系的研究上取得了很大的成就，从母亲的失落到寻找母亲，最终建立母女之间的联系，乃至女性之间的联盟，无不显示出"母亲"在女性主义运动中的作用。

母性研究的另一个主题是寻找母亲作为主体的存在。相比母女关系的研究，这是母性研究中比较薄弱的部分，为数不多的相关文献集中在对母亲的寻找中。父权文化剥夺了母亲的话语权，使"成为母亲即意味着在强加的责任、社会习俗、令人窒息的尊重下使自我消亡、欲望泯灭"（Schweitzer 169）。因此，母亲遭到集体谋杀并被噤声成为女性主义者的共识。许多学者注意到文本中母亲的缺席或死亡这一现象。苏珊·普克·麦克当娜（Susan Peck Macdonald）和芭芭拉·安·克拉克·默斯布格（Barbara Ann Clarke Mossberg）在讨论简·奥斯汀、乔治·艾略特、夏洛特·勃朗特、艾米莉·勃朗特、艾米莉·狄金森[②]、凯特·肖邦等早期女性作品中母亲的缺席现象时，认为女作家之所以展示这些母亲的缺席、死亡、虚弱以及其他种种缺陷，是出于女儿的生存策略，体现的是她们与母亲的决裂，从而构建女性自

---

① 参看：Janice M. Sokoloff, "Intimations of Matriarchal Age: Notes on the Mythical Eva in Toni Morrison's Sula," *Journal of Black Studies* 16.4 (June, 1986): 429-434。

② 狄金森曾在一封书信中写道："我从来不曾有过母亲。"但事实上她母亲一直活到狄金森五十一岁时，其最后岁月全靠狄金森照顾，可以说是狄金森身边最为亲密的人之一。参看：*The Letters of Emily Dickinson*, ed. Thomas H. Johnson, 3 vols(Cambridge, Mass.:The Belknap Press of Harvard UP, 1958) Ⅱ, 475。

己身份的需求，她们的母亲事实上对她们意义重大。[①]这一观点从女儿的角度肯定了母亲的存在，为母亲的主体浮出水面起了一定的推动作用。“创造历史和追溯历史的我们必须竖起新的石碑，并将失落的名字篆刻在上面”(Davidson & Broner 2)。这可以说是众多20世纪女作家母性书写的艰巨任务，也为母性研究提出了新的研究方向——对作为主体的母亲的关注。埃里森·斯通(Alison Stone)在《女性主义、心理分析与母亲的主体性》(*Feminism, Psychoanalysis, and Maternal Subjectivity*, 2012)一书中强调，“成为主体不仅要获得经历，还必须自己赋予这一经历意义，并行使主动权，通过拒绝给定的意义，产生适合自己的处境与历史的崭新的意义”(2)。斯通认为，要使母亲认识到自己的主体性并运用能动性创造意义是很艰难的，毕竟长期以来，“孩子至少是被看作潜在的主体，母亲不过是背景，为孩子的主体形成提供滋养的土壤”(2)。因此将母亲从孩子的世界分隔开来，使母亲以叙事的主体被定位并成为母性书写的重要内容。但由于书写母亲的女作家毫无例外具有女儿身份，她们往往在叙述母亲的故事时无法避免女儿中心主义，并“将作为女儿的经历当作批评父权制下所定义的母亲身份的基础”(Daly & Reddy 2)，因此在关于母亲的文本中，常常投射的是女儿对母亲的需求，母亲的主体性则再次被遗忘。博仁达·欧·达利(Brenda O.Daly)与毛利恩·T.热蒂(Maureen T. Reddy)在共同主编的《叙述母亲：母亲主体性的理论化》(*Narrating Mothers: Theorizing Maternal Subjectivities*, 1991)一书中对这种“女儿中心主义”书写进行了批评，认为尽管“有些以女儿为中心的文本是对母亲身份进行政治分析的重要环节”，但是“许多女儿叙述的母亲的故事对母亲的主体性是漠不关心的”。(2)因此，该书将注意力集中在一些具有母亲视角的文本上，如伍尔夫、莫里森、莱辛(Doris Lessing)、玛丽·戈登、格里斯·帕里(Grace Paley)、路易斯·厄德里奇(Louise Edrich)等的作品中，对母亲的语言、母亲的身体、母亲的作家身份等各种充满矛盾的存在进行了分析，肯定了母亲在其母亲身份之外的存在，并强调使用新的阅读策略来理解母性叙事中体现的母亲的主体性。此外，通过母女关系寻找母亲也引起了研究者的注意。埃里森·斯通对父权社会致力于拆散母女的策略深感不满，运用伊利格瑞与朱莉亚·克里斯蒂娃的理论讨论了如何使母亲在不被谋杀的基础上保全母亲的空间，重新构

① 参看：Susan Peck Macdonald, “Jane Austen and the Tradition of the Absent Mother”; Barbara Ann Clarke Mossberg, “Reconstruction in the House of Art-Emily Dickinson's ‘I Never Had A Mother’,” in *The Lost Tradition: Mothers and Daughters in Literature*, eds. Cathy N. Davidson & E.M. Broner (New York: Frederick Ungar Publishing Co., 1980)。

建与女儿的关系问题。斯通将母亲的主体置于母亲与自己的母亲以及女儿的关系中,其核心在于通过建立母女之间的纽带,使母亲从孩子成长的背景中凸显出来实现其主体性。她对关系性的强调似乎从另一侧面否定了母亲独立于孩子作为自我的存在。但苏珊娜·鞠哈兹(Suzanne Juhasz)认为当女儿通过书写追溯母亲的存在时,尽管其出发点可能是寻找自己的主体性,但实际上也是"对母亲独立的主体的认可"(396)。

文本中体现的母亲的身体也成了关注对象。一方面,由于女作家们在母性书写中不再讳言母亲的身体,大量书写母亲的身体的文本开始出现,包括莫里森的《秀拉》、桃乐西· 埃里森(Dorothy Allison)的《来自卡罗莱纳的私生女》(*Bastard out of Carolina*, 1992)、路易斯·厄德里奇的《爱药》与苏·米勒的《好母亲》等;另一方面,以克里斯蒂娃为代表的法国女性主义者的身体理论也为学者们的研究打开了通道。吉恩·瓦特(Jean Wyatt)在《赋予身体语言:托妮·莫里森的〈宠儿〉中的母性象征》("Giving Body to the Word: The Maternal Symbolic in Toni Morrison's Beloved")一文中讨论了长期以来在西方叙事中被忽略的母亲的身体,认为莫里森在聚焦于塞丝给孩子喂奶以及在野外生孩子等母性身体的叙事中,赋予了母亲语言,使"塞丝接受了语言系统里要求她独立的主体"(484)。梅丽萨·斯克佛尔(Melissa Schoeffel)则在《母性状况》(*Maternal Conditions*, 2008)中将母亲的主体性置于母体怀孕的经历中进行讨论。凯利·吉利斯柏·米勒(Kelley Gillespie Miller)在对桃乐西·埃里森的两部小说《来自卡罗莱纳的私生女》与《穴居者》(*Cavedweller*, 1998)进行评论时,认为"埃里森通过让主人公摆脱传统的女性'受认可的''被尊重的'生活模式,挑战了主流社会对女性气质、性行为、阶级与母亲身份的理想"(15)。针对许多读者与评论者对《来自卡罗莱纳的私生女》中主人公安妮为了身体的欲望,最后选择离开女儿,并回到对女儿百般虐待的男友身边而感到愤慨的情况,米勒认为安妮只不过是违背了母亲自我牺牲这一传统,不能仅仅以"自私"来进行解读。她强调,"希望母亲完全无私这一期待致使母亲处于极端失语的境地"(30),"母亲能够也会做出'自私'选择,但这并不意味着她们一定是坏母亲"(32)。显然,当代女性主义评论家对母亲身体的欲望给予了非常积极的认可,她们开始从欲望的建构性角度为母亲的身体寻找空间。

此外,由于当代女作家在母性书写过程中不再仅仅关注传统婚姻中的母亲,还将单亲母亲、未婚母亲、同性恋母亲、替养母亲,以及拒绝成为母亲甚至抛弃孩子的女性都纳入了书写范围,母性研究将注意力转向了这些新型母亲。里奇在其论文《强制性性行为和女同性恋经历》("Compulsory

Heterosexuality and Lesbian Existence"）中提出，所有女性都在某种程度上具有同性恋立场，因为所有的女性都在其为女或为母的过程中参与了认同女性的活动。她以莫里森的小说《秀拉》中秀拉与奈尔的关系为例对此进行了说明，并强调"女同性恋经历如同母亲身份，从根本上讲是女性的经历"（1980：650）。里奇的这一观点为我们理解爱丽丝·沃克（Alice Walker）的《紫色》以及奥德·罗德的《查米：我的名字之新命名》等文本中的女性经历提供了极为有益的指导。同样，伊莱恩·塔特尔·汉森（Elaine Tuttle Hansen）在《没有孩子的母亲：当代小说及母亲身份的危机》（*Mother without Child*：*Contemporary Fiction and the Crisis of Motherhood*，1997）中通过分析简·如尔（Jane Rule）、爱丽丝·沃克、路易斯·厄德里奇等人的小说，质疑传统的母亲概念，将母亲从血缘关系中解放出来，讨论"母亲的边界问题以及那些既不完全处于可辨认的家庭内部也不在外部的，甚至常常使自己放逐于孩子之外的女性"（10）。汉森反对关于父权社会的律法下母亲应该抚养关照孩子的假设，对母亲含义中的相对性进行了新的解读，使逃离于父权控制的母亲不再被简化为违法的罪犯。汉森在这部著作中对血亲之外的母亲的探讨，对不爱孩子的母亲与将孩子送给他人收养的母亲的关注，极大地拓展了母亲的内涵，为理解当代女性的母性书写做出了重要贡献。

我国评论界对文本中母亲的关注起步较晚①，仍有很大的局限性，在国内有影响的重要刊物上发表的文章数量还比较有限。在屈指可数的对美国女作家作品的母性文本的研究中，我国学者的研究范围还比较狭小，注意力主要集中在莫里森、谭恩美、汤亭亭等少数族裔作家的作品上（沈建青，1997；陈爱敏，2003、2006；蒲若茜、饶芃子，2006；高合顺，2009；石平萍，2004；田亚曼，2009；王蕾，2017；毛艳华，2018）。另外，我国学者对母亲的研究在主题上主要侧重于以下几个方面。首先，多从文化角度分析母女关系，将母亲与文化等同起来，认为母亲承载着传统的族裔文化，寻找母亲意味着对文化的追寻，离开母亲则体现了对祖先文化的疏远。高合顺在《中美文化的冲突与融合——对〈喜福会〉中的母女关系的文化解读》一文中指出，"女儿们对母亲们的理解和认同实质上是以女儿们为代表的美国文化与以母亲们为代表的中国文化之间的理解与认同，这既实现了东西方文化之间的融合，又打破了西方文化中心论的神话，确立了文化平等交流的基础"（152）。程爱民也在分析谭恩美的两部小说时强调，"母亲是中国文化传统的载体，是历史与记忆的中介，是连接过去与现在的桥梁……女儿们

① 中国期刊网检索显示最早对美国女性作家中的母亲进行研究的是沈建青发表于1997年第1期《外国文学》的论文：《寻找母亲花园的女作家——几位美国少数民族女作家与"母—女"话题》。

通过对母亲的继承与延续实现了她们正确对待文化冲突的态度，也通过理解和接受母亲包容了带有屈辱与苦难的过去”（112—113）。因此，在“个人的也是政治的”语境中，母亲被赋予了前所未有的政治意义。另外，对文本中母亲形象的分析也是很多学者热衷的主题，比如对莫里森作品中黑人母亲形象的分析（张丽霞、杨晓莲，2014）和对华裔美国文学中母亲形象的分析（邹丽丹，2014）。其次，一些学者继承了传统的母性观，强调母爱的缺失与孩子成长之间的关系，如曹霞认为莫里森小说《秀拉》中“伊娃的悲壮、毁灭性的母爱，汉娜的疏离、缺失的母爱使得秀拉在寻找自我的路途上始终是一个独行者”[①]。此外，母爱的畸形表现形式也是学者们热衷的话题。如尚必武在《被误读的母爱：莫里森新作〈慈悲〉中的叙事判断》（2010）一文中从伦理的角度对母爱在奴隶叙事中的异常表现进行了解析；陈蕾蕾从母亲杀婴的行为中解构了传统的母性（2003）；毛艳华将莫里森的《慈悲》中的反母性行为看作“正义”的行为，强调“反母性行为本身对制度性母性的揭示、消解与反抗”以及“由此所体现出的流动性母性的积极力量”（94）。笔者也从伦理的角度对母亲的主体性和母爱的限度等进行了研究[②]。

总的来说，当代美国女作家书写中体现的母性思想已经开始引起国内外学者的注意，为女性主义理论的发展带来了新鲜血液，使母亲的存在获得了更多可能，为实现女性的自我探索了积极的道路。学者们对于母女关系、母亲的主体性、母亲的身体性以及母性的重新思考，在一定程度上体现了对传统的母亲的神性的颠覆，以及通过对母亲作为个体的肉身的关注重新建构母性。这正契合了情动理论的核心思想，即身体与大脑之间的作用是同步进行的。正如迈克尔·哈特（Michael Hardt）在《情动转向》（*The Affective Turn*，2007）一书的前言中强调，“当我们每次想到大脑思维的力量时，我们必须看到身体如何以其力量对之进行回应”（X）。从情动角度系统地阐释女作家的母性思想的出发点，即在于将女性身体作为物质存在来审视其与母性之间的相互作用，进而重新建构女性自己的母性思想。本研究力图通过将母性思想置于情动结构中，厘清其重要内涵以及各要素之间的内在联系，使母性思想得到更为全面的揭示，这毫无疑问也关联着母亲们的未来。

---

① 曹霞：《母爱与黑人女性的成长：解读〈秀拉〉中的黑人母亲形象》，《语文学刊》2011年第1期。

② 参看：李芳：《母亲的主体性——〈秀拉〉的女性主义伦理思想》，《外国文学》2013年第3期；《母爱的伦理限度——〈男人与天使〉中的母性观》，《北京第二外国语学院学报》2017年第5期；《〈宠儿〉中的母性伦理思想》，《外国文学》2018年第1期。

三、情动理论及本研究的结构安排

情动理论强调“一切生命都是‘具有情动性的生命’(affective life),包括所有的行为、思想、计划、希望、行动……我们无时无刻不受制于情动的力量”(Nathanson XX),情动(affect)是人类生活的动能,“一切都依赖于情动、注意力、感官和物质的紧密纠缠”(Stewart 340)。“情动”既有动词的性质,也有名词的性质。作为动词,它强调物体或生命对另一物体或生命的作用,如我们的一颦一笑作用于他人而使其发生情绪的变化;作为名词,它指向的是经历各种遭遇后留下的印迹,如因我们的笑容而带来的另一笑容,它往往和情感关联,强调基于身体的情感。情动强调身体在与周围事物的际遇中进行感应和被感应的潜能,强调身体对外部环境的感触性和激发情感的能力,以及由此带来的主体的生成。如果说笛卡尔的“我思故我在”强调理性思维对“我”之存在的决定性作用,那么情动理论的核心则可以用“我动故我在”来阐释。“动”既是身体的动,又是情感的动,身体与情感两者之间绝非单向的运动,而是互为主体的运动。快乐时,身体会跳跃,所谓欢喜雀跃,同样,嘴角翘起时,笑容自然浮上脸颊。心静则凉投射的是同样的道理:让心跳减慢,身体对外界的感觉自然会发生变化。

身体与情感之间的这种互相作用以及同一性早在荷兰哲学家斯宾诺莎的经典著作《伦理学》中便有大量讨论。作为笛卡尔的同时代人,斯宾诺莎质疑当时人们普遍接受的大脑先于人的行为并对之进行控制的思想。他强调,“大脑(mind)和身体是一体的,是同一样东西”“身体的行动和情感秩序在本质上与大脑的行动和情感秩序是一体的”(155),因此,“当身体处于睡眠休息状态时,大脑也是处于毫无知觉的状态的,也不可能进行思考”(156)。对身体作用的认可使他对情感有了独特的理解,“我将情感看作身体的感触,这些感触使身体的行动力增加或消减,得到支持或受到阻碍。这些感触的观念也随之增加或消减,得到支持或受到阻碍”(154)。“感触”一词极为清楚地体现了身体与情感的关系,即身体由于经历某种遭遇或者受到触动而获得某种情感,而作为“感触的观念”的情感又在身体的活动中发生变化。由此,身体存在于“感应与被感应”中,其“行动、参与和关联能力”处于增强或减弱中,[①]情感也随之获得了情动性(affection),体现为“一个物体在承受另外一个物体作用之时的状态”“或一个物体在另一个物体

① 参看:Patricia Ticineto Clough, ed. *The Affective Turn: Theorizing the Social*(Durham: Duke University Press, 2007)2。

上所产生的作用”[1]。显然,情动强调物与物或者身体与身体之间的相互作用,是“动”的状态。斯宾诺莎用自然(nature)取代上帝,并强调这一自然的身体性,“身体本身仅仅依循其自然法则便可以做很多大脑无法理解的事情”(156)。他认为大脑所做的努力便是保全其存在,“当这一努力与大脑和身体同时关联时,就叫作‘渴求’(appetite),这一渴求是人的本质,顺应这一天性,就会自然而然出现促进其自我保全的行动”(160)。因此在斯宾诺莎看来,“我们并非觉得某事是好的而去为之努力,并充满意志与渴望。相反,恰是因为我们为之努力,想要它,对其充满渴望,我们才将其断定为好的”(160)。显然,“好”的观念来源于身体的行动,身体的行动里又包含着与大脑相关的意志,“大脑”与“身体实实在在的存在息息相关”(161)。斯宾诺莎的情感理论极大地肯定了身体的能动作用,使之与伦理判断结合起来,为人们理解情感的力量打开了新的思路。

19世纪的心理学家威廉·詹姆斯在1884年的著名文章《什么是情感?》(“What is emotion?”)中对情感与身体之间关系的讨论,可以说在斯宾诺莎的基础上又前进了一步。他指出,“常识告诉我们,我们丧失财产感到难过而哭泣;我们遇到熊感到害怕而逃跑;我们遭到对手侮辱而生气便回击”,然而,“这一事件发生顺序是错误的。心理状态并非立刻由另一状态引发,这两者之间必然先有身体的变化。更为合理的解释是:我们感到难过是因为我们哭了,愤怒是因为我们回击了,害怕是因为我们颤抖了……没有伴随着知觉的身体状态,后者在形式上纯粹是认知性的,显得苍白、没有色彩,缺乏情感温度”(190)。詹姆斯进一步强调肌肉与情感之间的合作关系,“无论情绪是多么微弱,无不伴随着独特的身体反应”(192),“无论我有着怎样的心情、情感与激情,它们都是由我们通常称作表现或后果的身体变化构成的”(194)。因此,情感必然是“具身的”(embodied feelings),是“悸动着的”(pulsations)(James 192),没有身体变化的情感是无法想象的。然而,詹姆斯也意识到有些关于情感的思想,如耻辱、欲望、遗憾等在身体变化还未唤起之前就受到教育及其他相关因素的影响,因此,“在这些情况下,身体变化随着思想而产生,而非激发它们”(195)。詹姆斯的这一观点实际上使情感(emotion)的含义出现了分化,将摆脱身体的控制固化下来,将程式化表征和具有指向性的情感分化出来,使情动的概念更为明晰化。罗宾森与库特纳(Robinson & Kutner)认为,情动概念强调主体经验“由分散的、活跃的,而非固化的、静态的情感流动(affective flows)产生”,因此,

① 参看:汪民安、郭晓彦:《生产(第11辑):德勒兹与情动》,姜宇辉译,江苏人民出版社,2016年,第9页。

"情感绝非从某个体内生成，而是通过身体与身体之间循环着的相对性生成"(112)。情感流动可以说是情动理论的核心思想，"循环着的相对性"则意味着主体不断地处于生成过程(becoming)中，这也是德勒兹的情动理论的一个重要观点，说明主体处于不断受情动力量作用的过程中。德勒兹在他的斯宾诺莎课程的授课中反复强调情动概念。一方面，他将情动解释为"非表象性思维样式"(4)，并将"希望"、"疼痛"与"爱"包括在内；另一方面，他又强调其作为"存在之力的连续流变"(6)，即情感的作用性。他举例说，"悲苦，就是包含着行动能力之减弱的情动"(8)，由此，情动成了作为观念的情绪与身体之间的作用力，决定了人的生存状态，"每个事物，无论是物体还是灵魂，都由某种承受情动的力量所界定"(13)，理解情动意味着理解生命的动力。

当代著名的情动研究学者马苏米对斯宾诺莎的情感理论进行了极为精辟的总结。他认为，斯宾诺莎"从本质上区分了情动和情感，提出了情动不可简化的身体性与自发性，将情动看作行动—反应线路中的悬置"(88—89)；同时，他也进一步区分了情绪(emotion)与情动(affect)这两个概念，认为"情绪是主观的内容，是个人的"，情动则"无法拥有或者不可辨别，因此它拒绝评判"(88)。尽管马苏米对情动的这一界定使情动成为无法把握的概念，给其在文化批评中的运用造成了困难，但他又赋予了情动以强度(intensity)概念，认为它具有"非意识性"和"自发性"，"它居无定所，在身体表面移动"，"就像在大脑与心脏之间旅行"(85)。马苏米认为"强度可以作为情感状态，具有静态性"，也是"悬置状态，具有搅动的潜能"，"并非真正的被动状态，因为它充满了运动、振动性的运动与回响。又非真正的活动，因为其运动并非由这个充满目的的世界里具有实际意义的目的指引着"(86)。这一界定极大地丰富了情动概念，使情动在一定程度上具有可把握性。2013年，在与阿诺·伯勒尔(Arno Boehler)的访谈中，马苏米强调："有些身体能力并不需要大脑(brain)的在场，或者说，在一些具有大脑的动物身上，身体功能并不依赖于有意识的考量。"(177—178)他接着借用达尔文对蚯蚓的观察结果指出，"即便是没有大脑的动物也表现出一定程度的心理状态(mentalitiy)"(178)。马苏米用心理状态(mentality)一词取代了心灵(mind)，并强调，"心理状态是一种活动，它并非与身体活动相对，而是与身体一起并通过身体产生活动"(179)。因此，马苏米将心理与身体看作"互助体"(cooperants)，认为它们是"同一行动的两个维度"，是"活动的两端"(182)。马苏米的这一观点实际上体现了身体运动的双重性，即同为生理和心理的运动，二者无法分割，处于共同作用中。此外，马苏米在描述图片带来的情感作用时指出,“情感的主导性取决于内容与效果之间的间隙(gap)”(84)。“间隙”一词对于理解情感的发生至关重要,这说明同一情况或同一样东西带给不同人的情感效果是不同的。这一“间隙”可能是各自所处的环境,所受的教育,乃至个体皮肤的感受力等,即体现了引发情动力的各种变化参数,对于理解情感的运作机制有着重要的意义。对此,德维卡·夏玛(Devika Sharma)和弗雷德里克·提格斯特鲁普(Frederik Tygstrup)在《情感的结构》的引言中使用了“情动性”这一概念,认为“情动性与我们的身体协调性有关,是某种无形的却又具有绝对重要性的状态,我们在其间发现自己在某种情况下精神百倍或无精打采,乐于接纳或充满敌意,备受鼓舞或备受挫折。从这一意义上讲,情动性影响着我们参与所处环境的方式”(14)。他们接着将情动分为“心理生态”(mental ecology)与“社会生态”(social ecology)两个层面,分别指向个体内部以及不同身体间的情动机制。因此,情动性的研究强调的是“我们所处的心理与社会生态发生的变化如何触动我们”(15), 即“辨别哪些身体受到触动”,“弄清楚身体与环境之间的关系,以及它们如何互相依赖并互相作用,最终考察这些身体如何在它们所处的情动结构中变化与发展” (16)。“情动,换句话说,是组织我们现有的生活方式的主要元素” (4)。这一观点对于本研究有着重要的指导意义。笔者关注美国当代女作家母性书写中的情动结构,实际上关注的是女性身体,尤其是母亲身体与环境之间的作用,以及由此带来的生活状态与诉求。

近二十多年,情动理论在社会学、伦理学、人类学、语言学等领域都得到了拓展与运用。其代表性理论著作为帕特丽克·蒂奇内托·克拉夫(Patricia Ticineto Clough)与简·哈雷(Jean Halley)于 2007 年合编的《情动转向》。该书可以说是情动理论的里程碑式著作,打开了情动理论的应用之门。迈克尔·哈特在其序言中强调情动横跨于大脑与身体之间,涉及的是“大脑的思考力与身体的行动力之间的对应;行动力与受影响力之间的对应”问题(XI)。克拉夫在引言中承继了斯宾诺莎对于情动的界定,即“身体施加影响(affect)和被影响(affected)的能力,或指身体行动、参与和连接能力的增强或减弱”(Clough 2)。“情动”由此具有流变性和及物性,既体现了情感施予世界的力量,也体现了被影响的力量。不同于斯宾诺莎的是,克拉夫对情动的考察超越了有机的身体,将无机物与技术也加入情动力的循环中。2010年,由梅丽莎·格雷格(Melissa Gregg)与 格雷戈里·J. 塞格沃思(Gregory J. Seigworth)主编的《情动理论读本》(*The Affect Theory Reader*)更是情动理论的集大成者。该著作包括了萨拉·艾哈迈德(Sara Ahmed)、布莱恩·马苏米、埃尔斯佩思·普罗宾(Elspeth Probyn)、帕特丽克·蒂奇内托·克拉夫、劳伦斯·格罗斯伯格(Lawrence Grossberg)、劳伦·贝兰特(Lauren Berlant)等在内的著名的情动理论学者的文章,在《情动转向》的基础上进一步拓展了情动研究的领域,将身体置于政治、经济、艺术、食物等文化或物件的关系中,探讨人的存在问题。格雷格与塞格沃思对于情动的定义更具有包容性。他们认为,“情动存在于身体到身体(人类的、非人类的、部分为身体的、其他的)之间传递的力量强度(intensities)里;在身体与世界之间循环着的,或者有时附着在身体与世界之上的共鸣中;在强度与共鸣本身之间的通道或变体中”,情动即“超越情绪的至关重要的力量(force),使我们行动起来,促进我们思考、延展”(1)。他们强调情动中蕴含的“力量”,即“遭遇之力”(forces of encounter)。这一概念吸取了斯宾诺莎与德勒兹的情动含义中对影响力的强调,但更着力于“力量关系”(force-relations)的变化,因此他们又将情动界定为“身体能力的变化率”(2),强调在感官与感性的作用下,与非生命体、无机体,或者事件、氛围等非身体的遭遇之间的力量变化。

2017年出版的《情动研究与文本批评的帕尔格雷夫手册》(*The Palgrave Handbook of Affect Studies and Textual Criticism*)是将情动理论与文本批评结合起来解读文本的重要尝试。其主编之一唐纳德·R. 韦尔斯(Donald R. Wehrs)在该书引言中认为情动是“具有解放性、颠覆力的重要场所或者发动机”,是“感觉、强度、化合价、调音、不谐音,以及内部运动,而这些又是由具身的人类生活多种形式中的压力、能量及其附属物塑形的”(3)。他强调“情动社会性”(affective sociality),指出人的社会性,即与他人的联系,具有情动性,并最终促成了伦理社会性(ethical sociality)。韦尔斯进一步指出情动的研究主要涉及四个方面,即“情感是如何不由自主地传递的;情感的现象学语气,如耻辱如何以墨守成规的,或者抵抗性的方式进行协调;文化对于情动气候的塑造如何影响并操纵具身体验,以及情感上不期而遇或不希望的东西如何可能具有解放性或者促成文化批评”(41)。《情动研究与文本批评的帕尔格雷夫手册》从情动与情感、身份、伦理、叙事等的关系维度为文本批评开启了众多的入口,也使本研究的讨论获得了更为坚实的理论基础。

情动概念内涵丰富,具有含混性,对其进行界定有一定的难度。为了使本研究具有可行性,笔者吸纳了情动理论学者对于情动的讨论,归纳了情动概念的五个特点。第一,它与情感紧密相关,但其焦点在于情感的流动与作用力。第二,它强调身体与身体之间的关联,即触动性。第三,情动中的身体不仅是人类的或有机的身体，也包括无机的万物。第四，它强调身体对于情感的激发作用及情感的身体性。第五，情动力(affective forces)促进主体的建构与生成。基于这些特点，本研究对12位当代著名美国女作家的12部母性叙事作品中的情动结构进行讨论，进而考察20世纪60年代以来女性自己的具有情动性的母性思想。在选择文本时，笔者关照不同族裔，包括非裔、本土裔、华裔等族裔的作品；在讨论作家作品时，尽可能将同一作家的不同作品，包括小说、诗歌或回忆录等体现互文的声音纳入讨论中，力图使母性叙事中所体现的母性思想在情动结构中得到全方位、多声部的回响。

本研究的第一章和第三章分别聚焦于母性书写中的两种重要情感——“愤怒”与“母爱”，它们构成了情动结构的两大情感支柱，体现了当代美国女性一方面致力于突破各种困境以重建母女关系，另一方面又渴望获得自我的能动性诉求。这两种情感在当代美国女性的书写中最终促成了母女之间的对话，既使母女之间的联盟获得了基础，也使女性作为主体的能动性获得了保障。愤怒是当代美国女作家母性叙事的情动结构中具有起始性的一环，存在于大量的母性书写中。不同族裔的女性有着不同的愤怒，这些愤怒有着各自的心理生态和社会生态，因此对文本中的女性或母亲产生了不同的作用。然而，无论处于哪种环境，这些愤怒的箭大多以母女的关联为目的地，体现了女性突破传统的母性思想的阻力，获得自己的话语权的开始。这一部分选择了普拉斯的自传体小说《钟形罩》及其《未删节的日记》(*The Unabridged Journals of Sylvia Plath*, 2000)，汤亭亭以回忆录形式出版的小说《女勇士》(1976)以及杰梅卡·金凯德(Jamaica Kincaid)实为自传的小说《我母亲的自传》(*The Autobiography of My Mother*, 1996)，着力分析20世纪后半期母女之间的愤怒情绪如何发挥能动作用，促使作为女儿的女性重新审视自己与母亲的关系，最终开始为自己与母亲共同谋求生存空间。《钟形罩》可以说是五六十年代美国社会仇母情绪的产物。《女勇士》体现了70年代女儿走出仇母的迷雾，建构新的母女关系乃至女性共同体的努力。《我母亲的自传》将母女之间的阻隔与英国在加勒比的殖民掠夺联系起来，使女儿在与母亲共同的愤怒中获得力量，以对抗无处不在的后殖民文化。如果说愤怒的主体是女儿，更多地体现了女儿的声音，那么关于“母爱”的第三章则更多地凸显了母亲力图摆脱束缚，使自己成为爱的主体的努力。这一章聚焦于莫里森的《宠儿》、戈登的《男人与天使》(1985)，讨论作家如何通过其母性书写破除套在母爱上的具有神性的光晕，使母亲在其肉身的存在中成为爱的主体，获得自我的行动力。对传统的、僵化的母爱进行解构的同时，也扩大了母爱的内涵，使男性与替养母亲成为合法的母爱的给予者，使母爱不再仅仅依附于母亲，使母爱与母亲不再捆绑在一起并成为母亲的标签。

愤怒的火焰可以摧毁母女之间的联系，也可以照亮母女的未来。21世纪的女作家们对此有着尤为清醒的认识，因此她们通过记忆的情动力使愤怒发生转向，使母女关系获得凤凰涅槃似的重生，也使女性获得成为主体的基石，即由母女联盟带来的支撑力量。这也是第二章讨论的焦点。这一章通过谭恩美的回忆录《回首来时——一个作家的回忆录》(*Where the Past Begins*: *A Writer's Memoir*, 2017)(简称《回首来时》)与扎克的回忆录《母亲们》(*Mothers*, 2014)体现女性在正视自己的愤怒或痛苦情感的同时，如何通过记忆的情动力使自己对母亲的愤怒与憎恨得到消解，进而重构母女关系。记忆的情动性意味着记忆是基于此在的情感对过去的情感进行的重构，这也是记忆者通过记忆重构自我的过程。这一过程既体现了身体的作用，也体现了情感的作用，最终促使母女达成和解，女儿在接纳母亲的过程中自己的身体，赋予身体能动性。

母爱的"脆弱而不完美"给替养母亲带来了可能。美国当代女作家在书写母亲身份时显然不再囿于传统的母亲的定义，而是聚焦于"关怀"这一情感力量，极大地拓宽了母亲的范围，使母亲身份不再依附于血缘关系，而更具开放性与容纳性，包括大量非血亲关系却扮演着母亲角色的人。形形色色的母亲由此获得了自己的声音。这也是第四章"关怀中铸就的母亲身份"的焦点。这部分围绕金索弗的《豆树青青》和厄德里奇的《爱药》讨论女性如何通过关怀与照顾的实践完成自己的身份选择，使自己成为身份的主体，体现当代母亲的主体性。这两部作品对替养母亲的书写，使母亲摆脱了生物意义上的本能这一本质论的束缚，打破了关照孩子仅仅是生养母亲的职责这一传统概念，给母亲的主体性建构指出了另一条出路。

成为爱的主体的母亲必然要在具身的存在中壮大起来。母亲的具身存在可以说是女性作为主体存在的重要基石，是情动结构的物质基础，这也是第五章的关注点。接纳自己作为肉身的存在是使母亲摆脱神性的光辉，成为人的重要条件。唯有获得对自己的身体的所有权，母亲才能听到来自身体的声音，进而获得自我意识，最终成为具有情动力的主体。这一部分选择对作家苏·米勒的《好母亲》(1986)和印第安作家厄德里奇的《爱药》(1993)进行讨论。《好母亲》代表了80年代女性运动反冲时期母亲的身体所面临的困境，《爱药》从美国土著文化的视角体现了母亲作为身体的存在及其与母亲的自我实现之间的关系。当代美国女性的身体叙事对传统的西方性制度进行了挑战，对母亲成为具身的主体做了重要的铺垫。

作为主体存在的母亲还需要摆脱传统的受父权控制的屋子的束缚，获得能够凸显而不是遏制其情动力的空间。这也是第六章所关注的核心。该部分围绕非裔作家的作品《爵士乐》(1992)和印第安作家的作品《太阳风暴》(1995)，分别分析了女作家如何打破传统的女性空间界限以建构母性的荒野空间，使母亲身份在空间上得到拓展，使人在自然界的位置以及人同荒野的关系得到全新的建构。当代美国女性在其母性书写中将母亲与荒野紧密联系起来，使母亲与具身的荒野成为一体的存在。母亲既具有荒野的生命力，又与荒野一起承受着由工业发展以及殖民剥削带来的伤害。理解母亲作为荒野的存在，对于理解人类在地球上的处境有着重要的意义。成为荒野的母亲凭借自身对于生命独特的感触力，激发着孩子对荒野的感应，最终带来的是人与自然之间互为主体、互相依存的紧密关系。

情动意味着关联，以及在关联中的互相作用与彼此触动，"我们的情绪永远都不只是我们自己的。任何人的存在都无法不受到他人的存在的影响"（Flatley 116）。当代美国女作家母性叙事中情动结构的核心便是：女性通过与母亲的关联，与母性身体的关联，以及与环境的关联，成为具有能动性的情动主体。"当某个人受到感触时，其能动性很可能发生变化，产生新的动能，相应地影响着其环境"(Sharma & Tygstrup 15)。对于在传统的西方文化或殖民文化中被迫处于边缘地位，往往被剥夺话语权，作为客体存在的女性或母亲而言，正视并重构这三方面的关联，既体现了她们的自我在当今社会与文化中面临的处境与困境，也体现了她们强烈的对于自我存在的主体意识。随着试管婴儿、代孕技术以及同性恋、单身母亲等的出现，母亲的概念与母性的内涵势必发生相应的变化，重新理解母性成为社会发展的必然。当代美国女作家母性叙事中的情动结构，为理解母亲的主体身份，并接纳21世纪具有多样性的母亲的存在打开了一扇重要的窗口。

第一章

起于愤怒的母女联盟

“如果将愤怒看作一种探究方式，它可以成为美国女性文学史的组织原则。”(Grasso 4)愤怒作为一种重要的情绪贯穿于美国女性的书写，不管是阿比盖尔·亚当斯夫人(Abigail Adams)在1776年给当时作为独立运动的重要领导者亚当斯的信中强调的“记住我们女性”的诉求，还是1848年在纽约州塞尼卡瀑布城(Seneca Falls)举办的首次美国妇女大会上发布的《女性独立宣言》，都体现了愤怒在推动女性抵制其遭受不公时的积极的情动力量。正如格拉索(Grasso)强调的，愤怒“与勇气、成长和姐妹情相连”，“推动着真知灼见、艺术才能与行动能力”，“揭示着被隐藏的知识、被压制的话语”，“可以被看成是理解女性应对所受压迫的一种范式”(4)。在女性的书写中寻找愤怒的声音，意味着揭示女性长期以来被压制的力量以及她们在对抗性别与种族压迫时对自我的建构。奥德·罗德认为，“每位女性都藏有大量愤怒的火药，可以被用来反抗那些导致愤怒的压迫，不管是来自个体的还是来自体制的压迫。如果能精准地使用怒火，就可以使之成为强有力的能量之源，促成进步与变革”(280)。玛雅·安吉洛也对愤怒的意义进行了极力肯定。1975年，在与沃尔特·布鲁姆(Walter Blum)的访谈中，当被问及对于自己的经历是否感到痛苦(bitterness)时，安吉洛的回答是：“不，我感到愤怒，这使我避免了痛苦。这两者是截然不同的。痛苦就像癌症，它在你体内吞噬着你，最终就像鞭挞、像腐烂物爆发。因此我转向愤怒。”(42)然而，如何恰到好处地使用愤怒，使之迸发出促成进步的力量，是母性书写的情动结构中最为核心的部分，也是许多女性书写的缘起。杰梅卡·金凯德的书写中无处不是怒火。她对于“愤怒的黑人”这一标签感到愤怒，“他们提到黑人时，总是说，‘那些愤怒的黑人’，为什么？因为你害怕他们的愤怒中藏着一些真相。可能会昭示天下”[①]。愤怒的存在形式、对抗的阻力以及其应对策略都与它所遭遇的社会语境之间有着紧密的互动关系。在20世纪60年代初的美国，白人女性所感到的愤怒在很大程度上来自社会对于女性作为母亲的期待。50年代的美国刚刚经历了“二战”，一大批士兵返回家乡需要重新寻找工作，而那时的许多工作岗位被女性所占据，因此将女性赶回家庭成为安置这些老兵的重要政策与社会期待。然而，这让被迫回到家庭成为专职主妇、将一切投入到孩子和丈夫身上的美国女性感到无名的烦恼，无法表达的愤怒。弗里丹于1963年出版的《女性的奥秘》对美国50年代生活在郊区别墅里的女性的苦闷进行了理论化的阐述，尤为深刻地揭示了母亲的困境。弗里丹本人毕业于美国著名女子大

①参看：Alyssa Loh，“Jamaica Kincaid：People say I'm angry because I'm black and I'm a woman，” May 5，2013。

学史密斯学院(Smith College),跟《钟形罩》的作者普拉斯是校友(弗里丹1957年开始该书写作时普利斯正就读于该校)。弗里丹结合自己为人母亲的经历,在毕业15年后对200位当年的校友进行访谈与调查研究,探寻看似一切应有尽有的美国中产阶级女性为什么会感到不满乃至绝望。该书开篇写道:“这是美国妇女在20世纪中叶所经受的一种奇怪的躁动,一种不满足感,一种渴求。”(1)这里的“不满”与“渴求”已经在孕育愤怒的因子,但作为“无名的问题”,她们的愤怒还没有得到认可,更没有导向真正的敌人。弗里丹一针见血地将这一问题描绘为女性身份的危机,“美国女孩不再通过个人的形象来告诉自己,她是谁,或者她能够成为怎样的人,或者想成为怎样的人”(63)。这是一种对虚空的恐惧与不满,弗里丹的《女性的奥秘》抓住了这种情绪,并以对该情绪的讨论引导着女性读者找到自己发泄愤怒的出口,进而开始自我身份的寻找。

与《女性的奥秘》一样,同一年出版的小说《钟形罩》充满了女性在寻找自我身份过程中的愤怒。虽然作者普拉斯也同弗里丹一样意识到父权制度的压迫,但她将自己的愤怒更多地导向对母亲的仇恨,使母亲成了替罪羊。这是作者普拉斯的悲剧,她本人最后绝望地放弃自己的母亲身份,用死亡宣告自己的愤怒与无助。处于玻璃钟形罩中的普拉斯可以说是弗里丹的《女性的奥秘》中的一个真实样本。如果普拉斯能够读到《女性的奥秘》(普拉斯自杀身亡八天后出版),她的愤怒是否可以在集体的愤怒中获得另一种表达方式?不管怎样,普拉斯的愤怒极具代表性地表达了20世纪中叶女性的困境与追求自我发展的诉求,以及所遭遇的血淋淋的现实阻力。琳达·沃格纳-马丁(Linda Wagner-Martin)认为这两本书的同时出现绝非偶然,“有才华却处于弱势地位的女性的角色问题将成为美国其后几十年社会历史中的主题”(61)。苏珊·斯奈尔达·兰瑟(Susan Sniader Lanser)在给70年代上女性研究课程的美国大学生讲授《钟形罩》时惊讶地发现,时隔20年,这部小说仍然引起了极大的反响,绝大多数学生非常认同女主人公埃斯特,因为“埃斯特的冲突还是那么真切”(42)。可见,成为母亲还是成就事业如同哈姆雷特的“生,抑或死?”,仍是众多美国女性挥之不去的难题。这一难题的解决在很大程度上取决于女性与母亲之间同盟战线的建立,而不是基于敌对与愤怒的对抗关系。普拉斯的书写中所燃烧的愤怒的火焰使母女关系有了另一个转向,这一转向在汤亭亭的《女勇士》与金凯德的《我母亲的自传》中得到了充分的体现。

这三部作品分别诞生于20世纪60、70、90年代,与20世纪后半期女性运动中女性亟须建立自己的谱系、壮大女性自己的社区这一诉求不谋而合。回到"根"部汲取营养，成为各个族裔女性愤怒之后继续发展的必经之路。

第一节　《钟形罩》与《未经删节的日记》：谋杀母亲的冲动①

20世纪五六十年代美国女性的愤怒，在普拉斯的《钟形罩》与《未经删节的日记》中以其对母亲强烈的谋杀冲动得到充分体现。对母亲的谋杀早在古希腊神话中便以克吕泰涅斯特拉的故事广为流传。在这一故事中，弟弟俄瑞斯特斯为了从母亲那里夺回王位，与姐姐伊莉克特拉联合起来将母亲谋杀。这尤为深刻地体现了在父权社会制度下，男性唯恐母亲成为当权者而对母亲进行的谋杀。在这一悲剧中，女儿也成了弑母的同谋。弗洛伊德在《超越快乐原则》(*Beyond the Pleasure Principle*, 1920)中讲述的一个故事同样透露了孩子谋杀母亲的心理：一岁半的小男孩在独自留在家期间玩扔线轴的游戏，线轴无疑成为母亲的替代物，把线轴甩出去，意味着让母亲消失——"对，你可以走开，我不要你，我要亲自让你走开"(10)；把线轴拉回，则意味着让母亲回来。弗洛伊德认为，在男孩一甩一拉的动作中体现了他意图"发泄自己的力量"，"使自己成为环境的主人"(12)。实际上，在小男孩甩线轴的快感中，未尝不孕育着弑母的冲动。母亲是孩子的欲望对象，一旦母亲无法满足孩子的欲望，母亲便无从存在，母亲的死亡成了众望所归。正如伊利格瑞在《与母亲的身体相遇》("Bodily Encounter with the Mother")一文中指出的："弗洛伊德在《图腾与禁忌》中将弑父看作原始部落建立的基础并将其理论化时，忘了一个更为原始的谋杀，即对母亲的谋杀，这是城邦秩序建立的必然。"(1991:36)伊利格瑞对历史上的弑母现象进行了深入阐述，并呼吁女性不要成为谋杀母亲的同谋，而要建立起女性自己的谱系，从而保全自己的身份。然而，《钟形罩》与出版于2000年的普拉斯的《未经删节的日记》恰好深刻地再现了这一弑母情结。小说中的埃斯特与普拉斯本人的弑母情结植根于父权文化导致的女儿对母亲的离心力与对父亲的向心力。作为20世纪中叶美国的女性文本，《钟形罩》中的弑母有其特定的背景及意义：既来源于50年代美国社会的仇母文化，也受

① 本节部分内容发表于《上海对外经贸大学学报》2014年第2期，文章名为《渐行渐远的悲歌——〈钟形罩〉〈家信〉与〈日记〉中的母女关系》，收入本书时有一定修改，不再另注。

到当时波伏娃等人的女性主义思想的影响,同时与女儿在自我发展中渴望摆脱母亲的束缚、获得父亲的语言这一心理状态有关。其核心情感体现为对母亲无法表达的仇恨。这也是其愤怒的基石。

对母亲的仇恨乃至集体谋杀可以说是20世纪中叶美国社会的一股洪流,对普拉斯的母性书写中无处不在的愤怒之火做了强大的铺垫。正如萨拉·艾哈迈德在《情绪的文化政治》(*The Cultural Politics of Emotion*, 2004)中强调的,情绪具有"社会性"(sociality),即从外向内的作用性,"情绪被看作从外而来,向内作用","群体具有感情,个体被带入到群体中将群体的感觉当成自己的感觉"(9)。普拉斯对母亲的愤怒在很大程度上受到20世纪50年代美国大众群体的仇母情绪的影响。孙隆基在其所著的《美国的弑母文化》(*The Matricidal Culture of America*, 2010)一书中通过列举这一时期许多大肆攻击母亲的电影来说明当时的仇母现象,并认为这虽然与"二战"后老兵的失业有关,但"必须从美国人的性别观与仇母论之奇特着眼"(112),予以考察。早在1942年,菲利普·怀利即在其论著《奸诈的一代》(*Generation of Vipers*)的"普通女性"一章中极力批评"唯母是尊"的现象[①],使"母亲"成为众矢之的。该书至1955年重印20次,在美国几乎是人手一册,"大妈咪主义"[②]成为将社会问题归之于母亲的通用词汇。普拉斯在1952年的一篇日记中谈到某个男朋友害怕自己有统治欲时也用上了怀利的"妈咪"概念。她写道:"他和他妈妈的关系怎样?她是家里的女家长——温柔而狡猾的统治者,是个'妈咪'(即怀利《奸诈的一代》中的)[③]……她使他没有学会承担面对现实的责任。"(106)普拉斯显然也由男性的无能联想到其背后的母亲,可见当时的仇母意识是如何深入人心的。肯·凯西(Ken Kesey)的小说《飞越疯人院》(*One Flew Over the Cuckoo's Nest*, 1962)也是这一时期男性仇母的典型文本。该小说将男性心智和生理上的不成熟归结于母亲无所不在的控制,原本应该照顾病人的护士长成了"棘轮母亲","像警惕的机器人一般坐在铁丝网的中央"(30),随时准备惩治不服管教的儿子们。20世纪70年代,该书被改编成电影,并获得了五项奥斯卡大奖。母亲由此成为美国社会女性化的罪魁祸首而备受抨击。在"问责母亲"的逻辑背后,孕育的是男性害怕自己的统治地位被剥夺的危机感,他们

---

① 参看:Philip Wylie, *Generation of Vipers*, 20th ed.(Marietta: Larlin Corporation, 1978)。

② 在《奸诈的一代》中,怀利创造了"momism"(大妈咪主义)一词,用来指美国中产阶级白人母亲。他认为美国处于母亲们极端危险的控制之下,美国文化已经将母职宗教般地神化了。因此他强烈呼吁美国男性联合起来摆脱母亲们的铁掌。

③ 括号中的解释出自普拉斯本人。

将那些与男性竞争，试图获得一些原属于男性特权的女性称为"阳具型女人"，使之非常态化，被丑化与排斥。出版于1947年的心理学畅销书《现代女性：迷失的性别》（*Modern Woman*: *The Lost Sex*）对这一阳具型女性进行了十足的批判，强调女性的位置应该在家里，而那些涉足男人的公共领域，试与男人比高低，缺乏女性气质的女性违背了自己为妻为母的天性，是可悲的。[①]该书对50年代男主外女主内的美国中产阶级家庭模式的形成起到了不可磨灭的作用，被看作"对女权主义恶毒的攻击"（Johnson 228）。

在《钟形罩》中因受到电刑而死的卢森堡夫人——埃斯尔（Ethel）便是在这样的语境下成为女性的反面教材，以冷酷无情并具有操纵欲的妻子和母亲形象在媒体中被大肆渲染。[②]受麦卡锡主义的影响，20世纪50年代初的美国出现了极端排斥异端思想的红色恐慌，无数共产党人及其他进步人士遭到恶意诽谤与肆意迫害，美国社会出现人人自危、个个提心吊胆的紧张局面，这一指鹿为马的黑色政治不亚于17世纪塞勒姆（Salem）臭名昭著的女巫审判。《钟形罩》中遭受电刑的卢森堡夫妇作为这一时期的受害者，是家喻户晓的真实人物，被用来震慑一切不守成规、对固有秩序造成威胁的人，而女性的角色问题更是危及男性统治地位的重要方面，成为受压制的核心对象。因此，尽管现实生活中的埃斯尔"极其善感，不时受到抑郁症的折磨，晚上会哭着入睡，忍受着孤单之苦，担心着孩子的未来……是位对两个年幼的儿子极其投入的母亲，并为他们所经历的创伤深感恐惧"（转引自 Olmsted 88），但刚上任的艾森豪威尔总统最终力排众议，以不守妇规、不是个好母亲为名将其处以电刑。[③]这一判决可以说大大助长了美国社会对母亲的仇恨。卢森堡夫妇所受的迫害体现了国家机器对个人的暴力控制以及当时无处不在的仇母文化，埃斯尔作为缺乏女性气质的恶母形象及其受到的电刑也再现了女性在各种父权力量下无法获得话语权，最终被乱加指控成为替罪羊的社会现实。埃斯特显然从他们身上看到了自己如果拒绝接受父权社会的规训、违背社会对女性的模式化要求所要面临的处境，因此在同为妻为母的身份进行抗争时被恐惧感紧紧拽住。这种恐惧感如影随形地跟随着埃斯特，并自始至终笼罩着《钟形罩》。《钟形罩》以埃斯特对送上电椅的卢森堡夫妇的想象开始，她写道："其实这和我毫无关

---

① 参看：Ferdinand Lundberg & Marynia Foot Farnham, *Modern Woman*: *The Lost Sex* (Harper & Brothers, 1947)。

② 参看：Kathryn Olmsted, "Blond Queens, Red Spiders, and Neurotic Old Maids: Gender and Espionage in the Early Cold War," *Intelligence and National Security* 19 (Spring, 2004): 78-91。

③ 参看：Lori Clune, "Great Importance World-Wide: Presidential Decision-Making and the Executions of Julius and Ethel Rosenberg," *American Communist History* 10.3 (2011): 263-284。

系，但是我还是禁不住去琢磨，电流沿着人的一根根神经烧下去，将人就那么活生生烧死，那是一种什么样的滋味。”①虽然她申明卢森堡夫妇遭受的电刑和她毫无关系，但卢森堡夫妇的死却触动着她，使她仿佛在经受着自己的死亡。整个夏天，她脑海里时刻萦绕着他们，甚至感觉自己不管到哪里手中都牵着一根线，线的另一端是一个人的脑袋。作为纽约某时尚杂志征文获奖者，埃斯特当时获得在该杂志实习一个月的机会，并免费入住豪华酒店，参加各种奢华宴会，认识各路名流，这原本是她人生的巅峰。“按说那该是我一生中最春风得意的时候”“按说美国各地数以千计的大学女生都应羡慕我的好运”“人人都以为我这回是出尽风头了”(2)。然而，埃斯特却没有感觉到“人人都以为”的感觉，“我应该像其他女孩一样兴高采烈，可我就是没法做出反应。我觉得自己好似龙卷风眼，在一片喧嚣骚乱裹挟之下向前移动，处在中心的我却麻木不仁、了无知觉”(3)。对于卢森堡夫妇遭受电刑的切肤感受与对于自己所获荣耀的麻木不仁，这两者的强烈反差体现了埃斯特的身体与所处环境之间无法感触、无法对话的割裂状态。福柯在《疯癫与文明》的前言中一语中的地指出：“……疯癫被作为一种精神疾病。这表明了一种对话的破裂，确定了早已存在的分离，并最终抛弃了疯癫与理性用以交流的一切没有固定句法、期期艾艾、支离破碎的语词。”(福柯 2—3)埃斯特最终选择了自杀，这可以说是女性在父权构建的理性空间里因为无法对话而选择逃避，她遭受的电击治疗是这一理性社会予以的强制性规训行为。虽然埃斯特对埃斯尔遭受的痛苦感同身受，但她无法认同埃斯尔，而是身陷福柯所喻指的圆形监狱，在全方位的监控中无法使自我得到舒展，最终不免认同社会对于母亲的责难，将母亲看作阻碍自我发展的最大敌人而满怀恨意。 此外，埃斯特的名字与卢森堡夫人埃斯尔的名字如出一辙，普拉斯显然有意使她们互为镜像，互相影射。“触动我们的东西，使我们能产生感应的东西，也是使我们紧紧相连的东西。”(Ahmed 11)埃斯尔的命运与埃斯特的命运休戚相关，预示着埃斯特在选择自我人生时可能面临的困境及其不得不在精神病院接受电击疗法的未来。在卢森堡夫妇即将遭受电刑的那天晚上，埃斯特的同伴希尔达不断地对埃斯特说：“我真高兴他们要死了。”(94)一直保持沉默的埃斯特为了打破沉默，只好说了句：“卢森堡夫妇的事情好可怕啊！ 是不是?”(95)普拉斯的“可怕”里原本包含着同情与恐惧，因此当她听见希尔达用“是啊”作答时，以为她赞同自己的观点，所以感到自己“触动了一根具有人性的弦”(95)。然而，

---

①《钟形罩》中的译文如没有另加说明，皆出自杨靖的译著。参看：普拉斯：《钟形罩》，杨靖译，译林出版社，2007年，第1页。

希尔达接着清清楚楚地点明:“让这种人活着太可怕了!”(95)希尔达“阴魂”般的声音可以说代表着整个社会的仇母情绪,这一无处不在的社会性情绪作用于埃斯特,使她内心意欲抵制的情绪还没有来得及破土而出就遭到扼杀。

20世纪50年代,是美国女权运动自20年代以来最为沉默的时期。保守的麦卡锡政策带来的恐惧与不信任使一切激进的活动趋于退缩与停顿,女权活动自然也不例外。成立于1913年,促使美国女性于1920年赢得普选权的全国妇女党(National Women's Party),其成员数量从20年代的6万降到1953年的5500。[①]但沉默的背后蕴藏着一股让美国中产阶级女性蠢蠢欲动的暗流,它源于母亲们的矛盾处境:在家里似乎占据着统治地位的她们却在工作领域备受歧视,又或因为经济上的依赖性而受到各种暴力侵犯。一时间,母亲的身份问题成为美国中产阶级女性亟待解决的问题。1953年,波伏娃的《第二性》的英译本在美国出版,引起了关于母亲身份、婚姻、事业的论争。这一时期也有一些在美国社会各个领域取得令世人瞩目的成就的身为母亲的女性,她们为美国女性指出了另一条超越家庭的道路。她们包括美国历史上担任第一夫人最久(12年)的安娜·埃莉诺·罗斯福(Anna Eleanor Roosevelt)、著名的人类学家玛格丽特·米德(Margaret Mead)、妇女党的创立人之一艾利斯·鲍尔(Alice Paul)、杰出的新闻记者多萝西·汤普森(Dorothy Thompson)、曾旅居中国的诺贝尔文学奖获得者赛珍珠(Pearl Buck)等。与波伏娃不同的是,她们中的大多数在鼓励女性发挥自己的才能的同时,并不认为女性应该放弃母亲身份或者摆脱婚姻的束缚。然而,对于普通的美国女性来说,鱼和熊掌是否可以兼得仍是大可质疑的问题。普拉斯在《钟形罩》中这样描绘年轻的埃斯特的梦想:

> 在每一个树枝的末梢,仿佛丰腴的紫色无花果,一个个美妙的未来向我招手,对我眨眼示意。一枚无花果是丈夫、孩子、幸福的家庭,另一枚是名诗人,又一枚是才学出众的教授,一枚是埃格,了不起的大编辑,再一枚是欧洲、非洲、南美,另一枚是康斯坦丁、苏格拉底、阿提拉以及一堆姓名古怪、从事非凡职业的情人们,再一枚是奥林匹克女队冠军,在这些无花果的上上下下还有许许多多我不大辨认得出的无花果。(60)

① 参看:Carolyn Johnston, *Sexual Power: Feminism and the Family in America* (Tuscaloosa: The U of Alabama P, 1992)233。

在这一梦想里，女性可以收获各种人生的无花果，母亲身份与其他身份可以并行。然而，埃斯特本人对女性的现实有着清醒的认识，她在成为母亲与成为诗人这两个极端不断飘移，她知道自己无法兼得，但任何一端又是她无法放弃的。邻居康威太太养着一群孩子的怡然以及各种各样孩子的意象在她面前反复出现。在去医院给自己上避孕环时，她为周围的母亲们"感到悲哀，又觉得心中充满柔情"，不禁问自己："为什么我却这么缺乏母性，这么与众不同呢？我为什么不能像渡渡·康威一样，为一个又一个胖乎乎的、嗷嗷待哺的婴儿奉献一生呢？"望着对面抱着婴儿笑个不停的母亲，她将"妈妈与婴儿上下打量，想找出是什么使他俩如此心满意足"(214)。显然，母亲身份是埃斯特，也是普拉斯难以割舍的部分。[①]尽管她从自己生活的环境中清醒地意识到，"不管男人在娶到女人之前送她多少玫瑰，给她多少亲吻，带她到餐馆享用过多少美味佳肴，他私下里只盼望婚礼一结束她就像威拉德太太的厨房地毯一样平展在他脚下，服服帖帖"(66)；尽管男朋友巴迪·威拉德直截了当地告诉埃斯特，等她生了孩子以后就会有不同的感受，就不会再想写诗了；尽管埃斯特感到婚姻与母亲身份带来的将是"你就像被人洗了脑，那以后的日子里，你就像某个与世隔绝的专制国度里的一个奴隶，麻木不仁，任人使唤"(66)，但埃斯特仍然感到自己不能放弃母亲身份，她奢望鱼和熊掌能够兼得。因此，当巴迪向她求婚时，她说："要是神经质意味着同时要求两样互相排斥的事物的话，那我就是神经质，没治了。在我有生之年，我就是要在一个又一个互相排斥的事物之间展翅飞翔。"(73)由此可见，埃斯特希望将婚姻与事业两者牢牢掌握在自己的手中。然而，现实生活总是更为残酷。普拉斯在1961年开始创作《钟形罩》时，已是一岁女孩的母亲，并刚刚经历了一次流产，因此对于身为母亲所处的状况有真实的感受。她在《钟形罩》中这样描绘一个正在医院生产的母亲形象：

> 产妇的肚子挺得老高，我根本看不见她的脸和上半身。看起来她好像只长了个硕大无朋的蜘蛛肚子和两条被脚蹬高高架起的细长而丑陋的腿。在孩子出生的整个过程中，她一直发出一种非人的呻吟声，一刻也没停过。(62)

显然，这是一个仅仅只有生殖功能的客体，没有脸面，没有个性。尽管

① 普拉斯生前告诉好友，她喜欢孩子，希望能有六个孩子，并认为生孩子的经历很美妙。参看：Jillian Becker, *Giving Up: The Last Days of Sylvia Plath* (New York: St. Martin's Press, 2003)30。

产妇哭声凄厉，埃斯特却被告知她被使用了一种会让她忘记痛楚的药物。给她接生的医生并不关心她的痛苦，处于男性医生控制中的产妇，被迫失去意识任由其处置。对此，埃斯特愤愤不平："要是你反正得经历那些痛苦，还不如保持清醒呢。"(64) 埃斯特拒绝成为这一没有自主性的女性，她不甘心成为男性的欲望对象，不惜主动出击，使自己失贞，她对母亲及周围的人都看好的男友，著名医学院的学生巴迪不屑一顾，将他的裸体讽刺为"火鸡脖子和火鸡砂囊"(65)。埃斯特强烈的自我意识不免使她对婚姻与母亲身份满腹怀疑，并开始在潜意识里抵制婚姻。正如周铭指出，"对母性的拒绝是埃斯特反叛的最高形式，因为这在客观上造成了谱系的断裂和传统的终止，从根本上切断了性别政治自我复制和延续的可能"(引自金莉 188)。然而，埃斯特的反抗是悲剧性的，因为女性运动趋于沉默的20世纪50年代没能给她足够的力量进行反抗。巴迪母亲的口头禅是"男人想要的是配偶，女人想要的是无限的安全感""男人是射向未来之箭，女人是箭的出发点"(68)，而自己的母亲则用实用主义的态度不停地教导自己学一样男人用得上的技巧，"连使徒都要织帐篷"(37)，母亲这样奉劝女儿去学速记而不在乎女儿是否喜欢。作为女儿，作为有着强烈创造欲的女性，无法从母亲那里获得支撑力量的埃斯特唯一能做的便是在满腔的愤怒中恨母亲，乃至幻想着谋杀母亲，因为唯有摆脱母亲的束缚才能实现自我的存在。

也正是在对母亲的憎恨与愤怒中，普拉斯逐渐获得自己作为女性的独立意识。她在日记中强调："我绝不会让我的生活被丈夫指手画脚，限制在他的活动圈里，间接受他的丰功伟绩滋养。我必须与他有着不同的合法领域，而且他必须尊重。"(98—99)普拉斯的这段话如同伍尔夫的"自己的屋子"，宣告的是女性作为独立的思考者和创造者的宣言，是对女性作为家中天使身份的拒绝。她在谈论让自己愤怒的对象时进一步表达了该思想："谁让我生气？我自己。不，不是自己。是谁呢？是我的母亲以及其他所有想要我成为我内心不想成为的人的母亲，还有想要我们成为我们不想成为的人的社会。我对这些人和他们塑造的形象生气。"(437)显然，普拉斯对母亲的不满，实质上是对父权社会的不满，因为母亲已经被父权社会内化成了维护父权利益的帮手。普拉斯在其日记中反复强调，她所恨的不光是自己的母亲，更是所有的母亲，所有那些甘做男性的代言人，努力按照男性的需要塑造女儿的母亲及自己所处的社会。至此，普拉斯开始形成自己的母性意识。这一意识植根于对父权的憎恨中。"我恨他们，因为他们总是贬低我，他们的态度表明：女人不应该思考，不应该不忠实(但丈夫可以)，必须待在家里做饭洗衣。"(462)普拉斯的愤怒体现了年轻一代的美国女性力图"锻筑自我的身份,成为自己而非他人所期待的自我"(Perloff 509)的决心。然而,实现这一自我意味着要与压迫自己的势力进行顽强的斗争。她在日记中写道:"除了现在,没有什么是真实的。我感觉到几个世纪的重量压得我透不过气来……我就是现在,但是我知道,我也会一去不复返。此时此刻,灼热的光芒,来了又去,如流沙连绵不断。我不想死。"(10)现在和过去体现的是两种势力的较量,她敏锐地感受到鲜活的自我的生命力与各种传统力量之间的冲突。她不断提醒自己:"记住,记住,这就是现在,现在,我活在现在,感受到了现在,依存于现在。我想要对我原本想当然的一切切肤地感受着。当你觉得这也许是你的最后时刻,是你道别的时刻,你会感觉尤为透彻。"(19)在普拉斯向死而生的感受中,响着的是她"不愿只活一种生活,一种可以用打字机打出来的生活"(64)的声音,是对扼杀其旺盛创造力的日复一日照料孩子的模式化生活的拒绝。

然而,要成为自己首先必须脱离母亲的束缚。普拉斯在日记中不无愤怒地写道:"她(母亲)想成为我,她想要我成为她;她想爬到我的肚子里成为我的孩子。但是我必须照她的要求行走。"(433)普拉斯感到母亲对她的人生有太多安排,使她面临着失去自我的危险。普拉斯曾在日记中不断使用"smother"一词来形容自己在母亲的压力下透不过气的感觉,透露了她对母亲的恐惧与排斥。"mother"(母亲)是"smother"(使窒息)的核心,是普拉斯获得自我的巨大阻力。和母亲相关的一切都是令人窒息的,普拉斯对于母亲的空间曾这样描绘:"我被困在里面,外面是诱人的小小的一方天空的夜景,屋子里弥漫的是温暖的具有女性气质的空气,它用浓密的羽毛状的、令人窒息的拥抱包裹着我。"(16)她一再强调在母亲的屋子里,她感到的是"被关在小屋子里的感觉。树和房子以及熟悉的道路都紧紧地挤压过来将你包裹,使你窒息"(69)。尽管母亲是"童年时代安全感与正义的象征"(19),十八岁的普拉斯感到的却是恐惧与对逃离的渴望。她在日记中这样写道:"当你发现自己停止说话时感到的是她(母亲)的回音,好像她在你体内说话,好像你不全是你自己,而是延续着她在生长,好像她的表情来自你的脸上,这时你感到恐惧。"(64)小说中普拉斯借埃斯特之口倾诉道:"不管她知道不知道,我转错的这个弯,错上的那条路,以及自那以后经历的所有痛苦,都是她造成的。"(108)因此,普拉斯毕生都在致力于逃离母亲的控制。然而,对于普拉斯来说,分离绝非易事。母性空间的力量之大,即便隔着大西洋海岸,处于伦敦的普拉斯仍感到母亲那水母般的触须将她牢牢抓住。她在写给母亲的诗《美杜莎》中质问自己:"我想知道/我逃掉了吗？/我的思绪仍然紧紧围绕着你/……无论如何，/你总在那里/……我没有呼唤你，/我根本不曾呼唤你，/然而，然而，/如同水蒸气，/你漂过大海，/那胖乎乎的鲜红的胎盘……”诗的结尾，诗人写道：“走开，走开，/滑溜溜的触角！/我们之间什么也没有。”(226)诗人希望自己和母亲能彻底划分界限，互相成为自己，但母亲是自己生命的起源，是“鲜红的胎盘”，不管怎样努力，“总在那里”，因此普拉斯试图与母亲分离的努力是徒劳的，她不得不寄希望于母亲的死亡。“对于女孩来说，宣称自己不同于母亲，意味着她必须摧毁既作为爱的客体又是身份的依托的母亲”(Benjamin 79)，为了保全自己，她必须杀掉作为他者的母亲，必须从母亲那里分离出来获得自由。“憎恨关涉自我与他者之间界限的践踏，他者被带入我的存在中构成威胁。这个他者，可能代表他人，或者站在他人那边挤对着我，威胁着我的存在。”(Ahmed 51)普拉斯深切地感受到母亲对自我存在的威胁，因此不得不参与到对母亲的谋杀中。“当她死的时候，我会有怎样的感觉呢？我盼着她死，这样我就能确定我是个什么样的人了，这样我就能知道我有什么样的情感了，即便有些与她的并无二样，但却是我自己的。”(449)这段话尽管残酷，却深刻说明了对于普拉斯而言，母亲的死才能带来女儿的生。普拉斯本人在1958年12月的日记中表露了自己渴望谋杀母亲的冲动，她将自己的自杀企图归于对母亲的恨，认为正是母亲杀死了父亲，使自己失去了唯一可能真正爱自己，可以投靠的男性，因此她恨母亲，希望将她杀死，她写道：

> 杀死她是件多么奢侈的事啊，要绞断那青筋暴出的脖子，反正它永远都无法达到足够保护我使我不受这个世界的伤害。但是我心太软了没法动手。我要试着杀死我自己：这样我就不至于让我所爱的人为我感到羞辱，不至于使我自己活在心神不宁的地狱里。想对别人做什么不如就对自己做什么。我必须杀死她，所以我把自己杀掉。(433)

在这段话里，普拉斯表达了自己对母亲的怨怒，并将自己的自杀动机与弑母冲动联系起来，将母亲视为横亘在自己与父亲之间的敌人。其后不久，普拉斯在日记中再次解释了自己的自杀冲动——“将谋杀母亲的冲动转到自己身上”。普拉斯甚至将自己写作的困境也归结于母亲的控制，“我用面具藏起对自己的贬低(对她的恨的转移)，然后和我内心真实的不满联系起来直到最后真假难辨。我如何才能摆脱这种抑郁？靠拒绝承认她对我有任何控制力吗？……这不是件容易的事”(447)。普拉斯死前的亲密女友吉利安(Jillian)在回忆其与普拉斯的谈话时指出:“引起母亲的注意对她来说一直是很大的动力。她必须向母亲展示一个又一个成功。她的婚姻被她母亲看作是失败的,尽管母亲并没有这么说……她憎恨这使母亲感到的耻辱。为了避免这种感觉,她宁愿否认母亲在她生活中所起的作用……”(29—30)克里斯蒂娃在《恐怖的力量》中指出贱斥通常集中在母亲身上,因为母亲构成孩子主体形成的最大威胁,很容易使孩子的身份“不可逆转地被母亲吞没”(64)。面对母亲强大的吞噬力,排斥母亲,将愤怒之火投向母亲,使母亲成为贱斥物,这显然是普拉斯获得自我身份的重要手段。克里斯蒂娃在《黑色的太阳》一书中对由这种渴望分离而引发的抑郁症进行了深入阐述,她认为“失去母亲不管是对男性还是对女性而言,都是生理上和心理上的必然。谋杀母亲是我们个体化的条件,是最为根本的必然”(27—28)。然而,传统的父权伦理要求女儿必须认同母亲,从而形成父权社会需要的女性身份,女儿对母亲的谋杀显然是天理难容的。因此,即便全社会弥漫着对母亲的仇恨,对女儿来说,“恨自己的母亲”仍然是禁忌,女儿书写对母亲的“恨”更是大逆不道。

无法表达对母亲的恨意的普拉斯不得不将对母亲满腔的“恨”通过《钟形罩》中的人物来倾吐,而将给母亲的家信用“爱”的语言包裹。“当爱恨交织的矛盾心理在亲近的关系中不被看作是正常的,当真实的情感受到否定,问题便出现了”(Nice 11)。这两种本应为一体的情感被分离后,两者都被夸大了,同时撕扯着普拉斯,使之在无法选择的去路中趋于崩溃,使母女的交流被打下无法沟通的死结,普拉斯成为心理上没有母亲的孩子。因此,普拉斯的母亲欧内利亚·普拉斯于1976年编辑出版的女儿写给自己的《家信》从侧面映射了普拉斯愤怒的另一源泉:无法恨母亲的痛苦。在这本《家信》中,普拉斯夫人通过前言和画外音的添加以及对普拉斯信件的删减,重新编排了母女关系,力图展示母女之间健康和谐的关系,从而在某种意义上剥夺了女儿“恨”自己的权利。《家信》包含了普拉斯从1950年进入史密斯学院学习到1963年去世之间写给母亲的信,其中也包含了部分写给弟弟和朋友的信。之所以要出版女儿的家信,普拉斯的母亲曾解释说:“1971年《钟形罩》的出版,使我的日子不好过。它被看作自传,虽然它并不是。西尔维娅巧妙地构造了这一小说……使之像真的。因此我必须使她用真实的声音说话,我相信这些信件代表了其真实的声音。”(转引自Robertson,1979)显然,1971年普拉斯的自传体小说《钟形罩》在美国的出版使她很受伤(她曾强烈反对其在美国的出版,但无果而终),因为普拉斯在《钟形罩》里所书写的是其母亲无法接受的形象,是导致普拉斯自杀的

"元凶",普拉斯的母亲毫无疑问要颠覆自己的"恶"母形象。《家信》作为母亲剪辑的产品,在一定程度上成为了母亲的文本,发出了母亲的声音。这一方面体现了符合父权社会伦理需要的完美母亲形象,即20世纪50年代美国社会对母亲角色的期待;另一方面也隐含了母亲对于女儿的期待,这一期待毫无疑问是母亲内化了父权社会需要的期待。普拉斯夫人是20世纪五六十年代典型的美国白人母亲,这一时期的美国"尤其鼓励女性将全部精力投入到母职上"(Miller, 1991: 565)。《家信》的开头是普拉斯的母亲长达40多页的引言。这既是她的声音,又不完全是她的声音,因为她的书写肩负了强大的社会使命,即意在证明自己是所处社会需要的好母亲,自己在按照好母亲的标准努力塑造以丈夫和孩子为重心、充满爱、无私无我的母亲形象。因此,母亲经过包装后,失去了自我。正如万德伯格-达维斯(Vandenberg-Daves)指出,"二战"后的母亲受到的期待是"培养并精心管理她们至关重要的'女性气质'及其作为妻子的角色"(175),她们"尤其感受到形成适当的性别规范并且自觉遵守的压力"(173)。普拉斯母亲从来没有想过质疑父亲的权威,她按照父亲的要求学习应用型的课程,以便成为"商业女性",她的人生轨迹基本按照实用性的原则前进。及至后来与比自己大21岁的普拉斯教授结婚,她感受到的是"他无可挑战的统治地位"。婚后,她按照丈夫的愿望成了全职主妇,尽全力做着妻子与母亲的工作,她明白自己"必须学会屈从于丈夫的统治地位,才能维持家庭的和睦"(Plath, 1976:13)。"二战"后的美国经济繁荣,汽车、电视逐渐普及,"童年也越来越受到家庭外的组织与专家的控制,母亲们不得不协调自己和现代生活的各种机构之间的关系,比如学校、童子军和夏令营"(Vandenberg-Daves 175)。接受了父权文化教育的普拉斯的母亲亦步亦趋地履行着"遵从与服务"(176)的工作,她在前言里一再强调:"我给孩子推摇篮,拥抱他们,给他们唱歌,给他们背诵,当他们哭的时候,把他们抱起来。"(12)丈夫生病去世后,普拉斯的母亲重新开始工作,独自拉扯两个年幼的孩子,但她仍然坚持做母亲的工作:带孩子们去看莎士比亚戏剧,给他们读诗,鼓励他们"朝着自己理想的目标前进以便树立起强大的内心"(31)。这毫无疑问是这一时期美国社会文化致力于建构的母性思想:母亲是一种社会化的功用。母亲的存在即意味着献身于家庭与孩子,母亲自己的喜怒哀乐以及自我的存在必须抹去。普拉斯也在自己的日记中这样描述母亲,"她把自己给了孩子"(429),"孩子是第一位的……她必须工作,同时照顾孩子……她穿着同样的旧衣服,让孩子们穿着合身的新衣服鞋子,上钢琴课、小提琴课,在家里上法语圆号课,去当童子军,参加夏令营……"。但她接着残酷地指出:"这种牺牲不是我想要的。”(433)普拉斯对母亲的否定揭示了“母亲负载的文化意义充满了矛盾性”(Vandenberg-Daves 174)。一方面,父权社会要求母亲舍弃自我服务于家庭和孩子的需要;另一方面,舍弃自我的母亲又必须和孩子保持一定的距离,否则“母亲就会错误地以自己所做的牺牲,如生育的痛苦,来要求孩子们情感上的服从”(180)。失去自我的母亲却不能在情感上拥有孩子,因为她们威胁到了孩子的存在,尤其是当孩子有着强烈的自我存在意识时。普拉斯对母亲的付出的憎恨可以说是对来自母亲的情感枷锁的反抗,是其获得自由的呼声。然而,正如波伏娃在谈论母女关系时指出:“她(女儿)希望能从母亲那里获得独立。这对于母亲来说意味着可恨的忘恩负义;她一意地想控制住女儿要摆脱她的决心;她无法容忍她的影子成为他者。感到自己绝对处于强势地位的快乐——这是男性对女性的感觉——对于女性来说仅仅在孩子身上,尤其是女儿身上才能体会到……不管是充满爱的还是恨的母亲,孩子的独立摧毁了她的希望。”(497)父权社会把母亲的自我引向孩子的时候并没有给母亲走出去的出路,相反,这一社会又通过将母亲身份恶魔化加速了母亲的死亡。正如万德伯格-达维斯指出的,“大妈咪主义起了非常扭曲的作用,它暗示母亲不是一生的职业,女性在作为母亲的同时也应该作为个体存在”,同时,“对母亲的批评也传递出这一强大信息:对女性而言,母性和婚姻必须是她们生命的重心”(179)。生活在这一文化氛围中的普拉斯显然感受到了这一思想,一方面对母亲充满了仇恨与愤怒,另一方面又无法摆脱成为母亲与妻子的社会期待。因此,“年轻、‘保持距离’,却又随叫随到的母亲,具有女性气质,甚至有一些性感(当然仅仅对丈夫而言)的母亲成为了时代所需”(180)。普拉斯的母亲在《家信》的前言里描述的正是这样一位母亲。比丈夫小21岁的她毫无疑问是年轻的,在丈夫去世后,她立即向孩子发誓不再结婚,使自己成为去性化的存在;同时,不断努力工作,极尽可能让孩子接受最好的教育。她依照父权文化的期待彰显了自己的母性思想,使自己成为了时代需要的母亲。然而,这样的母亲却成了普拉斯的敌人,代表的是这一时期女性运动中的反面母亲形象,不知不觉中同父权一起参与到对女儿的压迫中。普拉斯将母亲看作父权代言人,选择了敌视的态度,“我的敌人是那些最关心我的人。第一个就是我的母亲,她可怜的愿望就是‘希望我快乐’”(98)。而“我”的快乐显然意味着放弃自我,找份稳定的工作,有个可靠的婚姻,成为20世纪50年代美国社会期待的被一群孩子围绕着的母亲,这对于普拉斯而言无疑是令人窒息的。在1950—1953年这部分信件之前,普拉斯母亲写道:“她想成为‘全能的’人,即不仅在学业上和社交上得到两性的认可，而且能为社区和同学服务。”(Plath, 1976:45)这实际上是母亲寄予女儿的希望。为了使母亲为自己感到自豪，普拉斯不断在信件中有选择地展示自己最光辉的一面。普拉斯在1958年12月的一篇日记中对自己信中“爱”的语言解释道：“我在英国时之所以和她保持令人满意的书信关系，原因之一是我们可以借此传递彼此期待的形象：兴趣和诚心诚意的爱。而且这些语言表达出来的感情不会和精神上的激流发生战争。”(449)可见，背负着母亲厚重期待的女儿最终无法在信中呈现自己真实的情感，看似充满爱的情感包裹了自己对母亲无法表达的恨意与愤怒，同时也使原本可以触及彼此的情动力在爱的矫饰下失去作用力，至此母亲通向女儿的交通要道在母亲的完美期待中彻底堵塞。批评家桑德拉·M.吉尔伯特(Sandra M. Gilbert)曾这样评论普拉斯：“尽管我从来没有见过西尔维娅·普拉斯，我可以诚实地说，我这一生里一直都是认识她的。”(转引自 Gill 1)这既是对普拉斯作为20世纪50年代女性的典型性的认可，也是对这一时期母女之间问题普遍性的认可。由于“父权制要求女儿仅仅认同母亲被贬低的地位以及服务于男性的角色，而否认女性内在的力量并公然谴责母女作为女性的联系”(Nice 12)，当女儿开始“恨”母亲时，女儿不再按照父权制的要求来认同母亲的从属地位，不再将父亲与丈夫摆在第一位从而贬低母亲和自己。因此，女儿对母亲的“恨”为母女之间的同盟建立了思想基础。然而，普拉斯夫人对《家信》的编辑却摧毁了这一基础。尽管作为一位母亲，她不得不通过女儿的信件来向公众证实自己与孩子之间的爱，这里面的伤痛显然是无人能真正理解的，但为了生存，普拉斯夫人屈从了父权社会对女性的要求，否认与女儿之间的矛盾，最终无法站在女儿这边，而只是眼看着女儿逐渐远去的背影。当女儿对母亲的“恨”不得不被爱的语言装饰时，母女的真正对话也被终结了。

尽管《钟形罩》与《日记》中充满了女儿对母亲的憎恨，但也极为真实地说明了母亲对于女儿来说是举足轻重的在场，具有无法割舍性。卢克·弗丽特(Luke Ferretter)认为，“尽管读者同情并认同埃斯特，普拉斯也使我们得以理解和同情格林伍德夫人(埃斯特的母亲)。小说使普拉斯更为复杂和细致地展示了格林伍德夫人的性格特征”(84)。小说中埃斯特的母亲通过女儿的注视不时得到呈现，如“我”被母亲带去看精神病医生戈登时，“我看见妈妈仰着脸，透过挡风玻璃盯着我看，那张脸像柠檬片一般，面呈菜色，焦灼不安”(106)。其后不久，“我看着妈妈的身影变得越来越小，最后消失在戈登大夫诊所所在的办公楼楼门里。然后，我又看着妈妈的身影变得越来越大，朝车子走来”(109)。尽管这是一个没有自己的语言的母亲,是埃斯特注视中的母亲,但在女儿所看到的"焦灼不安"的脸与母亲变小和变大的身影中,读者毫无疑问能体会到母亲对女儿的爱以及母亲在女儿心中的分量。然而,对母亲满怀愤怒的女儿在母亲的爱中感受到的却是得不到爱的焦虑。"为什么我感觉不到她是爱我的? ……我的哭泣缘于我没有得到她的爱? 我想我总觉得她把我当作她自己的延伸;当我自杀,或企图自杀时,对她来说是种耻辱……"(448)普拉斯在日记中反复这样问着自己,她显然生活在失去母爱的恐惧中。如何在不丧失母爱的情况下,使自己从母亲那里分离出来,这是普拉斯的希望,也是一个悖论。本杰明(Benjamin)认为这一矛盾通常是通过父亲的介入实现的,父亲的认可使孩子得以"在获得独立的同时,不会遭遇失去的痛苦"(104)。然而,自小失去父亲的普拉斯无法通过父亲的认可使自己获得主体感,只有退而求助于母亲。对此,她感到无望与恐惧,"失败意味着不被母亲认可,而这种来自母亲的认可对我来说意味着爱"(448)。最终,她将憎恨母亲和创作看成自己所做的两件完全不兼容的事:

> 憎恨母亲,你就不能创作,因为,你感到你不得不将你的故事交给她,或者说她会占有它们。(正如我害怕让她在我身边占有我的孩子,我不想让它成为她的)。因此,我不能创作。我恨她,因为,不写作又正中她的圈套,她会说她是正确的,我太傻了不去教书,或者做点更可靠的事……(448)

普拉斯是矛盾的,她既希望母亲能认可她,又不愿意让母亲拿她的成果引以为豪,因为母亲的自豪必然使自己成为母亲的一部分,是对自我的消解。"我的作品是我自己的!"(448)她在日记中将这些字都用了大写英文,这是对自我的存在进行宣告,也体现了女儿从母亲那里分离出来的意志。写作是她实现自我、成为主体的重要途径。然而,普拉斯一再强调,"我感到我不能写作,因为她会据为己有",但是不写作的话,"没有人会把我看作是个人"(448)。写作就是她的全部存在,"爱我即爱我的写作"(448);写作又使她冒着被母亲侵犯的危险,进而威胁到她的存在。这是有着强烈自我意识的普拉斯的两难。然而,她知道是母亲引导她进入了象征界,学会使用父亲的语言,因此母亲的力量无所不在。同时,使用父亲的语言,必然意味着离开母女一度融合的符号界,摆脱母性空间的束缚,而离开母亲,普拉斯的写作便失去了意义,这最终成为"普拉斯一生的挣扎",因为"阴茎型母亲是她的语言开启者",她的创作毫无疑问会"受到母亲的权威的压迫”(Christodoulides 193)。因此,即便普拉斯与母亲如水火不相容,甚至在有了孩子后,普拉斯还在日记中透露出对母亲会靠近孩子的恐惧,但母亲的爱仍是她挥之不去的梦魇。在人生最后几年里,作为母亲的普拉斯在日记中曾写道:“并非我不想要成功,我需要。但是我不想这种成功伴随着一种绝望:这里面交织着恐惧,即失败意味着失去母亲的认可,而母亲的认可等同于爱,这是事实。”接着她以大写字母这样问道:“为什么我感觉不到她爱我? 我期待从她的‘爱’中得到什么呢? 到底什么是我没有得到的,使我为之哭泣?”憎恨母亲的普拉斯无论如何不能摆脱母亲,因为母亲和弟弟构成了“无法解释的联盟——这个家庭以其血肉关系铸就了各种变形的张力、缺乏理性的爱、团结与忠诚。这些人很大程度上为你的现在负责”(65)。普拉斯清醒地意识到自己的身上有着母亲的血液,但她强烈地感到唯有母亲的死亡才有自己的生命。进退两难的普拉斯选择了远离母亲。在她去世一周前给母亲的信里,她拒绝了母亲将女儿带到美国照料的意愿。信中她写道:“我是唯一给她安全感的人,把她带走将是欠缺考虑的,是残酷的,不管你在那里待她有多好……孩子们现在最需要的是我。”(498)那时她的丈夫已离家出走,襁褓中一双儿女需要照料,伦敦正历经从未有过的严寒,然而,普拉斯怀着对母亲的恐惧,坚持自己照料孩子。最终在极度的无助与绝望中她放弃了自己的生命。在一首为生日而写的诗中,普拉斯写道:“母亲,你是那张嘴/我愿成为里面的舌头/作为他者的母亲/吃掉我。”这首诗一方面表达了女儿渴望成为母亲的一部分,与母亲成为一体的愿望;另一方面也表达了普拉斯对死亡的渴望,无法谋杀母亲的普拉斯只好恳请母亲将自己吃掉。正如克里斯蒂娃所言:“谋杀母亲的驱动力的强弱取决于个体和环境的容忍度,一旦受到阻力,就会倒戈到自我身上。”(1989:28)由此,“憎恨意味着从他人的生活方式转向自我”(Ahmed 51),对母亲的仇恨使普拉斯不得不借自杀来完成对母亲的谋杀。然而,在谋杀母亲的行为中,母亲和自我又成为一体,如同普拉斯在母亲地窖的死亡象征着女儿回到了母亲的子宫。“情感并非仅仅关乎触动,它们也关涉依恋或者使我们彼此联系起来”(Ahmed 11)。普拉斯对母亲的愤怒虽然导向的是分离的力量,然而,谋杀母亲也好,自杀也罢,母女之间真正的分离是无法实现的。与母亲不可分割的事实似乎注定了普拉斯寻找自我之旅无法实现。在《钟形罩》的结尾,埃斯特面临着离开精神病院获得新的生活,“但是我并无把握。我根本没有把握。我怎么知道有一天——在学院,或者欧洲,某个地方,任何地方——那个钟形罩,还有它那种种叫人透不过气来的扭曲视像,不会再度降临”(233)。她甚至觉得她的重生就像“破轮胎给贴上一块橡胶，翻新了，证明可以上路”(236)。钟形罩还会罩上来，破轮胎翻新了并不能保证能跑很远，该书出版数月后普拉斯的自杀为这一切做了明证。普拉斯最终以自杀完成了对母亲的谋杀，然而，这是女儿臆想的谋杀，母亲并没有死亡。如果女儿无法赋予母亲主体地位，或者如果母亲无法获得自己的主体性，面临死亡的无疑是女儿。在对母亲的贱斥中，女儿成了无家可归的孩子；在女儿自己的死亡中，回荡着的是对母亲主体的呼唤。

普拉斯与母亲之间悲壮的斗争引发了20世纪60年代以来许多女性主义者对母女关系的考察。里奇指出，即便是在母女分离的表象下，依然暗藏着母女之间纽带的强大能量：“可以说西尔维娅·普拉斯的自杀企图缘于这种母女关系……不管怎样，西尔维娅渴望将自己的诗作、奖品、孩子放在母亲的膝盖上……渴望让欧内利亚·普拉斯知道她为养育女儿的付出与牺牲是值得的……”(330)要将这一被父权社会扭曲的能量转化为沟通母女关系的力量，母亲与女儿首先必须抹去父权制度给予母女关系的虚假光辉，正视母女之间爱恨交织的情感，还原彼此的真实。伊利格瑞在《处于她们自己中的女性：创造女性与女性之间的联系》(*Women-Amongst-Themselves: Creating a Woman-to-Woman Sociality*)中强调了女性与女性之间爱的重要性，认为女性爱上异性的前提是“爱自己并爱同类”，因为同类之间才有可能存在主体地位，而彼此互为主体是爱的必要条件。“没有获得主体地位，这种爱怎么可能存在呢?”(Irigaray, 1991: 192)伊利格瑞的问题为母女之间建立同盟提供了重要的导向。面对“女儿失去母亲，母亲失去女儿”这一“女性最大的悲剧”(Rich, 1986: 237)，化干戈为玉帛，重新建立母女关系，和母亲连为一体，促使女性有效地联合起来为自己的权益斗争成为更有建设性的选择。

母女同盟关系必须建立在母女自己的主体身份获得的基础上。《钟形罩》中，戈登医生给埃斯特做了电击后，埃斯特的第一个反应是，“我想知道我到底做了什么可怕的事”(118)。这句话仿佛在问，是不是她做错了什么事情受到了母亲的惩罚。是母亲的报复吗？而在接受诺兰医生治疗后的一天，当母亲给埃斯特送来玫瑰花作为生日礼物时，她说：“妈妈是访客中最糟糕的一个。她从不责备我，老是摆出一副悲痛欲绝的神情，一个劲儿哀求我告诉她她究竟做错了什么。”(195)女儿和母亲都担心自己做错了什么，然而，因为彼此都缺乏主体性，她们只能在自己的恐惧与愤怒中感到彼此受到的伤害。缺乏主体性的母亲无法促进女儿的主体形成，而具有强烈主体意识的埃斯特盼望着通过母亲的死来实现自己的主体性，因为作为客体存在的母亲束缚着女儿的成长，使之无法获得与父权社会相抗衡的力量,最终导致女儿的身份危机。

"作为女儿,我们渴望母亲和孩子一样拥有自由"(Rich,1986:247),唯有母亲作为主体存在,才能促使女儿获得自己的主体性。然而,《钟形罩》中埃斯特的母亲是20世纪50年代仇母文化所建构的典型的贤妻良母,丈夫死后,她的生活全部围绕着孩子进行,"省吃俭用供我(埃斯特)参加女童子军,上钢琴课,上水彩图画课,上舞蹈课,参加航海夏令营……"(59),除了靠速记与打字这两样她自己讨厌的活儿谋生外,没有报社编辑杰西那样的事业。因此埃斯特不无怨怒地说道:"但愿我有一个像杰西那样的妈妈。那样的话我准知道该干什么。我自个儿的妈妈帮不上我什么忙。"(31)显然,作为家庭主妇的母亲无法成为埃斯特追求自我道路上的楷模,更无法理解埃斯特精神崩溃的深层原因,而只能以一句轻描淡写的话"我们就把这一切权当一场噩梦吧"(229)来为埃斯特在精神病院所遭受的痛苦做一个了断。对于埃斯特来说,她的自杀与她在精神病院所经历的一切已经成了她的噩梦,是不可能忘记的。母亲所理解的"一场噩梦"只能使埃斯特感到母亲"作为父权社会的律法的同谋压抑着女性的雄心与欲望"(Wagner-Martin 52),而无法与母亲产生情感的关联,更无法在触动中互相感应。"身体与身体相互联系起来,依恋之情在触动中产生"(Ahmed 11),普拉斯与其母亲之间原本应有的触动与依恋被憎恨所隔断,被愤怒所摧毁。因此,母亲最终成为她一意要摆脱的束缚。《钟形罩》中埃斯特的母亲与普拉斯本人的母亲极为相似。普拉斯的父亲是波士顿大学的教授,在家里具有绝对的话语权。普拉斯夫人熟悉父权社会女性的位置,因此她不支持女儿的创作,而是希望女儿做一些速记、教学之类的工作来谋生,并给女儿寄《捍卫贞操》之类的文章,试图按照父权社会对女性的贞洁要求来控制女儿的性行为。没能按照母亲的心愿亦步亦趋的普拉斯因为无法成为母亲想要的孩子而感到不安,"我做了母亲认为我不应该做的一切事情,还为此高兴……有时候我感到内疚,觉得自己不应该高兴,因为我没有做母亲希望我做的事,我恨她……"(432)。可见,普拉斯对母亲的"恨"的深层原因在于无法认同代表父权社会规范的母亲,因为这是一个缺乏主体性的母亲。由于无法作为主体存在,母亲的存在不得不借助于女儿及女儿的成就而实现,对此,普拉斯在日记中毫不客气地表达了自己的愤怒:

> 她失去了男人与幸福,不得不拿沃仁(Warren,普拉斯的弟弟)和我来替代男人,把我们的幸福当作她的。我的幸福在某些方面无法成为她的:它违背了她的宣言,暗示她是错误的,或者说

> 过去是错误的。她妒忌我的成就，因为它映射了她的过去，暗示她自己应该为所发生的一切，为对这或那没有做出更好的选择而受到谴责。(449)

母亲的幸福系在自己身上，这对有着强烈自我意识的普拉斯而言是无法承受之重。凯特·莫斯(Kate Moses)认为，“她(普拉斯)1953年的精神崩溃及自杀企图源于她和母亲之间不健康的关系”(42)，因此摆脱母亲的注视[1]，获得自己独立的空间成为普拉斯苦苦的挣扎。然而，母亲的注视应该在何处？《钟形罩》对此没有给出答案，评论家们习惯于把普拉斯的痛苦简单地归罪于母亲。对此，特拉西·布雷恩(Tracy Brain)强调，“任何人对《钟形罩》进行细读必然会看出该小说重在揭示而非提倡问责母亲的态度”(155)。问责母亲的态度不仅造成了母亲的客体化，也使女儿的自我失去了坚实的支撑。本杰明在《爱的纽带》(*Bonds of Love*, 1988)中试图用“主体间性”(intersubjectivity)来解决自我与他人的关系，她认为主体间性理论使主体和客体的关系变成主体与主体之间的关系，因此她强调成为主体不仅仅意味着确立自我的个性，更意味着将自我确立在某种关系中，实际上是对关系的认可。本杰明尤其强调对自己和他人都给予主体的认可至关重要，“孩子有必要将母亲看作独立的主体，而不仅仅是‘外部世界’或他/她的自我的附属品”(23)。然而，对母亲主体的认可首先依赖于自我的主体地位，而这对普拉斯来说是尤为艰难的。“当社会拒绝赋予孩子与母亲主体地位时，孩子如何将自己和母亲看作主体？”(Schapiro 197)这无疑是当时美国社会文化造成的一个悖论。

普拉斯将自己的主体实现寄希望于获得“恨”母亲的权利。在记录1958年与心理医生的访谈时，普拉斯尤为深入地谈到自己对母亲的憎恨。在这次谈话式的心理治疗中，她对RB(她的心理医生)袒露了自己对母亲的“恨”。她的心理医生回答说“我允许你恨你的母亲”，普拉斯认为这一许可对她而言“比休克疗法更管用”(429)。“能够对自己的母亲表达自己的敌意简直太好了”“时间如何流逝也不会使我爱她，我只能同情她……她是个行走的吸血鬼”(429)。普拉斯的这些心迹与《钟形罩》的叙述同出一辙。小说中，当母亲拿着一束玫瑰花去医院祝贺她的生日时，她把花扔到垃圾桶，尖刻地说：“留着到我葬礼上用吧。”然后，她将自己的所作所为告诉了诺兰医生，并对她说，“我恨她。”(215)说完后，她“准备接受一切打击”，然

[1] 普拉斯在日记中曾写道：“我写作时感到有双眼睛盯着我。”(511)莫斯认为这指的是其母亲的眼睛。参看：Kate Moses, “The Real Sylvia Plath”, *Plath Profiles*, 2010。

而，诺兰大夫微笑着说："我想你是的。"(196)对普拉斯而言，正是因为无法表达对母亲的"恨"导致了她心理上的疾病，母亲是其"抑郁的源泉"(423)。而诺兰大夫对她恨母亲的情感的认可实际上是对她的存在的认可，使她从原本因为对母亲的恨意而感受到的罪恶中解脱出来，从而获得精神上的治愈。她在《钟形罩》中的书写可以说也是她表达这一仇恨的方式，然而，这一表达无法酣畅淋漓地进行，因为她对母亲的恨植根于对母亲的爱中，"我可怜她也爱她……毕竟，她是我的母亲"(445)。她知道她必须回报母亲的付出，但成为母亲的孩子意味着放弃自我的追求，成为父权社会的附属品，这是她的困境，是她精神疾病的根源。

由于母女彼此缺乏主体地位，普拉斯也好，埃斯特也好，她们对母亲的爱都是无法实现的。"我们的社会和道德似乎认为女性由于不能在社会或政治意义上成为完整的人，因此爱的必须是社会性的人——男性。"(Irigaray，1991：192)在母亲的主体被谋杀的父权社会，试图建构自我主体的普拉斯只好将爱投射给父亲。她在日记中写道："你的父亲就在你身体的某个地方……你还记得当你小的时候，你是他的最爱。"她渴望进入父亲代表的象征界，希望自己年少时学的是父亲的"植物学、动物学以及科学"(64)，而不是受母亲的影响学的人文学科。她选择认同父亲，成为父亲那样的人，然而缺席的父亲无法为她获得父亲的语言助上一臂之力。《钟形罩》中的埃斯特记得母亲讲过父亲在和母亲度蜜月时说的话："啊，这下可以松口气了，现在我们可以去掉伪装，露出我们的真面目了吧？"她明白，"从那一刻起我妈妈再也没有舒心过"(66)。父亲显然是母亲获得从属地位的罪魁祸首，缺乏主体性的埃斯特知道自己对父亲的爱是不平衡的，投奔父亲显然没有前途，因此她对父亲同时也充满了憎恨。然而，占据统治地位的父权象征界建立在排除母亲的主体地位，甚至阻止母女联系的基础之上(Jacobs 6)，求助父亲无望的埃斯特即便转向与母亲联盟。20世纪50年代那无处不在的仇母微粒也挡住了她通向母亲的视线，最终使自己被罩在看不见的钟形罩里。

普拉斯在《钟形罩》及其日记中反复表达的女儿渴望离开母亲，摆脱母亲的束缚，乃至要谋杀母亲的冲动，也反映了她作为真正意义上的女性主义者和知识分子极其敏锐地感到了女性受到的不平等待遇及其在获得独立自我的过程中遭受的阻力。具有强烈自我意识的女儿注定要离开母亲，遭受断裂之痛，女儿的出走是女性主义思潮发展的必然阶段。女性主义的这一发展与1949年波伏娃的《第二性》出版不无关系，该书使众多女性开始从自己与母亲的关系角度思考自己的第二性地位。书中，波伏娃独辟一章分析了母亲与孩子的关系,波伏娃指出母亲在女儿身上寻找另一个自己,一旦女儿出现独立于母亲的他性,母亲就会将其看作“令人憎恨的忘恩负义”(497),这与普拉斯的母亲在《钟形罩》出版后的抱怨一样。正如里奇所指出的,这样的母亲对女儿而言很难说是起了母亲的作用,即便她们觉得自己是在帮助女儿谋生(243)。无法恨自己母亲的普拉斯生活在母亲成为众矢之的替罪羊的年代,无法感受到母亲的爱,最终不得不离开母亲,独自遭受钟形罩的禁锢,甚至寄希望于杀死母亲。然而,谋杀母亲并不能真正带来与母亲的分离,促成自我的成长。只要“谋杀”母亲的人心智还算清醒,被谋杀的母亲将无时无刻不以在场的形式存在于他(她)心中。弑母这一模式可以说更适合于男性心理而非女性心理。正如怀尔兰德(Wieland)指出:“弑母是男性的而不是女性的解决问题的方案。”感到自己没有母亲的普拉斯在生活中不断地寻找着替代母亲,她的心理医生RB扮演着她的母亲,成为“令人愉快的爱的替代”(429)。《钟形罩》中的埃斯特在和其他女性的交往中,也透露出其对母亲的寻找。她希望事业有成的编辑简·吉(Jay Cee)是她的母亲,又将能理解自己的痛苦的诺兰医生比作自己的母亲。因此,在《钟形罩》和《日记》叙述的试图谋杀母亲的愤怒里,实际上隐藏的是对作为主体存在的母亲的呼唤。普拉斯在爱与恨的声音缝隙里构建的是一个与她所生活的时代无法兼容的母性王国,也因此她选择了死亡,进而放弃了母亲身份。普拉斯的死亡预示着其后母亲作为主体的出现,以及母女联盟的可能。

第二节 《女勇士》:寻找母亲愤怒的声音

如果说普拉斯的母性叙事里,母亲及母亲身份成了阻碍女性自我成长的重要绊脚石,母女的对话通道在女儿满怀敌意的怒火中与时代的仇母阴影下被完全堵塞,那么汤亭亭的《女勇士》给读者带来的则是希望,即女儿在母亲的叙事中寻找母亲愤怒的声音,从而使母女的对话获得通道,最终得以建立联盟。作为一部以满怀斗志的女剑客(swordswomen)为焦点的回忆录,《女勇士》毫无疑问充满了火药味与斗争精神。无论是母亲不动声色地违背父亲的禁令讲述姑姑的故事,还是在医学院孤身与各种鬼怪奋力斗争,抑或是鼓动姨妈向移情别恋的丈夫索取自己的权利,作为女勇士的母亲与在美国同各种“白鬼”斗争的女儿无疑有着许多共通的声音。倾听母亲暗藏着愤怒的声音使母女之间的对话成为可能。“由于女性除了使用男性表征系统，并无自己的语言这一事实，女性的劣势社会地位被强化并复杂化。”(Irigaray, 1991:131)因此打破父权语言的禁锢，建立女性自己的话语体系，书写女性自己的经历，使女性成为言说的主体，是女性获得主体性的关键。然而，对于养育孩子的母亲来说，女性的书写尤为困难。蒂尼·奥尔森，这位养育了四个孩子的工人阶级母亲在其故事集《给我讲个谜》(*Tell Me a Riddle*, 1961)中从母亲的角度还原了生活在夹缝中的女性在抚育孩子与自我发展中的窘境，为中下层阶级的母亲们打开了话匣子，打破了母亲沉默的坚冰，使母亲得以作为人呈现出来。其后，奥尔森在其著作《沉默》(*Silences*, 1978)中以包括薇拉·凯瑟(Willa Cathy)、格特鲁德·斯泰因(Gertrude Stein)、伊迪丝·华顿(Edith Wharton)、伍尔夫、左拉·尼尔·赫斯特(Zora Neale Hurston)、尤多拉·韦尔蒂(Euroda Welty)、弗兰妮·奥康纳(Flannery O'connor)、乔伊斯·卡罗尔·欧茨(Joyce Carol Oates)等在内的三十余位现当代没有孩子的英美女作家为例，说明母亲身份与女性艺术家之间的矛盾。[①]显然，母亲的故事无论是在男性的书写中，还是在女性的书写中，都极少得到言说已经是不争的事实。也正因此，从20世纪60年代初的《钟形罩》到70年代中期的《女勇士》，随着女性主义运动第二次浪潮的不断发展，寻找母亲的声音开始成为关注的焦点。里奇的《生为女性：作为经验与制度的母亲身份》与《女勇士》同一年诞生，书写母亲成为女性作家的重要使命，关注母亲身份成为女权主义者的核心话题。

作为这一时期的产物，《女勇士》与《钟形罩》中母亲的噤声不同，母亲在女儿的笔下开始了言说。“尽管女儿通过讲述母亲禁止她讲的故事来颠覆母亲的权威，她仍然赋予了母亲声音与能动性。”(Parrott 379)正如琳达·马丁·埃尔科夫(Linda Martin Alcoff)在《替人言说的问题》(*The Problem of Speaking for Others*)中所指出的，“说话的内容取决于谁在说和谁在听”(102)。由于说话的主体是女儿，听众以美国人为主，该书中母亲的声音自然出于女儿的需要在不同的地方得到了彰显或遮蔽。然而，通过母亲的出场，《女勇士》在母女的对话中凸显了女儿最终对母亲的接纳与自我成长的实现。

与《钟形罩》相一致，母女关系及其对女儿身份的影响成为汤亭亭在母性书写中面临的首要问题，但《女勇士》体现了母性书写的另一个走向，即不再诉诸谋杀母亲或母女关系的断裂来建构女儿的身份，而是将焦点转向

①参看：Tillie Olsen, *Silences*(New York: The Feminist Press, 2003)30。

母性谱系的追溯与母女之间联系的建立以期获得女性的同盟,这也是《女勇士》中作者在书写母亲的故事时试图彰显的地方。然而,建立母女的同盟并非凭着意愿就可以一蹴而就的。作为美国人[①],汤亭亭用美国的文化对中国母亲进行是非批判,常在无意中流露出东方主义的态度,即用西方的价值观界定中国文化传统,因此在替母亲言说的同时,也不时地遮蔽了母亲的主体性,强化了母亲的他者性,甚至使母亲回归到失语状况,从而给母女之间的同盟关系提出了新的问题。

《女勇士》对母亲声音的彰显首先是通过母亲隐含愤怒的否定的声音实现的。“你不能把我要给你讲的话告诉任何人。”[②]这句统领全书的话既使母亲以反叛者的形象出现,也使“我”通过对母亲的反叛,将“我”对女性受禁锢的命运的愤怒表达了出来。母亲将父亲引以为耻的关于姑姑的故事讲出来,表面上似乎在给女儿警示,让女儿不要重蹈姑姑的覆辙,做一个守妇道的女子。但事实上,在故事的背后,传递着另一个颠覆性的声音,即将父权牢牢控制的不可言说的女性受压迫的故事说出来,使“好像从来没有出世过”的姑姑得到历史的再现,使女性身体遭受的压迫不再淹没在男性的话语中。这体现了母亲作为主体的存在,“不要让你父亲知道,我把这件事告诉了你”(3),这是对父权的挑战与反抗,促使女儿开始了对姑姑的书写,成为唯一一个“舍得为她破费纸张”(15)的人。由此母女之间形成了与父权压迫斗争的统一战线。“我们喜欢说反话”(187),母亲的话语里永远藏着画外音,甚至当她给女儿讲述花木兰的故事时,“她说,我长大以后也会成为妻子和佣人,但是她把女中豪杰花木兰的歌教给了我。我长大了一定要当女中豪杰”(17)。与20世纪六七十年代轰轰烈烈的美国女性运动不同,中国母亲没有对父权社会进行公然的反抗,而是以反话作为生存策略,与父权压迫进行曲折的斗争。“一晚又一晚,母亲总要讲到我们睡着为止。我搞不懂故事在何处结束,梦从何时开始。睡梦里母亲的声音和女英雄的声音混为一体了。最后,我感到在听母亲讲故事的时候,自己也有使不完的力气。”(17)因此,母亲在各种反话中传达自己的愤怒,并使女儿在洞悉母亲的愤怒中获得对抗的力量,由此母女之间开始传承与父权制度对抗的能量。

---

①汤亭亭多次申明自己的美国人立场,在《美国评论家的文化误读》一文中,她反复强调:“我是个美国人,我是个美国作家,同其他美国作家一样,我也希望创作出伟大的美国小说。《女勇士》是一部美国书。”(57-58)参看:Maxine Hong Kingston, “Cultural Misreadings by American Reviewers,” in *Asian and Western Writers in Dialogue: New Cultural Identities*, ed. Guy Amirthanayagam (London: Macmillan, 1982)。

②《女勇士》中的译文如不加特别说明,皆出自汤亭亭:《女勇士》,李剑波、陆承毅译,漓江出版社,1998年。

其次，母亲愤怒的声音从母亲讲述自己的故事中透露出来。在对自己的经历的讲述中，母亲突破了各种对女性生命存在的限制，在看似平和的故事讲述中表达了自己的愤怒。《女勇士》中的母亲善于讲故事，在讲故事的过程中，母亲使自己的经历成为有名的存在。母亲表述的自我经历无疑使女儿得以从母亲的经历中看到自己的存在，从而开始接替母亲未竟的使命，使母女的斗争最终连为一体。讲故事的母亲有自己的名字，甚至从未像其他华人移民那样改过名字，这是她获得自我身份的基础，使她不至于像无名氏姑姑那样湮没于岁月的长河中。“有一技之长的女人有权不用夫姓，就用自己婚前的名字，如果她们高兴的话。到美国以后，她还叫勇兰，从未用过美国名字，也不曾取上一个应酬必要场合的名字。”(69)小说中从未出现过母亲的姓氏，姓氏作为父亲谱系的符号消失了，取而代之的是母亲的名字，这一名字指向的是母亲不依附于他人而作为独立个体的存在。母亲名字中的“勇”字与女勇士的意义贯穿起来，是对传统的女性气质的超越。作为医学院毕业的学生，勇兰身上体现着独立自强的新女性气质，即使是在异国他乡，她也没改变自己的中国名字，这是对自己身份的坚持。在母亲与“我”的身上都有女勇士的身影。讲述女勇士故事的母亲自己便是女勇士的化身，她与各种鬼怪勇敢地斗争。在中国，作为医学院的学生，她不畏惧闹鬼的屋子，独自睡在里面捉鬼。尽管在同学中她的年纪比较大，但她总是等她们睡着了再起床努力学习。到美国后，她顽强地与各种实施种族歧视的“鬼”进行斗争，并通过讲故事的方法不断赋予女儿勇士的力量，甚至不惜剪掉女儿的舌筋促使女儿在种族歧视中获得自己的语言。

在彰显母亲作为女勇士的主体时，汤亭亭也以美国女儿的身份将中国母亲推向边缘，使之在东方主义的思维模式中处于失语状态，使女儿在对母亲的愤怒中一度远离母亲。赛义德在《东方主义》(*Orientalism*, 1977)中指出，“东方主义是一种西方的思维方式，它凌驾于东方之上，对东方有着绝对的权威，并试图重新整合东方”(3)。汤亭亭在《女勇士》中讲述了急于融入西方文化、成为西方文化代言人的女儿试图与母亲划清界限，从而获得自己的美国身份的事情。她对母亲及母亲代表的文化的批评几近苛刻，小说中她写道：“她(母亲)宁愿种蔬菜，也不种草坪。”(4)美国人爱在屋前屋后种草而不是蔬菜，因此草坪作为美国的文化处于主流地位而使种蔬菜的行为变得不当。她认为：“通奸是一种放纵的越轨行为。那些自己孵小鸡，又把鸡胚胎和头当作美味食用，把爪子加醋烹调作为宴会的菜肴，除了砾石，连内脏都要吃光的人，他们能够造就出一个挥霍的姑姑来吗?”[①](5)作者将通奸与中国的饮食风俗联系起来，认为中国人饮食上一切都能吃的特点不可能造就出为了性而放弃一切的风花雪月的女子。此后，作者在“乡村医生”一章里不惜笔墨地渲染母亲“什么东西都给我们做着吃”(82)，包括浣熊、黄鼠狼、老鹰、鸽子、野鸭、野鹅、矮脚鸡、蛇、蜗牛、乌龟、泥鳅以及院子里的野草。在对母亲的饮食文化浓墨重彩地描述后，女儿以一句“我宁可以吃塑料为生”(84)与母亲兵分两路。在叙述自己的沉默岁月时，“我”虽然可以在华人学校里自由自在大声说话，但“我”感到“可你又不能完全按照华人的意图讲话，他们总想为了他们个人的目的控制你说话，驱动你的舌头为他们说话”(152)。接着“我”以母亲驱使我去送错药的洋人药店讨药为例说明在母亲的作用下，“我”如何“含混不清”地找药师要糖，处于边缘文化中的我对母亲言说的文化不仅感到底气不足，而且感到百般羞愧，最终导致“说话吃力”，甚至于“把我的嘴弄歪了”(155)。然后，作者历数中国人说话声音之难听：“中国人说话不仅声音大，而且也难听……发音古怪，像老农民一样……”因此“我”努力“低声细气地”说话，以求显示出“美国女性气”(155)。由此，作者对中国文化的贬抑与对美国文化的褒扬泾渭分明，母亲及母亲代表的文化在美国女儿的定位中成为他者，进一步被边缘化。伊利格瑞在《说话永远不会是中立的》(*To Speak is Never Neutral*, 2002)中提出：“对于那些想确立自己的疆界与世界的人，需要一种道德，足以尊重他人的疆界，尤其是另一个性别的。”(7)《女勇士》中的母亲在女儿为自己界定空间的过程中失去了自己的疆界，替母亲言说的女儿也提出了另一个问题，即斯皮瓦克的“下属能说话吗?”作为他者的母亲在被赋予话语的同时毫无疑问也被剥夺了话语权。“在东方主义的视界中，东方过去不是(现在也不是)思考和行动的自由的主体”(Said 3)，母亲也因此在美国女儿的言说中成了被再现的客体，从而丧失自主性。

在女儿的言说中，母亲的故事既是动力也是阻力。如何从作为女勇士的母亲那里获取正能量促使自己变成自己的女勇士，这是女儿在赋予母亲话语时传递的另一个声音。白虎山中的女勇士是母亲给女儿塑造的英雄人物，但是在这个梦的最后，女勇士并没有对父权文化下女性的角色进行任何挑战，打了胜仗，荣归乡里后，她所做的是跪在公婆面前说：“国事已毕，我要守在你们身边耕耘纺织，生儿育女。”(41)这一场景消解了女勇士在战场上与男性试比高低的自我意识。舒媛(Yuan Shu的音译)认为：“汤

① 本处翻译在李剑波、陆承毅所译的《女勇士》的基础上略有改动。

亭亭对这一故事的改写绝没有改变这一传说的本质，因为她的故事仍处于忠孝两全的父权话语逻辑中。”（212）然而，与其说这是汤亭亭对母亲讲述的故事的改写，不如说这是“我”大脑里留存的关于女勇士的故事，是回荡在女儿心中的母亲的声音。[①]在反抗父权文化的同时，母亲也在无意识中成为父权文化的维护者，这体现了母亲的矛盾性。恰如母亲自己尽管曾经是受人尊重的乡村医生，到了美国却从早到晚在洗衣房里劳累，甚至在年纪大了后还要染了头发去贫民区“和流浪汉、酒鬼、吸毒者还有墨西哥人一起排长队，等农场的车来，让农场主挑选雇工”（95）。女勇士的力量并非无处不在，现实环境会以不同的方式将女勇士的力量吞噬。如何将女勇士的力量提炼成持久的动力，使“我”可以战胜种种鬼怪，并最终获得自己的身份，这是《女勇士》主人公面临的真正问题，也是汤亭亭试图从母亲愤怒的声音中寻找的东西。解决这一问题的途径之一便是走出母亲的故事，建构自己的故事。因此，女勇士故事之后，作者话锋一转，“我在美国的生活真令人失望”（41），作者开始讲述与女勇士相距甚远的“我”的挣扎。现实生活中的美国女儿拼命努力，门门功课都是A，却不能改变自己的女性身份，不能改变自己的肤色，也找不到召唤自己的鸟，找不到能做她师父的老者。成为母亲故事中的女勇士显然是不可能的，作为一个华裔美国人，如何在充满种族歧视与性别歧视的喧嚣声中找到自己的声音，才是“我”获得自我身份的关键。

“沉默吞噬掉身份”（Morante 78），这是“我”自小就明白的道理。小学六年级的时候“我”折磨另一个同自己一样不会表达思想、惯于保持沉默的女孩，企图开启她的声音之门，然而无论“我”如何努力，女孩就是不开口说话，束手无策的“我”哭着质问她：“你就想这样下去吗？一辈子都哑着吗？难道你就不想当啦啦队长，不想做个善于交际的女人？……你是棵植物，知道吗？如果你不说话，你就只能是植物。如果你不说话，就没有个性。你不会有个性，不会有头脑。你总得让人知道你有个性有头脑。”（164）这段饱含愤怒的话可以说是承接了母亲的愤怒，在表达对自己的愤怒，对那个在房子、花朵和太阳上涂上一层层黑色的女孩的愤怒，对那个无法对药师讲明中国母亲的愤怒的孩子的愤怒，对那个不得不接受语言障碍治疗的小写的“我”的愤怒。“你总得让人知道你有个性有头脑”——这是作者对自我得到认可的渴望，是对成为美国人笔下大写的“我”的诉求。“我”的哭泣

---

① 汤亭亭在2011年出版的回忆录《我爱我生命宽阔的边缘》（*I Love a Broad Margin to My Life*）中对这一结局进行了改写。她写道：“现在我明白了：她杀了自己。她患了创伤后应激障碍。”（211）参看：Maxine Hong Kingston, *I Love a Broad Margin to My life*（NewYork: Alfred A. Knopf, 2011）。

表面上是自己的失败使然,但在怒其不争的后面藏着的是自己的无力。“我不想再看她那张脸,我痛恨脆弱的东西……我盯着她脖颈形成的曲线。我希望能从后面和侧面看到自己的脖子是什么样。我希望不要像她那样,我想有一条粗壮的脖子。”(159)在“我”对女孩的愤怒里以及对自己的希望里,隐含的是我对于自己成为女勇士的梦想,而这里面回响的显然是母亲的声音。这件事后,“我”病倒在床一年半,尽管这病“没有痛楚,没有症状”,但却深藏了“我”无法打破沉默的绝望。隐居在家与世隔绝的“我”不用面对说话的问题,“这是我一生中最美好的时光”(165),“可是到了学校,我还是得应付说话的问题”。小说中的“我”不停地问母亲为什么要剪自己的舌筋,尽管母亲解释说:“割了以后,你的舌头就活泛了,能说任何一种语言,可以说截然不同的语言,能发出任何一个音。”(148)“我”对此却持怀疑态度,将自己找不到声音的痛苦归之于母亲,认为母亲割自己的舌筋是有意修理自己,唯恐自己说话不当。母亲究竟是敌人还是盟友?如同普拉斯,如果这一问题不能得到解决,女儿的身份寻找最终将功亏一篑。

尽管对母亲有着种种怀疑与愤怒,女儿并没有放弃与母亲沟通,这也是不同于《钟形罩》中母女关系的地方。在对母亲割自己舌筋有所猜疑后,女儿开始对母亲表现出更为积极的态度。“也许正是我的舌筋被割活泛了,我在心里想出了大约200件事想对母亲讲,那样她就会真正了解我,我的喉咙也不会憋得痛了。”(180)我开始努力打破沉默,希望“让母亲了解我的这些事情,这些想法,她——乃至世界——会更喜欢我的,我将永远都不会被孤立了”(181)。自此,与母亲建立盟友关系成为了女儿成长的要道。“我”渴望将成长过程中所有的苦恼与不安倾诉给母亲,从而搭建起母女沟通的桥梁。然而,美国女儿与中国母亲之间的沟通绝非易事。为生计时刻操劳的母亲注意不到女儿絮絮叨叨的背后对交流的渴望,而只是简单地说道:“我受不了你这份儿咕哝……我可不想听你的疯话。”(183)甚至以一句“别来烦我”(184)打消女儿的诉说欲望。女儿有一天终于发作了,将心中积久的怒火喷泻而出:“我要离开这里……我说话古怪是你们的错,我幼儿园不及格,唯一的原因是你们不能教我英语,你们给了我零智商……我也不想再听你们讲的故事了,没一点逻辑……真假难辨……哈!你们不能不让我讲话。你们曾想割我的舌头,那也无济于事。”(185)女儿对母亲暴风骤雨似的怒火使母女之间开始了一场舌战。母亲再次申明:“我割你舌筋是为了让你多说话,而不是少说话……你听不懂人家讲话……真假难辨。”(185)母亲的反驳简洁而粗暴,对女儿来说更多的是不可辩解之词。在彼此的“真假难辨”中,母女背向而去。米奇·帕尔曼在《母亲的难题:当代美国文学中的母女关系》的前言中认为,许多女性在书写时透露的是,“母女关系的事实是母亲往往起着消极的而不是积极的作用,女儿不管是依附于母亲还是疏远母亲,都显示出令人不安与让人丧气的方面”,因此,女作家在书写母亲时,很容易就参与到对母亲的指责中,最终导致“女性的脆弱感与不堪一击感,历经最近二十五年的女性主义发展,仍与母女之间无法建立起纽带不无关系”(6)。《女勇士》中的女儿一方面有无数想跟母亲诉说的话语,另一方面在心底里藏着对母亲无数的怨怒。渴望靠近,却无从靠近,这是母女关系的症结。汤亭亭的书写尤为真实地再现了女儿在试图建立母女联盟时的愤怒与焦虑,但女儿唯有不将自己的沉默归罪于母亲,而是寄希望于母亲,她才可能获得自己的声音,才可能实现自我的存在,这是该书在书写母女关系方面的重要突破。尽管在汤亭亭的书写中女儿的话语占了主导地位,母亲的言说经过女儿的转述表达的是女儿寻找自我的声音,母亲真正的声音仍然很难捕捉,但汤亭亭为母女之间的联盟找到了基础,正如作者在叙述花木兰故事时所说:“我跟传说中的女勇士不无共同之处”,那便是我们“都把要说的话藏在背后。”(49)作者由此点明了自己用语言做剑来与敌人抗争的雄心壮志,这与母亲用故事赋予自己力量可谓异曲同工。

从无名女子到女勇士,继而到乡村医生,最后到蔡琰,这是“我”在美国的自我发展历程,也是从母亲愤怒的声音逐渐向女儿愤怒的声音过渡的过程。无名女子与女勇士是母亲讲述的故事,而乡村医生则是母亲自己的故事。到了蔡琰,故事转变为“我”的。这一变化中经过了层层否定,最终完成了从母亲到“我”的过渡,使母女之间获得沟通的桥梁。“故事的前半部分是她讲的,后半部分是我加的。”(190)《女勇士》的最后,作者书写了一个母女共同讲述的故事,前半部分母亲讲述了外婆执意看戏的故事,后半部分作者加上了蔡琰将匈奴的故事带回家乡的事情。故事的结尾,作者写道:“歌词翻译得也不错。”(192)这句话既是对两种文化沟通的信心,也是对母女之间联系的肯定。尽管“汤亭亭所接受的中国文化与美国文化并非完全兼容”,尽管“母女故事之间的连接并不紧密”(Mylan 149),母亲作为主体透露的愤怒的声音毫无疑问对于作为边缘群体的华裔女儿有着重要的意义,是女儿获得自我身份的立足点。替母亲言说的女儿虽然在东方主义的叙说中参与了母亲边缘化的过程,使母亲的主体再次被遮蔽,但汤亭亭通过对母亲话语的肯定及对母亲故事的寻找,使母亲的力量仍然从各种矛盾的声音中穿透过来,使母亲成为不可忽视的存在。

《钟形罩》和《女勇士》都表达了女儿离开母亲成为自己的愿望。不管是对母亲还是对孩子而言,母女的分离都是一曲悲歌。然而,“渴望从母亲那里分离出来成为独立的个体表达的不仅是对依赖性的敌意,也表达了对社会的爱。占统治地位的是敌意还是爱则取决于孩子的成长环境”(Benjamin 96)。在父权社会里,母女之间的敌意显然占据着统治地位,而其罪魁祸首毫无疑问是女儿成长的环境。“我们的文化使不管是黑人母亲、白人母亲,还是其他母亲都不值得我们给予深厚的爱与忠诚……”(Rich,1986:255)因此,突破这一充满敌意的环境的迷雾,重新解读母女关系尤为重要。在母女分离的背后,在女儿渴望形成自我主体的话语中,毫无疑问隐藏着另一对父权文化具有颠覆性的声音,即对母亲主体的呼唤。“唯有当母亲感到自己有权成为她自己时,她的孩子才会将她看作独立的自我。”(Benjamin 82),作为主体的母亲是孩子实现自我的重要依托。此外,“对于女孩来说,与男孩一样,母亲是她们首要爱的对象”(Chodorow 196),不管女儿如何期待着离开母亲,对母亲的这份原初的爱最终还是会将她们拉到母亲的怀抱。20世纪七八十年代,随着女性主义运动第二次浪潮的发展,许多女作家与理论家,包括托妮·莫里森、爱丽丝·沃克、谭恩美、克里斯蒂娃、伊利格瑞等,在经历了普拉斯式断裂的痛苦之后,开始致力于冲破仇母的浓雾,为女儿寻找母亲、最终寻找女性的谱系而努力。因此,母女关系出现了重要转向,即重新审视母女之间的矛盾,呼吁女儿不要责备母亲[①],从理解母亲的角度回到母亲身边,重建与母亲的纽带。但是,理解母亲决不能单靠女儿对母亲主体的呼唤而实现,“将母亲看作主体意味着了解她们日常具体的生活;了解她们对孩子感情的内涵;了解母职带来的她们与工作、男性、朋友及恋人之间的关系;了解她们因照顾孩子这一经历所激发的政治活动及政治立场……”(Ross 398—399)。因此,要使母亲成为主体,就必须将自己作为母亲不为人知的故事讲述出来,这也是70年代后期女性小说家的母性书写的重要任务之一。

①参看:Paula J. Caplan, *Don't Blame Mother: Mending the Mother-Daughter Relationship* (New York: Harpercollins, 1990); Andrea O'Reilly and Sharon Abbey, *Mothers and Daughters: Connection, Empowerment, & Transformation*(New York: Rowman & Littlefield Publishers, 2000)。

第三节 《我母亲的自传》:成长于共同的愤怒中

杰梅卡·金凯德是位备受美国评论家青睐的加勒比裔美国黑人作家。作为加勒比文学的代表作,她的小说《我母亲的自传》被从后殖民身份、母女关系、记忆的作用、语言的重构、死亡主题等诸多维度进行了深入讨论。学者们大多将叙事者雪拉看成“母亲的生命及其历史的容器”(Morris 954),认为她“承受历史的重负,使自我得以诞生”(Simon 33)。《我母亲的自传》以为母亲作传为名,实际上讲述的是叙述者“雪拉”的故事,因为雪拉的母亲在她出生时便去世了,所以母亲自始至终都是缺席的存在。然而金凯德在结尾写道:“这里对我的生活的叙述已经成为对我母亲的生活的叙述,而这也就等于对我的生活的叙述。不仅如此,它还是对我没有生下来的孩子的生活的叙述,这也是她们对于我的叙述。”[①](184)显然,书写雪拉的故事也便是对母亲被抹去的历史的再现,是对自我存在的追根溯源,是建构自我的必要途径。该小说的中文译者路文彬强调金凯德基于其愤怒的记忆,并“借助雪拉之于母亲的想象,完成了自己对于民族历史的想象”(23)。作为典型的后殖民叙事文本,金凯德的母性叙事毫无疑问充满了对殖民统治与压迫的怒火,然而她的愤怒是不动声色的,隐藏在对母亲们的物化叙事中,并通过对母亲的肉身寻找使“我”与母亲们对殖民掠夺的罪恶同仇敌忾,从而获得摆脱殖民桎梏的力量,在去殖民性的过程中实现自我的建构。身体的去殖民性意味着摆脱殖民统治对身体的物化,解除身体与物之间的等同关系,使之还原为具有主体性与能动性的肉身。金凯德在小说中直面殖民地母亲身体被物化的现实,力透纸背地呈现了母亲们物化的不同形态,使读者得以剥离其物的外壳,恢复其肉身,并致力于在我与母亲们共同的愤怒中以“我”获得的肉身替物化的母亲们赎回自我,最终实现身体的去殖民性。

《我母亲的自传》中,叙事者雪拉对于自己出生时便去世的母亲的记忆是通过对“物”的记忆实现的。“我来到这个世界时满怀着从万物中找寻意义的渴望……然后我发现我不过是万物中的一物而已。”(Fanon 109)弗朗茨·法农作为黑人对自我存在的“顿悟”,也是雪拉不得不面对的现实。她对于母亲的寻找正始于对物的寻找。“我母亲在我刚出生时就死去的这个事实,成为了我一生的主题”(182),这是小说中无数次出现的咏叹调,也是

① 金凯德:《我母亲的自传》,路文彬译,南海出版公司,2012年。

贯穿于小说的愤怒情绪,渗透在各种“物”的叙事里。小说伊始,叙述者雪拉指出母亲的死带来了矗立于“我”和永恒之间的“空白”,以及自己身后无法释怀的“阴冷的黑漆漆的风”。“永恒”虽然指向的是未来,但其中的空白是被殖民历史遮蔽与掩埋的母亲的历史,意味着“我”与未来之间的断裂。因此,填充这段空白,在我与未来之间建立通道成为了“我”的书写的重要使命。而背后“阴冷的黑漆漆的风”里裹挟的既有“我”的脆弱、悲哀与绝望,更有一种推动“我”寻找母亲、揭示这段历史并从中获得自我的愤怒的力量。死去的母亲似乎无处可寻,然而,雪拉无数次在梦中见到从梯子上走下来却又走回去的后脚跟以及脚跟上白色的裙摆。这是看不到脸面的母亲。后脚跟与白色的裙摆使母亲成为了物化的存在。如果说后脚跟的意象里充满了雪拉的无助感,那么白色的裙摆里则有着雪拉对母亲的理想化信念。没有脸面,只有后脚跟的母亲是雪拉唯一能把握的母亲的存在,金凯德的书写力图还原的正是母亲的全貌,包括母亲的五官和母亲的整个身体。该书的编排也别具一格。在其1996年的版本中,插入了同一位女性的多张图片。第一章之前的图片只显示了这位女性右上角的头发和眉毛,其余均为空白。随着各个章节的展开,读者依次看到她的眼睛,她的上半身、下半身,最后全书结束便现出一个加勒比女性的全貌。由此,“碎片被另一个自我黏结到一起”(Fanon 109),支离破碎的“物”的部件被还原成神态举止中渗透着加勒比文化的饱满的肉身,母亲不再仅仅作为“物”消逝于历史中,而是以其物化的种种形态鼓动着愤怒的气息直面殖民的罪恶。

此外,看不到母亲的脸面是因为作为加勒比的土著,母亲的民族已经因殖民者消灭殆尽,因此书写母亲,寻找被抹掉的母亲是极大的挑战,甚至是不可能的。作者只好以“我”的故事来叙述母亲的故事。然而,虽然“我”成了母亲,从而得以为母亲写自传,但“我”仍然是母亲的女儿,作为女儿的我同时也在寻找母亲,并在寻找过程中以无处不在的愤怒对所有潜在的母亲进行了拒绝,因为这些母亲无一不是殖民后物化的存在。

衣服是金凯德书写中极为重要的物件。她曾为两岁生日时穿的一件裙子立传——《一件裙子的传记》(“Biography of a Dress”, 1992)。其中,作为传记主体的衣服(而不是人),给叙述者带来的是“罩在裹尸布里的感觉”(Kincaid, 1992: 98)。衣服显然构成了压迫身体的不可忽视的力量,是“压迫者借此假冒、阻止乃至侵占臣民反叛的身体的手段”(Matos 846)。《我母亲的自传》中关于衣服或者布料的书写无处不在,其中她的养母尤妮斯所穿的破旧的棉衣以及收留她的拉巴特夫人的漂亮衣服成了殖民文化下母亲们的替代。有着六个孩子却不曾被爱过的洗衣工母亲与想方设法生养孩子的拉巴特夫人，在殖民者的性奴役中都变成了衣服。

为父亲洗衣服的尤妮斯原本可以成为雪拉的养母。她有六个孩子，其中一个还处于哺乳期，因此可以用自己的乳汁喂养雪拉。然而，雪拉不喜欢她，不是因为她对雪拉不好，她对自己的孩子也是一样，因为“她不懂得如何去爱”，正如“我可能也不知道如何爱她一样”。金凯德在此点明了母亲之所以失落的症结：她们不曾被爱过，所以无法知道如何去爱。这是数百年来被打败被驱逐被奴役的被殖民者的命运。尤妮斯有六个孩子，但她的丈夫，孩子们的父亲在哪里却无人知道。雪拉对其身后的男人不着一字，这无疑体现了加勒比女性的常态。雪拉曾经在一所由传教士办的学校读书，这所学校不接受婚外出生的孩子，因此规模很小。也就是说，大多数孩子都是非婚生的。这是遭受殖民的加勒比的现实。这些孩子是雪拉的父亲，父亲的父亲等与无数女人发生关系的产物。她们所遭受的漠视与屈辱是她们无法吸收母亲的养分，乃至最终物化的重要原因。“在这样的地方，残忍是遗传下来的唯一的东西，残酷有时是唯一免费供应的东西。”因此，尤妮斯是物化的存在，是冷漠的。她为父亲“洗衣、熨衣、叠衣”，在“洗、熨、叠”这三个简单的动作里，看不出为男人洗衣者的任何情感，而“我”和父亲的脏衣服处于等同地位，可以说尤妮斯与“我”的关系等同于她与脏衣服的关系，是冷冰冰的物与物的关系。因此，雪拉拒绝喝她的乳汁，甚至用牙齿去咬喂养她的手，以此拒绝其作为自己的母亲身份。当雪拉不小心打破了她的一个有着英国风光，写着“天堂”字眼的瓷盘时，她对雪拉的惩罚是让她在炎炎烈日下跪在石堆上，同时每只手各将一块大石头高高举过头顶，并极尽可能辱骂她死去的母亲。然而她的语言与惩罚对雪拉没有任何作用，因为雪拉知道她们之间是没有爱可言的，她只是一种物的存在，无法触动她，使她能感应到情感。就像一个人撞在石头上，即便有身体的疼痛，却不会触及心灵。但是这一惩罚让她深刻感受到这样的关系：捕获者与被捕获者的关系，主人与奴仆的关系。其中暗含的是大与小，强与弱的主题，这一切映衬在大地、海洋与天空的背景之下。地球、海洋与天空是历史的见证者，是永恒的物的所在，它们不仅见证了多米尼加人民数百年的殖民史，还见证了他们自己如何习得了殖民者的秉性，对自己的孩子实施了同样的控制。在尤妮斯因这一写着“天堂”的盘子的破裂而歇斯底里哭号时，另一具有讽刺性的物的对照是：她的房子可以远眺无边的大海和连绵的山脉。多米尼加是一座美丽的海岛，这也是吸引殖民者不远万里来征服的缘由，对他们来说，这里不啻于天堂。然而，置身于这美丽的山景与海景里，尤妮斯不得不借助一个瓷盘子的图像来寄托自己关于天堂的梦想。原本处于人间天堂的岛民与自己的土地处于隔离之中，自然无法从中体会天堂的感觉，这是作者金凯德在对各种物的描述中所呈现出的多米尼加人民的现实。同时，在大地、海洋和天空的映照中，雪拉看到尤妮斯对自己的俯视，其间她变成一连串的物，“她嘴唇上划过的音节”“单薄、质地低劣的棉布衣”“颜色和图案均与长裙不相配的紧身胸衣”“包裹在很长时间里没有洗过的旧布里的头发”(7)。作为法国殖民痕迹的音节，饱含着黑人悲惨记忆的棉布(黑人早期正是因为美洲种植棉花的需要而被大量贩卖到美洲)，作为欧洲引进的服饰——紧身胸衣，不曾自由舒展的黑人自己的头发……这一连串的物本身既缺乏人性，同时也消解着尤妮斯的人性，使其丧失了人的属性，更不用说其作为母亲的形象了。与雪拉的亲生母亲相同的是，尤妮斯的脚也成了一种生命的替代。“她并不是脏女人，她每天晚上都洗脚。”(7)脚是人体与土地之间最直接的联系，洁净的脚使尤妮斯与家园产生本真的联系，与梦中向雪拉走来最终却远去的母亲的后脚跟相互映照。然而，被破旧的棉衣与尘埃包裹着的尤妮斯尽管在现实中扮演着母亲的角色，替父亲照顾她的生活，给予其生活所需，但她无法成为雪拉渴求的母亲。她对于充满殖民色彩的瓷盘的维护与热爱体现了她被殖民化而抽空的内在。作为物化的空壳，她日日洗净的脚并不能使她与脚下的土地在有机的关联中融为一体，相反，循着这样一双脚，除了看到各种物化的堆积，雪拉无法找到母亲的踪迹。尤妮斯坚持“每天洗脚”的行为体现了她试图在肉体的存在中感知自我的存在，然而这个自我与雪拉梦中的母亲一样，是缺乏五官的，是残缺的。随后，雪拉对三只乌龟的行为——将它们据为己有，关在一个空间里，甚至将这一空间密封起来，最终导致其死亡——可以说是模拟了殖民文化将母亲置于死地的过程。母亲死了，但梦中不断上下移动的后脚跟又牵引着雪拉去寻找母亲，她需要在现实中获得能够给予自己养分的母亲，然而殖民文化剥夺了母亲生长的土壤，使尤妮斯这样的母亲处于贫瘠的状态，依然是没有脸面的存在。

看不到母亲脸面的雪拉却看到了天空“滋润、饱满、潮湿”的脸面，并深深地爱着这张脸。这张脸伴随雪拉去学校，既带给她雨水，又带给她阳光，阳光带来的酷热又如同血液构成了雪拉的身体的一部分。在这一天空下，雪拉看到了“毫无节制、肆意疯长、以大为美”的树，听到了“碰撞在一起的叶子发出的响声”，注意到了“花儿无声无息凋零的那一刻”以及改道的河流旁“成窝的鸟儿和产卵的青蛙”(13)。也正是在这河岸边，躺在大地的怀抱中，雪拉进入了梦中，第一次梦见了母亲的后脚跟。这是雪拉离开尤妮斯后在上学路上感知的世界。与尤妮斯带来的物的感觉截然不同的是，雪拉在被掠夺的土地与天空的万物中感受到了它们的生命，从而激发起对母亲的想象与寻觅，进而与母亲建立起联系。尽管大地与天空并没有逃脱殖民的命运，但相对于人的物化而言，自然界的万物所具有的生命力蕴含着摧毁殖民性的动能。这也是推动雪拉与多米尼克的土地建立连接、获得自己的肉身的重要源泉。

穿着单薄的破旧棉衣的尤妮斯无法给予雪拉足够的温暖与信心，拉巴特先生的妻子，这位初次见面时穿着“绣着花朵和绿叶”的“白色衣服”，并对雪拉以母亲身份自诩的女性，似乎可以给予雪拉爱的滋养。雪拉15岁时被父亲交付给拉巴特夫妇。拉巴特夫人喜欢雪拉，要求她把自己当成母亲看待，但她也同样是个“失败者”。无法生育使她感到自己的地位岌岌可危，因此她对雪拉的友谊只是基于要把她“当作一件礼物送给她的丈夫”(55)，为他们生育孩子。“想方设法地嫁给男人们，并不是女人们犯下的错，想想看，除此之外，难道她们还有别的什么可以去做吗?”(51)这是殖民地女性的窘境，拉巴特先生同雪拉的父亲以及她父亲的父亲一样，总是到处和女人鬼混，却无意和她们结婚。对于女性来说，能够获得合法的婚姻地位便是生存的最好选择。因此，拉巴特夫人不惜牺牲自己并以身体的透支来获得这一稳定身份。她以将自己的衣服送给雪拉来表达这一诉求。然而，拉巴特夫人的衣服让雪拉几乎昏厥，“衣服战胜了身体，使之充满了无力感与痛苦”(Matos 846)，裹挟肉体的衣服成了锁链，意欲将雪拉绑在男性的身边，成为其泄欲的工具。因此，尽管拉巴特夫人向雪拉吐露心声，帮雪拉梳头，洗澡，给她提供食物，缝制衣服等，但雪拉看不到这一切里的爱。她与拉巴特先生发生关系时，她知道“他不是心怀爱意的人”，“也不需要他”，而只是去感受“纯粹愉悦的激流”(57)。在享受自己的快感的同时，她使自己处于与拉巴特同等的位置，因此当事后拉巴特夫人又将一件衣服送给雪拉时，雪拉感到，“那件衣服非常合我的身，穿上它我感觉极不舒服，我迫不及待地要脱下它，穿上我自己的衣服”(60)。在“合身”却“不舒服”的描绘中，雪拉在宣告自己的独立，宣告自己对拉巴特夫人作为失败者的生活方式的摒弃，在拒绝其衣服的同时，她开始寻找自己的生活形态。因此，尽管她如拉巴特夫人所愿与拉巴特先生发生关系，但当她发现自己怀孕后，毫不犹豫地冒着生命危险使自己流产。剧痛之后，她感到自己“换了一个人”，“将自己的生命抓在了自己的手中”(67)。此后，拒绝孕育生命，拒绝成为母亲成为她的人生的主旋律，而这也是摆脱拉巴特夫人的衣服的束缚的重要途径。雪拉明白，作为被征服者的加勒比女性，她们不仅受到欧洲殖民者的欺凌,也受到同为被征服者的男性的蹂躏。因此,拒绝生养孩子成为雪拉获得自己的必然武器。作为看似具有母亲温情的女性,拉巴特夫人试图用她的衣服将雪拉变成男性的生殖工具,在这一过程中她自己同尤妮斯一样物化成一件随时可以被弃置的衣服,缺乏自己的生命力,更无法给予雪拉任何母亲的滋养。当雪拉再次回到拉巴特家时,拉巴特夫人穿着黑色的丧衣,左胸上别着红色的旧布,显然在为雪拉打掉的孩子悲痛,或者说对自己的人生绝望。当她把雪拉紧紧搂在怀里的时候,雪拉感觉不到她的身体,她已经变成了一件衣服,身体不复存在。

如果说被破旧的棉衣包裹着的尤妮斯与试图用自己的衣服裹挟雪拉的拉巴特夫人都在以自己的方式物化雪拉,那么她的非裔老师和父亲(潜在的母亲们)则在其各自的物化中从被殖民者变成殖民者,以其邪恶的毒蜘蛛与无情的面具形象,意欲吞噬或进一步压榨雪拉,使其彻底消亡。

雪拉在上学路上被大自然激发产生的爱很快遭到了学校老师的绞杀。“这是一个被卫斯理教会传教士训练出来的女人,她是非洲裔,我看得出来,她因此找到了屈辱和自我厌恶的根由;她带着绝望的神情,那绝望就像是她身上的衣服、斗篷,或是她不停倚靠的拐棍,她要传授给我们的天赋权利。”[①](11)如果说穿着粗制滥造的单薄的棉衣的尤妮斯无法给予雪拉足够的温暖与信心,那么这位裹在满是绝望的衣服里的非裔老师更不能给予雪拉力量使之获得对自我的认同。这位老师既对自己的族裔充满仇恨与鄙夷,也对加勒比民族充满不屑。“我的母亲是加勒比人,他们看我实际上就是在看这个:加勒比民族被打败后灭绝了,如同花园里的杂草一样被抛弃了;非洲民族虽然也被打败了,但他们幸存了下来。”(12)仅仅因为雪拉的母亲是加勒比人,这位非裔老师便认为雪拉“是邪恶的”,“被恶魔附了体”(12)。同样作为殖民文化的属下,却无法结为一个共同体团结起来面对共同的悲哀,这又是何等的绝望。正如斯皮瓦克提出的问题:“属下能够用怎样的声音意识(voice-consciousness)说话?”(285)雪拉的老师显然内化了宗主国的声音,无法找到属于自己的声音,从而无法成为能给予雪拉养分的母亲。更甚者,她对雪拉进行了无情的伤害。当她发现雪拉给父亲的信中写着“每个人都恨我,只有你爱我”(16)这样的语言时,她没有试着去理解雪拉,而是在全班同学面前羞辱她,并认为她爱恨不分。面对羞辱,雪拉看到的是老师“参差焦黄”的牙齿,印在腋下衣服上的“汗渍”以及背后“托着卵囊的大母蜘蛛”(16)。牙齿既失去了非裔引以为豪的本真的颜色,

① 本处在路文彬的译文基础上有所修改。

也不再以其有序的姿态排列，在雪拉的眼里已经失去了其功能。而带着气味、充满汗渍的衣服是对非裔窘境的指向，与尤妮斯布满尘埃的衣服并无二样。因此，这位非裔女性，不仅无法成为雪拉的母亲，反而成了装满毒素的，可能会咬她伤害她的母蜘蛛。

雪拉还有一位法国与非裔混血的母亲，即她的继母。然而当穿着狱卒制服的父亲把她带到这位母亲身边时，雪拉看到的是“一张邪恶的脸”，“她的嘴唇形状长得像那些从寒冷地带来的人：薄而小气；她的眼睛是黑色的，不美，带着欺诈；她的鼻子长而尖，像一支箭；她的颧骨也是尖尖的”(22)。7岁的雪拉看到的是一张没有爱的脸，从“邪恶”“欺诈”“箭”这些字眼里，可以看到雪拉面对敌人时的恐惧。母亲成了需要与之斗争的敌人。她在父亲面前同对方用当时的官方语言英语讲话，而私下相处时则用法语方言讲话，雪拉意识到这是对方企图使她“非法化”，使她“同那些被看作非真正的人的拼凑起来的语言联系在一起”(24)。与雪拉的非裔老师一样，作为法国与非裔的结合体的继母没有将自己的身份与雪拉的联系起来，没有意识到自己的属下地位，而是极其荒谬地用法语方言来提醒雪拉的非法身份，从而将自己与雪拉区分开来。她希望雪拉死，所以送给她有毒的项链，试图将她毒死。在继母对雪拉死亡的企盼中，雪拉获得母亲的道路再次被堵死。

尽管如此，雪拉并没有停止寻找过母亲。除了梦中不断以后脚跟形式存在的母亲，雪拉在上学路上曾经见过一个有着母亲形象的人。她“很漂亮”，“她的脸就像一轮月亮，一轮棕色的柔和的闪着光的月亮”，她能发出“很甜的”“让人痴迷的”声音(28)，并被五彩斑斓的成熟的芒果围着。然而，她不是真人，而是“一个有着女人外形的某种东西”(29)。作为某样东西的母亲是危险的，她使不顾一切游向她的男孩沉到了水底，而她也消失了，仿佛从来不曾出现过。对于雪拉而言，寻找母亲是冒着致命的危险的，因为这个母亲是不被相信的存在，就如同沦为殖民地之前的，在被掠夺被强占后相继烙上了法国与英国的印记的多米尼加。属于加勒比人民的纯净的家园已然失去了其踪迹，甚至不被认可。正如雪拉所说：“有关失败的我们的描述就是：我们是不真实的，我们还算不上人，我们没有爱意，我们没有仁慈，我们的经验不能由我们自己来说明。”(30)作为被征服者和被打败者，他们不仅无法言说自己，甚至连自己作为人的形象都被剥夺殆尽。因此，这个母亲只能是某种物的存在，如同那些原本可以成为她的母亲的女性们，在殖民者所赋予的形象中失去了人性，被彻底物化。

雪拉的父亲原本同样可以担当起养育的职责，成为雪拉的母亲。但作为一名“为人们制造出的恐惧多得出乎他们意料”的警察，他有的只是一副面具，“作为一张脸，那是他仅存的生命迹象：皮肤紧绷，凹陷的小眼睛似乎深陷在脑袋里面，以使人们不可能从中看出任何线索”(31)，“他变得越富有，他脸上的那副面具也便会变得越固定”，因此雪拉无法记起“最初认识他时的真正样子”(33)。戴着面具的父亲对于雪拉而言是“活着的谜”，不可能让她感知到爱。他甚至会和其他父母一样告诉雪拉不要相信身边一起上学的孩子们，不要爱彼此。“这些彼此非常相像，共有着不幸、屈辱和被奴役的历史的人们，却被教育不信任彼此——即便还是个孩子。”(38)因此，雪拉和其他的孩子都像父亲那样带上了面具，“互相怀疑仅仅是我们对彼此怀有的许多心理感觉之一，所有那些感觉都与爱相对，都占据着爱的空间”(38)。雪拉的父亲总是穿着制服，“由于穿得太久，他已经不可能脱掉它了，它完全遮盖住了他真正的样子”(42)，“他的警察服装已经变成了他的皮肤”(72)。面具与制服使父亲物化成了他自己都无法识别的东西，然而，雪拉毫不留情地指出：“我的父亲是个窃贼，是个狱卒，善于瞒天过海，恃强凌弱。”(42)作为苏格兰人与非裔结合的后代，他为自己的红头发自豪，并如同苏格兰父亲一样四处播撒红头发的种子。另一方面，他选择性地遗忘或忽略自己的黑人母亲，对她非常冷漠，当她去世时，只因为他在仕途上步步高升，便不去参加她的葬礼。尽管他的父亲不是奴隶主，他的母亲也不是奴隶，但他们毫无疑问是奴隶主与奴隶的后代，这决定了苏格兰人与非裔之间的地位对比，也体现了加勒比的殖民现实。因此，雪拉的父亲虽然有着非裔的血脉，但他“鄙视所有行为举止像非洲裔的人”(150)，并不惜一切手段压迫、剥削他们。当同为非裔混血的穷困潦倒的拉撒路向他借盖屋顶的钉子时，他苏格兰人的身份很快就战胜了非裔身份，因此他无情地拒绝了拉撒路的请求。“在我父亲的身上，同时存在着征服者与被征服者、作孽者与受害者，但他选择继承前者的衣钵，且永远如此。”(154)雪拉认为这是凡人的选择，“因为我们中间唯有圣人才既不会选择昂首挺胸，也不会选择卑躬屈膝置身于人们当中”(154)。昂首挺胸的是殖民者、征服者的形象，卑躬屈膝的是被屈服者、被殖民者的形象。作为凡人的父亲很容易便选择了前者。然而这两个选择都是令人绝望的，“因为在征服者那里，征服的空虚感不是不存在的，他所面对的是愈来愈多的欲望，只有死亡才能将这种欲望止息，而对于被征服者所经历的这种痛苦和不幸的无尽深渊，即使用再多的报复也不能补偿和抹去极大不公所犯下的罪孽”(154)。

父亲住在一栋海边的房子里。这是一栋美得让雪拉禁不住哭起来的房子，它“隔着路与大海相对，那广阔的大海是如此银光闪闪，漫无尽头；如此碧蓝碧蓝，藏污纳垢；又是如此灰茫茫、冷冰冰，如此强悍而又浅薄”(85)。尽管很美，但雪拉注意到房子不堪一击，“相形之下，这栋房子则是如此脆弱，在大海的力量面前显得如此不堪一击，让人完全有理由想到它会随时被大海的波浪所吞没”，“由于承受着居住者的诸多重负，它已经变得歪斜了”(86)。作为既是征服者又是被征服者的警察，作为既有着欧洲血脉又有着非裔血脉的杂混体，父亲拥有的是弱不禁风、随时可能被大海吞没的房子，父亲精心设计的美只能是幻影，处于摇摇欲坠中。父亲经常坐在欧式风格的椅子上远眺大海，然而对父亲而言：

> 那大海，那博大而美丽的海，有时是波光粼粼的蓝色床单，有时是波光粼粼的黑色床单，有时是波光粼粼的灰色床单，那里没有什么灵感的馈赠，那里没有什么丰富的慰藉，那里没有什么属于美好之列的东西。它的美丽之于他是不存在的，是空洞的。望着它，看着它，使他想起的既是征服者的绝望，又是被征服者的绝望。(154)

父亲所面对的大海曾经既载着欧洲殖民者的船只，也载着运送非洲黑奴的船只，因此对于这两者的结合体而言，大海无法带来纯粹的美感，相反，它激发的是另一种情动——“绝望”。这种绝望源自他们的无家可归。欧洲不是他们的家园，加勒比不是他们的家园，非洲也和他们隔着千山万水，他们已经永远地失去了自己的母亲。因此，这是极其透彻的绝望。雪拉的母亲是加勒比的土著，但已经消灭殆尽，这无疑也蕴含着无限的绝望。然而，雪拉并没有停止对母亲的寻找，她甚至会在婚后将白人丈夫带到母亲的族裔曾经栖息的山里去生活。这是雪拉对加勒比家园的宣告，是对被掠夺的土地索取拥有权。然而雪拉的父亲却选择性地忘记自己母亲的模样，选择为自己的红头发骄傲，选择坐在欧式椅子上，最终难逃其孤独凄凉而艰难地死去的结局，以被征服者的面貌收场。金凯德通过父亲的叙事呈现了殖民文化的后果，即同为属下的群体之间的冷漠与敌意，以及带来的除了绝望还是绝望的处境。他同尤妮斯、雪拉的非裔老师及其继母，都以自己的物化形式体现了作为殖民历史的受害者无法表达的愤怒。

潜在的母亲们的物化促使雪拉在愤怒中转向寻找自己的存在。她从自己对爱的含义的顿悟中开始了对自我的寻找。她这样界定爱：

> 注视一个人的出生，观看一个人的长大，就如同望着一朵含

> 苞待放的花，每一片花瓣开始都是紧紧包卷着另一片花瓣，然后是自然松开，舒展，绽放成一朵鲜花，那朵花的生命，观看起来必定是某种奇迹……所有这些，注视起来都是如此神奇。注视者、观看者的快乐，是一种与被注视者和被观看者之间看不见的交流。而且我相信，没有哪一种生命是完整的，没有哪一种生命是真正的整体，是没有这种看不见的交流的。就许多方面而言，这种看不见的交流就是爱的定义。(44—45)

在雪拉对爱的诠释里，爱是对一朵花的注视。作为物的形式存在的花如同她曾在上学路上看到的天空的"饱满"的脸，与她成为生命的一体。爱借由眼神传递出来，在看者与被看者之间获得交流并构成了能量的流动，是双向的充满喜悦的流动。然而，作为鲜花绽放的雪拉没有注视者，因此她只好观看自己，"出于绝望，我挑战性地、公然地、渐渐地爱上了我自己"(45)，尽管这种爱"尝起来像在碗架上搁了太久的剩饭，已经发臭，吃下去会弄得肠胃翻江倒海"(45)。这是别无选择的爱，是向死而生的面对，是迈向去殖民化的重要一步。

因此，即便会让"肠胃翻江倒海"，雪拉踏上了"爱上自己"，获得自我的道路。她离开了拉巴特家，租了间房，买了刚死去的某个男人的衣服，并穿着该衣服去上班，同时剪掉了辫子，用旧布包裹住头，以"看上去既不像男人也不像女人"(79)的样子去干淘沙子的活儿，这是雪拉得以生存的方式。死去的男人的衣服成了她的外壳，而她的体内"空空如也"，"有一座墓穴，它是由一种极其沉重的物质砌成的"，"在墓穴里面，是极度强烈的疼痛"[①](79)。摆脱了拉巴特夫人的衣服的束缚的雪拉被包裹在死去的男人的衣服中，体内只有沉重的墓穴，无异于行尸走肉，她急需找到自己的身份，获得自己的生命。对于雪拉而言，这座坟墓是多米尼加被殖民被征服的女性的生息地，她们从一出生就被置于地狱边上，遭受的遗弃不仅仅来自父母，也来自属于自己的群体。那些原本可以成为她母亲的女性，原本可以成为她兄弟姐妹的同伴，原本可以成为她爱人的男性，都成了把她推向坟墓的压迫者。从这一坟墓里爬出来是艰辛的，所幸雪拉在墓穴里感受到的无以复加的痛促使她开始了对自己的解救，也正是在极度的痛苦中，她开始认识自己，发现自己，获得自己：

> 我想要的就是我面前自己的这副形象——我的眼睛、我的鼻

① 此处的翻译在路文彬的译本基础上有所改动。

> 子、我的嘴巴，搭配在我平整、光滑、无瑕的脸上。我自己的脸蛋儿对于我是个安慰，我自己的身体对于我是个安慰，不管被任何人或任何事怎样地清除，最终，我都不会允许任何东西在我心中取代我自己的存在。(80)

因此，雪拉通过对自己身体每一个部位的接纳与欣赏，再次挣脱了衣服的裹挟，从厚实的墓穴中获得自己的生命，以"不是任何人，也不是任何东西的混合体"的样子生活着。在殖民文化里，女性的身体没有任何尊严，被恣意践踏与侮辱，获得自己的身体的尊严是极为艰难的。她们所穿的衣服，作为最贴近她们身体的物所起的是使她们丧失行动力的作用，这些衣服将层层屈辱裹在她们身上，使她们束手就范于自己作为被征服者的命运。尤妮斯那肮脏粗劣而不合身的衣服与拉巴特夫人极力想让雪拉穿上的衣服，都使女性的身体失去了生存空间，被彻底清除掉了。莫里森的《宠儿》中有一段叙述塞丝的婆婆在林中空地上要求黑人兄弟姐妹们歌唱自己的手、脚、眼睛、嘴、鼻子等身体部位的情形。对于长期被奴役、无法拥有身体的非裔来说，这是至关重要的。金凯德笔下的加勒比被殖民者虽然很早就摆脱了奴隶状态，但对于雪拉这样的女性来说，其被奴役的状态并没有消失，拥有身体同样是获得自由的关键。"对拥有的冲动活跃在每一个人的心里，有些人选择了辽阔的平原，有些人选择了高耸的山峦，有些人选择了宽广的大海，而有些人选择了丈夫，我则选择了拥有我自己。"(140)雪拉如是宣告着对自己的拥有。最后她烧掉了死人的衣服，开始了对自己的身体的捍卫。"我像一棵树，一棵高大的长着又长又粗的枝丫的树。我看上去纤细柔弱，可是任何一个被我搂在怀里的男人都知道我是强壮的……我走路的姿势取决于我认为谁在看我，以及我想让我的姿势给他们造成什么样的影响。我的脸蛋儿是美丽的，我发现它确实如此。"(140)由此，雪拉赋予了自己树的形象以及身体的能动性，迥然不同于身体被榨干的继母与拉巴特夫人。正如韦斯特(West)所指出的："雪拉极端的自我主义以及她与他人之间不动情感的联系，体现了她对自我的刻意建构。她更看重物质的与身体的世界，并宣称自己高出他人一等，因为她明白其他都是毫无意义的。"(2003: 20)雪拉经常会抚摸自己，享受来自自己身体的愉悦，这种愉悦的情绪促使她获得了为自己的存在而抗争的流动能量，促使她拥有自己。"自从我答应让那个人拥有我，而那个人却没能活下来拥有我之后，我便不想属于任何人了；我也不想任何人属于我。"(83)当原本可以成为母亲的女性失去母亲的形态，雪拉转向了自己的身体，并将其身体体验当作生存的重要所在。因此,对于雪拉而言,获得身体即意味着获得自我,而拒绝成为母亲则成了她获得身体的重要途径。雪拉曾这样残酷地表明自己对母亲身份的拒绝:

> 我可以生儿育女,但永远不会成为他们的母亲。我可以大量地生育他们;他们可以从我的脑子里、肘窝下、两腿间出来;我可以生育孩子,他们会像青藤上的果子一样悬挂在我的周围,但我要用上帝那样的疏忽毁掉他们。我可以在早晨生下孩子,在中午用来自我身体的水为其洗浴,在夜晚将他们吃掉,将他们全部同时吞下。他们可以活,然后他们就可以死了。(77—78)

雪拉看似冷酷无情的话语实际上是对加勒比遭受殖民的孩子现实生活的描述。他们从来没有过母亲,他们大量地出生,又大量地被漫不经心地毁掉,就如同她自己一样。在雪拉拒绝成为母亲的泣血的呐喊里饱含的是对殖民文化带给多米尼加人民悲惨命运的罪行的强烈控诉。此外,正如莫里斯(Morris)指出的:“她的自知之明以及对自己身体与生育能力的掌控,与她对母性的情感相辅相成,最终造就了一个能够挑战殖民者凝视的主体,一个绝不允许自己屈服于这一凝视的主体。”(966)由此,雪拉以食人者的姿态拥抱了自己。加勒比人一向被殖民者贬为食人族①,雪拉以此形象来描绘自己也体现了她对殖民者的反击与对加勒比历史的追溯。

在对自己的身体的掌控与拥有中,雪拉对殖民者的命运进行了犀利的嘲讽。雪拉的丈夫菲利普是个来自英国的白人医生,对于重新规划景观,他有着魔般的兴趣:他不是按照需要、按照生产粮食的方式种植花草,而是以奢华的方式,种植花卉植物,没有别的原因,只是喜欢,他喜欢让植物变成他所喜欢的模样。他着迷于这一活动是合情合理的,因为这是一种征服行为。他在一本书中夹满各种来自家乡的花朵标本。正如雪拉所强调的:“这些花卉无法在多米尼加的气候条件下生长。”然而,当他对雪拉念叨这些花名时,“他的声音里同时有着征服者的和谐音,又有着被剥夺者的不和谐音”②(116)。他渴望让多米尼克遍布自己家乡的花草,满足其对故乡的眷念,这里面毫无疑问既有着征服多米尼加土地使之成为又一个家园的梦

---

① 参看:Kathryn E. Morris,“Jamaica Kincaid's Voracious Bodies: Engendering a Carib(bean) Woman,” *Callaloo* 25. 3 (Summer, 2002): 957。莫里斯在此引用了卡拉·弗雷切罗(Carla Freccero)的研究,指出“Caribbean”一词与“cannibal”一词的词源关系,说明哥伦布在给该地区命名时所赋予的含义。

② 此处译文在路文彬的译本基础上有所改动。

想,又有着自己远离了童年时熟悉的一草一木置身在多米尼加的错位感。这些征服者事实上也成了牺牲者,他们自己如同这些花儿一样不适合在殖民地的土壤里生长。虽然他拥有着几代人做尽坏事给他留下的遗产,但"这并没有给他带来永久的幸福,也没有给他带来实在的平静,未能让他免于同他一无所知的事情打交道,甚至未能免于把他逼到一个他很不喜欢的世界的角落,逼到一个并不爱他的女人的床上"(118),最终他孤独地死去,"远离他出生的家乡,远离他孩提时代支撑过他的一切"(166)。因此,金凯德借雪拉的叙述一针见血地指出:殖民给被殖民者和殖民者都带来了伤害。菲利普在自己的园中种植了世界各地热带地区的水果,但"他强迫它们长成各种非正常的形态。有时他让它们长得挺大,有时则让它们长得出奇的小"(168)。这种对植物的移植与扭曲一方面映射了殖民者对于非裔的贩卖与奴役,另一方面也体现了他们对本土栖息地的恣意破坏与改造。加勒比人民的家园被他们的意志左右,篡改成了欧洲人意念中的花园。但是,这个花园不可能成为殖民者的家园,就像菲利普种植的芒果,虽然如成人的脑袋那么大,"尝起来却味同嚼蜡,只有表面看上去挺漂亮"(168)。最终,菲利普与雪拉在婚后搬到了偏远的山中,即雪拉的"母亲和她的族裔生息过的地方"(166)。由此,菲利普成为了被征服者,而雪拉终于回到了母亲的花园,母亲的全貌由此获得浮现的空间。

在雪拉的一生中,尤妮斯、拉巴特夫人、雪拉的继母、作为狱卒压迫着无数"属下"的父亲,都以物化的母亲形象将雪拉推向了绝望的深渊。"帝国主义毕竟是合作的事业。尽管主人与奴仆处于不平等的地位,但他们都参与到了其中,并成长于其中。"(Said 74)这种参与是一种不自觉的状态,是被裹挟后的听之由之,而缺乏被征服者应有的警醒与作为。金凯德将被征服者参与到对自己的压迫中的残酷事实,通过对母亲的寻找真实地呈现了出来。然而,金凯德并非要对物化的母亲们进行控诉,而力图在"我"与母亲们之间寻找共同的愤怒对象,使愤怒之箭射向殖民的罪恶,并力图使其摆脱物化的存在,从而恢复其"人"的身份,从而使之在自己的历史中,而不是殖民者所强加的欧洲历史中建立起个人与土地的有机关系,进而摆脱帝国主义的阴影,获得真正的自由与平等,最终实现去殖民化。这是金凯德的书写承担的重要任务。恢复母亲的全貌便是恢复母亲的历史,使母亲以其肉身存在获得生命,使自我获得基石。雪拉对物化的母亲们的叙事一方面以饱含的愤怒将充满伤痛的殖民历史用刺目的画面呈现出来,另一方面也以"我"的存在的建构颠覆了殖民文化带来的母亲形象——"在我身上有我从未听过的声音,有我从未见过的脸,有让我诞生于世的人;在我身上有本该由我孕育的声音，有我从未允许它们形成的脸，有我从未允许看见我的眼睛。这里的叙述既是一个从未被允许存在的人物的叙述，也是一个我不允许自己成为的人物的叙述。"[①](184—185)在这段叙述中，"我"身上具有的"我从未听过声音"，"我从未见过的脸"以及"让我诞生于世的人"使"我"的肉身与母亲的肉身融为一体，横亘于"我"与永恒之间的空白被消解，"我"的愤怒成为母亲们共同的愤怒，母亲的自传成了"我"的自传。同时，在"从未被允许存在"与"我不允许成为"的文字中，愤怒的声音呈现出对抗的姿态和对未来的诉求："我希望遭遇比我更伟大的事物，可以让我顺从于它的事物。它不在史书里，也不是我所知道的某个人的作品。"[②](185)在此，"事物"(thing)被用来指代比"我""更伟大"的同类，但这一"物"寄予了雪拉对于母亲的理想，它超越了肉体的束缚，成为未来的"作品"，是对加勒比美好未来的向往。因此，愤怒之火导向的是希望之光，映照着"我"的肉身。

① 本处译文在路文彬的译本基础上有所改动。

② 同上。

第二章

情动记忆下的母女和解

普拉斯带着对母亲的愤怒离开了人世，汤亭亭通过倾听并接纳母亲的愤怒开始了母女对话，金凯德在母亲的物化叙事中吸纳了母亲们共同的愤怒，从而使“我”与母亲的肉身从殖民者抹去的历史中出现，最终实现自我的成长。显然，愤怒可以成为纽带，使母女获得力量面对共同的敌人，共同发展壮大。然而，渴望走向联盟或者不得不联合起来的母女往往还得借助于记忆的情动力来摆脱彼此之间积久的敌意与憎恨，以完成这一联盟的建构。“从过去的经历中存取并提取数据的能力对于最为高级的生物的生存而言是不可或缺的，但如何才能更好地管理这一信息呢？”（XIII）——内桑森（Nathanson）认为这是汤姆金斯（Tomkins）的情动体系提出的问题，也是汤姆金斯力图通过九种情感进行解释的动力机制。显然，情感操纵着记忆。马苏米在《情感的自治》一文中曾提到一个让儿童识记电视画面的实验。实验结果表明，“富有情感的版本是记得最清楚的”（84）。记忆受到情感的作用而具有选择性，这是心理学家已经得出的定论：“临床心理学家将对于情感经历的选择性记忆看作自我防御形式或者个人调节机制。”（Dutta & Kanungo 1）然而记忆不仅基于情感经历而具有选择性，记忆也凭借着情感而挑出那些关涉“个体的自我感”、“社会关系”以及“个体的生存”的经历（Struth 125），并且在通过情感过滤而进行的记忆过程中，记住的往往超越了事实部分。或者说，记忆过程是基于此在的情感对过去的情感进行的改写与重构，这也是记忆的情动力的重要体现，对回忆者的自我存在有着至关重要的作用。谭恩美的《回首来时》与扎克的《母亲们》便是这样的回忆录。谭恩美与扎克面对母女建立关联的复杂性与艰难性，借助于记忆的情动力作用，对母女之间的情感进行了改写与重构。谭恩美终其一生都生活在唯恐辜负母亲的期待的恐惧与抗争中，而她的回忆录则将此在的情感作用于过去的情感，使纠缠一生的恐惧与害怕转变成对母亲与自我无怨无悔的认可与接纳，从而获得此在的平和与宁静。诗人扎克一直渴望摆脱同为诗人的母亲的阴影，并极尽可能远离母亲。然而，通过回忆录的书写，她勇敢地直面对母亲的恐惧与憎恨，将自己身为女儿与母亲的身份融入到对母亲的记忆中，从而重构了对母亲的记忆，使自己与母亲的宿怨得到化解，进而达成母女间的和解，最终实现自我的主体建构。

“生命叙事与记忆、主体和身体的物质性不可分割地联系在一起。”（Smith & Watson 37），记忆“本质上属于感觉这一基本官能”（Aristotle 29），受到情感的牵制，又对情感起着调节作用。体现着身体能量的记忆具有强大的情动力，“记忆的花园是我们的主观创造；我们的想象力、欲望与爱决定了我们在周边环境中选定的元素的特点、重要性与美”（Ender 179），谭恩美与扎克的回忆录书写体现了记忆的这一特点。作为母亲,她们通过痛苦的记忆书写在现在与过去之间建构起桥梁,完成了“我”对母亲的接纳,进而使自我的存在获得空间。正如特雷齐斯(Trezise)所强调的,“我的情感,尽管感觉像是我自己的,却是我的身体进行互动的自我认识过程”(3),这两位作家的记忆便是建立在“我”基于身体的现时情感与过去的记忆之间互动的基础上。她们的记忆都是艰难而痛苦的,却又是卓有成效的,使她们在基于身体的情感互动中,得以对抗各种吞噬力量,打破沉默,最终建构起自我,从而为母亲也为自己的存在谋得生存空间。

第一节 《回首来时——一个作家的回忆录》:在情感记忆中化解恐惧

谭恩美的近作《回首来时——一个作家的回忆录》(后简称《回首来时》)在很大程度上延续了其相距28年的畅销小说《喜福会》中的母女关系主题。《喜福会》以叙述者吴精妹回到中国与两个同母异父的双胞胎姐姐见面时对母亲的共同记忆结束,中国母亲与美国女儿之间的矛盾似乎在两种文化的交融中得到了消解。然而,作为一部借助于自发创作方法完成的回忆录,《回首来时》揭示了萦绕在作者心中数十年无法释怀的对母亲的“恐惧”之情,这是《喜福会》中被文化冲突所遮蔽的情感,时年65岁的谭恩美不得不以回忆录的方式再度回到自己年少时的创伤中,借助于情感回忆使母女之间的伤痛转化为力量,使自己真正接纳自我,获得此在的平和与宁静。在通过情感过滤而进行的记忆过程中,记住的往往超越了事实部分,或者说,记忆过程是基于此在的情感对过去的情感进行的改写与重构,这也是记忆的情动力的重要体现,对回忆者的自我存在有着至关重要的作用。谭恩美的《回首来时》便是这样的回忆录,她面对母女建立关联的复杂性与艰难性,借助于记忆的情动力作用,对母女之间的情感进行了改写与重构。谭恩美终其一生都生活在唯恐辜负母亲的期待的恐惧与抗争中,而她的回忆录则将此在的情感作用于过去的情感,使纠缠一生的恐惧与害怕转变成对母亲与自我无怨无悔的认可与接纳。

情感记忆强调记忆过程中的情动性(affectivity),即记忆如何依赖于情感对自我产生作用力。对于谭恩美来说,回忆录的书写意味着把握住自己所经历的具有重要影响力的情感,认识并建构自我,为自己的存在注入动力。“我是谁”——这是谭恩美希望通过书写来弄清楚并与读者分享的。“如果我不能写作，我就无法进一步了解自己”①(177)，情感记忆作为一种书写方式，是谭恩美认识自己的作家身份的重要工具，也是理解自己的存在的必然途径。“事实上，记忆使你无法决定哪些时刻可以抹去。它在保留最为痛苦的时刻方面有着极为恼人的执着。它在记录最为可怕的细节上尤为忠诚，它会让你将来在那些甚至只是大体相似的时刻想起它们。”(2)谭恩美在回忆录的开始便强调记忆与情感的关系。随后，她提出了情感记忆(emotional memory)概念，并将第二部分题为“情感中的记忆”。对于“情感记忆”，谭恩美解释道：“我对自己的理解大部分依赖于自己的隐喻性意象。某个东西像另一个东西，并非因为外表相似，而是因为情境的情感之核，即对所发生事情的感觉。如果你做一个隐喻性意象与情境的维恩图(Venn diagram)，它们重合的地方就是情感记忆。它有自己的故事，是与我过去的潜意识的联系。”(32—33)在这一界定中，谭恩美将“对所发生事件的感觉”当作情感的核心，体现了她对情感的身体性的认识，情感记忆的故事性则说明了情感的建构性，使此在的“我”同过去的“我”之间建立起联系，从而实现自我的建构。

谭恩美认为记忆是对一切痛苦情绪的追根溯源，这一过程与身体的反应息息相关。作为作家，她感到交感神经对她起着尤为重要的作用，因为交感神经能在紧张情况下将肾上腺素分泌到大脑的杏仁核里，而杏仁核正是“最为强烈的情感记忆与其原初的反应储存的地方”，“经历越可怕，分泌到杏仁核的肾上腺素就越多，杏仁核就越能储存生动的、感知强烈并持久的记忆”(108)。她的回忆录书写的就是“想要知道肾上腺素储存了什么，因为那里有我如何成为自己的成千上万个故事”(111)。谭恩美深信“大脑的杏仁体中藏着大量的失望和沮丧、痛苦和伤痕”，身体的反应显然强化了她的情感记忆，使之得以获得作家的敏锐感受，成为她得以成为作家的养分。“不好的东西使我有了现在的情感反应——我的古怪个性，我的不稳定性和谨小慎微，我的耻辱感和义愤填膺，我的种种恐惧与痴迷，我无限扩展或限制的希望。这些记忆使我的想象成为时刻准备着的求生机制。我想知道这些经历到底意味着什么。”(111)因此，“正是那些时刻里深藏的东西使我成为了作家，因为我不可遏制地要去弄清楚事情发生的缘由”(111)，情感记忆成了谭恩美弄清楚事情缘由的通道。在这一过程中，彼时的情感往往与此在的情感并为一体，产生新的情感并成为一种情动力，促

① 本文中所有出自《回首来时》的译文均由笔者自译，引文后直接标明页码，以下不再说明。参看：Amy Tan, *Where the Past Begins*(New York: Harper Colins, 2017)。

成自我主体的建构。毫无疑问,回忆录是重建自我的重要途径,即"通过对记忆进行想象、重建、添加脚本,我们对存在塑形并使之获得身份,否则,该存在不过是一堆杂乱无序的生理与感知事件"(Ender 3)。因此,通过将此在的情感与彼时的情感凭借故事想象连通起来进行的记忆成为了饱经痛苦的谭恩美获得精神疗养与生存的方式,是"给予自己的最好的照料,是心灵获救的方式"(Ender 4)。

谭恩美的情感记忆聚焦在儿时母亲对她成为钢琴家与医生的期待上,渗透了作者彼时的恐惧与害怕,却又通过此在的情感协商,使纠缠了她一生、使之饱受折磨的期待被重新接纳。在这一过程中,她与母亲重新建立联系,使自我在与母亲的和解中成为连贯的有机整体,其作家身份与自我身份也得以建构。

成为钢琴家是母亲对幼年的谭恩美的期待。当她六岁时表示不想弹钢琴时,母亲威胁道:"你为什么要听我的话?不管怎样,也许很快明天我就死了。"(123)谭恩美在散文集《命运的另一面》(*The Opposite of Fate*)里也谈及此事,她写道:"我六岁时,当她第一次谈到她很快就会死,我所感受到的就是恐惧。"(Tan, 2003:19)被吓坏的谭恩美拼命祈求母亲不要死,母亲则告诉她:"如果我真的想要一个母亲指引着她的人生,她就不会死。"(123)母亲将自己的生死存亡寄托在孩子身上,这对于时刻渴望摆脱母亲期待的谭恩美来说犹如沉重的枷锁。因此,来自母亲的恐惧情绪可以说构成了她情感记忆的底色。谭恩美的母亲九岁时眼睁睁看着自己的母亲因故意过量吸食鸦片而死去,这使她有着极强的死亡意识,因此经常以自杀恐吓孩子,迫使他们沿着自己期望的方向前进。《喜福会》中童年时拒绝弹钢琴,对母亲怒喊"我不愿意做你的孩子"(121),体现的也是对于母亲的恐惧与抵抗。

将萦绕于心的恐惧转变成对母亲的接纳,对于谭恩美而言绝非易事。在回忆录中,谭恩美首先要面对的是自己对音乐的情感,这也是回忆录第一部分的主要内容。对谭恩美而言,音乐与母亲几乎是同等的存在,她在音乐里往往看到的是母亲。她这样描绘拉赫曼尼诺夫的音乐:"它听起来就像歇斯底里的声音,唱着永恒的爱的誓言与自杀的威胁。小小的挣扎变成了大灾难,希望成了幻影,责备变成复仇,最后某人的祖屋被烧成灰烬。这一音乐与我母亲的心情完美地吻合。"(41)在这里,音乐与母亲重合并构成了一段痛苦的情感记忆,在谭恩美将音乐声想象成母亲对自己的失望与愤怒的过程中,凸显的是谭恩美因为感到自己没能如母亲所愿勤学苦练成为钢琴家而极度紧张不安与害怕的情感。拉赫曼尼诺夫的音乐作为一种意象，体现了母亲与她两者力量之间对峙的张力。成为钢琴家是让童年的谭恩美不堪重负的母亲的期待，而学钢琴对于谭恩美而言更是使其自信心不断遭到减损的过程。谭恩美对于钢琴学习的记忆充满了痛苦，她写道：

> 那些课改变了我的父母对待我的态度。我成为了懒惰的女孩，因为我总是拖延很久才在琴凳上坐下来。我是个坏女孩，因为我撒谎说自己练了很长时间的钢琴。我是个粗心的女孩，因为我犯了很多错误，而且不愿费神去克服它们。我忘恩负义，因为我不肯对父母微笑并感谢他们为了让我享受音乐而做出的牺牲。(87)

这段叙述里，从“懒惰”“粗心”“忘恩负义”这一系列消极标签的使用中，可以看到年幼时谭恩美的自我在母亲的期待中处于坍塌的状态。然而，恐惧与害怕的情感书写绝非谭恩美回忆录的主旨。谭恩美在描述儿时拉赫曼尼诺夫的音乐带给她的消极情感后，又接着写到自己如何在15年前爱上拉赫曼尼诺夫的音乐。“也许是年龄改变了我对音乐的品位。”(41)她认为自己这些年经历了很多，而许多亲人的失去，包括母亲的去世使她的爱愈来愈深厚。“拉赫曼尼诺夫的音乐成为了我极为合意的伴侣，我的手指仍是静止的。我是听众，准备着跟随情感之路进入故事中。”(42)从歇斯底里的母亲的声音到“极为合意的伴侣”，音乐的情动力在发生变化，从减损她的行动力转变成增进她的行动力，这一转变中音乐本身没有发生变化，变化的是“我”记忆中的情感以及具身的存在。年龄的增长意味着“我”的身体在千锤百炼中获得了不同的感触点，进而对音乐产生了不同的作用。在这一过程中，音乐获得了故事性，并通过其故事性使情感更为充盈与饱满，从而发挥更大的情动力。

谭恩美在回忆录中反复强调音乐的故事性，并谈到音乐如何给她带来故事：

> 它源自每天一小时练钢琴的无聊中……我不得不时刻注意着升半音和降半音，节奏和音调，脚底和手指的运动——所有这些让大脑麻木的练习，使我对音乐有了更多的憎恨，而不是陷入冥想。钢琴每天让我看到自己的失败，这是我母亲不断强化的事实，使我注意到自己缺乏进步与激情。我最终发现当我的情感伴随着音乐时，我更容易记住曲调。如果音乐伴随着故事，那么总

是关于我，关于最近发生的任何事情，如家里的不和，或者无望的恋情。(47)

谭恩美接着细数自己在弹不同曲子时感受到的愤怒、孤单、自怜等情绪。“这音乐属于我，包括各种错误与情绪。”(47)音乐原本是谭恩美排斥的对象，却在弹奏中以其饱含痛苦的情感成为了她的一部分。这是情感借助音乐作用于她，而她的身体又以记忆的形式作用于音乐，使音乐获得故事性并成为她的一部分。因此，音乐以其关联着的属于她自己的情绪进入了她的记忆。尽管音乐记载的痛苦可能多于快乐，她也强调音乐由此在她写作中所起的至关重要的作用：音乐是“情绪的人类自动点唱机”(49)。她通过倾听不同情绪的音乐来帮助自己进行场景创作。在反复倾听中，“音乐确保某个情感成为常数”(49)，使她回到故事的某个场景，因此“听觉记忆成为故事的情感记忆”(50)。一旦有了一些关于主题的概念后，她就开始以弹钢琴的方式演绎主题——“我会将围绕主题的旋律弹奏上百次，直到它镌刻进情感记忆里，成为我的一部分。我会为我梦想的小说创作将那一主题弹奏上千遍”(63)。谭恩美对于音乐在其写作中的重要性的强调体现了她对母亲的作用力的认可，这也是她的情感记忆的主题。以情感为载体的记忆有其目的性，即将此在的情感同过去的情感进行协商，从而使“我”当下的存在获得足够的空间。谭恩美对于音乐的情感书写充分实现了这一目的。

谭恩美的一生既是沿着母亲的期待行走又是反抗母亲期待的一生，也正是不想违逆母亲却又无法忍住去成为自我的这种挣扎造就了她的痛苦。她一生经历了无数命悬一线的恐惧时刻，包括上学路上的车祸，滑雪时从陡坡上摔下来，应警察要求指认被谋杀的室友(此后多年里，每到室友死亡的周年纪念日她都会不由自主地失声)，等等。然而，当她应写作老师的要求回想自己人生中濒临死亡的经历时，她分享的是她的潜意识深藏了20年的经历。这段经历因为关涉谭恩美成长中无时不在的源自母亲的痛而具有历久弥新的触动性。那年谭恩美16岁，她父亲与哥哥相继去世，母亲带着她和弟弟去了瑞士。由于她在那里交了一个吸毒且有自杀倾向的嬉皮士男友，母亲在绝望中拿着菜刀向谭恩美逼近，威胁着要杀死她。谭恩美这样描述让她深感恐惧的一幕：

她的眼睛是如此陌生，与以前完全不一样——闪闪发光，瞪得大大的，似乎她无法看见我。那时我知道她疯了，真的疯了。

> 她离我如此之近。我能够感觉到她的呼吸、她说话时喷出的唾沫。我无法看着她。于是我看着左边的窗外,看着山上的雪和日内瓦湖。一切是如此美,这所有的美又毫无用处。我感到如此孤单……她开始呼吸急促,胸部抽搐。她真的要这样做了。从她的眼神里可以看到。一切要结束了,我感到孤单而悲哀。会很痛。但我不在乎了。我只想一切结束。我闭上眼睛,然后我听到我的体内冒出一个空洞的声音——不是我的声音——它在大呼:“我要活着!我要活着!”这声音背叛了我,我完全疯了!(119—120)

“情感体验的选择性记忆现象被看作自我防卫形式或个人调整的机制。”(Dutta & Kanungo 1)这段被谭恩美极力埋藏的记忆体现了她在极度恐惧中的自我防卫。“母亲真的会杀了我来保护我吗?”(120)谭恩美试图通过忘却来回避这一问题,而这段记忆的揭开使她不得不重新面对当年的恐惧。在她对同学与老师的叙述里,她用了两个矛盾的声音来表达当时的情感:“只想结束一切”和“我要活着”。在回忆中,谭恩美强调后者并非出自她的身体,因而并非她的真实情感。谭恩美接着对记忆里的声音进行质疑:“为什么不说‘我不想死’,而说‘我要活着’呢?也许我的心灵将它放在了不可触摸的记忆里,因为我知道这一经历会把我带到崩溃的边缘。”(120)“我要活着”作为记忆中的声音或情感表达的是谭恩美回忆时的情感参与,即在上写作课时面对同学与老师的情感,这一情感记忆摆脱了事件发生时身体对情感的作用,使此在的身体发生作用。如果说“我不想死”表达的是彼时的对抗,“我要活着”则体现的是此在的意志。从否定式的对抗到肯定性的意志这一过程可以看到谭恩美通过记忆使恐惧的情感得到缓冲,最后自我趋于宁静。

谭恩美深知作为逆子违背母亲的期待带来的不是母亲的便是“我”的死亡。因此,谭恩美的情感记忆的核心便是将自己对母亲的反抗合法化,使母亲的期待与“我”的成就之间产生正相关。在回忆录中,她在情感中弱化了年少时无比痛苦的反抗,强化了母亲的期待的积极作用。她曾在回忆录中浓彩重墨地讲述了小学一年级时一名叫德肯(Durkin)的研究人员从5000多人中选了她作为研究对象,并进行长达5年的追踪研究的事情。德肯博士到她家和她父母进行了一次谈话,之后,父母告诉谭恩美,老师说她很聪明,将来一定可以成为医生。这一谎言伴随了谭恩美一生,直到59年后,在写回忆录的时候,她想方设法与这位已经80多岁高龄的德肯博士取得联系,才知道她并没有下过这样的断言,她主要研究的是学龄前识字对孩子教育的影响。面对这一期待背后的谎言,谭恩美目瞪口呆,她写道:“作为孩子,我从没有怀疑过父母所描述的与德肯的会面。我从没反叛过这一期待,至少没有公开反叛。在我的整个童年时期,它成为我成功与失败的模板。”(239)在“我从没反叛过这一期待”的声音里可以看到谭恩美对自己童年时受控于父母的期待的无力感,以及她“将自己置于他人的目光(关注)之下使自己被建构”,“进入‘为他人而存在’的状态”,使其“思想、情感和行为”成为父母为之写的“脚本”(Wehrs 33)。她接着叙述了当她的数学成绩不够好时,她感到自己辜负了这一期待;当哥哥和父亲因为脑瘤相继去世时,她感受到这一期待的重负。她害怕期待,“我宁愿马上让人们感到失望,也不愿承受他们自欺欺人的期待的重负”(240)。《喜福会》出版时,谭恩美哭了,她解释说:

> 它们绝非因为梦想实现而感动幸福的泪水。我感到害怕。我从来没有梦想过出版小说。我太实际了,不可能想象以小说家作为自己的事业……面对我的编辑、出版商和经纪人日益增长的兴奋之情,我却准备好应对羞辱以及很快销声匿迹。我强烈地感到这本书将使我拥有的幸福戛然而止。每个人期待得太多,我敢肯定我会失败。我拒绝让自己从正发生的事情中获得快乐(103)。

期待的另一面是恐惧,唯恐让母亲或者他人失望,这是谭恩美感受尤为透彻的情感。这种恐惧可以说是纠缠了谭恩美一生的痛,“没有人叫我做我想成为的人”(278)。这是谭恩美内心的怨怒,也是谭恩美力图通过情感记忆化解的痛。“我被判处实现移民父母的梦想。”(230)在“判处”一词的使用里,可以看到谭恩美对被囚禁在父母的期待里的感觉。母亲的期待对谭恩美的挤压,体现了母亲的意志对于她的情感的作用力。

如果说谭恩美年少时对这种挤压的感觉更多的是在抵制中感受到的痛,那么在她的情感记忆里,她逐渐接纳了母亲的期待,使自己成为了母亲所期待的一部分。正如海德格尔指出的,“意志可以被把握为一种‘急迫的感情’。意志不仅是关于某个挤迫者的感情,不如说,它本身就是某种挤迫者,甚至是一种‘十分适宜的’挤迫者”(2018: 58)。母亲作为期待存在的意志挤迫着谭恩美,使她被纳入母亲的意志中,进行“超出自身”的努力。尽管谭恩美的一生都在与母亲的期待进行反抗:上大学时她虽然按母亲的意志选择了医学预科班,大一结束时出于对阅读的热爱,她最终选择了放弃,改修英语文学。面对母亲的失望,她又向母亲许诺,要攻读博士学位,成为另一个Doctor(博士),然后去了加州大学伯克利分校攻读语言学博士,最终却感到"学术研究泯灭了我对语言学的激情"(9),选择了肄业。然而,在她的情感记忆里,她的反抗最终成就了母亲的期待——她成为荣誉博士,使母亲"极其为我的成就感到自豪。我也实现了她的移民梦。我给她买了房子"(239)——这是谭恩美在回忆时无比欣慰与自豪的情感。在这一表述中,早年的痛苦似乎不见了踪影,"我"成了母亲期待的产物与自豪的对象。谭恩美在回忆录中曾附上自己上大学时给母亲的一封信,信中她许下诺言:"妈妈,如果您相信我,我会照顾您的,不管是对还是错,也不管贫穷还是富有。您的医生女儿(希望能成为医生)会养您,而不是把您送到养老院。"(305)害怕母亲受到伤害的谭恩美似乎在尽可能选择取悦母亲而不是成为自己,然而接下来她又写道:"请您答应我您会决定什么是您想要的、是您认为最好的东西,不要听某些人毫无益处的建议。您是母亲——您将为谭家做决定,没有人能干涉您,或者使您成为您不想成为的人。"(304)显然,这里面有她隐藏的声音,即在激励母亲成为自我的同时,也给自己鼓劲,这也可以说是她随后放弃医学预科专业改修文学的前奏,或者说是她对于母亲意志的挤迫的反抗。然而,不同于普拉斯在其自传体小说《钟形罩》中对母亲希望她从事传统的文秘、教师之类女性职业的挤迫而产生的憎恨,谭恩美在情感记忆书写中力图使这种"挤迫"获得其"适意"性,从而为自己曾经因之遭受的痛苦找到合法性。海德格尔强调,这种意愿的挤迫性使"我们的存在状态本身保持开放的特征"(58)。在成长过程中饱受这种意愿挤迫的谭恩美在其回忆录的书写中显示出了自身的开放性,使原本打上了深深的痛苦印迹的记忆舒展开来,使自我在向外的延展中获得柔韧性。因此,谭恩美强调,她所写的每一本书都受到了母亲期待的影响,可以说是母亲的期待以另一种方式得到了实现,"在写作完成之际,我意识到这不是我本来要写的东西"(239)。尽管谭恩美无时无刻不经受着母亲意志"挤迫"之痛,她的作品的成就成为这些挤迫的"适宜性"的旁证。最终,谭恩美通过情感记忆将"挤迫"的痛化解为自我的一部分,最终在接纳中获得平和的心境,而不至于像普拉斯那样含着对母亲的憎恨以自杀的方式离世。谭恩美在回忆录中这样表达自己对母亲的接纳:

> 我的母亲是我的母亲。童年时很多时候我希望她不是的。但是当我长大了,她成为我的思维与观察方式的不可分割的部分。希望她不是我的母亲就如同希望我是另一个人。我有如此

> 多的地方来自她的基因，来自她用活灵活现的警告招致的噩梦，来自我自己对她的反抗。我无法想象如果她的性情充满阳光，而不是如间歇性海啸经常山崩地裂，她会是怎样的人，我又会成为怎样的人。(123)

在这段话里，唯恐辜负母亲的期待而满怀的恐惧荡然无存，取而代之的是“我”和母亲不可分割的一体化存在。在对“我”的“思维和观察方式”与“我”的存在的追溯中，母亲成了感恩的对象。海德格尔曾在讨论尼采的意志概念时一针见血地指出：“如果意志乃是超出自身的意愿，那么这种‘超出自身’就意味着，意志并不是简单地超出自己，而是把自己一道纳入意愿之中……这种意愿本身，以及与之一体的意愿者和被意愿者，在意愿中显示自身。”(2018：58)谭恩美对母亲的接纳也在很大程度上体现了她将自己纳入母亲的意愿中，并接纳了此在的自我，而这也正是她通过情感记忆进行回忆录书写的意义。在某种意义上她遵循了母亲设定的“脚本”，从而实现了母亲对于她成为“Doctor”的期待。然而，这一实现又是通过反抗完成的，即通过创作实现她对“本真的”自我的寻找，这也正是以情感记忆为轴心的回忆录写作的意义所在。

《回首来时》中谭恩美也通过与编辑丹尼尔的邮件往来呈现了恐惧如何通过情感记忆及其书写得到化解。谭恩美将自己的回忆录致献给了编辑丹尼尔，并选录了一部分与丹尼尔的电子邮件往来，这显然体现了编辑对于她的自我实现的重要性。在谭恩美与编辑的对话里无处不在的是她的担心与恐惧，以及由此而来的不自信。她曾谈到与母亲一起在摩洛哥的古城丹吉尔旅行的遭遇。当时母亲相信了露天市场的舞蛇人，让他把眼镜蛇缠在谭恩美的脖子上，谭恩美这样描述自己的恐惧：

> 我可能会死掉。而且，我可能会从骆驼上掉下来，永远瘫痪。我可能像霍金那样口述我的万物理论，谈论的可能是意识仅存的可悲状态。而且，这头骆驼可能把我的脸当成足球，踢我一脚。那么我写的就都是关于我的残废生活，关于人们不忍目睹的脸。我将永远离不开精神病房，在那里我会写100部关于我的恐怖作品。这些书没有一部是你们想出版的——没有人想读满是自怜的作品。而我在醒着的每时每刻都将充满自怜……(274)

这段谭恩美想象的恐惧里充满了对自己的未来的不安与对自己的写

作的怀疑。而丹尼尔在谭恩美表示对自己的不确信时,对她的写作才能给予了高度的赞赏与肯定。得到对自我的肯定——这是童年时的谭恩美一直落空的愿望,也是她单凭自己的努力很难实现的愿望。编辑的肯定不同于父母的表扬,父母的表扬里更多的是对未来的期待与推动力。编辑的肯定里更多的是对此时此刻的她的存在的认可,更具有现实性。即便得到父母的赞扬,她也知道"紧紧跟随着赞扬的是更大的期待,更多的希望,然后是失败、羞辱和来自他人的失望。我知道称赞是暂时的,是别人对你的控制与施舍,如果你接受了,并将自己的幸福依赖于它,你就会成为情感上的乞丐,一旦不再给予你,你就会遭受痛苦。虽然赞扬堆如山高,然而我不得不在感情上与之保持距离"(104)。《喜福会》中四个女儿的身上都有她这种不自信,以及试图摆脱这种因为不自信而带来的恐惧心理的努力。而母亲们要么造就了女儿的不自信,要么使女儿获得了自信。《喜福会》中的吴晶妹曾对母亲说:"父母不应该批评孩子,相反,他们应该鼓励孩子。要知道,人受到信任才会奋发向上,你批评他,只意味着你指望他失败。"(16)这番话里藏着对母亲的批评的积怨。罗丝更是因为缺乏自信,"头脑里充满了许多别人的想法"(173),"认为美国人的看法更好一些"(173—174),而总是让白人丈夫泰德决定一切,最终导致婚姻危机。而挽救她婚姻的是她听到了母亲的声音"你该说话"(176),进而勇敢地发出自己的声音:"你别指望把我从你的生活中拔出来,轻而易举地扔掉。"(178)琳娜在与哈罗德的婚姻中也被"恐惧感"缠绕,担心"这些不属于我的幸福有一天会离我而去"(136),因此总是迁就哈罗德的自私和冷漠,直到母亲让她看到自己的存在,并在哈罗德面前呈现自我。韦弗利的恐惧则在于她与母亲之间的较量。她时刻感到母亲对自己的挑剔,不由自主地与母亲抗争:"我明白自己一直是在为什么而抗争,是为我自己,那个惊恐不安的孩子。她很久以前就逃到了自以为安全的地方,躲在这个地方,在看不见的屏障后面,我知道另一面是什么,是母亲的侧攻,她的秘密武器,还有寻找我最大弱点的神力。"(165)这些女儿的恐惧里都埋藏着谭恩美内心的不自信,而在给丹尼尔的邮件中,她充满恐惧的情感记忆在很大程度上最终是通过丹尼尔的积极回应才得到了消解,并获得力量应对母亲数十年来带给自己的负荷。

"从过去的经历中存取并提取数据的能力对于最为高级的生物的生存而言是不可或缺的,但如何才能更好地管理这一信息呢?"(Nathanson XIII)这是汤姆金斯的情动体系提出的问题,谭恩美通过其情感记忆做出了自己的解答。通过对于恐惧这一具有创伤性的痛苦记忆的书写,谭恩美使现在与过去之间建构起桥梁,使恐惧得到华丽转身成为成就她的过往。回忆录的最后,谭恩美用恬静的笔调勾画“我”作为主体的日常生活:“我感谢丈夫的咖啡”“我观看树上的鸟儿”“我对着狗愉悦的脸开怀而笑”“我注意到水的不同色彩”“我凝视书架上的照片”“我想象天使岛上诗人的目光越过永恒的水面朝我看过来”,最后,“我想象我逝去的家人活着的样子,于是我回到了过去,与他们同在。”(357)这一连串的“我”的动作最终通过“我”的想象与过去联系在一起,即“我”的此在融入了与逝去的亲人曾共有的时空中,我与过去达成了和解。海德格尔认为情绪“既不是从‘外’也不是从‘内’到来的,而是作为在世的方式从这个在世本身升起来的”(2014: 159—160)。这段“我”的叙述充满了“我”的在世感,我对万物充满能动性的感受。记忆中痛苦的情感在此在的感觉中悄然隐去,取而代之的是吸纳一切的恬静气息,“最终,我写作。”这句结束语阐明了写作与生活之间的关系。正如叔本华在《作为意志与表象的世界》中强调的,“是眼睛看见太阳”“是手感触着地球”,才有了“围绕着他/她的”的“作为表象存在”的世界。(25)在对作为“我”的表象的记忆书写中,“我”存在。“我的情感,尽管感觉像是我自己的,却是与我的身体进行互动的自我认识过程。”(Trezise 3)谭恩美的情感记忆便是建立在“我”基于身体的现时情感与过去的记忆之间互动的基础上,其记忆艰难而痛苦,却又卓有成效,最终使“生命叙事与记忆、主体和身体的物质性不可分割地联系在一起”(Smith & Watson 37),对抗各种吞噬力量,为母亲也为自己的存在谋得了生存空间。

第二节 《母亲们》:在记忆重构中接纳母亲

瑞秋·扎克(Rachel Zucker)是一位创作独特的年轻诗人,她出版的诗集包括《冥界饮食》(*Eating in the Underworld*, 2003)、《最后清晰的叙事》(*The Last Clear Narrative*, 2004)、《事故博物馆》(*Museum of Accidents*, 2009)、《坏妻子手册》(*The Bad Wife Handbook*, 2007)、《行人》(*The Pedestrians*, 2014)等,另有回忆录《母亲们》(*Mothers*, 2014)。她的《事故博物馆》获得美国国家书评奖提名,被《出版人》周刊列为当年度最好的诗集之一。扎克既是诗人,也是在纽约大学担任诗歌教学的教授,还是获得了产妇陪护资格证的生育教育者。她的书写中处处充满了对母性的追问和思考。《冥界饮食》从女儿的角度,改写了古希腊神话中大地女神得墨忒尔与其女儿帕尔塞弗涅的故事，使母女关系获得了新的视角。《最后清晰的叙事》以众多的诗篇记录了自己从怀孕到生子的种种情感体验。《母亲们》以极为坦诚的笔触回忆了与自己身边的替养母亲以及亲生母亲之间的复杂关系。此外，她与艾德丽尔·格林伯格（Adrielle Greenburg）合编的《女诗人论心灵导师》（*Women Poets on Mentorship*, 2008）关注的也是两代女性之间的影响与关联；与格林伯格合作撰写的《家庭/生育》（*Home/Birth*, 2010）则以自己作为产妇陪护的经历以及自己大量的相关研究对母亲身份、怀孕、生育诗学及生育政治进行了开创性的讨论，为女性主义理论与生育医学做出了独特的贡献。

瑞秋·扎克的记忆如同谭恩美的一样也是痛苦的，但她的痛苦并非如谭恩美力图化解自己一生唯恐辜负母亲厚望的恐惧，而在于通过在现在与过去之间建立对话，质疑自己的记忆，重新建构自己与母亲的关系，进而为自己的存在寻找立足点。"记忆成为主观的运动或者'情绪'，使我们摆脱固有的状态，从而理解我们的存在以及我们自己。"（Ender 180）扎克在其回忆录《母亲们》（2014）中借助于记忆，使自己摆脱了多年来对母亲充满憎恨的消极情绪，以饱含的爱接纳了母亲的存在，同时也给予自己存在空间，母女在相互沟通中得以共存。扎克在该回忆录中一再强调："我不相信我的记忆（memory），我的各种记忆（memories）。"（15）单数的记忆变成复数的记忆，指向的是记忆的多重性、不可靠性。接着，她在该书的第一章以大量的例证说明记忆的不可靠，并对哈佛心理学家丹尼尔·夏克特（Daniel Schacter）提出的关于记忆的七大罪——"暂时性、健忘性、阻碍性、张冠李戴性、暗示性、偏见与顽固性"进行了逐一解释，然后指出，"记忆有着认知心理学家所称作的'脆弱的力量'"（8）。这一"脆弱的力量"体现的是诗人力图与母亲和解的努力，也是与普拉斯对母亲的憎恨进行的对话。扎克的母亲是个卓有成就的作家，是个擅长讲故事的人，也是扎克立志不要成为的人。然而，最终成为诗人的扎克不得不承认，"故事使我们的生活变得有意义。我们将一切故事化"（8）。显然，她也继承了母亲的方式，通过用诗歌讲故事的方式为自己的存在寻找意义。该书的扉页上写着"我母亲的身体无处不在"，这也是她的第一本诗集《冥界饮食》中的诗句，原句为："我踏入冥界，远离了母亲的身体无处不在的地方。"（5）诗人通过《母亲们》的写作，对自己十多年前对母亲的情感进行了回应。神话中帕尔塞弗涅被冥神裂开地缝抢走，得墨忒尔痛不欲生，令草本不生万物凋零，最后历尽千辛万苦从宙斯那里要回女儿，才使万物复苏。然而，扎克从女儿的角度重新阐释了这个故事，认为"只有母亲才会炮制这样的故事：大地裂开缝将她拽下去"(31),并强调离开母亲是女儿的选择,为了逃避母亲的控制,女儿宁愿坠入冥界。因此,《冥界饮食》表达的是女儿渴望远离母亲,获得自我的强烈诉求。"记住,当你见到我的时候,我就在我体内属于我自己"(61),这是诗人写给冥神的话语,也是诗集的结束语,体现了诗人获得自我的坚定意志。可以说《冥界饮食》体现了诗人早年类似于普拉斯力图摆脱母亲无处不在的影响,消除自我被吞噬的感觉。然而,在《母亲们》的创作中,她开始意识到自己无论如何也不可能摆脱母亲的影响,因为母亲的身体已然"无处不在",即便逃到冥界,也无济于事。因此,扎克通过对记忆的质疑,重新建构记忆,重新书写母亲,实现与母亲的和解,从而重建母女关系。

瑞秋·扎克对母亲的记忆是通过将此在的情感与过去的对接来实现的。正如特雷齐斯指出的:"记忆的情动作用提供了一种方式:让人通过身体的特定模式来思考。该方式运用此在的情感来协调与重新协调其他的情感(那些据称是属于过去的)。"(10)作为母亲的扎克不断用自己"此时"身为母亲的感觉来纠正或者修正自己对母亲的记忆,进而给母亲存在的空间,最终获得自我的存在。在她关于母性的长诗《棕榈树上的松鼠》("Squirrel in a Palm Tree",*Bad Wife Handbook*, 31—50)中,扎克书写了自己暂时离开孩子的感觉,这一感觉与自己对母亲的记忆形成了对话。她离开时感到自己"越过警亭,跨过矮护墙、堡垒、壁垒、胸墙"(31),这是被囚禁者逃离牢笼获得自由的感觉,然而躲在海边小木屋度假的"我"感到自己如同爱丽丝,"身体进入一种奇境/母亲缺席简直如神话/遗弃的冻原/这一厚礼让我痛苦,沉默/第一次,没有什么发生"(33),没有孩子的尖叫或吵嚷,暂时不用担任母职,但进入神话世界的"我"却无法享受自由这份厚礼。诗人忍不住想象自己回家时"步入客厅满地的玩具中/两个男孩见到我时,高兴/羞涩/激动"(35),诗人提醒自己"现实点"(35),然后将记忆带到了自己的母亲那里,"我的母亲有个断裂的芦草项链/似乎比空气还轻/它们看起来像鸟齿或贝壳碎片/——海地?澳大利亚?秘鲁?/她不记得自己在哪里得到的"(36)。扎克接着又提到母亲有很多来自不同地方的石头,对于它们来自哪里,母亲牢记在心,"她的一生就是把东西从一个地方捡起带到另一个地方"(36)。扎克有很多母亲抛下自己周游世界的痛苦记忆,母亲无法记住的地方与她牢记的地方都暗示着"我"曾被遗弃的痛。然而在自己逃离牢笼的感觉里,她增进了对母亲的理解,"有着年幼的孩子的女人不是女人,而是哺乳动物、是药膏、是摇篮曲、是装水的容器"(39),孩子使母亲成为具有人形的"空洞的形状"(41),作为母亲的"我"无疑也渴望能像自己的母亲那样获得一种与孩子之间的距离——"不管我的身体与飞机要去的地方是否矛盾,这无关紧要/遥远的孩子是影子,是臆造的存在/是这里与那里之间的距离"(46)。由此,母亲留下自己独自行走的记忆与扎克自己身为母亲的处境产生了互动,"芦草项链"与"石头"不再仅仅是母亲抛弃自己的明证,也是母亲自我存在的所指。

要通过记忆实现和解,扎克首先需要正视自己试图忘记的过去。"陷在我无法记住的过去是多么奇怪啊?"(116)"无法记住"实际上暗示了诗人不愿记住的意识。然而,"陷"的感觉又说明诗人不得不选择面对。在这一过程中,诗人集结了众多女性的力量来帮助自己启动记忆。杰奎琳·罗斯(Jacqueline Rose)告诉她"记住祖先的声音"(2),乔丽·格雷厄姆(Jorie Graham) 强调遗产的意义以及"继承的暴力"(The violence of inhertance)(5),狄金森宣称"我不曾有过母亲"(8),普拉斯的绝望"作为他者的母亲/吃掉我" (9),里奇的声音"诗歌是我可以不当母亲,仅仅作为自我存在的地方"(10),莎伦·奥尔兹(Sharon Olds)的诗句"我感觉她(母亲)俯视着我就像/造剑者在剑刃中盯着自己的脸"(14)。毫无疑问,扎克珍惜女性自己的遗产,她强调自己与艾德丽尔·格林伯格合编的《女诗人论心灵导师》就是为了向母亲们致敬,同时她也意识到各种矛盾声音的存在。在这些杂混的声音中找到自己的声音是艰难的。扎克没有诉诸条理化的辩论,而是任凭记忆在各种片段中跳跃——"我"在参加普拉斯纪念会、格雷厄姆谈论自己拜访狄金森旧居、"我"去爱德华城旅行、艾德丽尔和"我"编辑《女诗人论心灵导师》……其间,母亲会在不经意间出现——母亲要来帮"我"照顾孩子、母亲记错单词、母亲问"我"在她死后想要什么、母亲用打字机打字……在这些过去与现在不断交替的时空片段中,可以看到记忆成为"'存在于世界'的工具",诗人在用"无法看见的记忆"将现在"一针一线缝补起来"(Ender 184)。由此,关于母亲的记忆在无数零碎的关于众多母亲们的记忆中开启了 。诗人的母亲成了众多母亲中的一个,"我"也成了众多女儿中的一个,彼此映照着,使"我"发出存在的光芒。

在对母亲的记忆的建构中,扎克不得不抵制自己原初对母亲充满憎恨的情感。诗人的记忆里,母亲是"不可预料的""争强好胜的""自私的""自恋的""令人恐惧的"(2014:13),因此诗人用充满敌意的情感将母亲阻隔,并意图用"无法想象"来否认母亲曾经对自己的照料,然而,她很快又反问道:"为什么不行?"

> 我无法想象让她(母亲)来照料我生孩子,或者从情感上或身体上照顾我,即便是给我作为父母的建议。我无法想象让自己在

> 她面前显得那样脆弱不堪,但为什么不行呢?难道我没有作为婴儿——她唯一的孩子——在她(母亲)的怀抱里吸吮过乳汁?为什么,即便在我将自己心爱的孩子搂在怀里的时候,一想到我的母亲搂着我照料我的情形就感到厌恶呢?(28)

在这一连串的"无法想象"里,诗人开始越过重重阻隔与母亲进行对话。"难道我没有"这一反诘体现了诗人通过自己作为母亲的现实质疑自己对母亲的记忆。渴望成为母亲的扎克在真正成为母亲后感到母职是如此"枯燥""令人窒息""不堪忍受""自我牺牲",她"无法原谅自己的这种感觉",因为她"无法原谅自己的母亲曾有这种感觉"(27)。由此,通过从"我"的现实感觉到记忆中母亲的感觉,诗人在"无法原谅"中将"我"和母亲连接起来,使母亲不再成为记忆中的他者,而是在同样的声音中获得同理心。在描述她心目中的母亲佩吉(Peggy)时,她写道:"最终我明白佩吉有些方面就跟我母亲一样,即便我之所以一直把她当母亲看待,就是因为她一点也不像我的母亲。"(27)扎克在对母亲的排斥中寻找替代性的母亲,然而她最终发现自己找到的母亲事实上就如同自己的亲生母亲。因此,通过将母亲融入到母亲们的群体中,扎克抵制了自己记忆中对母亲的敌意,并通过对母亲的认可也对自己的母亲身份进行了认可。

对母亲的恐惧也是扎克不得不抵制的情感。"我所记得的东西很少,但是我能够非常清楚地回想起自己站在母亲的书房外面用小手掌触摸着门的感觉。那时,我站在门口,凝神听着,琢磨着要不要敲门,冒着让她勃然大怒的风险去打扰她。"(122)在扎克的"回想"里而不是她的记忆里,可以看到"此刻"的扎克对儿时站在母亲门外这一场景的想象,正如弗洛伊德所指出的,"所谓早年儿时的回想并非真正的记忆的痕迹,而是对该记忆的阐释,受制于许多后期的心理力量的影响"(64)。与此同时,扎克将场景移到"今天"——"我沿着思埠温科路跑步时,看到了一个影子——死了的花栗鼠——然后我在经过它时移开了视线。'这是我观察死花栗鼠的机会',我边想着边跑开了"(122)。诗人用死花栗鼠的叙述转移了自己对母亲的回忆,也暗指了自己对于有关母亲的记忆的逃避。扎克也清醒地意识到自己对童年以及母亲所知甚少,"我有很多来自童年的故事,却没有什么有关童年的故事。我有来自母亲的成百上千个故事,却几乎没有什么是关于她的"(122),记忆的"空缺"使她不得不将母亲的记忆"故事化"(storify)。扎克紧接着谈到一个能够激发她的"关于过去的真实情感"的地方,即父母分居时,她穿梭于父母之间的巷道——"我感到害怕。我想不起我还能因为什么而记住某样东西——某种情感?”(123)在诗人对这一情感的描述里,很难辨别这是诗人“此刻”的情感还是记忆中的情感:“当我沿着这些巷道走的时候,每样东西,每个人,每个地方,包括我自己似乎被终结了,被抹除掉了,被埋掉了,被故事化了。”(123)显然,父母早年的离异对于扎克来说是一种心灵创伤,她将这种伤害归罪于母亲。然而,叙述的最后,她用“被故事化”进行补充,质疑自己记忆中的这一情感。“我们通过故事化使发生的事情可以理解,具有人性和真实性。所有的故事,所有的艺术,都是对经历的转译。”(18)扎克意识到自己的恐惧里也包含了故事化的元素,而她自己在回忆录中的“故事化”也成了她的记忆方式,成了她试图与母亲建立“可以理解,具有人性和真实性”的联系的途径。

在对记忆进行故事化的过程中,成为母亲的扎克也开始接纳自己作为母亲的日常存在,并以自己的努力接近母亲。扎克兼职做起了产妇陪护(doula),对待产的母亲起着照料的作用(to mother the mother)。她感到,“我成为了更平和、更友好、更耐心的母亲……我成为了主张在家生育的活动分子,自己也在家生育了第三胎”(30)。在“更”的比较中,记忆中的母亲成了“我”作为母亲的参照。“我”的母亲身份决定了“我”的书写,使“我”获得了自己的诗学——“错误诗学”。诗人在她的演讲《错误诗学:非辩解书》中开篇即强调:“在我这特别的人生里,在这一特定时刻里,我是三个儿子的母亲,他们分别为16、14、8岁。这很重要,你们要知道我在这一经历中始终都是错的。我的身体是错的,我的存在是错的,唯一更错的是我的缺席。当我在场的时候,我让人窘迫,当我缺席的时候,又是伤人的。”(2019:7)诗人随即举了大量的例子说明自己在孩子的眼中如何错误百出,与丈夫如何互相伤害,自己的创作如何受到批评,自己的年龄与白人身份等如何凸显自己的错误,总之,“我的一切都是错的”(2019:7)。诗人由此指出自己的诗学便是“对抗与挑衅诗学”(poetics of opposition and provocation)(2019:7),是“出于错误并有关错误”的书写。因此,扎克指出:“诗人是这样一个人:她/他在错误的世界里感到错了,并愿意说出自己的错误,即便这样做又证实她/他错误百出、丑陋不堪、支离破碎,并且是同谋。”(2019:7)诗人对自己的“错误”存在,尤其是母亲身份的接纳是对自我的日常存在的充分肯定。在对“错误”作为诗学的建构中,诗人揭掉了诗歌的神圣面纱,强调“此时此刻”的意义:“一切活着的东西都会死。一切新鲜的东西都会过期。错误诗学需要的是用有生命的配料烹制有保质期的诗歌。”(2019:13)这也是诗人通过记忆进行母性书写的意义。记忆也许不实,但记忆的过程便是还原自己的存在的过程，是努力使自己活着、“保鲜”的过程。

扎克将自己的回忆录命名为《母亲们》有其深刻用意。多年来她一直拒绝自己的母亲，而不断寻找替代母亲。“我无法从我的自我讲述我的故事”(18)，因此，扎克不得不从母亲的故事讲述自己的故事，而自己也是母亲们中的一员，讲述她们的故事也便成了讲述自己的故事。“母亲们的故事是怎样的呢？我们拿母亲们来做什么？活着的母亲们，死去的母亲们。亲生母亲们，替养母亲们。”(126)这是扎克在回忆录中的问题，她的写作囊括了这些母亲，可以说对这一问题进行了艰难的回答。“母亲：生命之源。如果饱含了爱意去看的话”(127)——这是扎克得到的一个答案。如同普拉斯，对母亲充满怨恨的扎克要换上爱意的视角去看待母亲是极其不易的。“也许我们关于母亲的情感是父权制度炮制出来的。”(133)扎克接着援引了里奇的话：“不管母亲有多少爱与力量，在男性控制的社会里长大的女孩仍然常常不可理喻地感到自己没有得到母亲的关爱。”(133)显然，扎克在倾听以里奇为代表的母亲们的声音，并以此反思自己对母亲的感情。回忆录的最后，扎克附上了母亲临死前写的三段话，其中母亲表达了母女之间无法沟通的痛：“我渴望我们开始看到我们既是个体，又是好母亲与坏母亲。”(149)这显然已经成为扎克自己身为母亲所认同的母亲身份。“她的打字机的声音。我的电脑键盘的敲击声/她的罪过是什么？她的哪样罪过我不曾犯过呢？”(111)扎克记忆中的母亲与现实中的我做着同样的事情，同为作家，同样既是好母亲也是坏母亲。尽管母亲读了她的回忆录后感到很不满，希望她不要出版，甚至发下毒誓说，如果扎克出版了这本书，可怕的事情就会降临到她、扎克以及扎克的孩子身上。然而，最终母亲还是接受了这本回忆录，并写道：“但愿你能通过表达你的挣扎与痛苦使我们的对话可以继续下去，使我们和其他人的伤痛得以愈合。”(149)至此，扎克的回忆录开辟了母女对话的通道，虽然母亲已经无法回应。在后记中，扎克描写了自己的梦：梦中见到母亲，发现她并没有死，死去的是其他人。给母亲处理后事的约翰·哈特曼(John Hartman)给她打电话时，她说道：“我没有告诉她，我最后一次见到她时，她是多么漂亮……我没有告诉她，她一直都那么美，也没有告诉她，我一辈子都在努力不去想她，而我整个一生都在想念她。”(155)在这一系列“我没有告诉”的倾诉里，扎克对母亲的消极记忆被彻底清零，取而代之的是深藏着的爱。回忆录以约翰·哈特曼的话结束：“我能说的是——她是你的母亲。”(155)母女之间无论有多少恩怨，“她是你的母亲”注定了两人之间有无法抹去的联系。“我从自己作为女儿与母亲的经历认识到，发现自己的父母错了，或者被告知自己错得厉害，这体现的是非常复杂的依恋、分离、个体化与爱的行为。”(Zucker, 2019:7)扎克从自己对于母亲的“错误”记忆中感受到了自己对母亲的依恋，以及在试图获得独立自我的过程中的分离之痛。这一切归根结底都是爱。至此，“母亲的身体无处不在”既体现了“我”与母亲之间的无法分离，也体现了“我”对于母亲毫无保留的接纳。“我”对于母亲的记忆由此通过“主观的创造”完成了重新建构。

第三章

“脆弱而不完美”的母爱

西方文化里“母亲扮演的是不断满足他人需要的角色，是整个社会理想主义的源泉”（Badinter 190）。母性被当作母爱的同义词，或者说母性与母爱成为了必然的一体，被赋予了具有神性的光晕，如同本雅明所论述的为了赋予神像等艺术品以膜拜价值而为之渲染的各种神秘的光晕[①]，母爱本真的含义因此被遮蔽，无私无我的母亲在被膜拜的过程中被剥夺了自我的存在空间。许多女性也在无意识中内化了父权社会对母亲的要求，时刻打造自己无所不能的母亲形象，使自己成为家中的天使。然而，将母爱与母性联系起来是父权社会建构的结果，旨在将对孩子的责任悉数推给母亲。法国母性理论学者伊丽莎白·百丁特（Elisabeth Badinter）在其《母爱——神话与现实》（*Mother Love——Myth and Reality*，1981）中指出，“母爱是一种人类的情感。如同其他情感一样，它变化莫测，脆弱而不完美”（XXⅢ）。对母爱作为情感所具有的“脆弱而不完美”特性的认可给理解母爱的多样性与复杂性开启了崭新的窗口，意味着从人的情感维度出发理解母爱，从而使母亲的神性得到消解，人性得到恢复。百丁特在该书中援引大量史例对母爱这一被无限讴歌的伟大母性大胆质疑。她指出，许多批评家认为18世纪法国婴儿的存活率很低，是因为母亲们为了避免面对由孩子死亡引起的悲伤，尽可能不对刚出世的孩子产生依恋之情。但事实与之相反，正是“因为母亲对孩子漠不关心，孩子才大量夭折”（60）。由此，巴丁特以史实为据，将母亲从人的维度进行考察，强调母爱表达形式的多样性，使母爱从母亲的本能中分离出来。

作为情感而非母性存在的母爱具有双向流动性。斯宾诺莎在讨论情感时，将爱界定为“由外因带来的喜悦”。他强调：“满怀着爱意的人必然努力拥有此时此刻并极尽可能保全所爱的对象。”（162）这一思想从另一个角度解释了百丁特所提到的“母亲对孩子漠不关心”在于缺乏爱的动力，即作为外因的孩子没有给她们带来喜悦，或者说没有触及其身体使之产生爱的动能。斯宾诺莎将“爱”与“喜悦”关联起来，使爱不再是单方面的施予，而是身体与身体之间的作用。在这一作用中，爱的施予者也是爱的感受者，在对喜悦的感受中“我”成为显性的存在，也由此成为爱的主体。然而，在父权社会里，女性被剥夺了这一主体身份。女性，尤其是母亲的爱是单向度的，她自身已经被抹掉。正如伊利格瑞一针见血地指出，“女性的爱被界定为家庭与社会的责任。她没有权利获得独一无二的爱，也没有权利爱自己。因此她没有爱的能力而只能屈从于爱与繁衍”（1996：22）。因此，

① 参看：本雅明：《机械复制时代的艺术作品》，王才勇译，中国城市出版社，2002年。

对于女性而言,成为爱的主体意味着使自我存在于爱之中,使爱在双向的情感流动中赋予主体能动性。

成为爱的主体是女性主义运动第二次浪潮的重要任务之一,这也意味着破除笼罩在母爱上的光晕,即重新考察“母爱”这一长期以来被看作母性的特征,使母亲从母爱的束缚中得以解放,使母亲在爱的同时自我不会消亡,而是与得到爱的一方共同壮大,因此爱决不以牺牲自我为前提。萨尔·仁肖(Sal Renshaw)在《爱的主体》一书中强调:“西方话语里,爱的主体可想而知是男性的,男性所操纵的经济关系取决于对作为他者的女性的否认。”(23)仁肖认为在男性的书写中,爱与自我之间显示出不可调节的矛盾,自我成为爱的最大障碍,在爱里容不得自我。[①] 伊利格瑞在《性差异伦理学》中,从另一个角度对女性作为爱的客体进行了解释。她指出,女性常用的一个句子是“你爱我吗?”,这个问句使“你”成为爱的主体,而“我”在这个话语中处于极不平衡的地位。伊利格瑞借此强调女性必须努力使“你”变成“我”,即能“产生真理——文化的、政治的、宗教的真理”(137)的“我”。因此,伊利格瑞在另一篇文章《我爱你》(“I Love to You”)中将“I Love You”这一惯常的表达进行了改写,在“I”与“Love”之间加上了介词“to”。她强调,“‘to’的使用使被爱者不再沦为客体”“使他人的自由不至于受限于我的主体、我的世界、我的语言中”(110),因此,“爱”不再意味着“你是我的”,而意味着彼此尊重,即“尊重我的本性、我的历史、我的意向,同时也尊重你的”(110)。伊利格瑞在《爱之道》一书中进一步解释这一相对性,并强调,“主体从本质上讲是相对而言的。任何人如果能够在他/她自身中,不仅为他人留出空间,也为与他人的关系之间留出位置,那他/她就具有人性”(80)。互为主体的爱也赋予了母爱新的含义,使身体与身体之间产生新的关联,使“爱”与“自我”之间产生新的关系。在父权的爱的伦理思想下,作为无私的爱的给予者,母亲的自我毫无立足之地。而当代美国女性的书写中,作为肉身存在的“我”在“爱”的双向流动中获得了能动性,一方面,可以借着情感的作用选择爱的对象;另一方面,在将孩子看作主体予以尊重的同时,也给予自我存在的空间,使“我”既存在于“我”的身体之中,又能摆脱传统的母性身体的束缚,以人的身体感知建构爱的关系,最终获得“我”的在场。

《宠儿》与《男人与天使》这两部关于母亲的文本从不同的角度摆脱了女儿的视角,为重新书写母爱开创了重要的篇章。它们以母亲为中心再现了母亲在建构自己的主体性时与孩子分离的需求以及母爱的限度,即其

---

① 参看:Sal Renshaw, *The Subject of Love: Helene Cixous and the Feminine Divine* (Manchester: Manchester UP, 2009)。

"脆弱而不完美"性，并使母亲"开始为自己讲话——即便她知道她的故事无法述说"(Hirsch，1989：3)。小说作者打破了父权社会出于自己的利益需要对母亲的模式化书写，开始叙说身为母亲的爱恨交织的矛盾情感，使母亲在各种具体的情境中对爱进行取舍，使自己成为爱的主体。这两部作品都诞生于20世纪80年代，此时母性理论进入了更为成熟的阶段。萨拉·拉迪克于1980年出版的《母性思维》(*Maternal Thinking*)和卡罗尔·吉利根于1982年出版的女性主义伦理专著《不同的声音》都强调母亲在行为处世中不同于男性的方式及伦理判断与其所承担的母职有关系，认为如果男性参与到母职中，他们也会有类似的情感体验或伦理判断。伊丽莎白·百丁特于1981年出版的《母爱——神话与现实》也推进了自波伏娃、里奇、乔多罗以来的母性建构说，使母性与女性之间不再是简单的等号关系。这两部小说毫无疑问也参与到有关母性的讨论中，并从现实生活的角度挑战了父权文化建构的母性。母亲能否对爱进行选择，使自己成为爱的主体？莫里森早在《秀拉》中就提出了这一问题。[①]然而，莫里森对母爱真正进行深入的探讨是在《宠儿》中实现的。《宠儿》中的母亲塞丝在被奴隶主追杀时亲手锯断了女儿的脖子，这一来自母亲的弑婴行为显然不同于父权社会对母爱的期待。女儿死后，塞丝失去自我，为母爱所困的痛苦生活却正应了父权文化对母爱的要求。由此，《宠儿》将母亲在爱的刀刃上行走的痛苦展示在读者面前，让读者在母亲身份与母亲的自我之间为母亲选择一条出路。如何摆脱母爱的桎梏重新获得自我，这是莫里森在《宠儿》的书写中挥之不去的问题。小说的结尾，宠儿受到驱逐，母女被迫分离，塞丝得以获得自我。但是作为母亲的塞丝不得不依靠社区、保罗·D及女儿丹佛的努力，最终走出传统的母爱的束缚，从而获得自己。在塞丝被动地成为爱的主体的过程中，莫里森凸现了"你才是你自己最宝贵的东西"这一至关重要的概念，使长期以来作为满足孩子需要的客体存在的母亲成为有着自我需要的独立的人。这对于内化了父权思想的母亲来说是重大突破。同样，《男人与天使》也关注的是母亲如何成为爱的主体的问题。小说中，安妮渴望放下母爱这一如山的重荷，使自己"从那里游走，越过令人激动的景象，斑斓而轻快的鱼、闪闪发光的石头和水泡"(400)。"除此之外，世界上还有许多其他的东西"，能够给予孩子爱是一种福分，"能够将对他们(孩子们)的注意转

① 《秀拉》中，汉娜告诉邻居她爱女儿秀拉，但是不喜欢她。许多评论家据此将汉娜看作缺乏母爱的母亲，在秀拉的生活中起着消极的作用。欧瑞丽对此进行了批评，认为汉娜的话语是对母爱的无条件性这一神话的消解。参看：Andrea O'Reilly, *Toni Morrison and Motherhood: A Politics of the Heart* (Albany: State U of New York P, 2008) 59-60。

向其他某个东西,某个他们无法接触到或成为其中一部分的某样东西,这也是一种福分"(400),这是安妮在经历了种种思想斗争后终于听到的声音。在小说的结尾,安妮一边守着熟睡的孩子,一边想着自己深爱的工作,最后她将椅子挪到窗户边往外看去。安妮投向远方的视线既是小说的终点,也将母亲的未来指向了更宽广的空间。

第一节 《宠儿》:转向自己的爱①

人的具身存在往往决定着其道德行为。正如布莱克(Blake)指出的:"17世纪的斯宾诺莎思想与18世纪的感伤哲学同现在的情动理论、当代神经科学及进化心理学达成了这一共识:具身性影响着我们的决策、共情行为,并带给我们伦理认知。"(207)身体及其触发的情感是人类建构伦理思想的重要载体。作为一部将母亲当作伦理主体而非客体的作品,《宠儿》使母爱这一情感导向了自己的伦理维度——以亲手杀死女儿从而避免其沦为奴隶的方式彰显母爱,以驱逐女儿的鬼魂获得宝贵的自己。"情感状态及其内在的神经生物学对于伦理发展及道德行为起着至关重要的作用。"(Blake 207)理解《宠儿》中的伦理选择必然意味着从情动的角度理解母亲塞丝在特定语境下表现出的母爱。不少学者注意到该小说以其极端的母爱表现形式对传统的母性进行了颠覆,如拉德哈·恰克拉瓦提(Radha Chakravarty)认为该小说是对女性的多样性存在的认可及对程式化母性的摒弃②;斯蒂芬尼·A. 德米特拉科普拉斯(Stephanie A. Demetrakopoulos)指出该小说归根结底体现的是"唯有母性的死亡才能带来母亲自我的生存"③;特拉·保尔·凯撒(Terry Paul Caesar)甚至强调母亲与奴隶具有同等身份,"完全可以想象母亲杀死孩子是为了保护自我,因为她感到自己受到她(女儿)的奴役,而非仅仅因为想把她从奴隶制度下解放出来"(113)。这些讨论都极为可贵地看到了母亲成为主体的重要性,体现了女性主义者建构

---

① 本节内容发表于《外国文学》2018年第1期,文章名为《〈宠儿〉中的母性伦理思想》,收入该书时有改动,不再另注。

② 参看:Radha Chakravarty, "Lethal Love and Haunted Houses: The Maternal Problematic in Toni Morrison", in *BRAC University Journal* 1. 2(2004):13-20。

③ 参看:Stephanie A. Demetrakopoulos, "Maternal Bonds as Devourers of Women's Individuation in Toni Morrison's Beloved," in *African American Review*, 26. 1, Women Writers Issue (Spring, 1992):51-59。

母亲主体性的热望,但同时回避了这些问题:以弑婴的暴力行为获得自我的母亲如何成为爱的主体以免于遭受孩子同样的暴力行为(弑母)?作为爱的主体的母亲需要克服怎样的阻力才能赢得自己作为个体的身份,使自己作为伦理的主体成为最宝贵的存在?

这正是莫里森在《宠儿》的创作中着力探讨的问题。莫里森在1985年与格内利亚·内勒(Gloria Naylor)的谈话中解释了创作《宠儿》的缘起,说她注意到"女人爱她之外的东西胜过自己",她感到这是女性非常高贵的地方,但她也指出,"有趣的是,对我们来说最宝贵的东西往往也是让我们伤害自己的地方,使我们觉得自己的生活比不上他/她们的意义"(208)。莫里森的这番话实际上指向的是大家往往避而不谈的"弑母"问题。在传统的母性伦理里,母亲作为无私无我的存在,其最宝贵的东西毫无疑问是孩子,作为个体的自我被无情地抹杀。然而,这种伦理具有欺骗性和压迫性,致力于将女性对男性的屈从地位合理化。莫里森在《宠儿》中正视了该问题,将母亲而非孩子置于中心地位,书写了弑婴的母亲如何通过成为母爱的主体获得母爱的自主权,又如何遭遇各种力量的裹挟而失去自己好不容易获得的主体身份,以母爱的名义被女儿摧残而使自我几近消亡,最终在集体伦理意识的重建中被赋予新的母性主体身份,即摆脱孩子的奴役成为最为宝贵的自我。莫里森对于母爱主体的复杂性有着极为清醒的认识,一方面她强调集体伦理意识重构的颠覆性作用,另一方面她也看到了母亲自己摆脱内化的父权伦理思想控制将爱转向自我的至关重要性。莫里森所书写的母性伦理里,具身存在的母亲以身体之痛书写了爱的伦理,使作为爱的主体的母性身体发出了自己的声音。

《宠儿》的故事发生在美国内战前后,母亲塞丝冒着危险带着孩子逃离奴隶主的牢笼,来到俄亥俄河对岸自由州的辛辛那提的婆婆家,然而,在过了28天的自由生活后,她们遭到奴隶主一帮人马追捕。尝到自由味道的塞丝为了避免女儿重新落入奴隶主手中遭受不堪忍受的奴隶命运,拿起手锯亲手杀死女儿。出自母亲之手的弑婴行为在传统伦理里显然是令人发指的残忍之举,"但是杀害孩子的行为一向都是女性在无法抚养孩子的绝望处境下的结果,至少是特定母亲在特定时间的行为"(Almond 186)。莫里森的书写将母性置于特定的情境中,从其个性而非普适性来考察母亲的存在,这与20世纪80年代初期以吉利根等为代表的女性主义伦理学思想具有同根性[①]。“符合伦理的决定不应狭隘地聚焦在对抽象原则的机械运用上，而必须对某些特定的人类关系如何产生不同的责任极其敏感。寻找合理的道德反应需要依据人类需求的具体情况对角色的责任进行判断。”(Cole & McQuin 2)显然，塞丝的行为不能停留在“母亲弑婴”这几个字的表象上，而应该回到其历史语境，回到其身体的处境来还原其伦理意义，从而理解母爱的意义。

莫里森本人在被问到她对《宠儿》中塞丝弑婴行为的立场时说：“我认为没有什么比杀死自己的孩子更可怕了。此外，也没有什么比把他们送回去过生不如死的生活更糟的了。”(46) 在生与死之间，塞丝为女儿选择了死亡这一毁灭性的决断，而不是“好死不如赖活”似的妥协。这不仅仅是塞丝对奴隶制的强烈控诉，更是她作为自由人的宣告，是其作为伦理主体施与判断的结果。后殖民主义学者霍米·巴巴(Homi K Bhabha)认为塞丝的行为体现的是“奴隶母亲在宣告她重新获得了孩子，也就是她本人的财产”(17)。这一观点肯定了塞丝的能动性，但忽略了塞丝对“我”的存在的宣告。莫汉提一针见血地指出，“对于塞丝而言，自由——即便是在奴隶制度下，也是人类对自我决定权无可磨灭的需求，其核心是在道德能动性上所具有的能力”(Mohanty 59)。在塞丝的弑婴行为中，“我”不再是屈从的客体，而是有着个体欲望和需求的意向性的存在。这一意向性使作为他者的孩子与自己获得同一性，对她的生命负责也是对自己的生命负责。因此，塞丝的弑婴以获得孩子的所有权方式实现了其主体性。弑婴作为暴力行为充当了一种醒目的道德隐喻，使母亲的伦理主体身份前景化，使母亲通过自主失去母爱的对象成为爱的主体。

莫里森在2004年版的《宠儿》的前言中强调，20世纪80年代许多女性在争取堕胎权，即“不要孩子”的自由，然而，对于作为奴隶的母亲来说，她们需要的却是拥有孩子，为孩子负责的自由。[②]“在制度化的奴隶制这一特殊情况下，宣告自己的父母身份便是罪行。”(Morrison XVII)因此，莫里森指出她的书写是要将黑人女性的历史与当代有关自由、责任以及女性的“位置联系起来”[③]。不同的语境造就母亲不同的主体表现形式，这是莫里

---

① 吉利根于1982年出版的《不同的声音》开启了女性主义伦理学的大讨论。与传统的强调“正义性”“理性”“普适性”的男性主导的伦理相对，吉利根提出了女性基于“异质性”“个体性”“关系性”的女性主义伦理。这一理论重点考察女性在关照他人的经历中采取的伦理策略，强调伦理抉择的情境性和关系性。参看：Carol Gilligan, *In a Different Voice: Psychological Theory and Women's Development* (Cambridge: Harvard UP, 1982)。

② 参看：Toni Morrison, *Beloved*(New York: Vintage Books, 2004) XVI–XVII。

③ 参看：Toni Morrison, *Beloved* (New York: Vintage Books, 2004) XVII。

森的书写中体现的极为重要的母性思想。塞丝的弑婴行为不同于中产阶级白人女性力图摆脱母亲身份成为主体的期望，表达的是母亲拥有孩子的渴望，体现了母亲作为伦理主体的另一种能动性，即对其母亲身份的索求，对身体与身体之间连接的诉求。

作为伦理的主体，塞丝对自己的行为进行了自己的伦理判断，当她看到"学校老师"带着一帮人来捕捉她们时，她的脑海里出现的是"不。不不。不不不"。当她回顾自己的弑婴行为时，她说："我止住了他……我把我的宝贝儿们带到了安全的地方。"[①]在她违背常伦的选择中，她以其所感知的身体被奴役的痛苦，重新界定了安全的含义，将身体远离奴隶身份的地方看作是安全的，是对孩子的责任，是正确的选择。由此，她赋予了自己爱的主体地位，使自己能够和他者建立起关系。在传统的伦理思想里，母亲作为"爱"的给予者意味着对自我的舍弃与否认，因此在面向他者的过程中，其主体消解在爱的对象中，无以存在。然而塞丝的选择里自我成了大写的存在，身体成了显性的给予力量。在对保罗·D讲述自己对孩子的爱时，塞丝说道：

> 我成功了。我把大家都弄了出来。而且没靠黑尔，到那时为止。那是唯一一件我自己干成的事，铁了心的……我生了他们，还把他们弄了出来。那可不是撞大运。是我干的。我有帮手，当然了，好多呢，可还是我干的……是用了自己的头脑。而且还不止那些，那是一种自私自利。我从前根本不知道。感觉很好。很好，而且正确。我很大……又深又宽。看来我到了这儿以后更爱他们。也许是因为我在肯塔基不能正当地爱他们，他们不是让我爱的……可是等我到了这里，等我从那辆大车上跳下来——只要我愿意，世界上没有谁我不能爱。(193)

这段话充满了塞丝对自己的能动性的自豪。能够使自己成为行动的主体，能够"自私自利"起来，并感觉到自己"很大""又深又宽"，能够想爱便爱，这对于曾经是奴隶的塞丝来说，是自我存在的体现，是生命获得自由的象征。正如寇尔和麦奎恩(Cole & McQuin)所指出的："在关爱他人的过程中，关心者也学会了关心自己。"(4)对孩子的爱使塞丝看到了自己，最终使自己成为伦理的主体。

成为爱的主体是塞丝得以进行伦理选择的前提。塞丝的母亲和婆婆

① 莫里森：《宠儿》，潘岳、雷格译，中国文学出版社，1996年，第195页。

都以自己的方式告诉她作为奴隶应如何拒绝给予母爱，但正是她们对“爱”的逃避给塞丝成为爱的主体埋下了种子。当塞丝被告知她的母亲生了很多孩子，但她把那些和白人生的孩子全扔了，没有给他们取过名字，甚至没有拥抱过他们时，塞丝“感到愤怒，却说不清楚为了什么”(74)。塞丝“说不清”的“愤怒”暗示了她在自己的母亲角色中要做的反抗。塞丝的婆婆讲述自己的孩子时说道：“我的头一胎。想起她，我只记得她多么爱吃煳面包嘎巴。你比得了吗？八个孩子，可我只记得这么点儿。”塞丝的回答是：“你只让自己记得这么点儿。”(6)在塞丝的回答里，塞丝将自己与婆婆进行了区分：我是区别于“你”的存在，我要以“我”的存在抵制母亲们的生存策略。当保罗·D对塞丝说“你的爱太浓了”时，她的回答是：“要么是爱，要么不是，淡的爱根本就不是爱。”(196)奴隶出身的塞丝没有得到太浓的爱，她的母亲仅仅给她喂过一两周奶便不得不在奴隶主的田地里劳作，最后被吊死在林中。不能得到的爱成了塞丝必须表达的爱，而这也是塞丝自我存在的标志。塞丝冒着毁灭自我的风险宣告自己的爱，宣告自我的存在。她义无反顾地将孩子看作是自己的，甚至不惜亲手杀死自己“最宝贵的部分”，以极端的方式行使爱的能动性。然而，塞丝成为爱的主体的过程也是使自己客体化的过程。她的爱使他者成了自己，同时也使自己被谋杀。芭芭拉·埃尔曼德(Barbara Almond)指出：“塞丝无法面对的是她不能拥有孩子这一事实，即便从自由的母亲这一层面讲也是同样的。”(198)拥有孩子不仅对作为奴隶的母亲而言，对所有的母亲来说都是一种幻想，是对孩子的自我的否认，这在母女关系中成为尤为突出的问题。塞丝弑婴之后在124号房子里的种种困境对她成为伦理的主体提出了更多需要解决的问题。

塞丝在弑婴行为中体现的伦理主体是昙花一现的，她所表现的能动性并没有使她真正获得解放。“解放自我是一回事；赢得那个解放了自我的所有权是另一回事。”(113)这是《宠儿》中不断响起的回声，也是莫里森尤为关注的问题。弑婴事件后的塞丝尽管获得了解放了的身体，但她在抵制奴隶身份中获得的伦理主体身份遭到自我与社区的双重伦理裹挟，最终失去了自己的伦理声音。

成为爱的主体的塞丝在弑婴后却遭受了自己强大母爱的裹挟，失去了自己的主体地位。“母性的纽带也能阻碍甚至消除女性的个体性或者自我感。”(Demetrakopoulos 51)以弑婴表达母爱从而获得自我存在的塞丝走到了另一个极端，即以舍弃自己的方式给予爱。“除非无忧无虑，否则母爱可是要命的。”(157)塞丝对此极为清楚，但她屈从了白人父权话语对母性的期待，将自己关在124号房子里，与世隔绝，独自忍受鬼魂的折磨，用生命来偿还自己对女儿的亏欠。当小女儿丹芙说“这么小的小孩,魔法可真够厉害的”时,她的回答是:“不比我对她的爱更厉害。”(5)原本应该为女儿得以幸免奴隶的命运感到释然的她使自己受陷于鬼屋中接受女儿冤魂的不断拷问,这同样无异于用爱毁灭自己。“母亲在特殊情况下能对自己的女儿享有生杀大权吗?如果可以,她们的内疚感应惩罚她们,或者说她们应该受到恶魔般的折磨吗?”(388)特鲁迪尔·哈里斯(Trudier Harris)认为这是《宠儿》提出的一个重要问题,这一问题的核心是:母亲能走出母爱的束缚,获得自己生存的空间,从自己的生命中得到意义吗?在西方文化里,许多女性也在无意识中内化了父权社会对母亲无私奉献自我的要求,舍弃自我使自己成为家中的天使。女性主义运动第二次浪潮的重要任务之一便是重新考察“母爱”这一长期被看作母性本能的特征,使母亲从母爱的束缚中解放出来。[①]莫里森的书写参与到这一讨论中,她用极为现实的笔触再现了塞丝行走于爱的刀刃上的窘境:18年后宠儿回到身边,塞丝舍弃自我“企图为那把手锯补过”,因为“宠儿在逼她偿还”(299),最后塞丝任由“宠儿吞噬她的生命”(298),使自己越变越小,而宠儿越变越大。宠儿,作为蒙冤的女儿,向母亲不顾一切地索要曾经被迫失去的母爱,使母女回到前俄狄浦斯时期的母性空间,成为一体的存在。塞丝再度失去了自我,成为女儿的奴隶。宠儿对母亲的控制可以说不费吹灰之力,这是父权文化下母爱伦理对塞丝的作用。塞丝将这当作赎清自己罪恶的机会,她对自己说:

> 宠儿,她是我的女儿。她是我的……我以前没有时间解释,因为那时必须当机立断。她必须安全,我就把她放到了该放的地方。可我的爱很顽强,她现在回来了。我知道她会的。保罗·D把她赶跑了,所以她除了变成肉身回到我身边,没有别的选择。……我永远不会再放她走了。……我会伺候她,别的母亲都不能这样伺候一个孩子,一个女儿。除了我自己的孩子,谁也不能再得到我的奶水。(239)

“补过”的母亲伺候着孩子,使庞大的女儿逐渐占据主体地位,而自己成为他者,最终失去了自己存在的空间。“她是我的”——这充满占有欲的表白意味着塞丝重新进入受奴役的状态,再次远离自己费尽心血所追求的

---

① 这一时期关于母爱的代表性著作是伊丽莎白·百丁特的《母爱——神话与现实》。该书大胆地质疑母爱这一被无限讴歌的母性,并列举大量史实说明母爱的建构性。参看:Elisabeth Badinter, *Mother Love — Myth and Reality*(New York: Macmillan Publishing Co., Inc.,1981)。

自由。尽管看似摆脱了外在的奴隶的枷锁，塞丝的主体却在白人所定义的母爱的束缚下无法施展，当她下定决心去“伺候她”，成为女儿的奴隶时，她便只能是越缩越小，直至被吞噬掉。虽然塞丝“一想到自己养出一个可笑的、依赖性强的孩子，她就不寒而栗”(68)，但被母爱占有的她失去了弑婴行为中体现的自我的能动性。

此外，她也遭遇了来自黑人社区更为令人窒息的伦理的裹挟。黑人所共同经历的非人生活、心中共有的创伤以及抵抗种族歧视的共同要求使黑人社区在保护、保全黑人上起着重要的作用。也正是得益于黑人社区的帮助，塞丝才得以渡过俄亥俄河，成功逃到婆婆家并在这一温暖的黑人社区享受了28天与黑人兄弟姐妹们互相激励、互相鼓舞的大家庭似的快乐生活。但是，这个社区自身却并非没有问题。长期被奴役使黑人群体缺乏主体性，对黑人的共同身份没有深刻而明确的认识，因此在奴隶主追捕到124号时，他们不仅没能及时通报信息使塞丝和她的孩子们得以逃脱，而且在目睹塞丝的弑婴行为后，没有从塞丝的痛苦中看到黑人集体的痛苦。相反，他们将塞丝从其社区中驱逐出去，这无异于充当了白人奴隶主的同盟，使塞丝不得不将自己囚禁于124号房子中，再度失去自由。对社区黑人起着重要凝聚力的婆婆贝比·萨格斯出于羞愧再也不去“林间空地”布道了，社区其他人则将其看作恶魔唯恐避之不及，连当地车夫经过124号房子时都觉得有必要“把马抽打得飞跑起来”(5)，两个儿子害怕遭受母亲的毒手最终离家远去。塞丝作为“罪犯”受到整个社区的排斥，曾经热热闹闹容纳社区黑人欢歌笑语的124号房子成为塞丝的囚牢。伊莱恩·汉森指出：“在传统的故事里，母亲唯有牺牲掉自己的一切才能被父权社会的律法所接纳，而失去孩子或没有孩子的母亲要么被看作违法的罪犯，要么是环境或邪恶力量的牺牲品。”同时她也强调，与之相反，许多女作家的新故事则体现了“母亲完全可以颠覆这些关于罪犯或牺牲品，好母亲或坏母亲的概念”(Hansen 27)。莫里森的书写毫无疑问旨在颠覆这一罪犯母亲概念。然而，对于塞丝来说，这一颠覆是举步维艰的。尽管塞丝一再表示自己的弑婴行为是另一种保全，是“把我的宝贝儿们带到了安全的地方”(195)，是使之不受奴隶制度迫害的保护行为，但父权社会赋予她的保护孩子、养育孩子的母亲身份却被彻底摧毁了。受白人文化影响，母爱以其无条件的、不分时空的抽象化概念内化为黑人社区的集体无意识。同时，被看作具有动物属性的黑人也用白人的立场对塞丝进行伦理判断。她最为信任的亲密伴侣保罗·D在听了她的弑婴行为后说道：“你有两只脚，塞丝，不是四只。”(197)这一对白人话语的复制透露了保罗·D缺乏自己的伦理主体意识。同样，斯坦普·沛德将当年登载塞丝弑婴事件的报纸拿给保罗·D看，并最终导致他离开塞丝，因此斯坦普也参与了对塞丝的迫害。斯坦普在帮助塞丝的逃亡中曾起过重要的作用，然而，尽管他在黑人社区中极有威望，但在塞丝独自忍受鬼屋折磨的十八年里，他没能带着其他黑人建立起自己的伦理意识，从而给予塞丝所需要的支撑。因此，塞丝对奴隶制度的反抗与对母爱的特殊表达形式不仅没有得到黑人社区的同情与理解，相反，她受到了整体上缺乏主体性的社区的唾弃。由此，好不容易摆脱奴隶身份开始获得自我感的塞丝在集体无意识的伦理控诉中再次失去自我。

与其说挫败着塞丝主体感的是自我与社区的伦理裹挟，不如说是其背后无处不在的白人主流话语。塞丝清醒地知道，"任何一个白人，都能因为他脑子里突然闪过的什么念头，而夺走你的整个自我，让你不可能再喜欢你自己"(299)。白人父权下的母性伦理将黑人社区的每个人牢牢掌控着，塞丝的声音如何突破重重壁垒获得合法性？这是莫里森在《宠儿》的书写中需要解决的问题。莫里森将视线转向了黑人社区集体伦理意识的建构，这与母亲的未来息息相关，是莫里森母性伦理思想的核心。

塞丝在各种伦理裹挟中失去了自我的声音，这说明必须依靠社区，依靠与他人的关联，并在集体意识的重建中，才能获得宝贵的自己，成为真正的伦理主体。失去来访者的124号屋子亟须重新建立起和社区的关系，在黑人社区自己的话语中焕发活力。莫里森在《宠儿》中极力书写了这一社区中的不同个体如何在和塞丝的关联中重新认识自我，最终促成新的集体伦理意识的出现，使母亲的宝贵性成为集体的指向。

保罗·D是促使塞丝走出124号房子，与黑人社区建立联系，并从母亲身份的束缚中脱离出来的关键人物。首先，作为母女关系中的第三者，保罗·D的出场便意味着与宠儿和丹芙这两个女儿的斗争。因为他的到来，笼罩着124号的报应的红光消失了，宠儿的鬼魂受到了驱逐，塞丝在不断倾诉中卸下了"双乳的负担"(22)，不再沉溺于无法给予孩子足够爱的痛苦中。当丹芙对保罗·D的入侵感到害怕希望驱赶他时，保罗·D告诉塞丝："你得对她讲。告诉她这不是放弃她选择别人的问题，一是同她一道为别人腾点地方……"(55)保罗·D对于塞丝而言不仅是尘封的过去的开启者，更是重要的分享者。在帮助塞丝重新记忆的过程中，他使塞丝重新找到自己的话语，促进了她对"自我的所有权"(113)的认识。与宠儿和丹芙对塞丝的依赖不同，习惯了从一个地方到另一个地方的保罗·D之所以在塞丝的房子前停下来是希望和她"搭伴儿"(8)，"把自己的故事同她的放在一起"(326)，因此他作为主体的存在激发了塞丝的主体再现。此外，保罗·D

不仅以其精神上的力量促使塞丝重新看到自己作为主体的力量，更以其肉体的存在为塞丝注入了能量。当他亲吻塞丝时，地板晃动起来，房子开始颠簸，这是两种力量的对抗，是宠儿在向保罗·D索要对母亲的所有权。然而，塞丝的心中萌发了雄心：

> 她要保罗·D……她来到“林间空地”，不仅仅是为了纪念黑尔，也为了找到答案，现在她找到了。对，是信任和重新记忆，是他在炉子前面拥住她的时候她所相信的那种可能性。他的重量，他的角度，他那真实的胡子，弓起的后背，训练有素的手。他那期待的眼睛和威风凛凛的人性力量。他那与她心心相印的灵魂。她的故事是可以忍受的，因为它同样也属于他——可以诉说，推敲，再诉说。(118)

可以与人分享故事——这对于塞丝来说是对自我作为主体的认可。在甜蜜之家的共同经历成为保罗·D和塞丝互相诉说与倾听的前提，保罗·D不同于塞丝的质感(他的重量、胡子、后背、手、眼睛等)使塞丝走出自己的世界，从外部获得滋养。正如本杰明在讨论主体间性时指出的，“相同与差异同时存在于相互认可中”，因此“‘在一起’的经历建立在对差异不断深入认识之上，建立在基于‘我们之间’的亲密感之上”(47)。保罗·D既以他性也以共性横亘于宠儿与塞丝之间，使塞丝与之形成互为主体的关系，不再因弑婴的愧疚感而将自我弃置，而是使自我得到了回归。因此“保罗·D也是塞丝重获自我的媒介，使她意识到获得独立于母亲角色的主体的可能”(Chakravarty 17)。

然而，长期遭受奴役形成的习惯使保罗·D的主体处于不稳定状态。当他得知塞丝的弑婴行为时，他受到白人伦理观的左右，无情地离开了塞丝，使塞丝原本在与他的重新记忆中重新活过来的自我再次坍塌。同塞丝一样，保罗·D也需要在集体的伦理意识中得到强大的自我依托从而获得自己的声音。塞丝的女儿丹芙成为激发并促成这一集体伦理意识形成的重要人物。注意到宠儿与母亲之间的占有关系带来的危机后，她感到“她有个自我，需要去期待，去保存”(301)。当保罗·D问她是否需要他的看法时，她的回答是“我有我自己的”(320)。丹芙萌发的自我意识使她认识到，“轮到自己来担负重任了。她必须走出院子，迈出这个世界的边缘，把那两个人搁在后面，去向别人求救”(89)。由此，丹芙走向了黑人社区，重新开启与黑人社区的对话，使一度被中断的联系出现了新的转变，也促使黑人社区真正成熟起来。当琼斯听她谈起母亲的状况时,脱口而出的是"噢,宝贝儿"(296),这体现了黑人社区人们心底共通的暖流。随后,大家纷纷将自家的食品送到她家门口。在听说了宠儿的出现及其对塞丝的吞噬之后,女人们开始辩论:"你不能说杀就杀你的孩子""是不能,可孩子也不能说杀就杀妈妈"(305)。在各种声音的交锋中,她们开始重新理解塞丝。曾帮助塞丝回到婆家的艾拉想起了自己曾被占有的青春,她对罪恶的憎恨激起了她的愤怒,促使她下定决心要将罪恶踢出去。因此,她号召女人们一起行动起来帮助塞丝。当30个女人走向124号的时候,她们看见的"是她们自己。更年轻、更强壮,简直像躺在草丛中睡觉的小姑娘"(308)。艾拉也想起了自己曾经拒绝给生下来的白种孩子喂奶导致他才活了五天的事情。她们有着共同的经历,有着共同的仇恨,这是她们共同的声音,她们开始齐声吼起来。这时候,女性社区开始充满力量并发挥能动性,并将塞丝重新融入其中,使之摆脱鬼魂的束缚,从母爱的桎梏中走出来。莫里森在《宠儿》中书写的黑人社区在很大程度上是女性的社区,是母亲的社区,如同《秀拉》中的社区,女性之间的联盟对女性起着重要的保护作用,为女性的自我建构提供养分。

黑人社区的男人们也开始反省自己对塞丝进行伦理谴责是不公的。"误解过她,谴责过她,辜负过她"的斯坦普开始明白过来,"想公正地对待她和她的亲人"(215),因此他一而再地走近塞丝的房子试图敲开那扇门。虽然塞丝没能听到他的敲门,但他走向了社区的其他女性,促使她们开始了面向而不是背向塞丝的行为。同样,保罗·D也开始反思自己对塞丝的判断。"他关心的是,当时自己是怎么离开的,以及为什么离开。当他通过加纳的眼睛看自己时,他看见的是一种东西。通过西克索的眼睛看,是另一种。一个让他觉得自己正直,一个让他觉得耻辱。"(319)加纳代表了白人的定义,西克索代表了黑人自己的声音。保罗·D由此开始从黑人自己那里吸取能量,用黑人自己的而不是白人的思维进行判断,重新对塞丝的行为进行定义。最后,保罗·D回到了塞丝身边去为她揉脚,而不是数脚[①]。这体现了保罗·D的转变,帮助塞丝获得主体的过程显然也促成了他自己的主体构建。小说结尾,保罗·D对塞丝说"你自己才是最宝贵的"(326),这是在塞丝的自我与孩子之间划界,是使塞丝从爱的刀刃上走下来实现对自己的爱的警醒。"真正的母亲并不仅仅是孩子索要的客体;她事实上是另一个主体,如果她要给予孩子所渴求的认可,她的独立中心必须在孩子之

① "数脚"指的是保罗·D最初用白人的思想来认定塞丝弑婴的行为是四条腿的动物的行为,而不是人的行为,由此接受白人对黑人的界定:黑人只有动物性而缺乏人性。

外。”(Benjamin 24) 保罗·D对塞丝“宝贵的”自我的肯定以及30个女人对宠儿的集体驱逐都体现了对母亲的这一“独立中心”的召唤,也体现了黑人社区集体伦理意识的重新建立。

由此,黑人社区开始重新审视其行为并建构起自己的伦理主体身份,从而给真正去除奴隶制带来的精神残余带来了内在的动能。曾经在124号房子里独自挣扎的塞丝被从鬼屋中带出来重新回到黑人社区,这使母亲个体的苦难融入了集体的血脉,促使塞丝这位黑人母亲“宝贵的”自己得到了真正的依托。

莫里森的《宠儿》以母亲弑婴的伦理问题开篇,又从女儿的复仇引向黑人社区集体伦理意识下对母亲“宝贵性”的回指,这是对传统的西方母性思想的颠覆,同时丰富了女性主义运动第二次浪潮以来女性主义者对于母性的讨论[①],使“伟大”或者“罪恶”之类的单维度伦理标签被剥离于母亲,从而赋予了母亲立体的多维度存在。小说最后当保罗·D告诉塞丝“你自己才是最宝贵的”(327)时,塞丝的回答是:“我? 我?”(327)这是一个没有被回答的问题,是母亲最后的回声,由此,母亲的“我”被悬置。然而,通过“我”的悬置,莫里森将母爱的主体建构从集体再次转向了具身存在的母亲,使原本属于孩子的爱转向了母亲自己,从而赋予母亲以重任,这毫无疑问寄予了莫里森对母亲成为伦理主体的厚望与信心。“母亲首先是具有自己身份的人,只要条件允许,她们就有潜能在身为母亲的情况下同时保全其个体性。”(Ghasemi & Hajizadeh 477)但是这一个体性绝不是孤立的,母亲要成为自己就必须有高度的警醒性,并将自我和社区关联起来,在具有活力的集体伦理意识中获得自我的伦理驱动力,最终成为真正的母爱主体。

① 母性在女性主义运动第二次浪潮中被激烈讨论。以弗里丹和米歇尔为代表的女性主义者强调母亲身份对女性的束缚,甚至提出以拒绝母亲身份来对抗其带来的压迫性,而里奇和乔多罗则通过梳理母性形成历史及母亲与孩子尤其是女儿之间的关系,揭示了母性对于女性潜在的力量。此外,拉迪克与吉利根提出的女性主义伦理思想打破了父权伦理的壁垒,为女性主义思想做出了重大贡献。吉利根的关爱思想成为20世纪80年代母性伦理的主导思想,莫里森的《宠儿》对母性情境性的关注与这一理论是相通的,但她将对孩子的“关爱”转向了对母亲的“关爱”,从而突破了这一理论的局限。

第二节 《男人与天使》:接纳错位的母爱①

除了将爱转向自己这个维度,要成为爱的主体,女性还需要解决的重要问题是:母爱是否还可以有其他转向？爱与不爱,母亲有多少权利做出选择？这是鲜有触及的话题,也是《男人与天使》所关注的重要问题。作为天主教作家,玛丽·戈登起初希望能从圣母玛利亚那里找到答案。然而,天主教对女性肉体的厌恶,尤其对怀孕母体的贬低、对性自由的压制使她感到失望。《男人与天使》中,安妮的保姆罗拉狂热的信仰所带来的各种问题充分体现了戈登对宗教的质疑。作为从20世纪60年代女权运动中成长起来的女权主义者,她对女性的自我发展倾注了热情。创作《男人与天使》时,她已是两个年幼孩子的母亲,如同普拉斯,她对抚养孩子和创作之间的矛盾体会得尤为深刻。在一次接受电视台访谈时,戈登说她在写作时,"一方面仿佛听到诺曼·米勒在嘲笑她:谁想听这些事啊(关于母亲和孩子),另一方面又听到弗吉利亚·伍尔夫的声音:你觉得你真的能写出来吗"。她显然清楚母性书写的艰难。"我希望能将文学作品中不曾展示的母亲和孩子的复杂生活描绘出来。"(Gordon, 2002:37)戈登的这一理想在《男人与天使》中得到了实现,也引起了一些学者的注意,比如大卫·魁博里奇(David Kuebrich)认为戈登在该小说中"将她女性主义的、宗教的以及阶级的思想同她作为母亲的经历相联系起来"(294)。总的来说,中产阶级白人女性在工作与母职之间的挣扎成为学者们针对该小说讨论的热点,但母爱的复杂性却没有得到充分关注。

母爱是《男人与天使》中无处不在的焦点。小说中处处都是对爱进行选择的母亲:主人公安妮拒绝给予保姆罗拉所渴求的母爱,并对孩子的爱充满矛盾心理;罗拉的母亲憎恨罗拉,认为罗拉的出生断送了自己的青春;画家凯若琳选择了事业而放弃了儿子,并且爱儿媳远胜过爱儿子。在戈登的书写中,母爱显然不是母亲与生俱来的天性。母爱是具有选择性的,这一选择性通过小说中无处不在的各种错位的母爱得到了体现。贯穿全书的是主人公安妮在爱与不爱中进行的艰难选择。她通过对各种各样母亲的不断认识与理解,逐步获得对母爱更为成熟的认识,最终得以协调母爱与自我之间的矛盾,成为对母爱获得自主权的母亲。

① 本节内容曾发表于《北京第二外国语学院学报》2017年第5期,文章名为《母爱的伦理限度——〈男人与天使〉中的母性观》,收入该书时有一定修改。

母爱向来强调的是母亲对孩子的爱,是单方面的指向,是舍弃自我的牺牲行为。在全心全意给予孩子爱的过程中,母亲失去了自我,被关在了爱的门外。没有了对自我这一本体的爱,母亲无异于失去了自我生存的基石。《男人与天使》中的安妮对这一单向的爱产生了怀疑,她一方面力图使爱回到作为本体的母亲身上,使母亲身份不再成为自己的唯一符号,使自我而不只是孩子得到爱的普照;另一方面也通过画家凯若琳与儿子的关系理解了母爱的另一种可能,即母爱的错位性。然而,作为母亲,在母亲这一概念已经成为一种社会集体意识的时代里,安妮在母爱与自我之间的挣扎可谓荆棘丛生。

安妮是毕业于哈佛的博士,一个大学艺术画廊的副主任。在丈夫即将去法国教一年英语的时候,她得到了一份为画家凯若琳的作品展编排目录的工作。本来打算和孩子们一起跟着丈夫去法国的安妮被凯若琳关于母亲和孩子的作品打动,最后决定留下来接受这份工作。在安妮选择工作而不是丈夫的潜意识里,藏着对自我存在的证明,她不愿意自己的角色是“能干丈夫的低能妻子”,是个美丽的花瓶,不愿意仅仅做着丈夫的女友海琳娜所讥讽的“使丈夫和孩子幸福”的“伟大工作”[①](12)。她是个母亲,在母亲之外有自己的工作,这让安妮对自己感到自豪,也感到不安。在对画家凯若琳及其作品的研究中,她对自我有了新的认识,使母爱不再成为自己生活的全部,从而为自我赢得了更多的空间。

“女人可以忘记她那嗷嗷待哺的孩子,可以对她子宫中的孩子没有任何怜悯吗?”(3)小说开头借保姆罗拉之口提出了这一问题。接着,安妮反复质问凯若琳怎么能不爱自己的孩子,怎么能离开孩子。她一想到凯若琳对儿子的做法就感到有一种无法跨越的障碍。她想告诉凯若琳:“你做错了!”(68)然而在她阅读凯若琳的日记、端详她的相片、思考她的艺术作品时,她对自己的这一想法感到生气,因为她明白,仅仅因为凯若琳是个女性,是个有孩子的母亲,是个艺术家,她才会有这样的质问,如果面对的是男性,一切就不存在了。因此,她渴望“为凯若琳辩护”,“你是个伟大的画家,你做了你不得不做的事情”(69)。同时,她又忍不住谴责她让自己的儿子年纪轻轻便离开人世:“作为母亲,你不会伤害孩子,你会保全他们。”(69)“保全孩子”对安妮来说,是母亲最基本的责任,任何没有对此尽责的行为都是安妮不可接受的。尽管如此,凯若琳的画使她感受到“一种她似乎经历过却从来不曾意识到的动力或者欲望”(23),她感到“凯若琳进入她

① 本处及后面出自小说的引文都来自:Mary Gordon, *Men and Angels*(New York: Random House, 1985)。中文为笔者自译,以下仅注明页码。

的体内”,“如同新的恋人,长驱而入,无处不在,抢占其注意力,牢牢控制住她”(25),由此她渴望回到凯若琳身边,同时感到自己在远离丈夫迈克尔。凯若琳使她“改变了对家庭的看法”,“与家人的关系发生变化”,“她会做些胆大妄为,令人震惊的事情。这将是她平生第一次让人震惊”(25)。安妮的内心藏着她自己都不曾知道的强烈的自我意识,丈夫迈克尔离家去法国,她感到自己害怕的是“离开了迈克尔她会成为一个自己都无法识别的人,会发现婚姻这一黑漆漆的材料掩埋着的深不可测的虚弱”(26)。她显然明白被掩埋于婚姻下面的另一个自我的存在,但是她从来没有给自己勇气与空间去面对。与凯若琳的认识使她开始正视这一“虚弱”的自我,及至后来产生不忠于丈夫的想法,希望能与来家里修理电线的电工发生关系。这一切都暗示着她的这一自我在黑暗中的诞生,尽管这一自我充满了矛盾。她对凯若琳充满了仰慕,因为她自己从小就扮演着乖孩子的角色。凯若琳则是一个可以反抗父亲的女儿,她在日记中写道:“我要战胜父亲,我绝不会放弃。”(25)她也是个可以将孩子放在一边专注于自己的艺术的母亲,是安妮内心深处希望成为的人。因此,凯若琳“将其光芒投射给万物并涂抹上色彩”,成为“不忠的媒介”(25),成为安妮获得自我的楷模。但安妮内心仍是矛盾的,与凯若琳共处一间屋子时,她感到自己“轻飘飘的”,而与孩子在一起,“绝不会有飞起来的感觉”,“母亲是被拖累着,被拽着的”,她喜欢“这种被拽着的感觉,孩子在她体内带来的感觉”(45)。男人与天使代表的是父权社会的秩序,是安妮渴望逃出的空间。然而,作为一个在象征界的语言中长大的孩子,安妮毫无疑问内化了父权社会对好母亲的要求,她无法卸下作为母亲的职责,使自己飘起来,但她可以给母爱一个限度,给自我一个空间。

保姆罗拉的出现成全了安妮对自我的需求,使之可以将更多的时间投入到自己的工作中。但罗拉是她心中的另一个镜像,代表了她既渴望又害怕成为的坏母亲,是她下意识排斥的自我。毫无疑问,安妮深爱自己的两个孩子,她常常想对孩子说:“我多么爱你们, 你们永远不会知道。我会毫不犹豫地为你们死。你们给了我生命中最绝对、最深厚的快乐。”(16)她不断肯定自己对孩子的爱,反复谈到自己对孩子的爱。然而,她也感到了自我的重要性。这一“其他的生命”显然指向的是母亲的自我。小说开头海琳对罗拉说:“美国女人不想照顾她们的孩子,她们说她们想要寻找自我。”(8)这一充满嘲讽的话语实际上再现了20世纪80年代美国母亲的挣扎。20世纪80年代是里根执政时期,这期间保守势力占统治地位,美国的女性运动进入反冲时代,女性在20世纪60年代取得的一些权益被重新剥夺,坐享其成的新一代女性发出了回到家庭的呼声，反女性主义一时间成为美国社会的暗流，因此寻找自我成了不合时宜的笑谈。安妮显然不希望自己成为获得了自我的坏母亲。然而，作为一个艺术家，安妮心中有一个强烈的自我需要表达，这一个无法表达的自我只能隐藏在对罗拉的排斥中。

罗拉笃信宗教，渴望精神上得救而反对各种尘世的享乐，因此她对安妮“淹没于她自己的肉体，以及孩子柔软的肉体中”(32)感到不安，并致力于“让安妮的孩子明白肉体不算什么，母亲和孩子之间的爱只不过是肉体之间的爱，会使她们在其间溺亡，使她们无法获得精神的永生”(36)。这是安妮潜意识里的另一个声音，是她不愿认可，拒绝接受，却又在不断探寻的自我。本应守住孩子的罗拉躲在一边看书，任由孩子在薄冰上溜冰而置其生命于不顾，这映射的是安妮作为坏母亲的自我，是她内心的恐惧。安妮不得不驱逐出这一作为坏母亲的自我。她辞去了罗拉的工作，致使对爱无望的罗拉在安妮家的浴池里割腕自杀。坏母亲的死给孩子同样带来了伤害。在第一时间目睹了这一悲剧的儿子在那之后一个月里每晚都做着噩梦。渴望保全孩子的安妮最终没能保全孩子，安妮终于明白：“你给了他们生命，你爱他们，然后你带他们进入了外面的世界。你无法永远保护他们；因此你将一切留给了他们自己。”(239)至此，安妮认识到母爱不是全能的，母亲必须学会放下，而不是将所有爱的负荷揽在自己身上。

罗拉不仅是安妮的另一个自我，也是安妮无法爱的孩子。作为一个没有得到过母爱的孩子，罗拉否定母爱，否定人与人之间的爱，认为“他们相信人与人之间的爱，所以会受苦”，并立志要“让他们认识到人类的爱并不重要，从而帮助他们结束痛苦”(4)。罗拉认为自己无所惧怕，因为有上帝的爱，但她内心仍然充满恐惧，渴望安妮的母爱。孩提时代的罗拉深爱母亲，“希望能靠近她”“喜欢通过轻轻的抚摸感觉她的骨头”“热爱母亲的身体”(4)，但是她的爱没有得到回应，因此她极力否定“父母的爱有意义”(5)。正是在这种对爱的否定中，她寻找安妮的爱。然而，当罗拉带着她“不需要任何人，而别人需要她”(6)的居高临下的态度进入安妮的生活时，她显然是不堪一击的。“没有人爱她。我也不爱她。我甚至不喜欢她。最终，我像她母亲一样恨她。”(232)从一开始拒绝接纳她，到无可奈何地接受她为保姆，安妮始终在寻找自己无法喜欢罗拉的原因。安妮对罗拉的不爱与安妮的母亲对安妮的冷漠同出一辙。罗拉死后，当安妮给自己的母亲打电话时，母亲说：“我不会过去……我很忙……我敢肯定你不需要我。”(229)母亲甚至拒绝将安妮的事情告诉父亲，仅仅因为担心父亲会放下一切去看望女儿。当母亲说“如果你需要我，给我打电话”时，安妮的反应是：

"我不会因为需要而向你求救。罗拉求救了,却没有人来。因此,我也不会求救。"(230)安妮将罗拉看作是和自己一样没有得到母爱的女儿,罗拉的求救与所遭的拒绝与自己所处的状况并无二致,安妮与自己的母亲同样在做着"不爱"的选择。

然而,选择不爱自己的孩子的母亲并非无爱的母亲,她们的爱很可能指向了其他孩子。《男人与天使》对母亲的爱在别处,将其错位性进行了深入呈现。在与英国作家玛格丽特·德拉布尔(Margaret Drabble)的谈话中,戈登指出对母爱的错位性的关注是自己该小说的主题之一:"我们常常和错误的生身父母亲配上了对。事实上,在世界另一些地方,有些其他父母和其他儿子或女儿正好配上。生活中的好运之一就是他们真的遇上了。"(2002: 38)母亲的爱不一定是指向自己的孩子的,很可能属于其他孩子。戈登的这一观点彻底打破了母爱是母亲与生俱来的天性这一传统思想。

戈登在小说中浓墨重彩地书写了凯若琳与儿媳简的爱, 及其对儿子的冷落。"她们参加聚会的时候,只会对着彼此交谈。她们仿佛是用同一块布料做成的""可怜的斯蒂文和他母亲以及简在一起时,完全被孤立在一边了"(51)。凯瑟琳与简生活在一起,可谓形影不离。她写给简的信件处处体现着母亲对孩子无微不至的关心以及对她满心的自豪。她写给儿子的信却简短而敷衍,字里行间是对他的艺术才能的鄙视。显然,在凯瑟琳与简之间形成了一种相互的归属感,这种归属感带来了她们彼此身份的认同,使她们得以走向彼此,从彼此的存在中获得力量。凯瑟琳对简的爱已不再是传统的无法选择的母爱,而是超越了母亲与孩子之间的原始关系,体现了主体存在的爱。伊利格瑞认为这种具有主体意识的爱比起传统意义上的母爱或者父爱来更显其人性。[①]同样,不仅仅母亲对孩子的爱会错位,孩子对母亲的爱也同样会发生错位。当简告诉安妮她将凯若琳看作自己的母亲时,安妮忍不住问道:"那你自己的母亲呢?"简的回答是:"她打高尔夫球。"(54)在这句看似与问题毫不对应的回答里,充分体现了简对亲生母亲的漠然与敌意。简在解释自己与凯瑟琳的儿子斯蒂文的婚姻时说:"我突然明白我之所以和斯蒂文结婚,就是因为我想要凯瑟琳成为我生活中的一部分。我想要一个正式的关系,因为我们不可能有血缘的关系。""我和一个我不爱的人结婚就是因为我想要把他的母亲变成我自己的母亲。凯瑟琳对于斯蒂文来说可能称得上是致命的母亲,可是对我来说却仿佛是上帝派来的母亲。而我对自己亲生母亲的感情还不如对一个远方表

---

① 参看:Luce Irigaray, *The Way of Love*, Trans. Heidi Bostic and Stephen Pluhacek(New York: Continuum, 2002)75-76。

亲的感情。”(167)在简看来,她和凯瑟琳之间的母女关系远远胜过了自己与丈夫的关系,获得母亲或者说成为女儿成为她的首选。简是幸运的,她获得了自己想要的母亲。斯蒂文是不幸的,亲生母亲的爱并没有指向他。同样,罗拉也是不幸的,她既没有得到亲生母亲的爱,也没有在安妮那里获得她梦寐以求的爱。

小说中另一组并非亲生却胜似亲生母女的是安妮和简。简是一个没有孩子的女性,但她却对母亲有着不同寻常的理解。她信任一个曾经无意中打断了儿子胳膊而被剥夺孩子监护权的母亲,让其临时照料安妮的孩子。当安妮称其为“儿童虐待者”时,简指出那绝非她唯一的身份,“除此之外,她有很多其他品质”(128)。简充分肯定母亲的多元性存在,对母亲给予了无限同情。凯瑟琳在临死前的日记里写道:“我不是个好女人……我让自己的儿子凋零了。我知道他需要什么:温暖与关照以及湿润富有营养的土壤。然而,我把他留在一个冰冷的地方,那里寸草不生……我爱简,爱她超过其他任何人,但我本应该让她离开我的,却让她一直待在我的身边……”(199)对此,简感到生气,她认为凯瑟琳毫无疑问是一个“忠诚的,诚实的,勇敢的”好人,一个伟大的画家。“她不是个好母亲,但她是个了不起的人。”(200)在简对凯瑟琳的肯定里,包含了对母亲作为“人”的存在性的接纳。如同所有的人,母亲是可以有各种情感的,不爱孩子的母亲完全可以是个好人。简朴实的母性观时时敲打着安妮的心灵,促使她重新审视母爱,最终使她在爱的路上不断获得新的力量。当安妮因为自己的孩子被“儿童虐待者”照顾而感到忐忑不安时,简说:“我知道你会和我有同感的。我俩极其相似,我们可以做母女。”(129)简的这句话立刻使安妮心中的怨怒烟消云散。安妮需要母亲,需要一个可以认同自己的母亲,简毫无疑问承担了这样的角色。她邀请安妮和孩子去她家过感恩节,亲手为她们准备丰盛的食物。当简坐在安妮的床边,对她说“我把你当作我的家庭一员”(104)并紧紧拥抱安妮时,安妮感到这是她的母亲不曾给她的拥抱,能够被简接纳使安妮感到极其幸福。简成为了安妮真正的母亲。

正如格雷(Gray)在《母爱》一书的前言中对该书的总结所说:“母爱不是既定的事实,而是上天的恩赐。”(XVII)很多时候,我们无法谴责母亲的无爱,而只能为自己的拥有感到庆幸。玛丽·戈登对这些爱在别处的母亲的书写,一方面体现了母亲作为独立个体的存在;另一方面也打破了母爱与血缘之间的联系,“强调生养母亲之外其他母亲存在的可能”(Juhasz 423),因此使母爱不再限于生物意义上的母亲,使替养母亲的母爱得到了认可。

对母爱的限度的认可必然暗示着恨的可能。母爱绝不是纯粹、毫无杂质的，而是在不断裂化中呈现出异质性，并在母亲爱恨交织的情感中得到充分体现。芭芭拉·埃尔曼德认为："爱恨交集的矛盾情感不管多么存在问题，它都是人类状况的一部分，是必须得到认可的。"(7)因此她在专著《内在的魔鬼：母性不为人知的一面》(*The Monster Within*: *The Hidden Side of Motherhood*, 2010)中结合许多文献及小说对母亲的矛盾心理进行了全面的分析，试图使之常态化。但在对母亲形象的模式化思维仍占统治地位的今天，这无疑是困难重重的，来自母亲自身的期待更是一道难以跨越的鸿沟。

安妮便是在这样的期待中对爱恨交织的情感采取了回避态度。尽管安妮渴望在孩子之外拥有自我的生活，可是她无法表达自己对孩子的恨，"母亲身份便意味着对'恨'的排除"(228)。因此，她不得不将恨转向了罗拉这个既是自我又是女儿的多重身份替代者。她不断地排斥罗拉，拒绝给予其爱，却又无法将其拒之门外。罗拉的存在使她面临好母亲与坏母亲的艰难抉择。父权文化将母亲简单分为好母亲与坏母亲，旨在建构模式化的好母亲形象的电影、文学、艺术、广告等无处不在，力图展示全能的无私无我的好母亲。然而这一错误的分类"将作为母亲的经历表现为静止的，不受社会与经济条件影响的状态(Gustafson 29)"，这显然抹杀了母亲作为个体的存在，无视母亲所处的具体情境。安妮受到凯瑟琳的激励渴望获得自我，然而潜意识里她感到在自我与孩子之间进行选择无疑是将自己置于好母亲或坏母亲这一非此即彼的两难境地。最终，安妮拒绝给予罗拉她所需的母爱，导致罗拉在爱的绝望中自杀。没有得到爱的罗拉死了，拒绝给予爱的安妮成了其骨灰的唯一接收者。安妮将她的骨灰撒在林中的小溪边任风吹走，并在心中对罗拉说："我不爱你，但是我哀悼你，我会永远哀悼你。"(235)在安妮对罗拉的哀悼而不是爱的情感里，安妮赋予了自己不爱的权利，成全了自我的空间，同时罗拉的死又代表着另一个自我，即那一个坏母亲的死亡。

要成为爱的主体，母亲不得不认可自己心中可能会有的恨，而不是诉诸压抑或扼杀，使自己处于分裂状态。这对于作为母亲的安妮或者作者玛丽·戈登来说显然并不容易，但"书写能通过语言促使母亲的主体地位形成"(Juhasz 406)，《男人与天使》的母亲——作者的书写无疑是一个母亲构建主体身份的过程，这一过程因为身为母亲的作者自己与父权文化的斗争而显得尤为真切，充满痛苦。

里奇曾在《生为女性：作为经验与制度的母亲身份》的第一章"愤怒与

柔情”里讲到她和一群女诗人在家里讨论当地一个有八个孩子的母亲在家门口杀死自己的两个孩子的事情。里奇指出,“当时在场的每一个家里有孩子的女人,每一个诗人都能从这个母亲身上看到自己”“我们谈论自己对孩子感到愤怒,甚至希望谋杀孩子的时刻”(24)。尽管在里奇和朋友们的谈论中,“禁忌被打破,母亲身份的面具裂开”(25),对于实践中的安妮们来说,这仍然是背负着良心谴责的痛苦选择。罗拉的死代表了安妮对孩子无法表达的愤怒,也是对母亲的“不爱”的惩罚。苏珊·卢宾·苏利曼(Susan Rubin Suleiman)认为在罗拉的双重身份里体现了母亲内在的分裂,这一“分裂”的作者不仅是玛丽·戈登,也是“作为群体的当代美国母亲”。对此,苏利曼提出了非常尖刻的问题:“为什么当今美国的母亲们,即便是开明的,富有创造性的女权主义母亲,还是很难认识到,她们绝不是孩子的福利、孩子的整个生活和自我所依赖的唯一对象?”(39) 苏利曼认为尽管大多数母亲承认父亲、祖父母、朋友、老师等在孩子的生活中起着重要的作用,但仍然顽固地相信,“母亲是真正起作用的”(39)。《男人与天使》中,安妮的丈夫去法国时主动提出他可以把孩子带到法国,这样她也可以专心于自己的工作,孩子们也可以体验一下在法国的生活。然而,安妮拒绝了这一提议。她感到一种被遗弃的恐惧,如同独自流落街头。显然,在她的潜意识里,母亲必须是和孩子一起的,即便是短时间里失去孩子的母亲也是可怕的。对孩子成长起着重要作用的爱在实践中被看作是来自母亲的爱,连父亲的爱都被蒙蔽了。这一逻辑使对孩子的爱带上了性别色彩。莎仁·海斯(Sharon Hays)指出,“那些试图强调女性在承担母职上有天赋的观点忽视了环境、权力关系以及使女性成为母职的主要承担者的利益关系”(156)。母亲要摆脱这种徘徊于好母亲与坏母亲之间的分裂状况,必须使自己从“全能的母亲”这一幻觉中摆脱出来。正如苏利曼一针见血地指出:“并非孩子通过想象将母亲分成好母亲与坏母亲,而是母亲本人在这样做。”(30)苏利曼认为这种臆想强化了孩子及社会意识对全能的母亲的幻觉,使母亲产生不应有的内疚感。“我们能随意抛弃大多数根深蒂固的幻想和自我形象,在一个社会保守势力不断加强,家庭日益瓦解的时代,放弃我们与孩子之间具有绝对优越性的关系吗?”(31—32)苏利曼的问题为母性书写提出了现实问题,也说明了女性摆脱母爱的束缚,成为爱的主体的重要性。

作为女性主义运动第二次浪潮的产物,《男人与天使》将母爱的限度置于考察的中心,其意义并不在于为母亲简单地指出一条可以使自我与孩子兼顾的道路,而是极为复杂地展示了无法在自我与母爱之间两全的母亲的现实状况，为理解母亲的种种存在开启了一扇全新的窗子。认识到母爱的限度并不意味着否定母亲对孩子的原始的爱，也绝不意味着母亲可以抛弃对孩子的责任，成为不爱孩子的母亲。达弗恩·德·马拉芙（Daphne de Marneffe）在2004年出版的《母性的欲望：关于孩子、爱以及内心生活》（*Maternal Desire*：*On Children*，*Love*，*and the Inner Life*）中指出："我们所需要的是将母性的欲望置于女性现实生活的实际状况中，并结合导致女性自我观形成的强大的文化来重新审视母性的欲望。"（54）马拉芙在书中对母亲在照料孩子过程中所遭遇的意识形态上以及心理上的压力进行了理性的分析，力图消解母亲渴望照料孩子的欲望与母亲自我之间的矛盾，从而消除女性主义者将母亲与孩子完全隔离开来的嫌疑，使母亲对孩子的爱恨矛盾心理获得应有的生存空间。马拉芙的观点为读者接纳《男人与天使》中安妮的矛盾心理提供了理论依据，也为母亲们如何正视各种情感提供了积极的心理暗示。

尽管母亲们在很大程度上仍处于单方面的挣扎中，伊丽莎白·百丁特对未来有着更为乐观的展望，她认为随着女性地位的提升，"在女性的施压下，新一代的父亲会以传统的母亲形象承担起母职……经过几个世纪男性的特权或缺席后，新的概念，即父爱与母爱完全一致的对等体似乎开始形成"（324—325）。白丁特的这一观点从另一个角度肯定了母爱的建构性，她对父爱的认可使母爱不再专属于母亲，为母亲解除爱的重担从外围进行了解答。毫无疑问，使父亲成为爱的施予者将有助于女性从母爱的束缚中解放出来，也必然使母亲有限的爱在父爱的支撑下得到延伸。同样，理解母爱的错位现象，也使替养母亲获得更为宽容的空间，这也是玛丽·戈登力图在《男人与天使》中让读者看到的一条使爱从有限走向无限的重要途径。

第四章

关怀中铸就的母亲身份

母爱的“脆弱与不完美”既使母亲作为人获得了多维形式，也使母亲之为母亲获得了更多的通道，即母亲身份不再依赖于婚姻或生育带来的血缘关系，而是源自基于关怀与照料的彼此情感的触动中。“身份不仅由情感造就，也会带来重要的情感结果，影响着人们的人际态度。”(Wehrs 183)照料需要有情感的参与，照料的过程又激发情感的产生，这是身体与身体之间互相作用带来的情感。这一情感为人与人之间的共情建立了基础，促进了人与人之间的联系，使人得以“更为清楚地明了道德图景”(Little 127)，使替养母亲不会因为“替养”这一概念而减损了其母亲的内涵，而是突破了传统的僵化而狭隘的母亲概念使母亲获得新的伦理身份。作为饱含了情感的行为，关怀成为一种“我们借此认识世界的情感评价机制”(West, 2007: 11)。当今美国社会越来越多的女性选择成为替养母亲，其中既有拒绝生养孩子的母亲，也有单亲母亲、同性恋母亲等。尽管母亲常常被套上光辉的花环，但“父权社会中的母亲处于社会的底端……唯有在附属于某个合法的父亲时才值得尊重”，“核心家庭体制是父权制的基本结构”(Rowland & Klein 31)，因此拒绝生养孩子的女性、单亲母亲、替养母亲、同性恋母亲等种种不合乎父权社会要求的母亲身份长期以来被边缘化，饱受非议。芭芭拉·英格伍森(Barbara Yngvesson)在谈到自己收养一个非婚生的孩子时不得不隐瞒孩子的非法身份使自己变成孩子的亲生母亲时，指出“美国社会父权的形成依赖于三百多年里一直反复将未婚母亲当作社会问题”(37)。她认为在对这一非婚母亲否定的同时，父权制度强调母亲与孩子之间的天然关系，而质疑替养母亲，这无疑从两个方面对父权秩序进行了维护。然而，“具有讽刺意味的是，尽管已婚的母亲被看作女性获得完整身份的唯一途径，在美国未婚先孕的人数不断增加从而致使大量有孩子的‘非母亲’出现”(38)。英格伍森进一步指出这些“非母亲”将孩子不得不转让给已婚的母亲，导致另一不合法的母亲身份——替养母亲的出现。这显然是父权社会的悖论。如何给予未婚母亲合法地位，并正视替养母亲的身份，给这些同样承担着母职的女性正名，使母亲们成为身份的主体，这已经成为了当代女作家书写的重要话题。

西方白人文化是典型的父权文化，婚姻与血缘成为母亲身份的保护伞，没有它们，母亲在极度边缘化中往往面临主体丧失的危险。然而，美国白人女作家金索弗的《豆树青青》和印第安裔女作家厄德里奇的《爱药》聚焦于关爱情感，从替养母亲的角度将母爱从血缘关系中解放出来，使母爱不再依赖于十月怀胎带来的母性，从而重新建构起母亲的主体身份。《豆树青青》中的泰勒拒绝了传统的处于婚姻形式中基于血缘的母亲身份，却成为一个被弃的印第安孩子的替养母亲，并在日复一日的照料中建立起深厚的母女情，最后通过充满关爱的女性共同体成为了拥有主体性的母亲。相比传统的西方核心家庭关系，在印第安部落里，血缘关系并非起着决定性作用，收养是印第安母亲的生活现实。因此，厄德里奇的《爱药》极其自然地呈现了替养母亲与替养子女间超越血缘的关系，并将母亲身份从跨越性别的角度进行扩展，使之成为具有开放性的选择。《爱药》中的玛丽在生养自己的孩子的同时，不断收养着部落的其他孩子，对有些收养的孩子甚至亲过自己所生的孩子。作为替养母亲，在对母亲身份的选择与接纳中，她们更多地体现了自我的独立性与能动性，使自己成为身份的主体。同时，"替养"作为一种身份，在《豆树青青》与《爱药》里通过关怀情感的聚焦获得了女性主义的伦理意义，既开拓了母亲的含义，也使母亲与孩子的关系获得了更多的可能。

早在1980年的《母性思维》中，萨拉·拉迪克就指出女性在照料孩子的过程中产生具有女性自己的价值判断的母性思维，并且强调"许多女性和男性都在各种照料他人的工作中体现了母性思维"(346)。照料或者关怀成为身份建构的关键，这是女性主义关怀伦理的核心思想。拉迪克在该文的最后期待有一天男性可以平等地、积极地加入到母性实践中，从而也获得母性思维，最后导致"母亲"或者"父亲"概念的消解，"照料者"的概念取而代之。[①]因此，拉迪克指出所有人都可以在关照他人的母性实践中获得母性思维，从而承担母职。拉迪克的这一思想在卡罗尔·吉利根1982年的著作《不同的声音》中得到了更为明确的伦理指向。吉利根认为，"女性的伦理判断源于最初对生存的关注，然后是对'善'的聚焦，最后归结到对'关怀'的反思性理解，并将它看成解决人际关系冲突的最为合适的指南"(105)。因此，"关怀"作为母性实践活动蕴含着女性自己的伦理建构，使母亲身份在基于"关怀"的各种关系中得到生成。

第一节 《豆树青青》：女性共同体中的替养母亲

《豆树青青》中的主人公泰勒一直努力避免落入婚姻与孩子对自我的挤压中，却在驾着一辆破旧汽车开始寻找自我的征途时被强塞了一个三岁

① 具体内容参看：Sara Ruddick, "Maternal Thinking," *Feminist Studies* 6.2 (Summer, 1980): 342-367。

左右的印第安女孩。立志避免母亲身份的泰勒因此戏剧性地成为了未婚母亲。由此,《豆树青青》将母亲身份置于婚姻和血缘关系之外,在泰勒的自我成长与其未婚的替养母亲身份之间建起有机的共生关系,使泰勒的自我在各种关系的纽带中获得根基,最终建构起作为替养母亲的主体身份。关怀是一种关注他人的生存状态并极力帮助他人获得更好生活的行为,这种行为最终带来自我与他人的联系,从而成为"一种积极的人际的相互给予行为"(Koehn 24)。泰勒的母亲身份即始于她对被遗弃孩子的照顾,以及由此而来的两者间的联系。

泰勒原名玛丽亚特,小名米西,与母亲一起生活在肯塔基州的彼德曼镇,自幼被父亲抛弃,家境贫寒。她有着强烈的主体意识,立志脱离母亲身份、摆脱婚姻束缚,渴望离开闭塞的小镇,拥有自我的独立自由的生活。中学时代看见身边的女同学早早地交男朋友并怀孕生子时,她便下定决心决不能像她们那样失去自我,按传统女性的生活过下去。当本地医院到学校来招收助手时,她找到老师要求得到这一机会,因此毕业后得以获得在医院的工作。虽然她的工作涉及大小便及血液等的检验,是许多人不愿意承担的,但她从不抱怨,甚至当她经历了照顾被子弹射中的同学后,因为心理上无法接受这一血肉模糊的残酷事实,而恶心得呕吐。在几乎想放弃这份工作时,她对自己说:"最糟糕的我已经见过了,我现在没有理由放弃。"(10)泰勒坚持下来了,在那个医院工作了五年半,帮助母亲付房租和各种其他费用,最后攒够了买一辆破车的钱,便如同《白鲸》中踏上险壑征途的伊西梅尔开始了寻找自我的旅程。她不满于自己已有的名字,希望离开自己所在的地方,重新给自己命名,并重新寻找自己应该停留的地方,从而获得自己的人生。汽车,这个向来被男性驰骋的工具对她改变自己的命运起了重要作用。尽管她的车破烂不堪,发动机需要人在车子后面推动才能运转起来,她却充满信心地开始踏上改变自己命运的道路。这一路上的汽车旅行"为她建立起了动态的情境化的身份,使之在对边界的认可中行使着主动权,使她的女性角色得到重新书写"(Clarke 124)。此外,不同于伊西梅尔作为孤独的旁观者的存在,泰勒的汽车之旅将她带入了充满活力的女性共同体中,使她的自我不仅没有在互相依赖中消失,反而得到了增强。因此,无意间获得的母亲身份不再成为限制泰勒自我发展的制度,而是成为其实现自我的重要部分。出门前,她给自己许下两个心愿,即在汽油耗尽的地方用当地的地名给自己取个新名字;在汽车走不动的时候停下来。她的第一个心愿实现了,她得到了泰勒这个名字。不久在印第安人的奇卡基保留地附近,一个当地妇女将一个看起来三岁左右,显然受过虐待的印第安女孩放在她的车子里。原本以车为家的泰勒在获得这个孩子后做的第一件事便是寻找自己向来无力承担的旅店，使孩子有张温暖的床。她把孩子放在热水中温柔地给她擦洗，并给她穿上自己的衣服，这一系列照顾行为使她的自我发生变化。她忘了自己离家西行寻找自由的初衷，自然地承担起作为关怀者的母亲角色。作为被关怀者的三岁女孩也参与了这一关系的建构，“她用小手吸附在我身上，就像根吸吮泥土，我感到把我的头发从身上扯掉还要容易些”①(22)。也正因为女孩的“抓握”能力，泰勒给她取名“特特尔”，即乌龟的意思。缺乏育儿经历的泰勒因此陷入措手不及地照顾孩子的状态中，开启了新的伦理关系的建构。

然而，泰勒的母亲身份并非一蹴而就。一开始，她只是一个被动的替养母亲，她感到“如果不是它(孩子)一直抓住我，我可能在把东西搬到断剑汽车旅馆时就把它弄丢了”(22)，“我宁愿花105美元(登广告)将她返还到失主那里”(22)。这既体现了来自被关照者身体的情动力，也体现了泰勒的潜意识里还没有真正感受到自己的替养母亲身份。当工友三迪指出特特尔长得不像泰勒时，泰勒脱口而出的是：“她实际上并非我的孩子。她不过是我无法摆脱的某个人。”(52)“无法摆脱”与“某个人”体现的是泰勒刻意拉开与孩子距离的潜意识心理，这时的泰勒虽然与特特尔形成了一定的联系，但她的自我还很脆弱，还没有获得足够的能动性来赋予自己母亲身份。这一能动性的获得在很大程度上源自女性共同体给她带来的崭新的家的体验。这一集体的关怀使她对特特尔的关怀获得了足够的后备力量，从而使她足以对特特尔的“抓握”产生积极的反应。

充满能量的女性共同体是促成泰勒接纳母亲身份的重要因素。泰勒到达亚利桑那州时车轮胎爆了，因此当她看到玛蒂那名为“耶稣是上帝”的二手轮胎店时，感到也许这里就是自己要找的上帝。尽管玛蒂并非上帝，但当泰勒看到她运转着车轮子，跪在地上修理车胎时，她为她操纵机器的能力感到自豪。此外，玛蒂的汽车修理店不再是男性主宰的充斥着机器和理性的冰冷的地方，而是充满了各种生命的母性花园，“一棵棵白菜和莴苣从旧轮胎里冒出来。一辆没有轮子的雷鸟车完全锈掉了，窗户里绽放着金莲花，如同老家前院里妈妈养的一簇簇花的花盆……”(45)。生机盎然的鲜花与蔬菜使已经废弃的轮胎与汽车也焕发出生命，这体现了女性极为丰富的创造力及顽强的生命力。德博拉·克拉克(Deborah Clarke)认为：“玛蒂的修车才能以及她把车行变成花园的本领，是对女性被排挤在汽车文化

①《豆树青青》中的引文皆出自 Barbara，Kingsolver，*The Bean Trees*(New York: Harper & Row，Publishers，1988)，由笔者自译。

外的挑战，也改变了汽车文化，使女性不必放弃女性身份就可以成为汽车领域的高手。”(119)女性气质在男性领域大显身手而不是制约女性的发展，这为泰勒消解母亲身份与个人自由之间的矛盾提供了有力的心理暗示。玛蒂与泰勒初次见面便像熟人一样，她邀请泰勒和特特尔进屋坐下，并拿出咖啡、果汁、点心等盛情款待她们，并引以为豪地带她们参观自己的菜园。原本身无分文，感到自己步入绝境的泰勒在这里很快感受到家的关怀，最后决定留下来。泰勒对自己的停留地的选择是她的自主性的又一个反映。尽管泰勒离家时给自己的第二个诺言是在车子开不动的时候停下来，当她的车在到达图森之前坏了时，她却选择了修车后继续前行。玛蒂充满女性活力的轮胎店吸引了她，使她看到了女性实现自我的可能，因此她选择留下来，成为这一女性社区的一部分。泰勒开始在玛蒂的轮胎店工作。因为曾经目睹同学的父亲在给车胎打气时，被爆炸的车胎炸到天上的惨剧，车胎成为泰勒内心最为惧怕的东西。玛蒂帮助她克服了这一恐惧心理，使之最终也承担起轮胎修理的工作。玛蒂虽然没有自己的孩子，却收留了许多拉美难民，成为社区共同的母亲。受玛蒂的影响，泰勒也参与到她的工作中，冒着生命危险，将一对遭迫害的拉美裔夫妇送到了沃克拉霍马州帮助难民的一个教会里。由此，玛蒂成为泰勒的另一个强大的具有滋养作用的母亲，为泰勒提供了更为开放、更具活力的共同体空间，使泰勒开始将原本以自我为中心的自我转变成依赖于他人的相对自我①。

泰勒与单亲妈妈露·安在互相协作中形成的新的家庭也是这一女性共同体中的重要力量。这一新的家庭不再建立在传统的婚姻基础上，而是建立在女性互相协作互相关怀，共同走出困境的基础上。由此，泰勒虽然违背了自己的初衷，成为了母亲，获得了家庭，然而她彻底打破了传统的家和母亲的概念，使女性走出了依赖于男性的家庭模式，在女性共同体中获得了能动性。露·安原本是一个依赖丈夫的家庭主妇，习惯于不断进行自我贬低，却从来看不到自己的价值。儿子还没出世，丈夫就离家出走，这对于从来没有尝试过自立的露·安无疑是巨大的打击。然而，在和泰勒分享自己的房子后，她重新看到了自己的价值，获得了新的生命。从来没有想过依赖男性的泰勒劝露·安不要将希望寄托在男人身上，而是应该自己出去找工作。尽管露·安坚持自己什么也不会，她还是出去找工作了。当她在

① 达里尔·寇恩(Daryl Koehn)认为“相对自我”(relational self)是以卡罗尔·吉利根、奈尔·诺丁等为代表的女性主义伦理学家所认同的一个概念，认为自我是一个相对概念，存在于人与人之间的关爱中，强调人与人之间的相互依赖关系，而不是男性伦理所推崇的个人主义与独立自由的精神。参看：Daryl Koehn, *Rethinking Feminist Ethics: Care Trust and Empathy*(London and New York: Routledge, 1998)。

找工作的过程中碰到居心不良的老板时,泰勒告诉她要学会反击,而不仅仅只是被动地坐在那里。露·安很快找到了工作,而且不久就显示出自己较强的工作能力,并得到提升进入了管理层。露·安和泰勒轮流做饭照顾孩子,形成了紧密的协作关系,使双方都可以在母亲身份之外得到自己的生活。由于泰勒接受了玛蒂的建议,在玛蒂的轮胎店开始工作,她甚至可以带着女儿特特尔去上班,这也使她可以不再受限于母亲身份。在互相关照的生活中,露·安重新有了家的感觉,因此甚至在有了男朋友后也更愿意和泰勒住一起,当泰勒问她要不要和男友卡梅仁同居时,她的反应是:"什么?我?决不!不管卡梅仁多好,我还是喜欢我们现在这样子。说实在的,我敢肯定,和你生活在一起比和他要容易得多。"(230)经历过婚姻的露·安深深明白互相关心照顾的重要性,在她看来,这便是家庭的真正含义。她告诉泰勒,当有人问她家里是否还有其他人时,她毫不犹豫地说:"当然!我指的是你们所有的人。我猜主要是因为我们一起共患难。我们熟悉彼此的优缺点,包括无人知道的一些东西。"(231)露·安的回答对家庭进行了重新定义,将其置于相互依赖、相互关怀的关系中,而不是父权制度下以男性为主导的婚姻状态中。在露·安的影响下,泰勒的家庭观也开始发生变化。她最初搬进露·安家时,不习惯每天下班回去后,露·安给予的家的感觉,唯恐在这样的氛围中失去自己的生活。她对露·安说:"我搬到这里是因为我知道我们能相处得很好。你能给我们大家做饭,并且有时候帮忙照顾特特尔……但是,天哪,我们可不应该像个家庭,你有你的生活要过,我有我的。你不必为我做这一切。"(85)她想拒绝家庭,这是她离家远行的一个重要原因,然而,在争取特特尔的领养权过程中,她开始融入这一女性共同体,开始接受这一新的家庭形式,并盼望着回到露·安的家中。小说结尾,泰勒和特特尔在高速路上开着车回家,回家作为动态的意象成了《豆树青青》最后的定格。

因此,泰勒与露·安这两位单亲母亲在互相的关怀与照顾中形成了互为主体的关系,这一互相依赖的主体关系使自我不再独立存在,而成为"相对自我",建立在两个人的平等基础上,在相互依赖、相互关心中互相成为主体。彼此成为主体的母亲给予对方的不再仅仅是有着距离感的同情,更是一种情感的参与,一种感同身受,因为"我们致力于创造一个分享着的自我,当我们关心对方的时候,我们的自我也处于生死关头"(Koehn 26)。也因此,她们互相联系起来,彼此成为对方孩子共同的妈妈。当泰勒在电话里告知露·安,她已经顺利地得到特特尔的抚养权时,露·安松了一口气,说:"我担心得要命,生怕你没把她(特特尔)带回来。"(232)泰勒的孩子显然成了露·安的孩子,泰勒的担心显然成了露·安的担心。在这种同感的亲密联系中,毫无思想准备、毫无经验的未婚妈妈泰勒不再束手无策,而是感到了自我力量的增加,从而获得了更为强大的自我。

此外,泰勒的母亲也作为这一女性共同体中不可忽视的一员,以其具有包容性与接纳性的关怀促成了泰勒的母亲身份。泰勒的母亲有着强烈的主体意识和独立精神,她总是对女儿寄予最美好的希望,不管女儿做了什么,她都给予女儿极大的肯定,使女儿感到自己很棒,她甚至送了一件写着"我很棒"字样的衣服给泰勒。正是母亲对女儿的信心使泰勒从小就对自己充满自信,最终得以独自开着破车走出家乡,应对各种困难。母亲是她的生命之源,是她在过去和将来之间的纽带,因此,当她下定决心开出彼德曼镇,永不回头的时候,她加了一个例外——"除非是为了看妈妈"(10)。母亲不会限制她该往何处走,也不会指引她前进的方向,但她希望看到女儿对自己要做的事情有足够的准备。因此,当泰勒准备离家出走的时候,母亲没有说什么,只是为了确保泰勒对自己的破车有足够的驾驭能力,她先把前胎的气放了,又放了后胎的气,然后叉着手站在一边看女儿怎么办;当泰勒告诉母亲自己收养了一个女孩时,母亲没有责备她,而是替她高兴,甚至对她说:"老实说,我认为血缘不是获得孩子的唯一方式,甚至也不是主要方式。"(223)母亲从理解泰勒的角度出发给予的积极回应,以及对泰勒的母亲身份的认可,给泰勒突破传统的白人家庭观念所做的选择打了强心剂,使泰勒有了最为可靠的后援。由此,同玛蒂和露·安一样,母亲的关怀也为泰勒的替养母亲身份奠定了重要的基础。这也是泰勒区别于《好母亲》中的安娜的一个重要地方。同样作为单亲母亲,在对父权的反抗中,泰勒在母亲的鼓舞下越战越勇,安娜在母亲的打击下对自己产生怀疑、日渐退缩。显然,作为主体的母亲对女儿的主体形成起着关键作用。泰勒的母亲自己作为一个单亲母亲对家庭与婚姻都有着不拘于传统的态度,她不仅对女儿的母亲身份毫无偏见,而且从来不将自我与孩子捆绑在一起。当她发现了自己心仪的人时,立刻给女儿打电话说自己要结婚了,甚至没有给女儿一点思想准备。也正是母亲的独立性与思想的开放性使泰勒获得了足以感受到的关怀,从而满怀信心地开始离家寻找自己的人生,而不必像普拉斯那样在远离的同时怀着失去母爱的恐惧。从母亲那里获得主体性的泰勒也得以帮助室友露·安获得自信,成为自己生活的主体。露·安对泰勒说:"你最了不起的地方是,你决不会让任何人对你逞强称霸。"(150)泰勒的独立自强鼓舞了露·安,使她们的家成为一个有机的生物系统,在互相依赖、互相关联中成为一个整体。

从拒绝母亲身份到成为未婚的替养母亲，泰勒以不同的方式对父权的婚姻制度进行着挑战。“只有结婚，母亲才能获得荣耀，这就是说，只有从属于丈夫，她才能获得荣耀。”(波伏娃 595)泰勒能够无视父权文化对母亲的这一规范，为自己的身份进行选择，最后勇敢地承担起替养母亲的职责，得益于以玛蒂、露·安、母亲等女性构成的女性共同体所饱含的关怀力量。这是一个女性不得不互相扶持着前进的共同体，甚至露·安的邻居爱德拉和维吉偶尔也会照顾她们的孩子。爱德拉与维吉住在一起，也形成了互相协作的共生关系。泰勒还碰到了单亲妈妈三迪。三迪为了能够工作，把孩子放在商场的免费儿童托管中心，每隔两个小时就去报到一下，让商场的人确信自己是在逛商店。在三迪的建议下，泰勒去了三迪的工厂，也把特特尔放在同一个托管地，两个人轮流去商场看孩子。虽然她在工厂的工作没有持续很久，也并不放心特特尔在托管中心的生活，但这无疑使泰勒在亚利桑那州的新生活有了个过渡，使她看到了拥有母亲身份的同时获得自我的可能。尽管生活艰难，泰勒绝不是孤独的，也不会像《好母亲》中的安娜那样感受到来自四面八方的孤立，相反，如同玛蒂的汽车花园，这是一个让泰勒可以摆脱父权社会强加于女性的种种桎梏的社区。在这里，原本边缘化的个体获得能动性，在互相支撑中各自成为自己的主体。

女性共同体的支持在帮助女性获得自己的身份这一过程中起着决定性作用。19世纪后半期至20世纪20年代女性主义运动第一次浪潮中，包括凯特·肖邦、夏绿蒂·柏金斯·吉尔曼(Charlotte Perkins Gilman)、伊迪丝·沃顿(Edith Warton)在内的许多女作家便在其小说中展示了女性孤军作战的悲剧。尽管她们意识到建立女性共同体的重要性，但她们也清醒地看到了当时女性之间建立同盟的艰难，因此她们的小说中的女主人公无不面临着孤独的死亡或疯癫。幸运的是，当女性主义运动发展到第二次浪潮阶段，随着女权理论的不断成熟，越来越多的女性意识到女性同盟关联着女性的最终命运。到了70年代，“姐妹情坚不可摧”(Sisterhood is powerful)这一个口号得到广为传播与认可。“姐妹情”意味着所有的女性都是姐妹，意味着女性对自我价值的肯定，意味着“女性的团结、作为女性对女性的尊重、女性对所有女性的支持”(Yates 102)。这一思想与当时在美国许多地方开展的“增强意识”(consciousness-raising)的女权活动极大地促进了女性同盟的建立，具有深刻的政治意义，也为《豆树青青》中泰勒的女性共同体提供了强大的社会基础。正如玛丽·艾伦·斯诺格拉斯(Mary Ellen Snodgrass)指出的：“泰勒作为母亲的成功得益于她依靠其他女性形成了母系的安全网络。”(50)唯有基于其他女性的帮助，她才得以在相互依赖中实现自己的独立。此外，珍视自我独立的泰勒，不愿意因为孩子而失去自我，因此在无意中成为特特尔的母亲后，她对母亲身份及家进行了重新定义，以确保她能保留自己的独立性，并能摆脱家这一传统的女性空间的束缚，使自己仍然具有"可动性"。小说结尾，泰勒在给特特尔读一个有关豆类植物的绘本时，对这种协作关系进行了充分的说明，她解释说，豆类植物最有趣的地方在于：

> 它们往往能在贫瘠的土壤里茁壮成长，其秘密是一种叫根瘤菌的东西，如同微生物细菌生长在根部，从土壤里吸收氮气，然后将它变成植物的肥料。根瘤菌并非植物的一部分，它们是另一种生物，但它们总是和豆类生活在一起，如同地铁悄悄地在根部上下移动。(227)

她进一步告诉特特尔："你不会想到有一整个看不见的系统帮助植物……人类也是一样的。就像爱德拉有维吉，维吉有爱德拉，三迪有儿童托管中心，我们大家都有玛蒂……"(228)由此，小说题目"豆树青青"的含义在此被点明，金索弗对女性共同体所寄予的希望不言而喻。与传统家庭中女性在经济上依赖于男性的被动状况不同，女性社区强调的是人与人之间充满动态的互相依赖关系。这一关系最终带来的是人与人的紧密联系，这与吉利根所提倡的关爱理论同出一辙。吉利根强调关爱绝不仅仅是不伤害别人，更是"对自己和他人都做出积极的反应，从而促进彼此之间的联系"(149)。在相互不可分割的联系中，自己和他人同处于主体地位，同时不可或缺，这也是泰勒从抵抗母亲身份到接纳母亲身份的一个重要原因。梅丽萨·斯克佛尔认为："对母亲身份的抵抗是她(泰勒)得以想象另一种母亲身份的重要环节，这一母亲身份不再自动地牺牲掉母亲自主的、独立的自我，或者限制其自由移动的能力。"(2005:28)而女性共同体使这一母亲身份的实现成为可能，也使泰勒得以满怀喜悦地接纳自己的母亲身份。她对露·安说："你知道吗？我这辈子上半生都在避免母亲身份和轮胎，但现在我把它们当作上帝的恩赐。"(137)在泰勒对母亲身份最初的恐惧里，深深地埋藏着对女性自我的渴望，而对轮胎的接受使母亲身份获得了汽车的动感，使她可以不再如传统的母亲受困于家的四壁之中。母亲身份与轮胎的巧妙结合使泰勒在女性社区中构建起新的身份。

《豆树青青》中泰勒偶然而成的母亲身份赋予了现代母亲新的可能，摆脱了传统家庭模式中"母亲身份被用来定义女性及其效用"(Rowland &

Klein 32)的桎梏,解构了传统的家庭结构,强调人与人之间互相依赖的关系,使母亲通过女性共同体的协作,获得在传统家庭中无法得到的主体性。女性共同体中的替养母亲塑造了未来家庭的新模式。萨拉·拉迪克在《母性思维》中指出:"所有的母亲都承担替养母亲的工作。"(51)对此她进一步解释:"替养意味着使自己致力于保护、养育、培养特定的孩子。"(51)因此,替养为母亲注入了新的能量,使母亲不再是一个人势单力薄的挣扎,而成为集体协作的努力。在讨论历史上的弑母情结时,琳·哈弗指出,"抵制神话中谋杀母亲的这一暴行意味着将怀旧的母爱文化转变成姐妹—女性之间自由的爱"(69)。如果说《男人与天使》质疑了母亲与孩子之间感情的血缘纽带以及母爱的天性,《豆树青青》则充分肯定了替养母亲的意义,使母爱得到了扩展,使其不再仅仅是血亲之间的重要情感,更成为人与人之间在互相的关爱中形成的关系。此外,随着女性社会经济地位的提高、女性自主选择权的获得,21世纪的女性在成为母亲这一曾经无从选择的被动身份上毫无疑问会获得更多的主动权。

由于美国社会对少数族裔的收养以及跨国收养的情况越来越多,收养孩子已经成为引起广泛关注的社会现象。玛格瑞特·霍曼斯(Margaret Homans)认为自20世纪70年代以来,收养活动日趋公开化,跨国收养出现了许多新的形式,总的来说,美国的收养文化对个人的血脉与出生文化给予了高度重视。然而,在被收养者寻根的浪潮中,与亲生母亲分离的创伤叙事往往具有虚构性。对此,霍曼斯强调,在收养叙事里,被收养者以及他们的代言人完全可以庆祝他们这一代的故事,而不去徒劳地追根溯源,因为关于自己出生的故事往往被虚构化了,成为臆想或凭空创造的产物。①霍曼斯的这一思想实际上对替养母亲的存在予以了认可与强调,对于被收养者来说,源自血脉的文化固然重要,但基于关怀与关照的替养母亲带来的现实身份却同样珍贵,因为从某种意义上讲,这种日常的关爱是她们现实身份的重要源泉。

①参看:Margaret Homans,"Adoption Narratives, Trauma, and Origins," *Narrative* 1 (Jan., 2006):4–26。

第二节 《爱药》:超越血缘的替养母亲

如果说《豆树青青》通过将未婚替养母亲置于充满关怀的女性共同体中为女性成为身份的主体赋予了能量,《爱药》则打破了血缘与性别对母亲身份的桎梏,使替养关系摆脱了相对于亲生关系的劣势,使男性也承担起替养母亲的角色。西方传统文化里,基于血缘的核心家庭往往被看作真正的家庭,而收养的家庭面临着来自社会的许多偏见,被看作问题家庭,是"退而求其次的选择及可疑的家庭形式"(Wegar 363),因此替养父母与被替养者之间被默认为矛盾重重。然而,"在核心家庭里,亲生孩子比其他孩子更有优越性或更占优势这种概念是西方—欧洲的,而非印第安人的"(Rainwater 418)。相比传统的西方核心家庭关系,收养是印第安母亲的生活现实,在印第安部落里,血缘关系并非起着决定性作用,收养的母子关系或母女关系甚至往往胜过亲生的母子或母女关系。在厄德里奇的书写中,比起替养母亲和被收养的孩子之间的关系,生物意义上的母女/子关系甚至更为紧张。《爱药》中书写的母亲超越了血缘关系的束缚,使母亲与孩子之间的关系不再由是否"亲生"这一生物性而决定,收养的孩子与替养母亲之间的纽带可能比血缘关系更为牢固,血浓于水在印第安母亲那里失去意义,亲子关系成为一种关爱关系,该关系建立在互相依赖的基础上。在这一关系中,相互性取代了传统亲子关系中出现的情感不对等的状况,尤其是母亲对孩子单方面的情感,使亲子关系在双向的情感交流中获得新的活力。詹妮弗·兰斯福德等人(Jennifer E.Lansford, etc.)在对收养家庭、血缘家庭、单亲家庭等五种家庭结构的研究中也得出了类似的结论:家庭结构差异对于亲子关系的影响并无显著差异。[①] 同样,L.D.博德斯(L.D. Borders)等人在对收养家庭与血缘关系家庭的对比研究中也发现收养家庭的孩子的行为与血缘关系中的孩子的行为并无显著差异,且两者的父母所面临的问题也没有很大差别。[②]《爱药》中的替养母亲玛丽以及《豆树青青》中的单亲母亲泰勒的故事无疑从不同的角度对美国社会中家庭结构的日趋多样化进行了积极的肯定。

---

① 参看:Jennifer E.Lansford, etc,"Does Family Structure Matter? A Comparison of Adoptive, Two-Parent Biological, Single-Mother, Stepfather, and Stepmother Households", *Journal of Marriage and Family* 63 (August, 2001):840-851。

② 参看:L. D. Borders, L. K. Black & B. K. Pasley, "Are adopted children and their parents at greater risk for negative outcomes?" *Family Relations* 47.3 (1998):237-241。

《爱药》中充满了胜过血缘的亲子关系，这些关系的核心即在于两者之间的认同感以及由此带来的互相依赖性。女性主义伦理学家赫尔德强调，“关爱、同感与认同他/她人的情感，并对他/她人的情感处于敏锐的感知状态，这些是特定语境下道德性的要求”(14)。《爱药》的书写中尤为强调亲子关系中的认同感，这一认同感带来了相互接纳，从而使替养关系呈现出更胜于血缘关系的亲子感情。小说开篇，阿尔伯丁述说了她和母亲塞尔达(Zelda)之间生硬的关系以及她对舅妈琼的爱。尽管对于自己的孩子来说，琼作为母亲不够合格，但对于阿尔伯丁来说，她却是个好母亲。“她是一位好舅妈——她会宠你，总会在外套口袋里放一片绿箭口香糖。她的脖子闻起来又香又甜。”[①](8)在舅妈的“宠”与她闻起来的“香”与“甜”的感觉中，两者建立了认同的关系，为彼此的存在创立了空间。因此，当阿尔伯丁得知琼去世的消息时，她感到自己也被埋葬了。当母亲没有让她回家参加琼的葬礼时，她一气之下连着两个月也没有跟母亲联系，直至决定回家时，仍对母亲愤愤不平，她写道：“我并非渴望见到母亲，但我们的关系就像锉刀，我们借此使自己变得锋利起来，这对我们成为某种必要。”(11)同样，玛丽和大儿子高迪的感情也并不深厚，远不如她和收养的儿子利普夏之间的关系。当丈夫尼科特奔露露而去后，玛丽感到高迪肯定不会像女儿那样去把尼科特找回来，她心想：“虽然就像我和塞尔达一样，我和他也曾经在同一个身体内。但他不会去的，虽然他是我养大的。我想，当我肚子里怀他时，彼此还不了解时，我们的关系更亲近。可我并不信任他。”(167)这与《男人与天使》中安妮对血肉关系的质疑可谓相通。与之相反，玛丽与琼的儿子利普夏之间却有着超越血缘的亲子关系，他们彼此赋予了生命的力量。利普夏不喜欢自己的母亲琼，而是将祖母玛丽当作自己的母亲，甚至会拒绝听阿尔伯丁告诉他有关母亲的事情。玛丽住进老人之家后，看望最勤的是利普夏，给予最多照顾的也是利普夏。利普夏还经常用自己的触摸能力给玛丽的腿通经脉。嫉妒尼科特对露露的感情的玛丽希望能挽回丈夫的心，她把寻找爱药的任务也交给了利普夏。然而，射技太差的利普夏无法射中大雁，将其心脏用作爱药，只好去超市买了鸡心来冒充爱药。尼科特被鸡心梗死了，感到不安的利普夏向玛丽吐露实情，告诉她超市的鸡心不可能有什么作用时，玛丽没有责备她，相反：

她看着我。她似乎记起了那些我并不知道的岁月，她并不相

① 此处及后文出自《爱药》，由笔者自译，出处为：Louise Erdrich, *Love Medicine* (New and Enlarged Version)(New York: Henry Holt and Company, 1993)。后面不再另注。

信我说的。我看得出来。然而她脸上流露出一种表情，就像母亲甜蜜地望着孩子。这是一种温柔。

“利普夏，”她说，“一直以来，我最喜欢你。”

她把念珠从床柱上取下。念珠一直就在那儿，好在晚上念经用。接着，她让我伸出手，我照她的意思做了。她把念珠塞进我手里，紧握着我的手，许久许久。我的手被握得发疼。她那么做时我差点儿哭出来。我也不知道为什么。但最终泪水只是在眼眶里打转，我不明白为什么会那样。我不明白为什么，只知道她的手很有力，在用力地握着。(259)

玛丽看着利普夏的温柔的眼神，透露的是母亲的爱，这种爱拒绝任何杂质，任何怀疑。利普夏使她想起了琼，她把琼留下的念珠放在利普夏的手中，如同将他生身母亲的爱同时交给他。利普夏的眼泪是对母爱的回应。随后，利普夏出去挖蒲公英，他感到“热量顺着手臂流下来，流出手指，沿着铲子梳进泥土”(259)。当他把蒲公英的根挖出时，他那消失了的神奇的触摸能力又回来了，并且越来越强大，如同蒲公英的种子坚不可摧。他的触摸能力是玛丽给予的，来自母亲宽恕的力量，来自与母亲之间的纽带，也是对玛丽的母爱中无限的信任与接纳的感应，他们之间情感上的相互作用由此构成了彼此生命的重要纽带。尼科特死后，玛丽把他心爱的烟斗也留下来给了利普夏。显然，在玛丽心中，利普夏甚至比玛丽自己亲生的孩子还要亲。

玛丽与婆婆贝尔之间也因为彼此的认同形成了非常紧密的替养关系。贝尔最初和他们一起住时，婆媳之间也有过矛盾。玛丽无法忍受尼科特的母亲对孩子过于粗暴的脾气，她感到自己可以接受尼科特不在家的现实，却无法忍受他母亲这样对他们，因此直接叫她离开。结果，婆婆变得温顺起来，将玛丽当作救命草紧紧抓住不放。玛丽感到，“她似乎已经意识到我在经受怎样的孤独，也许我与她经受的孤独是相同的”(102)。最后的转机源于玛丽生孩子。婆婆被玛丽生孩子时忍受痛苦的能力所感动，告诉尼科特，玛丽是她唯一的女儿，尼科特反驳说她是拉扎雷家的人时，贝尔生气地说道：“你真让我丢脸。你从没有听到过她哭或者埋怨。你永远不会知道生孩子是多么艰难……”至此，原本如同母亲一样照顾着婆婆，扮演着替养母亲角色的玛丽成了婆婆的女儿，她感到：

而那之后，一切都变了。每次见到她，我都知道她是我的母亲,是我的亲人。她所做的一切超越了我们之间脆弱的关系。她不仅救了我的命,还让我的生活恢复了正常。虽然她的坏脾气一再发作……虽然她比任何一个孩子更烦人,但我一直照顾着这个女人,直到她生命的最后一刻。因为我们经受着同样的孤单,因为我知道她也在那艘船上,我分娩的那艘船上。她在黑色的波浪中沉沉浮浮。波浪带她日夜兼程,水拍打着她的未知之路。她挣扎着继续往前。她艰难地前行,而死亡则是她的明灯。(106)

这段话深刻揭示了女性之间结成联盟的必然性,也对玛丽对琼那超越血缘的感情进行了深刻的解释。她们都在同一条船上,忍受着同样的孤独,具有相同的命运——这是玛丽深深理解的现实。在传统的西方父权文化影响下,个人在社会中的身份地位往往取决于父亲,然而,对于印第安人来说,母亲是维系其文化传统的中心人物,与母亲的关系决定了个人的身份地位。因此,艾伦(Allen)在《谁是母亲》中指出,“你母亲的身份是你自己的身份的关键”,一旦不能认识自己的母亲,就意味着,“无法记住你自己的重要性,你的现实,以及你和地球与社会的关系”,你就会感到自己“迷失了方向——孤立无援,遭到遗弃,同自己的生活有种隔离感和异化感”(2004:29)。艾伦强调她所说的母亲并非指生养自己的母亲,而是对自己起着母亲作用的女性。原本关系很淡漠且并无血缘关系的婆婆贝尔最终接纳了玛丽,使玛丽在心理上成为拥有母亲的孩子,也促使她更为深刻地明白自己作为印第安母亲所处的地位,从而成为更强大的母亲。玛丽后来甚至摒弃与露露之间的恩怨,承担起替养母亲的角色照顾做了眼部手术的露露,并对她说:“咱们谁也离不开谁。”(298)这无疑再次体现了玛丽对女性之间互相依赖关系的领悟,也体现了新的自我观,即自我存在于和他人的联系中。“身份依赖于自我和他人之间边界的融合。一旦孤立,将自己封闭起来,自我就失去意义。个性唯有通过超越个人的界限,使自己和外部融合起来才能获得力量。”(Smith 23)这一观点与金索弗的女性共同体观可谓同出一辙。正是在女性的联盟中,玛丽不再孤独。她和露露共同在印第安部落替印第安人发出不可忽视的声音。《爱药》的最后,厄德里奇借露露的小儿子莱曼(与尼科特所生)的话语这样述说着玛丽与露露之间的同一性:

她俩突然大笑起来,我吓了一跳。她俩很放肆,让我既恼火又不解。我搞不懂,她们在哪些事上会认真,哪些事真让她们生

> 气。好像从她们一辈子最辉煌的那一刻起，男人不过是她们利用的棋子而已。她们像小姑娘一样取笑别人，像家猫一样卖弄风骚，什么玩笑都敢开，背着我说三道四，当面装模作样把我当回事，背后却又挖我的墙脚。(313)

这是两个肆无忌惮的母亲：养了八个出自不同父亲的露露和收养了数不清的孩子的玛丽。她们为自己身上源源不绝的能量感到自豪，并充满自信与反抗精神，共同为维护印第安人的文化传统，为保护印第安人的利益做着顽强的斗争。伊莱恩·汉森认为："她们俩将当代印第安小说中不断表现的失落的母亲再现了出来，充分显示了母性的力量。"(132)

同样，琼对伊莱叔叔的情感也基于互相的认同感，这一认同感使男性也获得了成为替养母亲的可能。尽管收养琼的玛丽心疼琼，"把她牢牢地抓在身边，比抓任何人都抓得紧"，但玛丽也意识到她"更像伊莱。琼身上有树林生活的影子，就像伊莱一样，也许比伊莱更厉害"(90)。因此，属于树林的琼最终选择了离开玛丽，跟随和她一样喜欢爱嚼松树树液的伊莱叔叔。小说开头琼在风暴中往家走的时候，她感到自己"就像从小提琴舞会或朋友家里出来，赶回伊莱叔叔家那温暖又有男人味的厨房"(6)。在琼对伊莱的厨房的想象中，伊莱的空间成了别具一格的母性空间。伊莱是一个极其善于和孩子相处，并富有童心的人。伊莱也喜欢琼，将她看作自己的孩子，在琼离家后，还在小屋里珍藏着一张她中学时在学校画的铅笔画。琼在玛丽与伊莱之间的选择体现了男性成为替养母亲的可能，照顾孩子的角色显然不是女性专属的。《爱药》中的另一组亲子关系——那纳普什与露露的关系，也充分阐明了母亲的内涵，即母亲身份既不取决于生育，也不取决于性别，是任何人都可能承担的照料孩子的行为。露露对舅舅那纳普什的感情毫不逊色于对母亲的感情，当她回到那纳普什的家时，她"朝那纳普什跑过去，一头埋在他粗糙的衬衫里，呼吸着木头和干墨汁的味道，捕猎手的麝香味，还有干燥的皮肤的味道"，"紧紧抱着他结实的腰，像拥抱父亲一样抱着他"(72)；当那纳普什谈到自己面临的死亡时，她把他的手贴在自己的脸颊上，感到自己"无法忍受像失去母亲一样失去他"(74)。然而对他的妻子玛格丽特·喀什帕(即拉什斯·贝尔，玛丽的婆婆)，露露充满了敌意，感到"她不喜欢我，从来不喜欢我"，而自己也不喜欢玛格丽特，甚至"一直恨死她了，想靠自己年轻的活力搞垮她"(73)。在露露对舅舅而不是舅母的亲近里，可以看到男性作为替养母亲独具的力量，以及在互相不喜欢、无法互相认同的敌视状态中亲子关系的消亡。西方社会里，生养母亲是传统的照料者，即便是在21世纪的今天，这种状况也没有根本改变。女性批评家马拉芙注意到，随着女性运动的发展，许多女性在对男性的否定中彻底将男性排除在照料者的角色之外，孩子与父亲之间的关系越来越疏远，因此她在《母性的欲望：关于孩子、爱以及内心生活》中反复强调将父亲纳入到照料者中，建立起父亲与孩子之间关系的重要性。[①]欧瑞丽也强调，拉迪克在《母性思维》中所提的“母性实践”这一概念的实质就是“母职可以由任何实践着母亲工作的人来完成”（2009：296）。因此，母亲作为一种动态的实践活动与性别或者血缘都没有根本的关系。《爱药》对男性作为替养母亲的书写也正体现了对这一母性实践的认可，这对于将传统意义上的母亲从主要的甚至唯一的照料者角色中解放出来显然有着重要意义。

此外，伊莱恩·汉森强调在印第安传统里，“对孩子的照顾和责任是集体性的，因此生育孩子和照料孩子这两者的关系是很松散的”（Hansen 117）。她引用布鲁克·麦迪逊·伊格尔（Brooke Medicine Eagle）的话说：“当一个人没有孩子时，所有的孩子都是他们的孩子。”（引自 Hansen 117）显然，即便是没有孩子或失去孩子的母亲也有其显示母性力量的地方。琼遗弃了自己的孩子，然而却对阿尔伯丁起着替养母亲的作用。玛丽接过琼的孩子利普夏，建构起新的超越血缘的母子关系。因此，在印第安文化里，孩子不仅仅属于某个生养的母亲，也属于整个部落。在部落共同的责任里，母亲成为身份的主体获得了更多的动能。此外，当印第安孩子无法由亲生母亲抚养，而不得不接受其他母亲的养育时，这些孩子也必然形成新的归属感，他们不再仅仅属于他们的生身母亲，更属于整个社区，对社区的发展有着不可或缺的责任。汉森强调：“正因为养育的责任是集体行为，在印第安社区里由男性和女性共同承担，孩子自己也有责任形成新的身份。”（134）《爱药》以琼走向家的归途开始，以利普夏“渡河把她（琼）带回家”结束。琼曾经试图进入白人的世界，然而属于树林的她无法在白人的世界找到自己。琼选择了回家，最后却死在了她不曾预料的暴风雪中。她的回家得到了永远的延宕，最终不得不由儿子利普夏来帮助她实现。琼和利普夏都是玛丽收养的孩子，他们的回家体现了他们对印第安文化的认可，对自己印第安血脉的珍视。成年后的利普夏选择留在保留地，照顾年迈的玛丽和尼科特，这显然与他的被收养身份有关系，他对父亲说：“家是我唯一的归宿，从没起过离家的念头。”（367）甚至当他知道自己的身世后，他觉得母亲撇下他是对的，他感到自己能被玛丽收养“很幸运”（369）。在另一部有

① 参看：Daphne de Marneffe, *Maternal Desire: On Children, Love, and the Inner Life* (New York: Little, Brown and Company, 2004) 280-311。

关奇帕瓦的小说《爱药》的续篇《宾果宫》(*The Bingo Palace*, 1994)里，当利普夏在偷来的白色车里发现了一个婴儿时，他下定决心要好好对这个孩子，不让他有任何被遗弃的感觉。在风暴中，他把孩子紧紧裹在衣服里，拉上拉链，使孩子不至于受冻。因此，利普夏在潜意识里也使自己成为了替养母亲。

替养母亲的存在往往也会使亲生母亲处于失语状况。那些不得不舍弃自己骨肉的亲生母亲的缺席状态到底意味着什么?《爱药》对此没有回避，在对琼的书写中，厄德里奇将抛弃孩子的母亲同样置于中心，并显示了她们无所不在的力量。尽管琼是一个不被大家认可的母亲，她却是一个特立独行的反抗者。当她学美发时，曾故意用染发剂把一个蛮横无理的客人的头发染绿、弄硬;当她去饭店做了一周服务员后，一听有人拿她开玩笑，便拂袖而去。她与高迪的婚姻、与盖勒的婚外情，及至在小说开头放弃回家的车票与白人男子的一夜情，都充分体现了她骨子里无时不在的不安分的斗志。小说最后，琼的儿子利普夏知道了自己的身世后感到，“她撇下我是对的，我现在明白了。她承认金是她的儿子，但金比利普夏·莫里西受的苦更多。想到琼，我的心就揪了起来，不过我很幸运，她把我交给了喀什帕外婆”(369)。漂浮不定的琼无法把握自己的命运，更无法成为好母亲，但她却成了一个强大的纽带，连接着故事里的所有人物。在利普夏对自己的替养身份感到的“幸运”里，蕴含了他对琼的理解与原谅。当利普夏将躲避警察的父亲送到了与加拿大交界的地方后，在返家的路上经过了一条河，他感到母亲琼也属于被急流拽着的巨大的孤独的一部分，而他要做的就是“渡过河水把她带回家”(369)。至此，所有的母亲汇成了一条河，利普夏紧紧握着玛丽赠予的手帕，感到这是一条“曾经解决了所有问题的河流”(369)。对所有的母亲的认可成为利普夏获得新生的力量之源。

《豆树青青》与《爱药》分别从白人文化与印第安文化的角度构建了替养母亲的身份伦理，使替养母亲的主体得以浮现，为“母亲”的未来走向画下了蓝图。《豆树青青》突破西方文化，且将母亲置于婚姻与血缘中的限制，将替养母亲置于基于女性共同体的新的家庭模式中。《爱药》聚焦于基于认同感的超越血缘与性别的亲子关系，使替养关系获得了新的含义。虽然金索弗与厄德里奇来自不同的文化，其书写的替养母亲面临着不同的阻力，但她们共同拓展了替养母亲的内涵，为我们理解当今社会日趋多样化的家庭结构中母亲的存在开启了重要的窗口。《豆树青青》与《爱药》对替养母亲的书写极具前瞻性地宣告了“替养”的种种可能，使替养母亲身份的选择不再受制于婚姻与性别，而是落脚在基于关爱与认同的关系上，使自我在与他人的互动关系中,获得新的独立的自我。收养也是非裔母亲的现实,爱丽丝·沃克《紫色》中的主人公西丽亚,莫里森《秀拉》中的伊娃、《所罗门之歌》中的派乐特,都承担着替养母亲的责任。卡塔里拉·魏格(Katarina Wegar)援引一些学者的研究,指出:"在一些非裔美国人社区,家庭与亲属关系更多基于行为与功能,即你通过你的行为举止成为家庭成员,而不是靠血缘关系。"(368)替养是少数族裔在艰难环境下的重要生存方式。随着女性运动的发展以及女性主义者对女性同盟的新的认识,这一家庭方式也在逐渐被白人女性接受。玛丽·戈登的《男人与天使》也对替养关系进行了深刻探讨。这些美国当代女作家打破父权制对母亲的限定,将大量非血亲关系却扮演着母亲角色的女性纳入了书写中,建构起不受男性控制的女性共同体,使形形色色的女性获得全新的母亲身份,使传统的家庭模式得到消解,母亲从婚姻制度中解放出来,并通过女性共同体这一坚固的纽带获得更多的能动性,最终得以彰显活力。由此,传统的以牺牲女性自我为起点的母职开始转变为所有性别参与的关怀行为,这将给女性的发展与性别间的平等带来极大的促进作用。

第五章

具身的情动主体

不管是女儿在愤怒中对母女联盟的诉求，还是依靠记忆的情动力修复与母亲的关系，抑或是母亲在成为爱的主体中重建与孩子的关系，20世纪后半叶的母性书写在很大程度上植根于关系的构建中。作为女儿或者作为母亲的“我”存在于对关系的感知中，而关系毫无疑问是身体与身体之间的相遇与相互作用。因此，母性书写无法回避的重要话题之一便是母亲的身体——身体如何作用于自我，如何成就自我，即身体如何对主体生成产生情动力。“在情动力的作用下，身体既处于自我之外，也存在于自我之内——在其关系的网络中——直到最终这种确凿的区别变得无关紧要。”(Seigworth & Gregg 3)显然，处于自我之外的身体是作用于其他身体的自我，处于自我之内的身体是自我的内核，这两者在情动力的作用下具有一体性，无法分割。身体与自我之间的关系是母亲在获得自我的路上需要解决的重要问题，这也意味着在对自己的身体的感知中获得接纳自己的情动力，从而获得自己的身体所有权，使自己成为具有身体能动性的情动主体。传统的西方文化通过心智与身体的分割，使女性以其身体的存在被贬为低于男性的客体。女性要获得身体的能动性，必须打破这一机械的二维分割，重新理解身体与主体之间的关系。波伏娃在《第二性》里对母亲的身体进行了深入阐述，她认为“和男人一样，女人也以其身体存在，但她的身体又是与她自己相区别的某物”(33)。这一观点表明她既将女性等同于身体，同时又强调女性因为怀孕成为母体而带来的超越自身的东西。波伏娃在《第二性》中自始至终围绕着这样一个核心思想，即身体是一种处境，“身体是我们把握世界的工具，是制约我们设计的一个因素”(38)。波伏娃的这一观点将女性的身体与其自我的存在状况紧密联系起来。陶丽·莫伊将她的这一思想在《女人是什么？以及其他文章》(*What Is a Woman? And Other Essays*, 1999)中进行了拓展，认为波伏娃的情境化的身体观将女性看作具身的主体，强调了主体在不同情境中的自由，足以回答“女人是什么”这一女性主义的难题。[①] 同样，格罗斯兹强调：“主体要获得主体的地位，必须被置于身体所在的空间里。使主体纳入身体之内，既是获得统一而连贯的主体的条件，也是主体形成世界观的条件以及获得洞察力的源泉。”(47)许多女性主义学者因此强调“具身的主体”(Embodied subjectivity)[②]这一概念，认为身体在女性的主体建构中意义重大。使身体回归为主体之源，对于长期以来被磨灭自我的母亲来说更是重中之重。主体的具身性强

①参看：Toril Moi, *What is a Woman? And Other Essays*(New York: OUP, 1999)。

②参看：Margaret A. McLaren, *Feminism, Foucault, and Embodied Subjectivity*(Albany: State U of New York P, 2002); Elizabeth Grosz, *Volatile Bodies: Towards a Corporeal Feminism*(Indiana: Indiana UP, 1994)。

调身体对于情感经历的感知能力与反应能力,进而对主体的建构产生的作用力。因此,主体受到情动力的作用,是情动的主体,而情动的前提在于主体的具身存在,即身体的情动性使主体的情动成为可能。

主体必然是充满欲望的主体。福柯在《性史》中通过聚焦于历史中的身体,考察了身体与主体之间的关系,强调身体是文化的产物,承载着历史的烙印,铭刻着各种社会符号。福柯对身体的关注激发了女性主义者从不同的角度理解女性身体所受的压迫。伊丽莎白·格罗斯兹(Elizabeth Grosz)在《变化多端的身体——面向身体女性主义》(*Volatile Bodies-Toward a Corporeal Feminism*, 1994)一书中强调身体并非是被动的,或是静态的被铭刻的对象,相反,"身体不是惰性的;它们卓有成效地互动着。它们在作用和反作用着。它们产生着全新的、不可思议的、难以预料的东西"(XI)。因此,格罗斯兹将身体置于女性主义研究的中心,强调从身体的角度理解主体的存在。她指出身体才是构成主体的物质,主体便是身体的存在。朱迪斯·巴特勒则在《欲望的主体》一书中总结道:"从黑格尔到福柯,似乎欲望使我们成了陌生的、虚构的存在。对这一存在的认可似乎只出现在灵光一现的时刻。"(238)这句话深刻揭示了历史上主体与身体之间的割裂状态,主体往往通过对身体的压抑而被虚构出来,因此这一欲望的主体并不存在。要摆脱主体的虚构性,必须给予欲望恰当的空间。这是巴特勒在《性别麻烦》《身体之重》等著作中体现出的思想导向,给女性成为身体的主体带来了一线希望。

毫无疑问,身体是实现自我的重要场地,"女性的精神必然是具身的精神,通过身体活动以及与他人的关系得到表达,源于女性作为主体而非客体的经历"(Everson 15)。然而,这一身体长期以来是"被操纵、被塑造、被规训的"(福柯,1999:154),出于维护父权制度的需要,女性的性行为受到严厉控制,母亲的身体欲望更是在父权话语的牢牢监控中备受压抑。如同西苏所说:"我们被迫离开了我们的身体,倍感羞愧地被教导如何无视它们,如何用愚蠢的性的谦卑来敲击它们。"(885)因此,情欲与母亲身份成为水火不相容的两个极端,母亲成为去性化的客体,身体被剥夺了生存空间,对母亲身体的压抑成为父亲的象征界存在的基础。然而,皮之不存,毛将焉附。对身体的否定必然导致母亲的自我如浮萍处于飘零状态。因此,缺乏身体这一物质基础的母亲面临的是严重的自我危机。如何使母亲获得身体的所有权,使自我的存在有坚实的依托,这也是20世纪80年代以来美国女权主义者关注的重要问题。1986年,《西帕迪亚》以"母亲身份与性行为"为主题出的一期专刊可以说代表了这一时期女性主义者在母亲的性行为方面取得的重要理论成就。主编安·弗格森在刊首提出:"我们不仅需要性行为道德的转变,即从具有20世纪资本主义父权制特色的性压抑中解放出来得到自治,还需要有自我发展理论,改变自我的战术和策略以及对我们的去向的展望。"(9)弗格森对性行为中自我发展的强调暗示了自我发展的艰难及其与性行为的关系。谢里尔·H.科恩(Cheryl H.Cohen)则在《女性主义性行为辩论:伦理与政治》("The Feminist Sexuality Debate: Ethics and Politics")中指出:"女性主义者有权体验性生活,尝试不同的身体快感,逃离性压迫。但我们同时有责任尊重我们与他人的关系,从而产生能反映人类之间纽带与责任的新的性行为,以及社会、政治及经济关系。"(86)这一观点可以说是对女性追求身体愉悦时的警告,在某种程度上将女性重新带回到她们所属的关系中,使她们很容易回到她们被设置的角色模式中。

无独有偶,《好母亲》这部1986年《纽约时报》的畅销书反映的正是母亲的性行为与母亲的自我之间的关系以及遭遇的来自社会的阻力。小说主人公安娜踌躇满志地试图通过身体的表达获得自我,最终却放弃具身的自我[①],回归到父权社会所期待并设定的好母亲角色。安娜为何做出回归这一令人沮丧的选择?苏·米勒显然并非意在告诫母亲们寻找具身的自我是没有出路的。作为一部极具现实主义色彩的作品,米勒的书写尤为深刻地揭示了在父权伦理的束缚下,母亲的欲望如何面临着被父权社会的律法无情消灭的命运,要获得自我的实现与身体的所有权,女性仍然面临着重重阻力。如果说《好母亲》体现了白人女性为争取性行为的能动性所经历的痛苦挣扎,《爱药》中的印第安母亲则以其身体的获得在更大的程度上使自己成为主体。由此,这两部分别出自中产阶级白人女性和印第安女作家的小说对母亲的身体欲望赋予了不同的语言,并使之获得不同的发展,为人们打破抽象的父权伦理的束缚,从不同的文化角度理解身体及情欲的建构性提供了生动的案例,体现了作为母亲的自我可以如何通过接纳具身的存在而成为情动主体。

① 埃尔斯佩思·普罗宾在"This Body Which Is Not One: Speaking an Embodied Self"中讨论了身体的双重性,以及"embodied self"(具身的自我)与真理的关系。本书使用的"具身的自我"这一概念,强调的是身体与自我之间的紧密关系。

第一节　《好母亲》：基于身体的自我

《好母亲》讲述了一个渴望从身体的获得中得到自我，最终却被父权社会以其是不称职的母亲为由重新剥夺其身体的母亲。小说的主人公安娜刚刚和有了外遇的律师丈夫离婚，一个人带着三岁的女儿，靠偶尔教钢琴为生。在洗衣房里，她遇到了雷欧——一个充满激情、狂放不羁的艺术家。雷欧代表了她无法实现的自我，也蕴含着使安娜内心被压抑的自我得到释放的能量。因此，两个人很快同居，安娜开始享受三个人的幸福生活，开始感受到新生的自我。但美好的生活很快终结了。一天，当雷欧独自在家照顾孩子时，安娜的女儿莫莉闯入雷欧正在洗澡的浴室，看见他的阴茎并感到好奇，要求用手摸。考虑到安娜对孩子的性教育持开放态度，雷欧给予了许可，结果使阴茎勃起。此后，莫莉将此事告诉了父亲布莱恩，布莱恩随即以雷欧的性骚扰为由起诉安娜，称其为不合格的母亲，以此夺去了她的监护权。“作为家庭内的性行为是被许可的，而作为单亲母亲的性行为必须得到监控。”（Kaplan，1990：414）《好母亲》极为深刻地反映了单亲母亲所受到的这一监控。福柯在《规训与惩罚》中指出，在身体被驯服的过程中，身体“服从、配合，变得灵巧、强壮”（154）。福柯的这一观点给身体蒙上了被动的假象，忽视了身体在驯服之前所经历的抵抗，即其内在的情动性。米勒通过《好母亲》中对安娜的书写充分再现了母亲的身体对父权的规范所进行的抵抗，尽管这个身体最终没有摆脱被驯服的命运，但它如同地底下的火山存在着、躁动着，蕴含着反抗的力量。

安娜是一个渴望获得自我的母亲，她的自我以自己的身体为出发点。“女人的身体是她在世上的处境的主要因素之一。”（波伏娃 40）获得身体对于安娜把握住自我的实质起着关键作用。当安娜下定决心与布莱恩离婚时，她感到自己即将“开始新的生活，摆脱自己的家庭以及布莱恩对我的界定，满怀激情地尝试着索回自己”（10）。离婚后的安娜开始注意到自己的身体，有些早晨，当莫莉在外面玩耍时，她独自待在房间里尝试着通过自己的触摸达到高潮。“那些个早晨，我开始看自己的身体……我开始触摸自己。起先我感到的是体内无形的渴望，然后，我试着使之获得生命。我在两腿之间触摸……我指尖的唾液会使自己湿润起来；然后高潮到来……”（83）从作为男性欲望的载体到通过自己的触摸获得女性自己的快感，这是安娜获得身体的重要开端。伊利格瑞在《非一之性》中对女性自己的这一触摸给予了不无自豪的溢美之词。她写道：“女性随时都可以‘触摸自己’，没有人能阻挡她。因为她的性器官由两片连接的唇组成,因此,她体内已然为两个——两者互相抚摸。”(24)伊利格瑞以此批评弗洛伊德的女性匮乏说,认为女性并不需要男性的阴茎来填充自己的“匮乏”,女性可以自己获得快感,女性的快感区在身体的每个部位。正是在安娜自己的身体体验中,她开始感受到自己作为欲望主体的存在。本杰明认为,“性欲本质上是对自由,对自治的追求”(105)。在安娜为自己的欲望打开闸门的时候,她的自我开始呈现。

第一次准备与雷欧约会时,来接孩子的前夫布莱恩注意到她的美,夸她漂亮,她感到自己是“如此性感,如此清楚自我的存在”(103)。显然,安娜从身体的欲望中强烈地感到自己的存在。雷欧的出现使她被压抑的自我得到了解放,两人相处的首晚,他们在音乐声中跳起了舞,这时她强烈地感到了自己身体的存在。“他的狂放不羁,他的开放性吸引着我,正是我需要的……当我们做爱时,我找不到我们之间的界限……同他一起,我也成了激情澎湃的人。”(116)雷欧以其身体的存在唤醒了安娜的身体,使她长期以来备受压抑的自我得到承认。正如本杰明指出:“渴望失去自我的同时又渴望与对方合二为一这一欲望尽管常常被看作性结合的高潮,但实际上表达的是希望得到认可的欲望。”(126)在安娜成为欲望的主体的过程中,她开始建构自己的身体观,开始反抗父权社会对女性身体的禁锢,从身体的角度索回自己,使自我得到认可。本杰明强调:“将欲望理解为希望得到认可的欲望将改变我们的情欲体验,使我们得以描绘一种主体间性独有的欲望,提供一种对女性欲望的崭新视角。”(126)本杰明进一步将基于主体间性的欲望看作空间的而非象征界的表征,并将其比作母亲对孩子的拥抱,“这一过渡空间充满了母亲的保护以及个人得以想象、发现和创造的自由”(126)。因此,在安娜与雷欧的关系中,安娜获得的是不曾从母亲那里得到的认可,这一认可使她得以获得能自由想象乃至创造的自由的我,女性的情欲与女性的自我之间由此建立起密切的关系。获得自我的安娜开始对身体持坦然的态度,和雷欧及孩子在家时经常裸体。她感到“好像我终于找到了一种可以得到一切的方式。我们三个似乎融合在一起,我们之间所有的界限都消除了”(124)。安娜为自己构建了一个亚当和夏娃的伊甸园,然而由于忽视了父权社会的律法对母性身体的监控,安娜的伊甸园只能是虚幻的,无法承受任何外力的作用,同时她的自我不仅无法得到父权社会的认可,还面临着强大的威胁。

安娜通过身体的获得来寻找自我、表达自我的行为很快便受到了严厉的惩戒,作为律师的前夫将她推上了被告席,使之背负上耻辱的红字,接受代表父权利益的法官的审判。好不容易获得自我感的安娜很快被击败了，最后接受了父权社会对女性作为去性的母亲这一角色的安排，用内疚感囚禁了自己，放弃了自己作为"个体"对身体的享乐，使自己仅仅作为母亲存在，从而完成从"坏母亲"到"好母亲"的转换。正如波申（Bouson）指出的，尽管女性主义者在力图将身体理想化，即"将耻辱变成骄傲"，"但女性身体对于很多女性来说仍是耻辱所在，与失控的激情和欲望以及肮脏的东西"（3）紧紧相连，因此如何拒绝内化这种代表文化力量的羞辱，如何抵制羞辱者的目光及其法官似的评判态度，对于安娜这样的女性来说尤为重要。安娜的这一妥协使一些女权主义者愤怒，认为该小说是"反女权主义文本"，其导致的媒体的大量关注证实了"这一时期女性运动出现了反冲"（Rosenfelt & Stacey 77—78）。安·斯妮托甚至将《好母亲》于1986年的发表当作女性主义运动反冲的最高峰。[①]然而，尽管《好母亲》在一定程度上体现了"后女性主义从性政治到保守的家庭观这一令人不安的倒退"，但它也透露出"不那么保守的声音，这些声音暗示了后女性主义内部一些蕴含了硕果的矛盾"（Rosenfelt & Stacey 81）。《好母亲》虽然以母亲的失败告终，但它以极大的勇气将长期以来被抹杀的母亲的身体置于中心，对母亲的欲望给予了积极呈现，为母亲的身体开启了自己的语言。安娜最终没能摆脱父权制度的控制，这是作者对现实的清醒认识，也促使女性主义者更为深入地思考这一失败背后的内在因素。

安娜从满怀信心地抗争到偃旗息鼓地放弃，从性欲的主体回到客体，这一令人不安的倒退背后所隐藏的问题之一在于她建立在身体基础上的自我，在象征界的语言里只能是虚构的主体，具有不稳定性和虚幻性，受到各种文化、社会力量的碰撞，因此缺乏恒定的自我内核。安娜自幼的生长环境便是挤压她的强大力量之一，使她作为女性的自我从小饱受贱斥。"没有什么能比对自我的贱斥更能说明所有的贱斥行为实际上是对一种'缺乏'的认可，这种'缺乏'是各种存在、意义、语言或者欲望的基础。"（Kristeva，1982：5）安娜渴望得到自我，但女性的"自我"在父权文化下意味着空缺，这一空缺促使安娜不断地寻找自我，而对身体的控制是她获得自我的重要依托。不幸的是，周围的一切都暗示着安娜的这一自我是无法实现的：外祖母在厨房无声无息地操劳，母亲对她成为钢琴家的期望，小姨贝比被逐出家门……安娜曾从找不到自我的婚姻中解脱出来，希望通过与雷欧的关系获得自我，然而这一自我不可能得到认可，而只能是自封的，最终

① 参看：Ann Snitow, "Feminism and Motherhood: An American Reading," *Feminist Review* 40 (Spring, 1992): 32-51。

昙花一现,因为以母亲为代表的家族力量以及庞大的社会力量都在拉扯着她,给她的行为命名,使她的自我处于岌岌可危中,最终由于缺乏合法性而被消灭。

安娜的母亲出生在父亲有着绝对权威的家庭之中,这一家庭“对所有成员的生活和抱负持有无形的尺度”(32)。外祖父笃信加尔文教,对身体有很多清规戒律,同时他是个靠双手起家的人,富有且喜欢借钱给孩子们,因为这使他得以“加强对他们的控制”(186)。安娜很清楚,“在某种意义上,我们都是他的豪爽的牺牲品,没有人敢站起来反抗他。除了贝比”(37)。唯一能够反抗的小姨贝比是母亲家族最不受欢迎的孩子,不断受到外祖父的严厉惩罚。当贝比结交了地位低下的男友,甚至未婚先孕,引起的是外祖父的勃然大怒,随即将其送到欧洲,孩子一出生便被强行送走。贝比溺水而死,外祖父在贝比的葬礼上唱追悼的圣歌时“意气风发、满怀喜悦”(45),显然为少了一个逆女而松了口气。当安娜的父亲称自己是白手起家时,受到了外祖父毫不客气的讽刺:“你不过是个公司职员!”(36)当安娜迫不得已找外祖父借钱时,外祖父却企图以借钱来控制她的性行为,一如他对女儿贝比的控制。外祖父的权威高高在上,规训着所有人的言行,对每个人的自我实行着暴力专制。

安娜的母亲作为这一环境中的乖孩子,也内化了外祖父的思想:爱是有条件的,取决于自己的表现和所取得的成就,以及能否让家族为自己骄傲。在这一有条件的爱中,爱与身体之间失去关联,成为没有情感的空壳,无法产生驱动孩子主体生成的能量,更无法提供欲望的生存空间。安娜处于不断被要求中,她成为主体的欲望,即“希望得到作为主体的认可,成为能促成事情发生的能动者”(Benjamin 102)的愿望毫无实现的土壤,相反,在母亲的意志下,她感到自己的身体游离于自己之外,自我毫无立足之地。

母亲让安娜5岁开始学钢琴,希望她能在音乐上有所造诣,在母亲的严格要求下,安娜感到的是“母亲一定对我多么失望”(41)而不是“我”可以成为什么。全家搬到芝加哥后,母亲不再对安娜的音乐才能抱有信心,也不再给安娜请钢琴老师。然而,钢琴的消失并不意味着母亲的控制消失。致力于摆脱母亲控制的安娜开始听摇滚音乐,起初她为此感到愧疚,但不久她为此感到激动,觉得自己在“跨越某个界限”(32)。有一天当安娜在房间门口随着摇滚乐跳舞时,母亲突然进来了,安娜想停下来或关上门,但“无论怎样做都是在承认她对我,对我的生活有着控制力”(33)。因此,安娜一直旁若无人地跳到曲子结束。对此,母亲的反应是:“我讨厌看到你那样扭动。”(33)然而,舞蹈着的安娜显然在通过身体的扭动来获得自我,她开始体会到自我存在于身体的运动中,这意味着“跨越某个界限”,某个不被认可的存在,即身体的存在。她试图以舞蹈向母亲宣告自我的存在,但在与母亲的交锋中,她仍然不自觉地处于受到控制的一方。也因此,她在与男孩的接触中始终处于被动状态,充当牺牲品。参加聚会时,当男孩子接二连三地在她胸部及衣服里乱摸时,她“不知道该做什么,因此没有采取任何行动”(52),仅仅只是被动地盼望着聚会结束,母亲来接自己回去。当母亲关切地问她玩得怎样时,她却无法向母亲讲述真实情况,最终只能是“更加憎恨母亲”(52)。如同《钟形罩》中的埃斯特,安娜没有一个给予自己认可的母亲,她感到的只能是无家可归,“我感到自己是虚假的,缺乏中心点,任何情况下都无法说实话或诚实地与人交往”(52)。安娜所感到的自我的“虚假”源于她作为身体的存在无法得到内化了父权思想的母亲的确认。乔多罗在《母职的再生产》中指出,“女孩的认同过程植根于她们与母亲的关系,并受其调节”(176)。安娜与母亲之间的对抗关系决定了她无法使自己得到认同,也因此,她苦苦寻找的自我感无法成为现实。

在母亲和外祖父的权威中,安娜的自我随着身体的被消解而被抽空。找不到自我的安娜不得不为自己的存在寻找依托,创造出一个“自我”。因此,她没有停止寻找自我。在这一过程中,她从小姨贝比和外祖母那里感受到了一股与祖父和母亲抗争的力量,从而激发了自己成为主体的愿望,获得了不懈寻找自我的动力,为她在与雷欧的关系中获得新的自我做了铺垫。

贝比是外祖父的小女儿,是唯一敢违抗父亲的权威的孩子,也是安娜自幼最喜欢、最崇拜的人。在安娜眼里,“她的美是其他姐妹无与伦比的……和她们相比,贝比就像林中的精灵、仙子”(37),如同一个“理想的姐姐,神采奕奕,强壮、充满反抗精神”(38),她是安娜童年时期形影不离的朋友。安娜觉得自己和贝比之间有着坚实的纽带,“共同分享着一些可能”(38),都是让人不安的角色。贝比是安娜人生道路上重要的领路人,她使安娜感受到自我的存在,尤其是身体的存在。怀孕的贝比毫不避讳身体的存在,她在安娜面前赤裸着身子,握着安娜的手从自己的乳房一直抚摸到肚子,告诉安娜有关身体的美好感受。贝比使安娜开始理解并接纳身体的美,成年后的安娜对缺乏激情的婚姻的放弃,及其在与雷欧一起时获得的身体感受,无疑受益于贝比的启蒙。

对安娜起着潜移默化影响的另一女性是外祖母。外祖母是安娜童年时期最爱的人,安娜感到“对她的爱使我被拉到了某个方向”(32)。外祖母是沉默的,然而她的沉默有着丰富的内涵,“如同湖中间的小岛上,水扑打着湖岸”(192)。显然,在外祖母的沉默中安娜感受到了她对父权的独特的反抗。与外祖父对贝比的排斥相反,外祖母总是站在贝比这边,为她的行为感到自豪。当安娜为打官司去找外祖父借钱时,外祖母告诉安娜,有十到十五年间里每天早上她醒来的时候希望自己死了,再也不用做什么。这种状况直到小女儿贝比的出生才得以改善。尽管已经有了儿子的外祖父对贝比毫不感兴趣,但外祖母认为贝比是唯一属于她的孩子,因为贝比是一个充满反抗精神的孩子,做着自己渴望却没能做的事。当外祖父趁安娜借钱之机讽刺她,称她为不称职的母亲,并要安娜将自己的私生活和盘托出作为借钱的条件时,外祖母出来替安娜解围。她对安娜说:“我有我自己的钱,你可以找我要。”(198)之后,外祖母不停地重复:“是我自己的钱,你可以找我要。”(198)这句话强调了外祖母对独立的自我的渴望及拥有自己的力量的自豪,同时也暗示了女性之间建立联盟的可能。显然,外祖母是站在安娜这边的,出于女性的本能,她站在了勇于走出婚姻的束缚反抗男性的安娜这边,从而打破了自己十多年的沉默。

尽管如此,贝比与外祖母的反抗并不能抵挡以外祖父为代表的父权力量,这两种话语处于极度不平衡的状态。桀骜不驯的贝比死了,经济上处于依赖地位的外祖母所做的反抗并不能动摇外祖父的专制,安娜显然处于势单力薄的困境中。作为单亲母亲,安娜对性爱的自由表达很快便触犯了父权社会既定的秩序,后者以律法的形式对她进行了毫不留情的压制。本杰明在《爱的纽带》中对这一律法进行了解释:

> 母亲不是性欲的主体,不是一个主动为自己有所欲的人——正好相反。从根本上讲,母亲是去性的形体……正如母亲的力量并不属于她自己,而在服务孩子身上,因此,女性并没有做她想做的事的自由——她不是自己的欲望的主体。她的力量也许包括了对他人生命的控制,却绝非对自己的命运的控制。(88)

因此,安娜的私生活受到公共警察的严格审查,质问的核心是,她作为母亲的所作所为是否代表了孩子的利益?对此安娜和孩子没有话语权。在这一审查过程中,安娜的自我生存空间被强行剥夺,仅仅以母亲身份存在。作为单亲母亲的安娜日益滑到社会的最边缘,而与之相对,前夫布莱恩则“蒸蒸日上地步入新生活”(63)。由于话语权被以法官和前夫为代表的男性控制,处于弱势地位的安娜无法用自己的语言为自己从身体的享乐中感受到的自我正名,因为在象征界的语言里,母亲自己的欲望被打上了自私的烙印，成为自己便意味着成为坏母亲，便无法拥有对孩子的监护权，而这对于深爱着孩子的安娜是致命的威胁。

为了保住自己的母亲身份，安娜不惜按照律师的建议否认自己好不容易获得的有关身体与自我的全新的认识。感到自己的主体地位受到四面夹击的安娜很快失去了自信。当她去见自己的律师时，甚至觉得自己的裙子“有一点过于花哨，秘书的感觉不够”(175)。她在潜意识里把律师当作主宰自己命运的老板，而自己不过是个悉听遵命的秘书。当律师出来迎接他们时，她很紧张律师对雷欧的态度，感觉他和自己以及雷欧握手的时候“好像我们是完全值得尊重的人”(175)。在安娜用的“好像”这个词里，安娜已经开始自觉地用父权伦理来界定自己的行为，将自己好不容易获得的自我拱手让出，使自己成为被父权律法评判的客体。当雷欧告诉律师自己正是出于对安娜的性观念的理解，才毫不犹豫地答应了安娜的女儿莫莉要求触摸自己的阴茎的要求时，律师强调他必须表明自己是误解了安娜的意思，“这些法官总的来说是保守的。他们不喜欢听到和孩子有关的性骚扰之类的事情……”(179)。对此，安娜的反应是：“如果我表示再也不见雷欧了，有用吗？”(179)安娜感觉到自己无力抵挡强大的父权力量，很快就开始了退让。律师穆斯说：“你我都知道，对孩子来说，对于性方面的知识持开放态度可能更有益于孩子的健康，但我们不要这样做，我们不要去试着教育法官们，行吗？因为那不会有作用。”(180)在穆斯的“不要试着教育法官们”这句话里暗含的是：不要试着动摇既定的权威，即便这一权威所代表的父权社会的律法是错误的，它也仍然是无法动摇的。

正如伊丽莎白·格罗斯兹所指出的：“女性的身体不仅仅被看作空缺或不在场，更被看作泄漏、失控、渗漏的液体无形地流动……这种无形包裹住了所有的形体，这种无序威胁着所有的秩序。”(203)作为父律法权的维护者，穆斯敏锐地感到了安娜对社会秩序造成的威胁，因此力图在第一时间将其控制住。在与法庭斗争的整个过程中，安娜又回到了儿时在外祖父家的被动状况，只不过这次她是被律师所操纵着。穆斯不断给安娜强化的是，“你感到后悔，雷欧误解了你，也许你们俩都判断有误”(206)。穆斯的所作所为实际上是对安娜进行威胁，强迫安娜接受父权社会对母亲身体的监控。在最后一轮起关键作用的法庭辩论中，布莱恩的律师尽其所能地拿安娜的个人生活说事，将安娜原本从性爱中感受的美好变成羞耻，将安娜心中三个人的伊甸园生活以伤风败俗的风貌呈现，迫使安娜私生活中曾经珍视的部分被撕成碎片。最后在一个一个“错误的判断”中，安娜的律师和心理医生败下阵来，因为唯恐失去孩子而违背自己内心真实想法的安娜在痛苦地出卖自己后，不仅失去了自己，也失去了孩子。洁·克雷顿（Jay Clayton）在讨论小说《好母亲》中的母亲安娜在与男友的性生活中感受到的自我的主体性时指出："历史上的女性不得不与非历史性的欲望这一概念做斗争，这一概念强调安娜（通过欲望的满足）获得的完整感只能以色情的字眼去解读。"（50）在法官对安娜的性行为的重新解读中，安娜的欲望被涂满了可耻的色彩。"感到羞耻意味着主体强烈地感受到他/她的身体在他者面前的呈现，通过他者的眼睛来看自己的身体，并通过与他者的关系来认识自己作为社会人的存在。"（Laine 134）在这一过程中，受到羞耻化的身体做出的反应往往是对自己的质疑。"当身体蒙羞，就会在自我否认中烧毁，羞耻感铭刻在皮肤上，主体就会强烈地感觉到和自己在作对。这种否定感被主体看作自己的失败。"（Ahmed 103）身体作为主体的载体，其被接纳程度毫无疑问决定着主体的存在，蒙羞的身体作为一种制约主体的伦理手段更是父权社会对女性身体实施控制的模式化策略。

安娜与布莱恩的交锋也是不平衡的。安娜几乎身无分文，为了支付律师的费用，不得不找外祖父借钱。而布莱恩不仅自己是律师，对法律运作了如指掌，且经济阔绰，可以以5000美元一天的高额费用收买心理医生为自己说话。这个心理医生（Herzog）在对安娜一无所知的情况下，就认定安娜不是合格的监护人，应将监护权交给布莱恩。显然，在心理与权力的较量中，安娜都处于弱势地位，败局已定。安娜的失败绝不是她自己的失败，而是在父权社会里女性整体上面临的处境，即身体被控制的处境。

经过这场一开始就注定失败的官司，安娜对雷欧的感情也从最初伊甸园般的幸福的爱转变为满怀恨意的愤怒。尽管安娜知道她的愤怒是"不公允的"（279），她知道：

> 只要我想要和莫莉过某种真实的生活，我就会在内心因为这一切的毁灭而对雷欧充满无理的憎恨。当我对雷欧说，我不怪他，不认为他该对此承担什么责任时，我的确是这么想的。除了我自己，再也没有什么是更让我恨的了。我知道他所做的就是他认为我希望他所做的。我还记得自己想象的三个人在没有边界的伊甸园的图景……一切皆因为我在狂喜中忘了所有的规则……（280）

她进一步解释自己之所以恨雷欧，实际上是恨自己，因为这是"对我自己的愤怒"（280）。在安娜对自己的恨与愤怒中，安娜忘记了自我的存在，抹杀了自己的欲望，使自己再次成为各种父权律法控制的客体。正如格拉索指出："一旦从属、自卑和无用的意识被内化，无法表达的愤怒就以其他形式呈现。无名的、无以识别的愤怒被转向了自我与社区，导致的是抑郁、自我憎恨与疾病。"(15)由此，安娜通过将愤怒转向自己，封闭了愤怒的出路，并堵住了自己成为伦理判断的主体的可能，使自己索要并获得自己的身体的能量得到消减。

安娜的自我缺乏稳定性的原因之一也在于安娜不仅没有从母亲那里得到足够的女性主义力量的支撑，同时她自己还内化了母亲传统的身体观。在外祖父的严格管教中长大的母亲是一个对自己的身体缺乏能动性的母亲，她之所以只要了安娜一个孩子，仅仅是为了满足父亲的欲望，因为父亲不喜欢母亲怀孕的身体。本杰明强调女儿要成为性爱的主体，获得自我意识，必须有一个"能成为性爱主体，能表达自己的性欲的母亲"(114)。安娜的母亲显然只是作为性爱的客体而存在的，因而无法为安娜树立一个榜样，无法使安娜成为性爱的主体。在安娜对身体感到茫然的青春期，母亲与安娜的谈话往往涉及是否穿了胸罩、裙子是否太短、能否不跷二郎腿等。因此安娜感到母亲的话语里充满了"对肉体的谴责"(128)，这使安娜自己也对肉体感到恐惧。而钢琴更是她远离肉体的媒介，因为钢琴代表着母亲的意愿，当她弹钢琴时，她感到自己是"母亲的孩子"。然而，当音乐从她的生活中消失的时候，她感到自己"性欲获得发展"，"当我不无遗憾地感到我辜负了母亲时，我开始从性欲的角度接纳自己"(128)。对安娜来说，母亲与钢琴之间是对等的关系，是对安娜身体的禁锢，因此她憎恨钢琴，憎恨母亲，希望能摆脱钢琴，摆脱母亲的控制，获得身体的自由，进而获得自我。作为父权文化的牺牲品，母亲自幼便学会了用父权思想规训自己的行为。当母亲22岁时听外祖母说要生孩子了，她感到的是"羞耻和难堪"(38)。当安娜告知母亲自己离婚的消息时，母亲的反应是，"我不知道怎样把这件事写信告诉大家"(29)。母亲不仅没有给安娜任何安慰，反而使她感到自己给母亲带来了耻辱。尽管安娜从小便在为赢得自我与母亲抗争，但正如乔多罗指出的："孩子早期与母亲的关系极大地影响着孩子的自我感、他/她与客体的关系，以及他/她对母亲乃至女性的情感。"(77)不管作为女儿的安娜多么努力地反抗母亲，作为母亲的孩子，她仍然会在无意识中将母亲当作自己行为举止的榜样，使母亲成为自己认同的对象。因此，当安娜发现自己所建构的身体观受到社会的质疑时，她便开始怀疑自己，开始以母亲的身体观来否定自己，觉得自己对雷欧的感情是"盲目且具有灾难性的"(192)。作为一个充满斗争精神，好不容易开始发挥身体的能动性的母亲，安娜的退缩无疑让人心痛。然而，“孩子的身体及身体经历不仅是自身内在的感官及身体能力范围内各种实验的产物；孩子的身体，尤其是已经铭刻上了性别标志的身体，就像一个屏幕，上面既投射着，也内化着母亲的/文化的欲望、希望、恐惧和愿望”（Grosz 75）。作为母亲的女儿，安娜不可避免地内化了母亲及父权文化对女性身体的要求，又因为“孩子的身体是母亲或抚养者的成功和失败，野心和失望所投射或施展的场所，是评估她的自我价值和性价值的源泉”（75），母亲为了保全自己的存在，她对女儿的控制自然无所不在。要摆脱母亲的这一控制，无疑需要足够大的外力推动，而安娜所受到的众多来自社会的力量却把她推向了母亲一方，使她被迫认同母亲，朝着母亲所期待的做一个有成就的社会认可的好孩子的方向努力。此外，母亲家族中小姨贝比因为不服从外祖父的教规遭受的屈辱也使安娜深深感到自由必须付出的代价。贝比的死使她失去了支持她斗争的坚强后盾，精神上缺乏母亲后援的安娜最终处于孤立无援的境地。

唯一能理解安娜并站在安娜这边，给予安娜力量的是她的钢琴学生尤莎拉。尤莎拉对安娜给予了肯定：“所有人都知道你是个好母亲。”（211）这句话让安娜热泪盈眶。她对尤莎拉说自己以为和雷欧在一起，一切都是可能的，然而她错了，她和雷欧的关系就好像是一场梦，现在她醒了。尤莎拉则告诉她，她和雷欧所拥有的才是真实的，将他们的生活搅得一团糟的才是荒诞的。尤莎拉一针见血地指出安娜的问题所在：“你太被动了。你从来没有反抗。你应该从一开始就讲实话。”（295）当安娜说她原以为这样可以得到莫莉时，尤莎拉说：“将一切告诉他们。找些证人。我可以为你作证……他们所谈论的可恶的规则只适于极少数人。他们对于对错的定义狭隘得不可思议。”（296）尤莎拉让安娜想起贝比，感到她有着与贝比同样潇洒自如的能量，而那正是安娜想要的能量。“正是尤莎拉、贝比、雷欧这样的人让我崇拜”（297），这是安娜心底的声音。然而，他们都是弱势群体，并不能真正给予安娜力量。贝比早已死了，雷欧是一个“落魄潦倒”“没有稳定工作”的艺术家（182），尤莎拉则是一个连当时的女性主义者都无法接纳的自由女性，没有婚姻，没有孩子，无法为安娜的选择做出任何参照。这些安娜崇拜的人，希望能成为的人，都被排挤在主流话语之外，无法为安娜的自我打上强心剂。

被剥夺身体所有权的安娜内化了父权社会对母亲身份的要求，进一步使自我化作乌有，使孩子成为其生命中最重要的部分。即便回想她和雷欧共处的时光，她也在试图“将莫莉带入前景”，并时刻感到“莫莉啃咬着我的良心，我的无意识，一如她以前，从来如此。毫无疑问，我总是想着她，我从来不将她的成长，她的幸福想当然”(123)。在安娜的潜意识里，对于母亲来说，孩子必须是第一位的，因此她对自己的享乐感到内疚。母亲的职责将她牢牢捆绑，当莫莉说她恨雷欧时，她不无愤怒地意识到莫莉也是她的敌人，正是莫莉本人成为她要回莫莉的障碍。“她(莫莉)对我掌握着真正的大权，她有权用我所说的或做的，任何发生的事，来与我作对，与我们作对。”(241)毫无疑问，父权社会将孩子当作评判母亲好坏的标准，“母亲身份使女人沉默”(转引自 Almond 4)，没有孩子或失去对孩子的监护权的母亲被社会默认为坏母亲。因此，索要监护权成为了“一种自我保护的举动”(Suleiman 40)。在强大的父权话语面前，安娜原有的伊甸园般的身体体验如缥缈的星火，很容易就被扑灭了。最终，为了成为社会所期待的好母亲，安娜摒弃了自己的身体观，以沉默牺牲了自我，像小姨贝比一样遭受了父权社会庞大车轮的碾压，使自己再次退缩到父权社会对母亲的所指中。

尽管安娜按照父权社会的律法承认错误，她还是受到了严格的惩戒，被剥夺了对孩子的监护权。为了能多看到孩子，前夫搬到哪里，她的家就搬到哪里。如同《红字》中的海斯特，她接受了社会的指控，试图用痛苦的忍受来成就自己的好母亲形象。正如苏利曼指出的，在为监护权而斗争的过程中，母亲们不断强调她们是孩子天然的监护人，“这未免过于理想主义，让人心理上感到压抑”(40)。在安娜摒弃自我的执着中，有一个逻辑被忽视了，即父亲或者其他的替养母亲也大有可能承担起母职，安娜何不安然地将女儿交给经济条件比自己好的前夫及其妻子，好好拥有自己的生活呢？然而，在父权社会里，一方面失去孩子的母亲被看作受害者；另一方面拒绝生养孩子的母亲被看作对社会秩序造成危害，享受失去孩子带来的自由的母亲显然是不合格的母亲。因此，汉森认为《好母亲》通过“失去孩子来体现对社会变化造成的威胁，从而强化了好母亲的传统定义”(25)。不可否认，好母亲的定义是社会强加的，什么是对孩子有利的，母亲并没有发言权，而是由父权社会说了算。同时，掌握话语权的法官基本上是男性，他们并不考虑个体的存在意义，而是围绕男性整体的利益，机械地搬弄是非，使安娜被命名为无法胜任母职的坏母亲。安娜在法庭上遭受的不公正的审判深刻体现了女性要打破这一定义的束缚，书写属于女性自己的好母亲身份任重道远。现实生活中，母亲因为个人生活而失去监护权是很普遍的现象，菲利斯·切斯乐(Phyllis Chesler)在《受审的母亲：为孩子与监控权的斗争》(*Mothers on Trial: The Battle for Children and Custody*, 2011)中对这些母亲给予了深切的同情，认为“由此导致她们失去母亲的权利，这是残忍而不公道的”(94)。在父权社会里，女性的身体常常被用作实施各种歧视行为的借口，摆脱身体所受到的种种文化上的制约，使自我得以凸显对于女性来说尤为艰难。《好母亲》的作者米勒对现实显然有清醒的认识，她无法也无力给安娜提供理想的出路，而只能为读者真实地再现单亲母亲所遭受的身体上的压迫。自以为获得了身体自由的安娜最终没能守住来之不易的自我，因为“身体成为了‘文本’，被虚构化，被置于神话与信仰体制里，形成一种文化的社会叙事以及自我表征”(Grosz 119)。安娜的身体不再仅仅属于自己，而是在被忽略与被视作威胁的矛盾中挣扎着，最终淹没于父权文化的叙事结构中，使自我的生存空间被彻底消解掉。

处于传统的西方话语控制下的安娜虽然竭尽所能地试图建构自己的身体话语，从身体的维度寻找自己的所在，但她越界的身体观受到了父权社会毫不留情的压制，最终安娜放弃了自己曾经引以为豪的自我感，退缩到父权规约的空间中，使自我连同身体一并在好母亲的负荷中被消解掉。尽管如此，安娜的挣扎及其放弃并不能简单地被看作一些女性主义者所认定的“反女性主义文本”。安娜前后行为的不一致与矛盾充分反映了西方传统文化势力对母亲身体控制的力度，以及女性自身在与父权斗争时不得不面对的问题。在安娜的退却背后，深藏的是对更多女性主义力量的呼吁，是对包括母亲与姊妹在内的女性群体话语的渴望。苏·米勒将母亲的主体置于其身体中进行考察，承继了波伏娃等女性主义者的思想。“存在于这个世界意味着，严格来说，存在着一个既是物质的，也体现着一定世界观的身体”(De Beauvoir 36)。身体既是物质的，也是对物质的超越，是对自我的表达，是主体与外界发生互动的媒介。这对于女性，尤其是身为母亲的女性来说绝非易事。安娜实践了，遭遇了失败，她的主体最终没有跨越母亲的藩篱建立起来。除了父权律法的现实控制外，米勒在《好母亲》中也着力呈现了内化了父权思想的母亲对于安娜的身体能动性的挫败作用。如果安娜的母亲如《豆树青青》中泰勒的母亲那样体现出对身体欲望的接纳性，安娜显然不会感到自己势单力薄，而会获得勇气奋力反击。母亲对于赋予女儿具身的情动力毫无疑问有着最为根本的作用。这也是当代美国女性书写中对于母亲具身力量的诉求。安娜尽管为获得自己的身体做出了努力，但她最终无法抵挡住父权话语的恶毒攻击，放弃了自己对身体的所有权，使自己在身体上一度体现出的主体性灰飞烟灭，这无疑为女性成为身体的主体提出了现实的问题。尽管米勒在《好母亲》中对此没有给出任何女性主义的解决方案，但她对安娜所处困境的深刻揭示使我们无法对安娜的让步做出任何指责。同时，“好母亲”作为该小说的题眼也为女性主义者提出了必须解决的问题，即究竟应该由谁来界定“好母亲”的概念。

对该问题的回答必然指向一个更能关照女性自我利益的未来,在这一个未来里,母亲的自我必然以其具身的情动力使其成为具有能动性的主体。

第二节 《爱药》:作为欲望的主体

《好母亲》中的安娜在成为身体的主体的道路上历尽艰辛,最终无法承受身体之重而舍弃了身体。然而,印第安裔女作家厄德里奇在《爱药》中描写的露露与莫里森的小说《秀拉》中的汉娜和秀拉一样,勇敢地接纳了自己作为身体的存在,公然对传统的西方的性制度进行挑战,使自己成为具身的主体。建立在部落文化基础上的印第安文化大多是母系文化,女性占了主导地位,在部落的政治、宗教、经济等方面起着重要作用。自17世纪初殖民者来到北美之初,印第安人就被冠以"野蛮人"(savage)的称呼,被极力用欧洲殖民者富于优越感的西方文化加以驯服,对性行为的控制在三百多年的美国历史发展中更是无孔不入。散德·吉尔曼(Sander Gilman)认为对印第安人的性行为的控制受殖民心态的影响,"这一控制被转嫁到女性身上……需要控制是内心恐惧的投射"(引自Birke 97)。尽管面临西方文化的重重夹击,厄德里奇敏锐地看到了印第安文化底蕴中女性在自己的身体上体现出的自主权,她在《爱药》中书写了印第安女性的母亲身份与身体之间的和谐关系,体现了女性成为具身的情动主体的可能性及重要性。

露露是《爱药》中饱受争议、敢爱敢恨、具有反叛性的人物,她憎恨政府办的寄宿学校,经常逃学;当她得知自己心仪的对象尼克特与玛丽订婚后,立刻跑到一个小岛上与隐居在那里的摩西——一个仍然固守着印第安传统的前辈同居;当摩西拒绝和她到镇上生活时,她又与莫利夏结婚;莫利夏因车祸而死后,她与莫利夏的兄弟发生关系并生下一个儿子;其后与已经结婚的尼克特保持了五年的恋情并生下了小儿子利曼。露露有八个儿子,然后都是非婚所生。马尔科姆·琼斯(Malcolm Jones)认为她:"既是大地母亲,也是荡妇,是该小说大多数情节发展的具有人性的支撑点。"(7)谢尔比·格兰萨姆(Shelby Grantham)则认为:"聪明而贪欲的露露也许是该书中最具有吸引力的人。"(15)彼得·G.贝德勒(Peter G. Beidler)将露露与乔叟的《坎特伯雷故事集》中的巴斯妇相提并论,认为露露这一人物的塑造深受巴斯妇的影响。[①]所有这些评论毫无疑问受制于传统的西方文化中将女性按照男性的价值取向划分为处女与荡妇的二分法，而忽略了露露身上所体现的来自印第安文化的气息。詹姆斯·马肯泽（James Mckenzie）对此也表示不满，他认为对《爱药》的评论中充斥着西方模式化的思维方式，如将琼当作妓女，将尼科特与玛丽在野外的第一次性关系看作尼科特施行的强奸，将露露等印第安女性看作不拒绝任何男人的放荡女性。[②]厄德里奇本人在谈到露露时曾说："尽管我的生活中并不存在她这样的人，但对我来说，她是完全真实的。"（转引自Jones 7）植根于印第安文化中的露露的"真实"就在于她从其生长的土壤中汲取了"享乐"的力量，能够在身体的感触中获得情动力，进而发挥主体的能动性，而不必像《好母亲》中的安娜那样受到传统父权伦理的鞭笞，并最终放弃自我的主体性。不同文化与社会环境显然赋予了母亲不同的地位及其对身体不同的自主权，使露露与安娜获得完全不同的命运。

与《好母亲》中安娜希望通过性爱获得自我不同，性行为对露露来说是对生命的接纳，是一种融合，是成为大地的一部分。露露是一个对生活充满热爱的人，她"热爱整个世界，热爱世界上用雨露滋养的所有生灵"[③]（277）。因此，她说："我曾让他们进入我体内，只因为他们是世界的一部分。我相信，当我们相互抚摸时，体内的天使会让彼此变得陌生。我的身体会像沉沉的麻袋一样滑到大地上，很快，我就会和所有打动我心灵的力量融为一体。"[④]（278）在露露的诗意语言中，性欲回归到自然，不再是被西方父权文化所表征的肉体的贪欲。正是这一朴拙的性观念使露露即便老了也依然充满活力，她甚至感到，"虽然我现在头秃了，视力也不行了，但我依然年轻快乐。我还在汲取这世界的美"（279）。露露的这一身体观可以说充分吸收了印第安人原始的宗教观。在印第安文化里，万物皆有灵，日月星辰、一花一草，无不具有神性，而女性创造生命的力量与这一具有神性的大地的生息有着紧密的联系。瑞巴卡·托西（Rebecca Tsosie）认为："当代印第安女性正在立足于重新建立与大自然的这一平衡关系，因为她们在这里面发现了一个更适于她们独特的部落传统的身份。"（32）厄德里奇对露露的身体书写显然意在摆脱西方文化中将女性的身体置于劣势地位的

① 参看：Peter G Beidler, "Louise Edrich's Lulu Nanapush – a Modern Day Wife of Bath?" Studies in American Indian Literatures Series 2, 15.1 (Spring, 2003): 92–103。

② 参看：James Mckenzie, "Lipsha's Good Road Home: The Revival of Chippewa Culture in 'Love Medicine'." *American Indian Culture and Research Journal* 10.3 (1986): 53–63。

③《爱药》中的引文译文如不另加说明，皆来自：厄德里奇：《爱药》，张廷佺译，译林出版社，2008年。

④ 此句翻译在张廷佺的译本基础上略有改动。

二分判断,使女性的自我在印第安文化传统中重新得到统一。

作为印第安母亲,露露的自我没有边界,与大自然融为一体,并在互相作用中产生情动力。她不无自豪地说:“我这辈子从没信过人类发明的测量方法。什么数字啊,时间啊,英寸啊,英尺啊。这一切不过是用来切割大自然的手段罢了。我知道,大自然是人脑无法测量的,所以我没有尝试过,只是让世界进入我体内。”(282)笃信大自然的露露没有安娜那样挤压自我的父权家族,没有需要通过女儿的成就感到自豪的母亲,因此,她不像安娜那样渴望摆脱母亲的束缚,而是希望有母亲河岸般的拥抱。在“小岛”一章里,厄德里奇用极为优美的语言书写了她的这一渴望:“我不是在母亲的臂弯里长大的,却想偎依着她。但她像河岸一样离开了我。包围着我的坚实的河岸消失了,留下我一个人溢出河面。”(71)没有河岸的露露从来不需要怀疑自我的存在,而只是渴望着母亲的指引,“想踩着她的脚印前进”(71)。不同于西方社会,母女之间渴望分离,女儿的身份建立与母亲的主体建立都取决于母女关系的分离,对于印第安女性来说,母亲的身份对于女儿的身份至关重要。“失去母亲的孩子失去了他们的传统,他们的历史与地域感,他们对自己的重要性,他们的现实,以及与大地和彼此的关系的理解。”(Schoeffel 104)因此对露露而言,母亲是古老的力量,是她与白人抗争的力量,是她获得自我的重要源泉:

> 我与母亲一样,从政府学校逃出来。一次,两次,太多次。我经常逃学,因此我总是穿着代表着耻辱的亮橙色外套,跪着擦洗人行道。我拼命擦洗,人行道都变薄了,成为开裂的石板。我被罚一个人睡在听得见吱吱响的回音的房间里。他们让我铺好宿舍里的床,拆开,又铺好。我的生活充满铃声、命令、冷淡的声音和刺耳的英语,我怀念母亲口中古老的语言……她安慰着我。她的声音来自四面八方,神奇地保护我的内心不受伤害,她的声音是划燃的火柴,她的声音是不灭的火焰。(71—72)

“我与母亲一样”的经历体现了露露和母亲有着需要共同面对的敌人,而来自“四面八方”的母亲的声音使母亲以其身体的在场带给了露露安全感,使她明白身体的欲望连接着印第安文化的根系,孕育着无坚不摧的印第安人的力量。当露露得知她所爱慕的尼科特和玛丽订婚后,一气之下不顾所有人的劝阻去找小岛上一个叫摩西的巫师。尽管摩西是一个与世隔绝的疯子,一个如猫一样的怪物,一个人人唯恐避之不及的巫师,但他是母亲的堂兄，是家族里最古老的印第安人，他所居住的小岛代表着未被白人文化所侵蚀的最后一块净土，摩西的所在无疑也是母亲的所在。在寻找母亲的过程中，露露自己成了"生命的施予者"（Hescher 309），她用身体去开启摩西的生命之窗。她记得拉什斯·贝尔的话——"男人必须不断进入女人体内，这是对他们离开女人身体的惩罚""女人是完整的。男人需要女人"（84）。这是对女性力量的肯定，因此她"把他揽入怀里，就像母亲鼓励孩子学步那样"，"一步步地拆掉他的坟墓"（84）。露露以自己的身体赋予了摩西生命，使他重新开始使用古老的印第安语言。两个人住在山洞里，共同孕育着新的生命，露露不断听到母亲的呼唤，他们的山洞俨然成了母亲的子宫，露露在那里积蓄着来自印第安祖先的能量。露露说："我想把男人的骨头碾碎，放进睡前的茶里喝下去。我想进入他们的身体，就像烈日下火辣辣的影子渗入他们的身体一样。我想成为他们的食物，成为他们有毒的饮料，我想像品尝停留在舌根上的果酱一样品尝男人。"（85）露露充满"我想"的语言体现的是她在性欲上的能动性。"只有充满感官的、富有理解力的、具身的主体才能发起欲望、对欲望做出反应以及强化欲望。力比多不是本能的效果、生物的冲动或者对外界刺激的肉体反应。它由感官结构发散出来，具有目的性的作用与效果。"（Grosz 109）露露的性欲是她富于生命力的表征，体现着她作为具身的主体的存在，使如同黑暗般的摩西获得生命的欲望，也为他们的儿子盖勒后来成为与白人统治顽强抗争的勇士提供了原始的能量。

拥有着身体的露露深知物质性存在的意义，对印第安人自己的土地以及自己的民族文化有着深厚的感情。她从不让人口普查员进家门，认为他们意在弄清楚还要除掉多少印第安人。她在政府委员会上发出响亮的声音，义正词严地怒斥那些企图出卖印第安土地的人，反对他们为了建印第安战斧工厂而将印第安人从自己的土地上赶走。"尽做白日梦。是贪婪让你们伸出乞讨的舌头。美国政府扔几个小钱在地上，你们就迫不及待地跪下，把钱舔起来，甚至不惜把同胞从自己的土地上赶走。"（285）身体与土地都是生命的承载体，都是建构身份的物质基础。简·史密斯（Jeanne Smith）认为："厄德里奇肯定了身份与土地之间的不可分割性，并将对印第安土地的侵占与对自我概念的毁灭性威胁等同起来。"（19）显然，对土地的侵占暗示着对身体的侵占，进而对主体造成威胁。当露露眼看着自己的房子被烧成废墟，自己的土地受到侵蚀时，她怀疑起身体的存在，感到自己的身体成为束缚，因此她"渴望挣脱束缚""成为广阔世界的一部分……感受那超越皮肤、骨骼和血液的愉悦"（288）。在露露打破身体疆界的渴望中，她"将自我置于宇宙中更为和谐的语境里进行展望"(Smith 19)。然而,面对印第安人数百年来遭受的驱逐,试图超越身体与土地的束缚重新建构身份的努力只能是乌托邦的想象。露露所能把握的只能是自己具身的存在,即通过身体的感触来理解并接纳世界,从而在身体与世界的关联中感受到自我的存在。

消除边界成为露露的性行为的内涵所在,正如简·史密斯指出:"对于厄德里奇来说,两个人的性行为使身体边界暂时消融,对身份有着巨大的影响。"(20)厄德里奇在叙述亨利死后,露露与贝弗利做爱时这样写道:"失去亲人的悲恸使他们微弱的生命之火如此悲伤,如此珍贵,所以谁是谁已经变得并不重要。肉体让他们感受着彼此的激情,虽然并不完美。之后,他们躺在一起,呼吸着黑暗。"(123)因此,身体的欲望带来的是身体边界的消融,是不断拓展的新的身份的建立,是与悲痛进行斗争而结下的新联盟。因此,厄德里奇对性行为中身份的变化与《好母亲》中安娜从性行为中感受到的自我的诞生不谋而合,不同的是,露露的这一自我接受了印第安文化的洗礼,有着坚实的内核,不会受到来自父权的或者母亲身份的力量的挤压,更不会接受父权社会的律法的审判。

作为肉身存在的露露从不将身体交付给任何一个男人,即便是在对男人的选择中也总是占主动权。当丈夫亨利死后,他的弟弟贝弗利提起他们多年前一起用扑克玩的脱衣游戏。在那次游戏中,身着吊袜带和许多件紧身胸衣,戴着项链、耳环、手镯,有很多衣服可脱的露露却成功地使亨利兄弟俩脱了个精光。露露坦然地说:"我用一对二点赢了你的短裤,然后又用几个八点赢了亨利的短裤,等你们脱得精光,只剩一顶帽子时,我才决定要嫁给谁。"(118)她进一步解释:"有的男人在那种情况下会有所反应,但有的却不会""我当时想看到的是反应"(118)。在对"反应"的强调中,露露作为身体的主体赋予自己选择权,并期待着与另一主体的相遇,从而充分显示了自己的能动性,而不是作为被动的客体遭遇被选择。传统的西方文化里,女性在性行为中扮演着被动的角色,本杰明认为这种屈从来自"害怕分离与被遗弃","反映了在表达自己的欲望与能动性上的无能,在屈从的过程中,欲望的满足看起来也无异于他人意愿的表达"(79)。然而,对于作为主体的露露,她是完整的,不会因为害怕分离而无法表达自己的欲望,更不会屈从于任何意愿。相反,她以自己身体的存在作用于其他身体,使身体与身体之间通过"反应"而产生关联,身体与自我由此统一起来形成具有情动力的主体。

作为身体的主体,露露无处不体现出她敢爱敢恨的气概。在尼科特结婚多年后的一天，尼科特碰见了她，要她帮忙分发一下奶油，露露对他的爱恋再次被点燃，于是以看风景为由将车开到山上的高处，最后两人旧情复燃。尼科特用黄油涂抹了露露一身，事后，尼科特感觉“四肢放松，在黑夜的微风中充满了力量。车子隆隆开回家，冷风吸干了衣服里的汗，血管里充满温暖和甜蜜”(136)。从此，两人开始了长达六年的恋情。然而，当尼克特代表政府签名让露露从自己的土地上搬走的时候，她感到“这个政客终于露出了真面目，他骨子里是个白人。我们之间的爱情同心结也松开了”(282)。尽管“我就是他太阳穴里涌动的血液。我就是他的心跳。我是根充满着欲望的针，穿过他的身体，把他严严实实地缝起来”(283)，但露露立刻告诉他自己准备和贝弗利结婚，以此向他表明决裂的态度，导致绝望的尼科特因此一把火烧掉了她的房子。在露露与尼科特的恩怨里，露露的身体充满了张力，既饱含了个人对爱的渴望与感染力，也蕴含着无限斗争的力量。厄德里奇在对露露的书写中显然注意到这一母性身体的矛盾性，正因其自身的矛盾，露露才得以表现出身体上的主体意识，使自己的身体真正属于自己并受控于自己。

此外，露露从不怀疑自己身体之欲的正大光明。在政府委员会上，当她听到人们讥笑她，议论她的孩子们有多少不一样的父亲时，她坦然说道：“那我就指名道姓一个个都说出来”“我当着你们的面，把儿子的父亲一个个指出来”(285)。露露的话让委员会一半的男人感到害怕，甚至女人们也紧张，“满屋那些男人的老婆们后颈上的毛发都竖了起来”(286)。显然，处于印第安文化中的露露对自己的身体充满了肯定，毫不在乎他人的态度。在一次由儿子莱曼主持的计划委员会议上，当莱曼以“你不是什么艺术家”(306)来反驳露露的话“我们印第安人天生都是艺术家”时，露露不顾委员会成员们竖起的耳朵，温柔地回答道：“你就是艺术品。你是我的孩子。”(306)莱曼是她和尼科特偷情的结晶，这是在场所有人都知道的事实，然而，露露毫不在意，甚至不在意尼科特的妻子玛丽在场。作为身体的主体，露露傲然立世，为自己的身体欲望命名，将婚外所生的孩子坦然视作艺术品，而不像《好母亲》中安娜被迫怀疑自我，并在严厉的审判中失去自己的话语。

在露露的性欲里，母亲身份决不会制约身体的享乐，而身体的享乐也决不会影响自己的好母亲身份。她有八个儿子，然而都长得不像，显然来自不同的父亲：

> 有几个甚至是跟她娘家姓的。老大、老二、老三都姓纳娜普

什。接下去几个大一点儿的是莫里西家的骨肉,都姓拉马丁。有几个年纪小点儿的男孩姓拉马丁,但没哪两个长得像。有好几个的头发是红色的和金色的,也有几个是棕色的。七岁的那个黑发小男孩和他母亲的发色一样。(112)

这是一群属于她的孩子,作为背景的父亲大多是无名无姓的存在,他们的名字已然失去了意义。汉森认为,“露露极具诱惑的性欲与她在生养孩子为人母亲上的尽职尽责矛盾地结合起来威胁着西方式的一夫一妻制的家庭模式”(131),“她的行为暗示了印第安母亲的生命创造法则与欧美的婚姻制度和关于女性性行为或纯洁的主流思想控制下的秩序并无关联”(132)。厄德里奇在《爱药》里以“露露的儿子们”为题用了一个章节来再现这一个单亲母亲主导的家的活力。露露的家不需要父亲来成全“家”的形式,她的儿子们“总是形影不离”,“他们很默契……他们绝对忠诚。并不因为他们宣誓过,只因为他们毫无疑问都属于同一生命体的一部分”(121)。露露的儿子们习得了母亲的语言,充满了反抗精神。贝利弗特从勇于挑战教会学校管理制度的极限的大儿子盖瑞身上尤为明显地看到了露露的影子,甚至当他看到自己和露露所生的小儿子时,也感到“很震惊。除了凝视的眼神,他真说不出这孩子身上有什么能让他联想到自己”(119)。显然,露露以母亲的语言建起了自己的世界,而拒绝了父权社会的律法。本杰明认为,在父权社会里“母亲的力量或者性感女性的力量不可能像父亲那样被看作性欲主体的力量”,然而,露露作为母亲的力量正是源于她作为欲望的主体。“如果女性没有自己的欲望,她必然依赖于某个男性的欲望,这会对她的精神生活带来潜在的灾难性结果。”(Benjamin 89)拥有身体的露露拥有着自己茂盛的生命力。

与《好母亲》中的安娜不同的是,有着强烈性欲的露露是公认的好母亲,在社区中有着极高的威望,在反抗白人统治、维护印第安人的利益中得到了社区的认可。当小叔子贝弗利特去看她,企图将他们共同的儿子带走时,他不无吃惊地发现,“即便有八个男孩,她的房子依然干干净净十分整洁”(116)。而且,“她总有办法让小一点儿的男孩们听她的话,让大一点儿的孩子很喜欢她”(120)。虽然八个孩子来自不同的父亲,但露露作为好母亲的地位绝不会因此受到动摇或质疑,相反,在厄德里奇的笔下,露露成为了世俗化的圣母:

露露在厨房里忙碌,但有条不紊。她似乎手一指就能把锅装满吃的。她没往烤箱里放什么,却能从里面取出东西来。桌子能自动摆好。不一会儿，汽水在玻璃杯里冒着泡，牛奶已喝到嘴边。最小的那个男孩爬到高脚椅上，迫不及待地看着东西摆放好。所有人都坐下了。接着，男孩们便开始狼吞虎咽……(122)

在这段描写中，作为母亲的露露是生命之源，她为孩子们营造了一个无限温暖而坚实的家。母亲的身体欲望与母亲身份之间毫无冲突，甚至她的儿子们对她的放荡举动也是“装作没看见、从不在意”(279)。当贝弗利特看着“她转向满满一洗碗池的碟子，消失在蒸汽里”时，他发现“他已经爱上了她”(122)。贝弗利特爱上的显然是作为好母亲的露露，是具身的存在。原本想把小儿子带到大都市里过更好生活的贝弗利特看到那些儿子们紧紧凑在露露周围，不可分割的样子，最终不得不放弃自己的初衷。毫无疑问，露露是个值得信任的好母亲。最终，本欲不辞而别的贝弗利特进入了露露的房间，“他在她的怀里躺下。他被黑暗吞没，他情难自禁。翅膀没像往常那样激烈地扑打，但鸟儿依旧飞翔”(124)。飞翔的小鸟指向的是贝弗利特胳膊上刺的燕子，代表着他对飞翔的渴望，与露露的欢爱显然使他感到了自己在飞翔。因此，如同对摩西的滋养，露露的身体不再只是享乐的场所，也是能量发射器，在照料孩子并为孩子们提供生命所需时，也同样触动着贝弗利特，使之获得能量。

传统的西方文化里，男性是欲望的主体，他们可以表达欲望而不至于牺牲自我，因为公共空间仍然属于他们；相反，作为妻子和母亲的女性被困在私人空间里，她们以身体存在，身体却不属于她们。母亲的这一状况在印第安文化里得到了逆转。作为身体的主体，露露的自我超越了身体的束缚，在印第安部落的公共事务中同样拥有着话语权，充分体现了其作为个体的独立性与主体性。伊丽莎白·格罗斯兹认为：“身体书写产生的信息与文本使身体成为衍生意义的平台，使之在全社会的合奏中成为意义丰富、发生作用的‘主体’。”(117)厄德里奇对母亲的身体书写拒绝了福柯所强调的来自文化的、司法的、经济的各种驯服性标记与禁忌，使母亲的身体摆脱了僵化的能指，在女性自己的情境或具体的生活体验中成为崭新的文本，为女性成为身体的主体进行了大胆而有益的探索。《爱药》中的露露胜利了，她无视父权的法则，使自己的存在不仅通过孩子得到表征，更以其身体的存在使自我得到表达，从而成为具身的情动主体。

第六章

走向荒野的母亲

当代美国女性的书写在重建与孩子的关系使母亲获得主体性的同时，还致力于建构母亲与荒野的联系，使母亲在荒野这一空间中获得情动力，既给孩子带来荒野的活力，又与荒野在有机的联系中获得共同生长的能量。现代科技的发展在给人类生活带来巨大便利与变革的同时，也造成了人类对环境肆无忌惮的破坏以及对地球资源的过度开发，万物不再是一个整体，而是处于支离破碎中，人类与自然被隔离开来，形成了紧张的敌对关系，极大地削弱了人的情动能力，"情动对于正兴起的一些问题至关重要，包括气候变化、物种灭绝、无处不在的有毒物质、人口增长、资本扩张和科技革新等。"(Houser 8)重新思考人类与自然的关系，使人类与自然之间产生有助于彼此成长的情动力，是当代美国母性书写的一个重要主题。"情动是可能性与现实性之间的一种状态以及两者之间的流通。"(Kao 34)情动意味着影响与沟通，为促成积极的变化带来可能。当代美国女性的母性叙事中，这一沟通在母亲与荒野的能动关系中得到了尤为鲜明的体现。在地球遭到各种暴力掠夺的现实语境下，作为自然存在的荒野面临着消失殆尽的窘境。然而，在当代美国女性的母性书写中，荒野既是女性身体所在的重要空间，也是母性的存在形式，因此母亲本身被赋予了荒野性，既与荒野成为不可割舍的一体的存在，又在同荒野的情动作用中获得了自己的主体性。"荒野"是美国历史上具有丰富内涵的词汇。1964年，美国政府为了保护自然环境制定了《荒野法案》，并对荒野下了这样的定义："不同于人类及其作品所占据的区域，荒野是未曾被人类践踏的土地及其周边的生命，在那里人类只是访客而不是居住者。"(Zahniser 393)环保主义者、作家芭芭拉·金索弗写道："人们需要荒野……我们需要体验永恒的风景，它们在以物种和冰川形成的速度前进。荒野使我们明白自己的位置。"(947)然而，对于女性主义者而言，荒野绝非黄石公园或者白沙公园之类供人们作为过客参观体验的景观，荒野以其"狂野"的个性成为性别空间的容器。从殖民时期到西进运动时期，荒野既代表着男性征服的空间，也是男性气质得以锤炼而成的重要空间。而荒野中的女性则被视为男性空间的侵入者，是被惩戒与驯服的对象。17世纪末，塞勒姆女巫审判案(1692—1693)中对大量从事医术等职业或拒绝婚姻等依附关系的女性以女巫之名进行的迫害，尤为突出地体现了对这些女性的惩罚。霍桑的《红字》中海斯特与丁梅斯代尔在树林的约会，也将荒野带入受谴责的黑暗空间之列。在欧洲殖民者的环境伦理观里，作为荒野的大自然是可怕的，"那些移民一直认为荒野中充满了魔鬼，唯有他们的教堂和他们的神才能赶走魔鬼。他们害怕动物晚上的歌唱。他们忘了'wild'，它从他们的世界消失了""失去荒野的世界不再拥有重新创造自我的力量”(Hogan, 1995:86)。

在某种意义上,可以说美国的发展源自对荒野的征服意识,女性作为征服对象与荒野遭受了同样的惩戒与驯服。伊斯特兹(Estes)在她的《与狼一起奔跑的女人》(1992)这一收集了大量“野女人”故事的书中曾一针见血地指出:“我们的时代里,被紧紧套上缰绳、拴上嘴套的女孩与妇女被看作是‘好’的,而那些试图把衣领松一会儿的其他女性则被打上了‘坏’女孩的烙印。”(5)荒野由此成为女性主义者不可忽视的一种伦理符号,亟待女性重新解读与认识。这也正是当代许多如金索弗一样热爱荒野的美国女性所致力于做的事情。她们不满于自己与荒野的敌对关系,不满于“荒野”遭到妖魔化的伦理表征,在大量的书写中对荒野与女性,尤其是荒野与母亲的关系进行了伦理上的重构。吉尔曼的《黄色壁纸》、朱厄特的《尖枞树之乡》、罗宾森的《管家》、吉尔巴特和古芭的《阁楼上的疯女人》、肖瓦特的《荒野中的女性批评》等小说与批评理论都反映了女性强烈的荒野意识。“女性批评家可能会惊讶地发现她们成为理论批评的先驱,因为在美国文学传统里荒野一直是男性独占的领域。”(Showalter 180) 基尼克(B. Jo Kinnick)甚至针对“女性没有荒野”的断论,针锋相对写下了“女性有荒野”的诗:“没有庇佑的地标与光芒/她们冒险的脚留下血的印迹/女性有荒野”(54)。进入荒野,成为荒野的一部分构成当代美国女作家母性叙事的重要部分。在这一过程中,母亲既成为自己的空间的主体,又与荒野在共同的呼吸中形成了有机的联系,使人与自然在互相的关照中共同获得滋养,为人与自然关系的走向指引了一条充满希望的大道。

托妮·莫里森的《爵士乐》(*Jazz*,1992)和琳达·霍根(Linda Hogan)的《太阳风暴》(*Solar Storms*,1995)尤为典型地体现了女性的这一荒野意识,它们都打破了传统的母亲形象,将母亲置于荒野中,使其与荒野互为主体,从而建立起与荒野之间密不可分的情动关系。在她们的书写中,荒野以其无处不在的生命气息牵引着母亲,触动着母亲,使母亲在与荒野的互动中建构起自己的身份,获得作为主体的力量,最终促成孩子与荒野之间的联系。作为荒野的母性空间与克里斯蒂娃反复讨论的母性空间有着相通之处。她将其置于被象征界压抑的前俄狄浦斯阶段,认为这一初始空间“将引发孩子的笑声并最终影响整个符号系统的表征”(Kristeva, 1981:15—16)。在对“笑声”这一情动力量的强调里,作为前俄狄浦斯阶段的空间被赋予了荒野性,具有包容性与滋养性。在《诗性语言的革命》一书中,克里斯蒂娃进一步讨论了母性空间的节奏性、不确定性,认为它充满欲望及原发的动力,是主体生成的场所,受制于不同于象征界律法的协调过程。这一思想进一步体现了母亲与荒野的一体性,说明母亲具有荒野的生成力量,并以其"原发的动力"激发着孩子的主体形成。《爵士乐》中的母亲被称为"野女人",藏匿于树林里、田野中,成为儿子毕生寻找的对象。寻找母亲,意味着从成为荒野的母亲中汲取大自然的营养,从而应对城市带来的人的物化。《太阳风暴》中的祖母们以其物性帮助安吉尔理解荒野中万物的生命,进而将母亲的物化与荒野受到的伤害联系起来,强调人类唯有在对荒野的具身存在的接纳中才能获得对大自然或荒野的感受力,才能接纳物化的母亲,使身体与环境在互相依赖的关系中互相作用,激发彼此的生命力,而非给彼此带来伤害。这两部关于母亲的荒野书写分别来自非裔和本土裔作家的作品,体现了20世纪八九十年代不同族裔女性的母性书写的新的转向:从六七十年代对母亲的批评(弑母倾向)转向寻找母亲的力量,力图建立与母亲的同盟。在正视并探寻母亲的"恶"之源的过程中,女作家们开始寻找母亲自己的空间,并在这一空间中建立起母亲的谱系,不断扩大母亲的内涵。

第一节　《爵士乐》:成为荒野的母亲

托妮·莫里森是一位有着极强荒野意识的作家。她在《爵士乐》的书写中将母亲置于荒野中,使母亲成为荒野,并赋予了母亲荒野中的生命力。《爵士乐》中的母亲自始至终都作为荒野存在着,并时刻对孩子产生巨大的情动力,为在都市里迷失了自我的孩子指引方向,使之得以找到自我的根基,最终获得爱的能力。《爵士乐》与菲茨杰拉德的《了不起的盖茨比》同样呈现的是第一次世界大战后20世纪20年代喧嚣的爵士乐时代的纽约。然而,与《了不起的盖茨比》中时隐时现的作为背景的爵士乐相比,莫里森的《爵士乐》使黑人的蓝调音乐成为承载黑人爱恨与悲苦的主体,其中各种声音的即兴添加与演绎构成了一股强大的情动力量,与藏匿于荒野的"wild woman"(狂野的女人)一起,"通过震荡着胸腔的、振奋着心灵的音乐来到我们面前,通过鼓声、哨声、呼唤声、哭叫声来到我们面前"(Estes 7),使从南方奔涌到城里的黑人得以治愈创伤。《爵士乐》中的乔与维奥莱特的悲剧——乔因为情人多卡丝移情别恋而将其枪杀之,妻子维奥莱特为解心头之恨在葬礼上用刀划破多卡丝的脸——在很大程度上缘于他们年幼时母亲的缺失而导致与“wild woman”之间联系的断裂,因此,寻找作为荒野存在着的母亲意味着找寻自我的根系。在莫里森的书写中,母亲不仅仅是以非裔根系的记忆给予孩子能量,更是作为荒野或者作为自然赋予孩子能量。这一根系不仅仅是非裔的根系,更是人类的根系,是工业发展中人类不得不停下来追溯的母亲。因此,成为荒野的母亲以其蓬勃生长着的情动力促使孩子们同城市带来的人的物化进行斗争,从而获得成长的可能。

莫里森在《爵士乐》中赋予乔的母亲“wild”(荒野)之名,使母亲既隐匿于自然之中,又以自然之态存在着。“荒野”的概念也正契合了克里斯蒂娃的符号空间的概念。在克里斯蒂娃看来,母亲所在的空间是先于语言或者超越语言的一种混沌状态。尽管它没有任何所指,却孕育着最为原始的联系,是家庭关系的起点。荒野作为母亲的所在,体现了前俄狄浦斯阶段的母性空间,是孩子渴望回归并重新建立起与母亲联系的场所,也是孩子最终获得自我的必经之路。父权社会竭尽所能斩断孩子与母亲的联系,甚至不惜以各种方式“谋杀母亲”。弗洛伊德的恋母情结强化的是儿子为了避免父亲的阉割,不得不“放弃对母亲的依恋,压抑和否定对母亲的感情”,最终“认同父亲”(Chodorow 94)。本应认同母亲的女儿为了获得父亲的语言,也逐渐远离母亲,将欲望投射到父亲身上。缺场的母亲使成年的孩子失去自我的依托,成为浮萍。他们注定要寻找自我的根基,重新汲取养分。一旦他们开始自我的寻找,都无一例外踏上了寻找母亲的征途。克里斯蒂娃认为母亲的身体一方面是符号空间的主导,另一方面是“协调象征界各种关系的媒介”(1984:27)。母亲与孩子关系的断裂指向的是毁灭与死亡。莫里森小说中主人公多在孩童时期便与母亲被迫分离,这无疑严重影响着他们的自我的构建。因此,他们在成年后都走上了寻找自我的征途,而他们对自我的寻找最后都毫无疑问地与寻找母亲殊途同归,唯有当他们意识到母亲与荒野的一体存在,与成为荒野的母亲建立起联系,他们的自我才能获得健康的生长空间。因此,通过给母亲以荒野之名,莫里森同克里斯蒂娃一样为寻找母亲赋予了哲学意义,使作为荒野的母亲以其无限的生命力发挥着情动力,促成孩子的主体形成。

莫里森注意到女性的主体使男性感到恐惧而使他们用“疯癫”(“wild”的另一个含义)来给这些母亲命名,使之处于失语状态,并在面对 “wild”时会“磨刀霍霍”[①](178),因此莫里森通过赋予“wild”荒野的含义,使藏匿于荒野中的母亲以其无所不在的主体力量彰显其存在。《爵士乐》中被称作

①《爵士乐》中的引文如不加说明,皆出自莫里森:《爵士乐》,潘岳、雷格译,南海出版社,2013年。

"wild"(野性的)的母亲以荒野为家,与自然一体,"浑身沾满了泥浆,头发里净是树叶"(152),是无羁无绊的自由的存在,甚至拒绝抚养自己的孩子。然而,荒野中的母亲成了乔毕生寻找的对象。乔称自己的姓为"踪迹"(Trace),寻找母亲的踪迹成为他魂牵梦绕的潜意识。在谈到对多卡丝的爱时,乔说:"永远不要以为我为你倾倒,或者被你绊倒了。我没有坠入爱河,我从爱中站了起来。我看见了你,就下定了决心。我的决心。我还下了决心跟踪你。这是我很早以前就知道的事情。"(142)他早就知道的事情即为对母亲的寻找,显然在多卡丝身上他看到的是母亲,是他一直在寻找的母亲。当他拿着枪去找多卡丝的时候,他记得猎手曾告诫他如果碰到野姑娘,"千万不要杀幼崽和母兽","她不是猎物",因此"并没有想去伤害她",然而"他又的确在猎捕她"(190),他所猎捕与追踪的是他终其一生必须找到的母亲。然而,正如哈弗所言:"现实生活中,父权制注定了儿子在寻找失落的母亲时不断经历失败。"(16)母亲永远的缺席成为父权制得以维持的重要前提。因此,乔的寻找注定充满了各种艰辛与失败。

乔经历了三次意味深长的寻母,体现了他在试图重新回到母亲身边的过程中自我经历的成长。乔第一次找到母亲的栖息地时,还处于"一直抗拒着母亲是个野女人"(185)的状态,甚至为此感到羞愧,并极力否认这样的母亲。因此,当他无意间发现"一个隐蔽的石洞,洞口被老木槿织成的树篱挡住",听到天地合奏的音乐,夹杂着女性的声音时,尽管他"穿过树篱,穿过那一团麝香葡萄藤、弗吉尼亚匍匐枝和年深日久得朽烂了的木槿树,找到了石洞的入口,却无法从那个角度进洞"(186)。这时候的他渴望找到母亲,却不知道如何接纳母亲,相反,他无法忍受头顶飘过的"蜂蜜与粪便混合的味道",最终"感到恶心"而离去。他的"恶心"体现了他的身体并没有以一种敞开的姿态使自己受到感触,从而与母亲产生感应。第二次去找母亲的时候,母亲受到了大火的驱逐,"大地已经烧透,田里满是焦黑的甘蔗秆"(187),他发现"在阳光和空气中疯狂生长的绿色植物遮住了那几块石头",他进入了石洞,却没有找到她的踪迹,但离开时他看到"四只红翼歌鸫从一棵白橡树低矮的树枝上冲天而起。这棵树巨大、孤独,生长在贫瘠的土壤中——被它自己的根须盘绕着"(188)。显然,母亲就在身边,他接着听到了喘气的声音,感到"每一个变化、每一片树叶的晃动都好像是她(母亲)"。他恳求母亲回应他的呼唤:"你是我妈妈吗?是,不是,两者都行,其中一种也可以,但不要这样一声不吭啊。"(188)当他开始听到并感受到母亲的存在时,他开始接纳母亲,并极力呼唤母亲,因为他明白母亲"肯定不容易"(189)。然而,他又因为被母亲所遗弃而满怀着对母亲的愤怒,

“他爱树林，因为‘猎手’教会了他如何去爱。但现在树林里到处都是她”(189)，她“无处不在，又哪儿也找不见”(189)，这使他恼火而感到狂怒，甚至对着白橡树枝射击，只是当时子弹在口袋里，最终子弹射到了多卡丝的肩上。乔对于白橡树枝的射击里包含了他对作为疯女人存在的母亲的恐惧与愤怒，同时也表明他看到母亲成为荒野的一部分所彰显的无处不在的力量。被疯长的绿色植物遮蔽的石洞，腾空而起的红翼歌鸫与摇晃着的巨大的树充分展示了母亲的生命力，而这时的乔还没有准备好接纳母亲的力量，最终仓皇而逃。乔第三次去找母亲的时候，直奔那棵根须倒着生长的树，他看到的是：

> 这些树根好像驯顺地进入土壤以后，发现土壤太贫瘠了，便又返回树干吸取所需的养分。它们胆大妄为，不合逻辑地攀缠在树干上。朝着叶子、阳光和风。那棵树下面就是白人称作“背叛河”的那条河。河里，鱼儿争先恐后地上钩，在它们中间游泳可能感觉很吵闹，也可能很安静。不过要到那儿去，你得冒着踩在脚下的土地可能会背叛你的危险。(192)

脚下的土地是危险的，是贫乏的——这是黑人的生活空间的真实写照。作为大都会的1920年代的纽约，对于怀揣着梦想来此的黑人来说正是这样的土地。然而，尽管脚下的土地无法给予他们足够的滋养，在貌似自由的大都会空间里，他们依然饱受歧视，做着最低贱的活儿，处于社会的底层，无法找到自己的尊严，但回到树干并非易事，大都会仍然以其具有魔幻性的力量吸引着乔：

> 大都会里没有什么空气，可是有呼吸，每天早晨都在他体内像笑气一样飞快穿过，让他的眼睛、他的谈吐和他的期望焕发光彩。用不了一会儿工夫，他就忘记了布满鹅卵石的小溪，忘记了苹果树的枝杈都垂到了地上，你得哈腰或者蹲下身才能摘到果子。他忘记了过去的太阳好像一个完好的鸡蛋黄，浓浓的，橘红橘红的，总是从天边悄悄溜上来；他并不想念它，从不抬头看看它怎么样了，也不会看被刺眼的多余的街灯映得若有若无的星星们怎么样了。(35)

有着小溪、果实与阳光的充满养分的荒野已然被大都会的高楼重重阻隔，如何回到“朝着叶子、阳光和风”的树干，回到使他们获得生命的源泉，这是一直寻找着母亲的乔面临的重要问题。最终，他不得不以进入母亲子宫的方式与母亲建立起联系：

在那棵树后边，木槿树丛的后面，有一块大石头。大石头后面有个开口……他把头伸了进去……爬进了一块低得能擦到他头发的空地……他已经爬过了几人长的黑暗，面对的正是巨石正面南边的边缘。一个天然的地洞。哪儿都不通。从斜坡的一个凹处朝另一个凹处转过了一个角度。“背叛河”在下面波光粼粼。他在里面无法转身，就拖着整个身子一路爬出去，好让头朝前再进来……然后他看见了那个裂口。他屁股着地滑进去，一直滑到了底儿。就好像掉进了太阳里面。正午的阳光像熔岩一样跟着他进了一间石头屋子，屋里面有人用食用油做菜。(193—194)

这一次乔没有闻到臭味，而是闻到了家的味道，感受到了“熔岩”一样的正午的阳光，烟火的气息。绿裙子、摇椅、罐子、篮子、纺锤……石屋里母亲的踪迹无处不在。“但是她在哪儿？”(195)这一章以该问题戛然而止，并在下一个曲段里回应着——“她在那儿”——指向多卡丝。由此，母亲被从荒野带到了纽约大都会，成了舞会中的多卡丝。显然，多卡丝充当的是乔的母亲的角色。小说的最后一章，全知的叙述者这样说道：

直到此时此刻我也拿不准他的眼泪到底是为了什么而流，不过我敢肯定那不仅仅是给多卡丝的。当时，他顶风冒雨满街乱跑，我一直以为他是在找她，而不是找“野姑娘”那间金色的屋子。那个石头中间的家，那个白天里大半时间能透进阳光的地方。(235)

至此，小说点明了乔寻找的实际上是荒野中的母亲。然而，寻找母亲并非终极目的，乔在解释自己对母亲的寻找时说：“我不是在寻找母亲的踪迹。我在寻找我自己，一开始我没能听到这一声音。”(131)显然，乔将寻找自我与寻找母亲合二为一。多卡丝使他“站起来”，发现了自己的存在，使自我找到生存的基石。然而由于多卡丝自身的贫乏，乔所找的这一自我是岌岌可危的，唯恐失去的害怕心理使乔在遭到多卡丝离弃时不惜亲手将其送上不归之路，使自我再次沉沦。乔不得不通过重新建构自己与维奥莱特的关系，从而真正建立起与母亲的联系。

维奥莱特也是一个充满野性的女子(wild woman)，她在死去的多卡丝的脸上用刀划的举动使爱丽丝琢磨着“那些发狂的女人和她们的碱液袋子、磨块的剃刀、这儿那儿到处都是的瘢痕疙瘩”(85)。然而，走街串户为女士提供廉价的理发服务的维奥莱特并非注定就是这样具有伤害性的疯女人，她的野性里暗藏着对荒野中母亲的呼唤，是自我迷失在大都会的症状。20年前，当维奥莱特与乔坐着火车从弗吉利亚的乡村来到纽约大都会时，他们满怀着希望，几乎是一路舞蹈着而来。对于从实施严酷的种族隔离政策的南方来到纽约大都会的黑人来说，纽约这样的北方大城市很容易让他们产生自由的幻觉，从而发出“我为这大都会发狂”(5)的心声：

> 日光斜射，像刀片一样将楼群劈为两半。在上半块，我看见一张张面孔，很难说清楚哪些是真人，哪些是石匠的手艺。下半块是阴影地带，所有司空见惯的事情都在那里发生：单簧管和做爱，拳头和伤心女人的哭声。这样一座城市让我容易做不切实际的美梦，容易对万物产生感触。[①]

这一段叙述呈现的是城市扑朔迷离的面貌。享受着阳光的是石雕像，而在阳光照不到的地方，黑人用单簧管演奏着哀怨的蓝调。音乐与哭声在阴影里试图彰显自己在城市里的存在。这是一张简洁却又鲜明的城市剪影，让人看到城市的冷漠与绝望，却又在仰望阳光中忍不住怀揣着梦想。叙述者说：“我喜欢大都会，它让人们觉得自己能够为所欲为，能够逍遥法外。”(6)这是被禁锢太久的身体的声音：“在大都会你想干嘛就干嘛，不论你干什么，它总在那里支持你，塑造你。”(7)城市制造着自由的假象，让自南方而来的黑人们找到了各种发泄的出口。然而这种自由没有着落，也没有方向，掩盖着愤怒，充满了死亡的气息，暗藏着各种让人不自觉坠入的陷阱。“大都会就是这样扒拉着你转，强迫你按它的意愿行事，沿着铺好的路走。与此同时，让你觉得你是自由的，觉得你能跳进灌木丛是因为你愿意。这里没有灌木丛，要是刈过的草地允许人走的话，大都会会让你知道的。你逃不过大都会为你铺设的轨道。”(126)《爵士乐》无处不在揭示这些陷阱的存在形式，并以成为荒野的母亲的召唤试图使他们摆脱阴影，迎向阳光，真正获得自己。“大都会就是他们梦寐以求的样子：奢靡，温暖，吓人，到处都是和蔼可亲的陌生人。怪不得他们忘记了布满鹅卵石的小溪，怪不得在

① 本处的译文在潘岳、雷格的译本上有所改动。

他们没有彻底忘记天空时,就把天空当作有关日夜时辰的一小片信息。"(35)在这段叙述中,小溪与天空将城市的匮乏再次凸显出来。维奥莱特在这座城里渴望休息却从不肯停下来,甚至"还在琢磨着怎样更忙些,因为这样一种没有什么要紧事可做的空白会将她们击垮。不会有遍野的黄花九轮草涌进那块空地,也不会有日光熹微时既没有苍蝇也不炎热的清晨来临"(15)。"遍野的黄花九轮草""日光熹微的清晨",以及关于"苍蝇"和"炎热"的想象,都在暗示城市里生命力的匮乏以及遍布的陈腐气息。城市遍布的高楼以及阳光下的阴影带来的是压抑与焦虑,而荒野中的生命让人在各种身体的感应中得以触发自己的生命感,不至于感到"如果有一刻她们突然闲了下来,那等着她们的将是渗出的愤怒"(15)。愤怒可以说是20世纪20年代纽约哈莱姆地区无处不在的情绪,兰斯顿·休斯(Langston Hughes)、左拉·尼尔·赫斯顿、W.E.B.杜博斯(W.E.B. Du Bois)、尤金·奥尼尔(Eugene O'Neill)等作家在这一时期的书写无不渗透着对他们的梦想被不断粉碎的愤怒。愤怒使维奥莱特成了拿起刀子的疯女人。她曾这样告诉费利斯:"我把我的生活弄得一团糟""我来北方之前是有理智的,世界也是有理智的"(220)。显然,同乔一样,维奥莱特需要回到荒野中的母亲那里去获得有理智的自我,《爵士乐》贯穿始终的也是她对母亲的寻找。小说尾声部分的这段典型的具有爵士节奏的对话体现了维奥莱特逐渐找到母亲进而对自己的存在获得清醒认识的过程:

"关键就在这儿。如果你不改变它,它就会改变你,而且这是你的过错,因为是你听任它这么做的。我就听之任之了。然后把我的生活搞了个一团糟。"

"怎么一团糟了?"

"忘了它了。"

"忘了?"

"忘了它是我的。我的生活。我光是在街上跑来跑去,希望我是别的什么人。"

"谁? 你想是谁?"

"与其说是谁,不如说是什么。又白,又年轻。再一次年轻。"

"现在你不想了吗?"

"现在我想做我妈妈没能活着看到的女人。那一个。她会喜欢的那一个,我以前也喜欢的那一个……"(221)

维奥莱特曾经希望自己成为外婆照顾过并不断讲述的白人女主人的金发儿子,甚至把他想象成自己所爱的对象。这也就是她“听之任之”的事情——用白人的存在取代自己的存在。她的母亲罗丝与津津乐道于白人家孩子的外婆迥然不同。她在白人强行夺走家中一切时,仍手持咖啡杯端坐在椅子上,直至桌子被抬走,椅子被拿走,她被推倒在地。外婆回来照顾她们四年后,罗丝投井自杀了。维奥莱特一直揣摩着母亲是如何在那一刻带着“全部的隐痛”与“满腔的愤怒”,“朝着那在井中发出召唤的无限走去”(106),那口吞噬了母亲的又黑又窄的井从此以对维奥莱特无穷的拉力吞噬着她的睡眠。乔的出现使她暂时摆脱了这口井的牵引,然而乔的移情别恋以及她对多卡丝的暴力行为使她意识到自我的失落,并真正回到了井中的母亲身边,渴望成为母亲喜欢的女人——那个可以和她一样在面对屈辱时保持尊严,岿然不动地坐在桌子边的女人。

当维奥莱特告诉爱丽丝自己50岁了还似乎什么都不知道,感觉自己好像算不上成年人时,爱丽丝脱口而出的是“哦,妈妈”(116)。她知道维奥莱特需要的是妈妈,而维奥莱特紧随着的内心反应是:“妈妈?就是在这儿吗?”(116)这时候,爱丽丝让维奥莱特脱下了外套,替她缝里面的内衬。爱丽丝成为维奥莱特的替养母亲,使她找回了原来的自己,那个“在弗吉尼亚拖运干草”,“拉着缰绳赶一辆四驾骡车的”自己,那个“站在甘蔗田里”等着乔的自己,那个“把两倍于所需的木头劈成劈柴”(100)的自己。由此,找到母亲、回到母亲身边使维奥莱特开始正视并接纳自我的存在:“那个维奥莱特不是什么披着我的皮,使着我的眼睛,在城里奔波,满街乱跑的人……那个维奥莱特就是我!”(100)维奥莱特的这段宣告表明她不再逃避自己在大都会里曾经失落了自我的现实,开始摆脱“金发男孩”的魔咒,接纳自己的黑人身份,进而开始原谅乔并重新建构自己与乔的关系。

莫里森并没有留下母亲“wild”的太多线索,只是让其在乔的三次寻母中以飘忽不定的踪迹存在。小说的最后,叙述者解释说:“人们都看不见她,她还不至于蠢到让人发现。”(236)然而她无处不在,既见证着维奥莱特与乔的生活,又以荒野的声音召唤着他们,为他们的自我存在提供营养。当维奥莱特持刀奔向死去的多卡丝时,母亲所藏匿的大树就在那里流淌着音乐:

男人们用他们那枫糖般的心演奏着,在四百岁的大树上割口子,让音乐流出来,流下树干,浪费掉,因为他们并没有一只桶来接它,也不想要什么桶。那天,他们就想让它那样流淌,要缓要

急，都随它便，只要它是自由自在地从树上流下来，情不自禁地要放弃。(209)

这与其说是黑人演奏的蓝调音乐，不如说是母亲面对失落的孩子在大都会互相伤害所流下的泪水，而乔坐在“没有风景的窗户”(124)边的哭泣可以说是对荒野中的母亲的呼唤。叙述者接着对母亲的“金色屋子”进行了这样的描述：

> 我想住在一个早就为我造好了的地方，既舒服又宽敞。家门从来不必关上，倾斜的视野中有阳光和明亮的秋叶，且没有雨。在那里，假如天空晴朗，可以看见月光；当然，无论如何星星总是能看见的。下面更远处，还有一条名叫“叛逆”的河可以依赖。(235)

叙述者的渴望里写着的是对荒野中的母亲的向往。“我真想把自己关在那种宁静之中，这宁静是那个住在里面的女人留下的……她拥抱我，理解我，把自己的手伸给了我。我被她感动了，暗自松了口气。”(235—236)这个“早就为我造好的地方”是母亲的所在，是有着阳光、月光与星光的地方，是可以依托、可以信任的温暖的地方，是可以安放自我的地方。尽管最终母亲并没有现身于乔面前，但乔以另一种方式看到了母亲，并建立起自己与母亲的联系。小说的结尾，母亲以鸟的形式出现，宣告了乔和维奥莱特所达成的和解以及自我所获得的成长：

> 他躺在她身边，将头转向窗户，透过玻璃看见黑夜变幻成了一个肩膀的形状，上面带一道细细的血印。缓缓地，缓缓地，它变成了一只翅膀上带一条红色的鸟。与此同时，维奥莱特将一只手放在他的胸口上，仿佛那是太阳照亮的井沿，而下面有人在收集礼物(铅笔、达拉膜牛、日本蔷薇香皂)，再把它们分发给大家。(239)

带着血印的肩膀是他用枪射中的多卡丝的肩膀，红色的鸟是母亲出现的信号——“猎手”曾告诉他红翼歌鸫，即“那些蓝黑相间、翅膀上有一道红的鸟儿”的出现“意味着她(野女人)在近旁”(186)。从多卡丝到红色的鸟的转变，暗示了乔对荒野化的母亲的接纳，而维奥莱特感受到的“太阳照亮的井沿”暗示了她对井中自尽的母亲的认同。自此，乔与维奥莱特都通过与成为荒野的母亲重新建立起联系而得以接纳所经历的伤痛,最终接纳了自我。

第二节 《太阳风暴》:获得物性的母亲[①]

人类的身体与环境变化紧密相连。当环境受到破坏,身体也无法逃避成为病体的命运。环境与身体之间休戚相关的命运成为许多作家的书写对象。希瑟·豪斯(Heather Houser)在《当代美国小说中的生态疾病》(*Ecosickness in Contemporary U.S. Fiction*, 2014)中将这类小说称作"生态疾病"(ecosickness)小说,并指出,"生态疾病小说里,人类与人类之外的世界不仅产生互动,更重要的是,他们构成了彼此",同时,"身体—环境之间的边界"(3)也在疾病中消解。琳达·霍根的《太阳风暴》可以说也是一部强调身体与环境"构成彼此"的生态疾病小说。霍根是一位极具环境意识的作家,她的作品充满了对人与自然之间关系的关怀。霍根本人也在访谈中强调:"土著对其他物种、对土地与水的尊重传统是我的作品体现的世界观。"(Stein 114)在美国土著对自然的概念里,万物都具有神性、智性与生命力,所有的生命形式包括石头、水等都是生命系统里相互关联、互相依赖的分子。这也是霍根在其作品中体现的生态环境思想,很多学者在对霍根的研究中都注意到这一主题。菲茨杰拉德强调:"霍根在《太阳风暴》中讲述的不是大自然的故事,而是人类对大自然的操纵,这改变了人类与土地之间的公约。"(80)菲茨帕特里克(Fitzpatrick)认为,霍根通过"否定价值等级与价值双重主义,否定占统治地位的西方文化对于女性、自然与女性身体的叙事,并将大自然当作充满活力的能动力量重新定位,进而重新建构与重新定义了性别、自然与身体"(2)。卡斯特(Castor)则强调该作品中的"地方"感,指出:"霍根通过《太阳风暴》中呈现的地方促使读者认识到景观与人类之间,以及作品人物之间的共情联系,使读者得以采纳她所建构的模式。"(174—175)哈里森(Harrison)认为对于霍根而言,"环境不公的根源在于各种文化建构的关于人类与非人类世界之间关系的故事"(5),因此霍根的故事是对西方文化中的环境伦理故事的改写。格瑞-佛波(Grewe-Volpp)则针对印第安人被置于等同于环境的僵化叙事,强调:"安吉尔进入

① 本节内容曾发表于《当代外国文学》2022年第2期,文章名为《物性与具身性——〈太阳风暴〉中的生态疾病书写》,收入本书时有一定改动,不再另注。

具有灵性的大自然的旅行并非逃离当代社会文化问题。相反，这使她得以参与到历史中，进而理解她——正是基于她与自然环境的紧密相连——才获得为保护自然与其族群而斗争的力量与责任。”(282)这些观点都极为精辟地点明了《太阳风暴》中对人与自然关系的重构。然而，身体与环境究竟是如何构成彼此并在彼此的情动作用中成为一体的存在的？霍根在《太阳风暴》中通过母亲们的物性与自然万物的具身性书写，强调人类唯有获得自然万物的性质，才能对万物产生感应，进而理解非人类的具身性，并在接纳其具身存在的基础上尊重人类与之自古就有的协约关系，最终在相互作用中摆脱身体与环境的疾病。

《太阳风暴》讲述的是受到母亲伤害而不断被白人家庭收养的安吉尔回到自己的族群，并在两代母亲的照顾中历尽千辛万苦寻找伤痕累累的母亲的过程。这一过程也是安吉尔通过对荒野具身存在的认识，获得对自然的感受力，从而建立起与万物之间的联系，最终得以拥抱物化的母亲的过程。“整个世界就是一个筑巢，立于其谦卑的斜坡上，于宇宙的迷宫里，拥抱着我们。”(Hogan, 2008: 814)这是霍根对人处于世界中的境遇的阐释，也是《太阳风暴》的基调。人类处于世界的关照中，被世界的眼睛注视着：“老人们说，我们的生命被鸟儿、蜻蜓、树木与蜘蛛看着。我们被看着、被打量，不仅被动物们和蜘蛛们，也被遥远的太空中充满生命的银河系和来自北方即将落在我们身上的冰注视着。”[①](Hogan, 1995: 80)这一注视体现着万物的能动性，以及由此而来的人与万物之间的联系，是对人类中心主义带来的自高自大的消解。然而，人类习惯于以自己的眼睛去看世界，却往往忽视了自己的一举一动就在世界的眼里这一现实，并凭自己的意愿与喜好对万物肆意破坏，使人类与万物之间关系断裂，互相受到伤害，乃至威胁到彼此的存在。《太阳风暴》中，安吉尔的母亲汉娜被白人残酷虐待，将自己遭受的恶行施加到安吉尔身上，使其半边脸布满疤痕，母亲由此成为“恶”之花。正如住在百年老路上的老人所言，“她就是那座房子”，“聚集了一切的房子”。这座房子写满了白人对印第安人的罪行，“她的生命退缩到时间与历史以及种族屠杀汇聚在一起的地方，如同一朵云飘荡在溅满了血的海洋上” “她就是埃尔克岛上忍饥挨饿并被下毒的人们的孩子”(101)。作为受害者的母亲，在白人对印第安土地的掠夺与对土著的肆意屠杀中被驱逐出了荒野的怀抱，不再具有荒野的滋养作用，成为无法融化的坚冰，成为物化的存在。显然，汉娜与《我母亲的自传》中的母亲们同样因受到太多暴行而

① 来自《太阳风暴》的引文由笔者自译，后面仅标注页码。参看：Linda Hogan, *Solar Storms* (New York: Simon & Schuster Inc., 1995)。

成为冷漠与冷酷的化身，但与《我母亲的自传》中雪拉不断遭遇充满敌意的母亲而孤独地转向自我的愤怒叙述不同，霍根书写的女儿安吉尔身边有一群充满能量的母亲，借着她们的帮助，安吉尔在荒野中寻找母亲的过程也是与荒野建立联系的过程。在这一过程中，她开始倾听一草一木的声音，获得了对荒野中万物的感知能力，进而看到母亲所受到的殖民者的毒害、族人受到的整体屠杀以及白人对环境的破坏，得以获得情动力接纳物化的母亲，并与之成为相通的整体。

安吉尔身边起着重要作用的是三代母亲：祖太姥姥多拉-劳吉（Dora-Rouge）、曾祖母艾格尼丝（Agnes）和继祖母布西（Bush）。由于年迈的多拉希望能在故土"食肥肉者"（Fat-Eaters）安眠，作为女儿的艾格尼丝不得不陪同，布西也需要去那里参加阻止修建大坝的抗议活动，安吉尔则希望能在那里找到亲生母亲汉娜，因此四位各有所需的女性划着独木舟进行了穿越荒野北上，"采集种子、根茎"（137）的危险旅程。这也是安吉尔在祖母们同自然亲密无间的关系中受到触动，建立起与土地的关系的过程。安吉尔最终意识到"我的开端便是母亲的开端，其间生命遭到摧残，动物消失，树木被砍伐燃烧。我们的开始和土地的开始紧密地联系在一起"（96），母亲的病体与环境的恶化之间有着共同的根源：殖民者对于土地肆无忌惮的掠夺。唯有与土地建立起联系才能使安吉尔认同自己曾经害怕的母亲汉娜，并感受到"我成为了女人，充实而充满生机。自那以后，我下定决心要尽可能学会爱。我要爱这个曾经给予我生命的女人"（251）。也自此，安吉尔开始了为印第安人争夺土地的抗争。要获得对土地的感知能力则需要使自己成为自然万物中的一员，即使自己获得物性，或者使万物获得人性，从而使人与自然处于同一处境，进而在共情中彼此得到互相触动。而她的祖母们则以各自的方式让安吉尔融入到万物中，感受到"万物融合，共为一体"（177）的境界。在这一融合中，安吉尔开始明白，"某样东西生活在那里，某样我不理解的东西，但我会永远凭感觉记住。当我感觉到其存在时，我会称之为上帝，也正因此，我后来明白上帝就是我脚下的万物，就是被水包围的一切，它就在空气里，绝不存在空无一物的空间之说"（170）。安吉尔将感觉到的一切称为上帝，体现了她对荒野中万物的尊重以及她对于生命的新的感知能力。

土地与水之间、人类与自然之间的契约是祖母们共同的信仰，虽然被白人殖民者在无尽的"欲望与饥渴中强行破坏"（35），但她们都以自己的方式维护着这一古老的约定。契约的概念是霍根的书写中尤为关注的话题，在她的散文集《居住：生命世界的灵魂史》的前言中，她写道："显然，我们已经远离了我们曾经与大地和动物之间的协约。令人振奋的是,我们中很多人——印第安人或非印第安人——想要恢复并尊重这些打破了的约定。”(11)契约意味着人类与自然之间的平等关系,这一平等性使他们不得不互相关照,互相“协商”,任何一方违背约定必然会使人类与自然之间的平衡关系受到破坏,造成两者的伤害。这一契约精神与白人打着文明的旗号对自然的横加改造无疑形成了强烈的反衬。正如菲茨杰拉德指出的,故事里还有很多个人层面遭到破坏的协约,如“洛丽塔被陌生男性虐待,最后沦为妓女;哈罗德对妻子布西的遗弃;洛丽塔对女儿汉娜的虐待;汉娜对女儿安吉尔的虐待”(76),她们所受的伤害都映照着土地在人类满足自我贪念中遭受的磨难。安吉尔对于家乡土地的认识便是从这一约定开始的。故事的开篇便是安吉尔坐着小船到达祖母们的家园“亚当的肋骨”时所获得的知识:“老人们说那里是土地和水在古老的契约中汇合的地方,但现在约定已经被打破。”(21) 接着,在历数了无数殖民者轮番来这里进行恣意捕杀动物、贩卖皮毛等掠夺行径之后,故事转向了安吉尔的母亲汉娜:布西带着汉娜去向一位老人求救,老人说“我无能为力”,因为她已经“被可怕的暴力侵占,这股力量占据了她,从肉体到骨头,到精神”(22)。至此,土地所遭受的掠夺与母亲遭受的暴力联系起来。物与人之间的等同关系对于刚刚来到这片土地的17岁的安吉尔而言,是一个不得不解决的问题,要理解已经成为空壳的母亲,首先要理解这片土地的伤痛。

作为“最像母亲的人”(182),布西以其物的存在使安吉尔得以走进万物的世界,与土地建立联系,进而获得对母亲的理解。安吉尔到祖母们身边不久,就被送到了独自住在皮毛岛的布西身边。布西是安吉尔祖父的妻子。祖父与布西结婚后却喜欢上了另一位女子,即洛丽塔(Loretta),因此离开了布西,并与洛丽塔生下了女儿汉娜,即安吉尔的生母。然而,被抛弃的布西却成了安吉尔的守护神,曾照顾过儿时的安吉尔,也曾照顾过她饱受虐待的母亲。当安吉尔被白人强行收养后,布西为安吉尔的离开以及所有她们失去的孩子举行了一次盛大的宴会。在这次宴会上,她将自己的一切用具,包括自己的衣服都给了参加宴会的人,这样“每个人都带走了她的一部分”(17),也由此每个人都分担了她的痛苦。她甚至还在屋子里设立祭台,摆上安吉尔的照片,年复一年祈祷着她回来。她对安吉尔的爱可以说远远胜过了母爱。也正是基于这一强烈的母爱,她得以在安吉尔与生母之间建立起沟通的桥梁,使之从对汉娜的恐惧与憎恨中走出来,接纳自己脸上的疤痕并成为母亲临死前的照顾者。

布西所居住的皮毛岛见证了各种白人殖民者的掠夺与破坏,在那里,

“有治愈功能的奶河还流淌着，青蛙们仍藏在某个地方伺机而动，野孩子们仍被树木们记着”(66)。皮毛岛是一个充满了“未完成的东西与不完整生命”(68)的地方，有着乌龟骨头、教堂用的风琴管、散架的船等支离破碎的生命。安吉尔甚至感到布西屋子里沿着窗户爬进来的藤蔓“可能也是不完整的，在寻找姐妹藤”(69)，这些藤蔓“想把一切都变回到初始状态——墙、门、椅子，甚至女人的生命。它们想将一切盖住，将这个岛屿重新变成它们的世界”(73)。布西的小屋没有洗手间、电和镜子这些现代文明带来的东西，安吉尔因此称之为“无物之屋”(House of No)。面对祭台上母亲的相片，安吉尔看到的是母亲身后的“灵魂、鬼魂，作为影子或模糊不清的东西确确实实存在着”(72)。对母亲的恐惧是她不得不面对的问题。安吉尔刚到祖母们的村子时，“暗红色的头发像个帘子直直地垂落在右半边脸上”，安吉尔希望“它可以遮住那些终有一天会愈合甚至消失的伤疤，如果她可以记起这些伤疤来自何处”。“伤疤造就了我的生活”(25)，她恨那半边脸，她“一生都在拼命让这些伤疤留在暗处”(33)。她感到她的“伤疤没有记忆”，是她身体的“她者”(34)。同时她也明白，这些伤疤来自她的母亲，“它们就是我所拥有的母亲。对我而言，她像空气一样，我呼吸着她”(34)。伤疤是她心中的无法面对的创伤，被问及这一问题时，她曾打过人，逃过学，不断离开寄养家庭，不断逃离，“如同逃离丑陋与痛苦”(51)。因此，如何接纳自己的伤疤，如何面对母亲是安吉尔首先要解决的问题。“我对自己的生命了解得如此少，有时我觉得自己从来没有存在过，我不过是皮肤下包裹的空壳而已”(74)。了解母亲，了解自己的生命成为她来到这个岛屿的重要目的。然而，对于处于无根状态，漂流很久的17岁的安吉尔而言，这也是非常艰难的过程。刚到皮毛岛时，布西大多数时候都沉默寡言，并没有急于讲述母亲的故事，这让安吉尔大为不快，她也不习惯岛上遍布的碎片，打定主意要离开。“我想要我和过去中没有断裂的产生联系。我不想成为皮毛商、士兵、牧师，以及学校留下的碎片。”(77)但是，当她不小心打破了被她用作镜子的琥珀，看着碎片中支离破碎的脸时，她感觉“一切仿佛构成了一个巨大碎片的一部分，在移动着，朝着整体——腿、胳膊，被组合起来，就像布西将动物骨头组装起来一样”(85)，她渐渐明白“岛上的一切就像我的镜子一样是碎片的，甚至土地也是碎片的。也许这就是我来做的事情，将一切历史的碎片，我的人生和我母亲的生命碎片都拼成整体”(86)。布西正是这样一个生命的组装者，她常常将散布在岛上的动物骨头用心组装起来，“好像这些动物会活过来”(68)，目睹布西拼装动物骨头的过程使她感到自己“就像布西拼装的狼獾骨头，在享用圣餐[1]，被组装到一起”(94)。

作为一个生命组装者，布西的物性首先体现在她的动物性上。当布西谈论起动物时，就会“表现出动物的举动”；当她组装动物骨头时，她说：“我尊重它们，我喂养它们，并思考它们的技能，思考它们的才智。”(95)在布西对动物骨头的尊重里，充满了她对生命的敬畏以及由此而来的对生命的感知能力。骨头不仅仅作为物的存在，更是生命的承载体。安吉尔甚至感到她“相比起人，更喜欢动物”，“她有着动物的美好灵魂，她生活在动物世界与人类世界之间”(95)。这种生命里的动物性使她能理解动物，感知动物的需要，从而自由穿越于两个世界。和多拉-劳吉一样，布西相信动物与人类之间有着纽带关系，“当人类忘了尊重这一联系，狼獾就会把它们的好运带走”(82)，因此，“对待动物和鱼儿们要有恰当的方式，就像对待女性一样”(84)。在皮毛岛上初次见到布西时，安吉尔直觉里，“她就是头鹿，瘦瘦的，呈棕色，在闻着风的方向”(67)。安吉尔感到她的身上有一种她无法描述的优雅，“我在鹿的静谧中见过，在四季变化的魔力里感到过”，看到布西的那一刻安吉尔感到“那时那刻我的体内有样东西开始醒来。内心感觉到的东西，就像轮子的转动”(67—68)。作为“闻着风的方向”的鹿，布西和自然界的万物有着独特的心灵感应，也正是这种感应能力，尽管初到岛上的安吉尔还无法适应布西，却能感到体内“轮子的转动”。甚至，当布西看到她的伤疤时，她没有将它们遮挡起来，“没有倾斜头部，让头发落在脸上”(70)。这种对身体的接纳无疑是对布西“优雅”的鹿性的回应。“她大多数时候和她外表看起来毫无二致。社会礼仪对她毫无意义。”(75)具有动物性的布西不需要社会建构的各种伪装，只需要在万物中让身体以其本来的样子舒展。安吉尔脸上的伤疤很快得到了这一感应，开始从阴影中出来迎接光。

布西的物性还体现在她作为自然万物中一员的存在。初次见到布西的安吉尔感到“她好像脚下生根了，立于水与土之间”(67)，她成了牢牢生长在水土中的植物。布西又仿佛造物主“刚用泥土捏出来的造型”，“被造物主赞叹不已”(67)，显然，她身上有着泥土的气息，如同源自泥坯的人类始祖，还没有脱离与自然的联系。布西也属于土地，“她和整个世界是不可分割的整体”。在穿越荒野的旅途中，“布西就像一些岛上的百合花绽放开来，起先是试探性地，接着小心翼翼，最后毫不犹豫地盛开”，“她既像从前

[1] 布西在拼装动物骨头时，常常会在它们布满尖齿的下颌里放一点食物，以此来“喂食其精神”，她认为这是表示对动物的尊重。此处的圣餐即以动物们享用的食物比喻自己在精神上获得的营养补给。参看：Linda Hogan, *Solar Storms* (New York: Simon & Schuster Inc., 1995) 94。

一样在皮肤、房子、岛屿和水的怀抱里，又离开了它们尽情舒展着。似乎一切都没有边界。在阴影中、在深林里，她消失了，或者她在跳缓慢的舞蹈，或者在对土地说话”(176)。因此，“她不允许任何世界离去或者被占有”，“大坝不能建，河流不能被分道”(120)——这是她北上为修大坝抗议的最为直接的情感。作为万物中的一员，布西最为显著的物性体现在她与水的关系上。“她就是水”，其存在取决于“容纳它的容器”(182)。安吉尔第一次见到她时，“她穿着有着水的颜色的淡绿裙子”，她感到她就是“光和水的一部分”，她知道“水的世界已经认领了她”(67)。布西属于水，总是划着小舟在河上随着水波起伏，与水浑然一体。“她了解水的节奏、水的移动和流向。她可以划着小舟在阴影里穿梭，隐匿于微暗的光芒中。水就是她的重要组成部分。”(89)由于布西这一属于水的物性，安吉尔也开始跟着她了解水。她学习划船，理解水道，并学会了游泳。布西教安吉尔游泳时，告诉她“假装你是只乌龟”(92)，将自己等同于乌龟，使自己真正属于水，这是安吉尔学会游泳的秘诀。在对乌龟的想象与接近中，安吉尔感到自己成了“显而易见的、古老而强壮的乌龟”(92)，由此，通过成为一只乌龟，她获得了乌龟在水中自如移动的本领。作为水的布西使安吉尔也成了水中的一员。与水建立的联系使安吉尔不知不觉感到了自己的变化——“它在身体里、在胃里、在心里。它们痛着，我感觉到了。”(89)由此，“意识与身体的肉体性，以及环境的物质性交融”(Sigouin 127)，“感觉”作为身体存在的功能在安吉尔与自然的相处中得到了增强，为安吉尔的自我的能动性积累着能量。

具有物性的布西对万物有独特的感知能力，相信万物都有其生命，“甚至光投射的影子都充满了含义与故事，且意义深远。它们落在土地上，充满了任何从那里走过的东西，包括动物、人和飞过的鸟儿”(81)。因此，她会用绳子将皮毛岛旁边一座布满蜘蛛的小岛固定在皮毛岛上，使这两个岛不会太孤单；她会“抚摸植物仿佛劝它们生长”(75)；她会唱一种让坏的鬼魂与人类之间的桥梁关闭的歌曲，因为“不得不防止某些东西组合到一起”(102)；她会和安吉尔胳膊上的烫伤处说话，告诉灼伤处，“热量，快走，凉气进来”(263)，使安吉尔的痛得到缓解。布西以自己作为物的存在感受物的方式，使她得以帮助安吉尔理解自己的母亲。她告诉安吉尔：“你的母亲是扇门，总是紧闭着。但是，有时我觉得她是扇窗户，因为通过她，我看到了受难的场景。”(96)通过将母亲与门和窗联系起来，使母亲获得物性，布西将母亲的罪恶指向了导致这一物性的根源。她也告诉安吉尔，“你的母亲就像这风。有时是冬天的风，凉入骨头，将树上冰冻的树枝折断”，“又如暴风寻找让怒火狂飙的地方”，但有时又是“暖风”，一旦让它靠近又变成冰块，使她们“受到愚弄”(76)。在布西对风的充满情境性的描述里，在“凉”与“暖”的感官述说中，她以其独特的接纳自然与认识自然的能力，让安吉尔接纳母亲的“恶”：风作为大自然的产物，有着人类无法掌控的力量，无法用人的情感去加以谴责或憎恨。在风暴到来的时候，她对安吉尔说：“你看，在狂风面前我们是多么无力。”她一再强调：“控制你母亲的是一股像风一样真实、像冰一样坚实、像冬天一样平常的力量。”(115)谈论母亲作为冰的存在时，她进一步解释说：“有些东西存在于人体内，将人体本来甜美的果实挫伤了。”在人体与美好的果实的等同中，布西又强调了人体的无辜。“毒害了我的饥饿的祖先们的东西，是愤怒与恐惧，是致命的伤害。”(94)她告诉安吉尔：“她的皮肤就是伤疤做出的大衣，到处是烧痕与割口，仿佛有人在她身上写字。折磨者的签名。”(99)伤害会一代传一代，“当她还是个孩子的时候，喂养她的男人们带走她，使用她，鞭打她，强迫她。这就是为什么有一天她会成为伤害别人的人之一。这是承接而来的”(39)。这是安吉尔的外祖母洛丽塔的遭遇，也是她的母亲汉娜的遭遇。“你母亲就是别人穿在身上的皮肤”(77)，布西一针见血地指出，汉娜已经被那些虐待她的男人剥夺了一切，已经不能作为完整的人存在了，如何对这样的母亲满怀怨恨呢？布西告诉安吉尔：“冬天就像在修复的伤口，因为它慢慢将一切包合起来，里面开始生长。”(117)同样对于安吉尔的伤疤，她这样解释着：“有些人看见伤疤，记住的是伤害。对我来说，它们体现的是痊愈。”(125)“痊愈”的概念里，伤疤成了充满能量的生命体，在阳光雨露中生长。这使安吉尔对自己的伤疤有了重新的认识，当男友汤米问她的伤疤问题时，她反问道：“什么伤疤？”(125)她的反问体现了她对伤疤的接纳，也是对自己身体的接纳。及至后来，安吉尔能够看到她的“伤疤在诉说着自己的伤痛的语言”(267)，对伤疤获得了生命的感知。

在布西的影响下，安吉尔开始对皮毛岛上的生命产生感觉，“石头也是活着的，还有扎手的鸟巢”“那手碰过会折起叶子的树”(81)，“我感觉到它(皮毛岛)的生命”。这种感觉使安吉尔看到了自己在万物中的位置。她曾这样描述水：

> 窗子开着，我生活在水里面。我们之间没有界限。我马上明白了水是什么。它曾是雪。穿过古老的森林，消失了。它曾是甜美的牛奶和玉米，穿过人类的生命。它是泼洒到地面的血液。其中有些是我的祖先们的血液。(78)

在这段描述里,“我”与万物连成了一体,与历史融合在一起,成了万物循环的一部分。这种相通性使安吉尔对万物的感知不断加强。一次暴雨后的黎明,在皮毛岛上,安吉尔聆听着天空中的声音,突然发现自己进入了她历尽千辛万苦寻找的失落的世界,“这是唯有我的身体记得的世界”,“那一刻我知道我是鸟儿与雨水的平衡的一部分”(79)。身体由此不再是空壳,而成为历史的载体,成为世界的空间。安吉尔开始“感觉到并倾听古老的时光开始的地方”“听到风中的话语声”“听到冬天试图融入我们的骨头里的歌唱”,开始学会了看,甚至获得了能够看到水底包括鱼在内一切东西的眼力。她也看到她和祖母们一起“从我们那变窄的历史圆圈里走来,就像光芒从太阳那里射出来”(93)。她的身体感官在获得物性的过程中越来越敏锐,使她进而意识到“人与动物之间的划分是错误的,曾经一度,他们说着同样的语言”(81—82)。由此,安吉尔开始了解自己的生命历程,她的身体在与土地的连接中饱满起来,“身体不再是静态的实体,而是在与非人类物质环境互动中处于永恒的转变中的有机体”(Sigouin 127),这为她后来在荒野旅行中的感知能力奠定了基础。开始“闻到并感觉到季节的变化”(89),开始相信“鱼也是一种人,像狼一样,它们也和我们一样想要好好活着,我们中那些注定要死却幸存的人就像落网的鱼儿一样”,开始想起各种动物,“我听到了它们的哭声,感到了它们的痛苦”(118)。将鱼和其他动物等同于人,使它们获得人性,这为安吉尔感知动物,体会它们的痛苦建立了基础,也使安吉尔最终认识到,“我们印第安人的生活就是从它们那里来的,在某种意义上我们是亲人”(118)。同时,安吉尔渐渐明白,“冬天可以深入人的骨髓,使他们忘了自己是人”(130)。因此,将人从物的存在角度进行感知又使她对母亲的恐惧与憎恨得到消解,从而感到“我总有一天会理解我的母亲,总有一天会接受这样的事实:我们是并肩经历弹药和饥饿的那些人”(105)。

不同于布西的母性,多拉-劳吉对于安吉尔来说是“最接近上帝的人”,安吉尔相信自己的身体有一部分是“以这个老人的形象创造的”(182)。多拉-劳吉的物性体现在她在遵守自然与人类之间古老的契约时对于万物的理解力上。作为安吉尔的祖父的母亲,多拉-劳吉很老了,她无不自豪地称自己“老得光辉四射,正在成熟着”(32)。她个子很小,但看起来比她实际上要壮实,安吉尔认为这是因为“她的光芒比她的身体更大”(32)。第一次见面时,安吉尔便“感受到她的光。当她笑的时候,房子和她都好像敞亮了一些”(31)。因此,多拉-劳吉作为满载着“光”的长者,成为安吉尔走向过去的重要桥梁,“通过她,我得以看到过去。我看到遥远的过去，甚至远到多拉-劳吉之前的年代”(168)。多拉-劳吉的回家之旅成为了“通过记忆回溯”的旅程(167)。她曾送给安吉尔一个在水中发现的内含青蛙的琥珀，告诉她，这只琥珀已经在祖先那里传了几代了，意味着“当我们不在的时候记住我们”(61)。“记住我们”，这是使她们的族群与万物共存的必然通道，也是这趟行程的重要使命。

多拉讲述了自己被迫带到寄宿学校与妹妹生离死别的情形，讲到得知妹妹在另一所寄宿学校冻死雪中，自己逃离学校徒步32英里穿越雪地回家的恐惧；讲到第一个见到白人坐船来的女子不知道灾难来临，误以为是座载着美丽生灵的漂浮的岛屿。“我们进入了时间并开始困扰时间、纠缠时间，使之进入某种变化中”(168)，在对时间的“困扰”与“纠缠”中，安吉尔随着多拉成为了时间，与时间进行碰撞与交流，使她们自己的历史从白人强加的历史中解放出来，获得自己的生命。这也是安吉尔获得对土地的感受力的开始。“当她坐进小舟时，她仿佛一直就生活在那里。”(164)这是旅途开始时多拉的形象，“一直就生活在那里”体现了多拉与这片土地历史上就有的联系，小舟与她合二为一的形象既是小舟的人性的体现，也是多拉的物性的体现，她们在历史的河流上共同穿行，成为了不可分割的一体。多拉经常告诉安吉尔：“这是个美丽的世界，充满了生命，甚至空气里都是充满了爱、花粉与星星的浓汤。”(164)对她来说，途中不断叮咬她们的蚊虫都是“古老的生命形式之一”，它们同多拉的祖先们同在，“它们(蚊子)的祖先听过我的祖先的歌”，它们也见证了殖民者的侵略，记得“所有吸吮过的血液”(175)。万物的“生命”感使她与小舟共有着生命，带着她以自己的身体感知地理，身体成为了地图，地理获得身体性，“当多拉-劳吉用瘦骨嶙峋的手指指着‘这边走’时，我们本能地跟随着她弯曲的手指”(177)，这便是人与自然在契约之下的状态。在这种状态下，安吉尔感到“我从不会迷失方向，我发现了全新的自我，就像我们有一天在水池里发现的小小的蛋卵，清澈透明，孕育着生命”(117—178)。

多拉-劳吉经常用古老的歌声与自然界的万物对话，她的动物歌曲甚至可以唤来野生动物。“她的低声吟唱就像风声”(177)，“像风声”也体现了她的物性，正是这种成为“风”，或者说，获得风的声音的能力，使她能“领悟到流动的水中的东西；看到我们看不到的东西”(177)。多拉-劳吉对水有着特别的感知能力。安杰尔曾这样叙述多拉-劳吉与水的关系：“我明白水有自己的需要，自己的语言和渴望。没有人问过水需要什么。除了多拉-劳吉，正是她和水有过直接的交流。”(279)这种直接的交流使她得以和水进行协商。她曾告诉水：“如果它能使我们顺利通过塞纳河，她会放弃她期待已久的死亡而为之斗争。”她活下来了,顺利地到达了故土。然而旅途中女儿因病死去了,她为此谴责自己,因为她感到“这个协议中可能有一部分她还没有弄明白”(255)。为了达成协约,双方必须有所退让,多拉-劳吉知道自己在得到的同时,一定会付出什么,这体现了她对大自然的敬畏,对于人类与大自然之间看不见的协约的尊重。维尔诺在《诸众的语法》中指出,人类这一动物生活的世界与非人类动物世界的不同就在于后者可以依靠特殊的本能躲避危险,而人类由于缺乏这种本能,不得不生活在绝对的不安全感中,感受到一种在自己生活的世界里迷失方向的无名痛苦(anguish)[①]。这种痛苦在多拉-劳吉的世界里得到了消解,因为她在与动物及大自然的同感中保留了这种非人类动物的本能。这是美国土著与土地在长期互相关照中获得的知识,成为了保护她们存在于世的“特殊本能”。由于她近乎于上帝的力量,安吉尔最终得以获得这样奇妙的感受:

> 我醒来,进入到不曾被斧头、陷阱、打火石、木匠的钉子丈量的时间里……我处于荒野的魔力之下,身边的万物不曾被人命名……一切都融合起来,连成一体。黑暗与光明之间没有明显的界限。水和气成为了同一样东西,正如水和地处于创世的沼泽中……一切都成了同一物。小舟成了我们的身体,我们的皮肤。(177)

万物成为一体的感受使安吉尔得以在万物相连、不分彼此的状态中与万物获得情感上的相通。当她将“小舟”等同于“身体”与“皮肤”时,对旅途开始时融入小舟的多拉-劳吉进行了回应。显然,她也成为了万物中的一员,获得了对自然万物的感受力,这使她从万物的生命中感受到“我们精神饱满、充满力量,戴着世界的脸,在沉默中飘荡。我的生命没有耳朵、眼睛,也不再有它们带来的知识”(177)。由此,“世界的脸”成了安吉尔的脸,在与世界互为一体的存在中,安吉尔从“无根”的状态进入了与万物相通的根系中,感受到并获取了万物的力量,为她接纳自己一直惧怕的生母积聚了大量的能量。同时,她也意识到,她的祖母们一起“形成了她想要成为的那个女性,其中一大部分是多拉-劳吉,就像面粉或发酵剂,使她们黏合在一起”(234)。

曾祖母艾格尼丝是一个能进入熊的世界与熊交流的女性,她披着她所

① 参看:Paulo Virno, *A Grammar of the Multitude: For an Analysis of Contemporary Forms of Life*.Trans. Isabella Bertoletti, James Cascaito & Andrea Casson. South Pasadina, CA: Semiotext(e), 2004:32-33。

心爱的熊的皮制的大衣,仿佛永远都和那头熊在心领神会地相伴着。她甚至可以从身上的熊皮衣服里听到古老的歌曲并跟着唱出来。因此,她的物性表现在她作为熊的存在。用她母亲多拉-劳吉的话说:“我感觉艾格尼丝在变成某样东西。也许就是熊。”(48)当安吉尔用姨婆寄给她的55美元路费到达姨婆所在的“亚当的肋骨”村落时,姨婆艾格尼丝迎接了她。穿着蓝灰色大衣的她“看起来就像饥饿的动物刚刚走出冬天的洞穴”(23)。多拉-劳吉给安吉尔讲述了关于熊的故事。12岁时,一只冰川熊被殖民者带到了她们所住的地方,它被剥夺了冬眠,被用作赚钱的工具。艾格尼丝一见到便喜欢上了它,最后以自己能和熊亲近的特异能力获得照顾它的机会。然而,总有一些男孩想尽办法伤害这只熊,他们用棍子捅它,用装满玉米的枪射它,用各种狠毒的话试图激怒它。因为不忍看到黑熊继续受到伤害,她用刀亲手了结了熊的生命,并用它的皮做了件外套。正是艾格尼丝与熊无法分割的关系,使她与万物有着生死攸关的联系。穿着熊皮大衣的艾格尼丝成为了熊,这使她的身体保留了自然界的元素,对自然界的万物有着极其敏锐的感受能力。故事开篇,当她讲述布西为安吉尔的离去举行悼念宴会时,她的语言充满了物的声音和力量。“房子在哭泣”(11),她这样开始述说,哭泣的房子被赋予了人性,与里面的居住者共同承受着悲哀。房子里面的一切也都和人一样诉说着生命的故事。“茶壶开始唱歌,仿佛它记起了我们久已忘记的古老的歌曲”(14),“碗上冒着的热气仿佛在对天空祈祷,恳求云层中的众神倾听”(15),“房子渐渐变小,不动了。地板倾斜了,仿佛它们知道这里很快就要被遗弃了。岛屿安静了,孤寂地承载着所有发生在那里的记忆”(16)。在艾格尼丝的叙述里,一切都是生命的载体,生命存在于万物中,与人类共命运。因此,她说:“我不知道如何丈量爱。不是用杯子或碗,而是从铁壶里作为气体升起的东西,是我们带入体内的食物,是我们那天吃的你的圣餐。”(16)“爱”充满了房子的每个角落,这也是布西举行悼念宴会的缘起,是对安吉尔这样被带走的孩子的爱,是对印第安人失去的孩子的爱。然而,艾格尼丝用食物赋予了爱含义。作为圣餐,安吉尔以食物的形式进入了每个人的身体,装进了每个人的记忆里。她告诉安吉尔,布西剪掉了头发,因为头发里有安吉尔的记忆,她必须“释放那段记忆”(16),她接着讲述了布西如何将自己的东西分给客人,最后只剩下身上的睡衣。这样,每个人都分担了布西的悲痛,“它变小了,像小孩那么小,滑到他们手中,和他们一起离开。自那以后,我们都拥有了它。它成为了我们自己的……自那以后,你的空缺占据了每个房间、每张桌子,在每个房子的门里穿过”(18)。痛苦获得物的形式,既存在着,又被消解着,最终如同食物的供给使他们顽强地生长着。穿着熊衣的艾格尼丝便是这样，在承受着失去的痛苦的同时，保全着与黑熊及万物的联系。她告诉安吉尔："我穿上这件衣服时，我看见了古老的森林，北极光，以及属于我们所不知道的某样更大的东西的夜晚。"(54)旅途中，艾格尼丝忘了带上皮衣，仿佛"没有了皮肤"，她开始感到疲乏不堪，开始"用新的方式召唤熊"，她"悄悄地跳她称之为熊步的舞蹈"，"紧闭双眼与熊交谈"(180)。黑熊，以及与黑熊关联的世界构成了她的生命。

作为熊存在的艾格尼丝对于整个世界的关联性有着独特的感知能力。她告诉安吉尔她的回家就像"水回到自身"，使安吉尔感到自己"进入一个湖泊，而这些女性便构成了这个湖泊。"(55)对于安吉尔的故事，对于一切的开始，她有着自己的解释："你所遭遇的很久以前就开始了。它始于狼群被屠杀的时候，始于人们忍饥挨饿的时候。"(37)对于家里用了祖传的铁壶，她说："它曾经装过岩石、树枝与海苔煮的汤。"(142)安吉尔由此意识到它也见证了部落遭到的屠杀，它由不复存在的森林灼烧而成，铸造时女人们围着它聊天，现在弗兰奇的眼泪也是它的一部分。[①]在艾格尼丝看来，那些淘金者对金子的痴迷"意味着世界末日的来临"(203)。尽管艾格尼丝在旅途中因病去世了，安吉尔经常想起她，会把她那曾经捋过她头发的手想成风，又"仿佛听到她说，人类是活着的水，创造还未结束"(350)。艾格尼丝临死前的心愿是在她死后，"让狼和鸟儿享用她的躯体，让她的头发同树枝、鱼线、羽绒和蜕掉的皮一起织入春天的鸟巢"(216)，这一心愿最终成为了现实。与熊为一体的艾格尼丝在死后重新获得了生命，以至于安吉尔看见狼时，就会将它们呼唤成"祖母"。

"人类唯有通过对土地的感知才能强壮起来，否则人无法成其为人。"(235)这是《太阳风暴》里不断响起的声音，是对母亲们的物性与荒野的具身存在的认可，唯有当人类以其物性感知到大自然的身体性，人类才能以人的情感作用于大自然，使自然与人类共同充满活力，从而摆脱身体与环境共同处于病态的状况。"我们在自然的手中"(172)，如果缺乏对自然的感受力，如果无视人类与自然之间的协约，人类将永远失去母亲，大自然的手会失去温度，人类也将失去生命力。当殖民者"将灵魂从万物上除掉，包括动物、树木、鱼钩、斧头，所有那些作为印第安同盟的东西"时(180)，他们便失去了与万物的联系，成了世界的毁灭者，也成了自己的毁灭者。"为什么只有白人的法则被遵守？这会毁灭世界。如果地球的法则不算法则，那还

① 弗兰奇的女儿掉入冰河而死。该铁壶送到弗兰奇家为女儿举行的葬礼上被用来炖肉。

有什么法则算呢?”(283)这是布西的声音,也是霍根书写的核心概念。阿诺德(Arnold)强调:“与大地感同身受的能力对于许多美国土著以及其他与土地共生且处于良好生态关系的文化群体来说,在认识论上至关重要。”(98)他进一步指出这种文化现象“植根于将土地的情动能力完全理解为日常生活中存在的普通情感”(98)。安吉尔在祖母们对土地的感知能力的作用下,最终使自己也成了万物中的一员,得以建立起与祖辈以及土地的联系,并明白饱受毒害的母亲是无罪的。“她的绝望与孤独是我的生命的源起。汉娜一直都是我的毒药,我的生命,我的甜蜜与痛苦,我的美与朴实。”(251)这是安吉尔在母亲去世时的认识,当她将母亲的绝望与孤独和自己的生命起始联系起来,将自己的甜蜜与痛苦和母亲的生命息息相关起来,她便获得了一种巨大的能量。受虐待的女儿没有理由抛弃母亲,“她伤害我,因为我就是她的一部分,她恨自己”(345),“即便她恨我,在创造生命的那一刻也曾有过爱”(251)。安吉尔开始感到,“我成为了女人,充实而充满生机。自那以后,我下定决心要尽可能学会爱。我要爱这个曾经给予我生命的女人”(251)。自此,安吉尔接纳了伤害自己的母亲,开始了为印第安人争夺土地的抗争。修复同母亲之间伤痕累累的关系意味着修复同自然的关系,将被迫与土地失去联系的母亲重新带入自然的怀抱,这是美国土著或者说人类生存的必经之路。

结语

当代美国女性的母性叙事中的情动结构为我们理解21世纪的母性提供了重要的途径。首先，大多数女作家都在愤怒的情动力作用下对母女关系进行了重新审视，如《钟形罩》《女勇士》《好母亲》《太阳风暴》《男人与天使》《爱药》等。她们都关注到母亲的主体性对女儿的主体性的影响，认为母亲能否成为主体，对女儿的主体形成具有重要作用，因此母女之间的一体性在女作家的母性叙事中得到了一致的认可。然而，在认同母亲的作用的同时，一些女作家倾向于将女儿的主体缺乏怪罪于母亲，如《钟形罩》中的埃斯特觉得正是母亲无处不在的控制使自我濒临窒息；《好母亲》中的安娜对母亲充满了恨，认为正是母亲强迫自己学钢琴，使自己失去了自我；《男人与天使》中的安妮憎恨母亲，感到自己即便在最无助的时候，也无法得到母亲的帮助。“憎恨”作为一种负面的情感使母亲成为女儿获得主体的天敌，同时母亲的主体性被女儿忽视。但女儿对母亲的憎恨又体现了对母亲的主体性的诉求或者呼唤，从另一维度为母女之间联盟的建立奠定了基础。尽管女儿在成长中对母亲往往抑制不住憎恨的情感，却又渴望摆脱这种痛苦情绪，希望与母亲达成和解。这在21世纪的女性书写中尤为突出。谭恩美与扎克的回忆录即体现了她们通过记忆的情动力化解自己与母亲无法沟通的痛苦，使自我的存在获得合法性的努力。唯有与母亲建立关联，女儿才能从根部获得滋养，才能最终发挥自我的能动性，这是女性书写中牢牢把握的主题。也正是这一关联性使情动力在建构女性的主体上起着尤为重要的作用。

当代美国女作家在母性叙事中也意识到传统的母爱对于母亲的主体性的束缚，因而极力肯定了“爱”作为情感所具有的“脆弱而不完美”性，使母爱的神圣光晕被抹去，使母亲以其人性而非神性存在于世。对母爱的这一重新认识可以说是母性叙事的情动结构中关键一环，为母亲作为身体的存在埋下了伏笔。“爱”毫无疑问是作为身体存在的人的情感，与身体有着联动关系。“唯有在尊重女性的性欲与女性身体的情况下，女性和男性才能讲述母亲的身体史。”(Ruddick, 1989: 208)女作家们在母性书写中毫不讳言母亲的身体，对其给予了充分的肯定与尊重，如《宠儿》中的塞丝在与保罗·D的关系中卸下了乳房的重担，《好母亲》中的安娜在释放激情的过程中找到了自我，《爱药》中的露露在身体的结合中与自然融为一体。马尔库塞在《爱欲与文明》中指出：“在非压抑性条件下，性欲将‘成长为’爱欲，就是说，它将在有助于加强和扩大本能满足的、持久的、扩展性的关系(包括工作关系)中走向自我升华。”(147)这一观点为长期处于自我分裂中的母亲通过获得身体而获得自我提供了理论依据。“如果有机体对抗性的身心分离本身乃是压抑的历史结果，那么克服这种对抗就将使冲动进入精神领域”（马尔库塞 138），身体的获得产生的情动作用必然促使母亲成为精神上的主体。

作为情动主体的母亲毫无疑问需要摆脱父权空间的束缚，在自己的空间里建立起自我的身份。当代美国女性的母性叙事将这一空间与荒野紧密联系起来，使母亲融入荒野，与荒野成为一体的存在。非裔作家莫里森的《爵士乐》与美国土著作家琳达的《太阳风暴》都体现了这一荒野意识。显然，荒野在母性书写的情动结构中成为蕴含着极大动能的情动空间。荒野中的母亲既通过与荒野之间的情动作用获得生命的原动力，又促使孩子们在寻找母亲的过程中获得与自然的联系，从而重建与荒野乃至与世界的关系。母亲与荒野的关联也使荒野成为具身的存在，与母亲建立联系意味着获得对大自然或荒野的感受力，使身体与环境在互相依赖的关联中产生作用，促使彼此在互相的感触中获得生命力，最终互为主体，互相依赖，成为不可分割的有机体。

在基于关联的情动结构中也隐含着对基于关爱关系的共同体的认可，体现了当今美国社会从对个人主义的强调转向对社区协作精神的强调。这对于女性的独立、母亲的主体建构尤为重要，也是美国女权运动以来女性主义者达成的共识。如果说始于19世纪中期的第一次浪潮促使女性为了共同的利益走到同一个战壕，20世纪70年代以来的女性主义者则有了一个新的转向，即从面向男性的斗争，转向面向女性自己的联盟。这一转向意味着女性不再将男性看作建构自我的标杆，而是在尊重差异的基础上从女性自身的情境出发来建构女性身份。这为母亲的主体建构提供了强大的后援，女性谱系的寻找与女性社区的出现极大地促进了母亲的主体性形成。“主体从本质上讲是相对的。任何一个能在自身中不仅为他人也为与他人的关系提供空间的人是具有人性的。”（Irigaray，2002：80）《豆树青青》中泰勒对母亲身份的选择，唯有在能互相给予能量的女性社区里才能实现；《爱药》中露露与玛丽这两位本来彼此深藏着怨恨的母亲，最终意识到她们谁也离不了谁并共同组成了对抗白人统治的协作关系；《宠儿》中塞丝在封闭的121号屋子里饱受精神上的摧残，最后不得不依靠社区的帮助使自己从太浓的爱中走出来获得自我。建立在关爱基础上的母亲身份使母亲走出了孤军奋战的传统的家的狭小而封闭的空间，使母亲获得了群体的力量。母性叙事中对女性共同体的强调也使替养母亲的问题得到凸显。苏珊·卢宾·苏利曼强调美国社会应该立足于创造一个值得信任的环境，“使亲生母亲能依赖于‘替养母亲’而不至于觉得受到他们的威胁，使我们感到在女性生活中母亲身份与自我创造之间是互补的而不是互相排斥的关系”(41)。《男人与天使》中凯若琳为儿媳简扮演着替养母亲的角色,简则作为主人公安妮的替养母亲起着滋养作用;《爱药》中玛丽对社区无数孩子的收养使她成为了社区母亲;《豆树青青》中泰勒对印第安女孩特特尔的收养。基于关怀情感的替养拓展了母亲身份,使母亲成为包括男性在内的任何人都可以承担的角色,而不是生物意义上的生产者,为母亲的将来带来了更为广阔的空间。如果说普拉斯被困于无法选择身份的焦虑中,21世纪的美国女性显然已经在是否选择母亲身份问题上有了更多的选择。

当代美国女作家母性叙事中的情动结构也彰显了女性书写中的颠覆性话语,体现了当代女作家的母性思想。如果说20世纪六七十年代的母亲尚只是作为女儿的对立面,隐隐约约地浮现在远方,80年代之后的母亲则已经通过述说自己的经历,为不同的母亲赢得了存在空间,使母亲不再仅仅只是异性婚姻中生物意义上的存在,也不再只是父权社会想象的天使或恶魔,更是具有主体性的人,带有各自缤纷的色彩,富有不同的文化烙印。正如欧瑞丽在《女性主义的为母之道》中所强调的:“只有当母亲拥有自己的生活,并以其能动性、权威性、真实性与自主性实践母职时,母亲与孩子才得以受益,因此女性主义的母职观必须赋予女性母亲之外的生命、目的及身份;同时拒绝将照料孩子的责任仅仅授予血缘上的母亲。”(2004:11)当代美国女作家的母性叙事无疑通过其以母亲的具身主体存在为核心的情动结构贯彻了这一女性主义思想,是对女性母亲之外的生命的充分肯定。欧瑞丽进一步指出:“女性的种族、年龄、性倾向甚至婚姻状况都不是决定女性是否成为母亲的条件。”(11)这一观点可以说为当今母亲身份的多样性从理论上进行了解释,为母亲成为行动的主体提供了理论上的支撑,也为我们理解当代女作家书写的母亲提供了指南针。此外,正如丽莎·巴莱策(Lisa Baraitser)强调的:“母亲要表现出主体性,不是靠像玩杂耍似的将各种压力优雅地兼顾起来,而是靠容忍各种艰难而无意识的感情:憎恨、矛盾、失败、耻辱、自我憎恨,以及悔恨。”(221)理解母亲的主体性,必然意味着对母亲作为普通人的种种情感的理解与尊重。

从愤怒中转向母女联盟的建构,到接纳“脆弱而不完美”的母爱,使母亲成为爱的主体,并通过关怀情感拓展母亲身份;从通过记忆的情动力实现母女间的和解,到获得具身的存在,而成为情动主体,最终在具身的荒野中与自然互为一体。当代美国女作家母性叙事中的情动结构的核心是通过接纳母亲肉身的存在,使之以其作为情动主体的身份与孩子、与自然、与整个世界建立有机的联系。这一情动结构面向的是母亲们在获得自我成为主体中的阻力，指向的是充满生命力与情动力的母亲的未来。尽管母亲们在实践自己的主体性时充满了挣扎，尽管作为母亲的路途仍然充满艰辛，但这些女性的母性书写颠覆了父权制将母亲客体化的话语，成为女权主义运动的重要成果，也对西方广大母亲的主体建构具有积极的启迪作用。伊利格瑞指出，“对我们来说尤为紧要的是不要使自己屈从于母亲的主体地位被消解的社会角色”（1991:42），“我们必须认识到一旦我们成为女性，我们便总是母亲。我们不仅将孩子带到世界上来，我们还带来了爱、欲望、语言、艺术，如社会的、政治的、宗教的。但是这一创造才能数百年来遭到禁止。我们必须重新获得属于我们女性自己的这一母性维度”（43）。重新认识自己、书写自己、表达自己，最终获得自己，这是母亲们建构自己主体地位的必经之路，也是当代美国女作家们在她们的母性书写中做出的重要贡献。同时，建构母亲自己的主体绝不意味着抛弃母亲的职责，相反，成为母亲与成为自己绝非传统的父权文化下敌对的关系。对此，早在波伏娃的《第二性》中便有精辟的论断：“拥有最为丰富的个人生活的女性，给予孩子的将最多，向孩子索取的将最少；她若通过自己的努力和斗争对人的真正价值有所领悟，将最能恰如其分地把孩子抚养成人。”[①]（595）这也是这些女作家们的母性书写的活力所在。不管是莫里森在《宠儿》中对母亲塞丝“爱自己”的期望，还是《男人与天使》中对母爱的限度的考察，或是《好母亲》与《爱药》中对母亲的欲望的书写，抑或是《豆树青青》与《爱药》中对替养母亲身份的认可，女作家们的书写并非旨在使母亲摆脱与孩子的关系，完全成为自我，而是在努力建构一种更为有机的关系，一种使彼此受益、互相成为主体的关系，而这也是美国当代女作家母性叙事中的情动结构力图实现的美好理想。

① 本句在陶铁柱的译文基础上略有改动。

参考文献

Ahmed, Sara. *The Cultural Politics of Emotion*. Edinburgh: Edinburgh UP, 2004.

Alcoff, Linda Martin. "The Problem of Speaking for Others." *Who Can Speak?: Authority and Critical Identity*. Eds. Judith Roof & Robyn Wiegman.Urbana: U of Illinois P, 1995. 97–119.

Allen, Paula Gunn. "Who Is Your Mother? —Red Roots of White Feminism." *Feminist Communication Theory: Selections in Context*. Eds. Lana F. Rakow&Laura A. Vackwitz. Thousand Oaks, CA: Sage, 2004. 29–37.

Almond, Barbara. *The Monster Within: The Hidden Side of Motherhood.* Berkeley: U of California P, 2010.

Arcana, Judith. *Our Mother's Daughters*. Berkeley: Shameless Hussy Press, 1979.

Aristotle. "De Memoria et Reminiscentia: Text and Translation." *Aristotle on Memory and Recollection: Text, Translation, Interpretation, and Reception in Western Scholasticism*. David Bloch. Leiden, The Netherlands: Koninklijke Brill, 2007. 23–51.

Arnold, Jobb. "Feeling the Fires of Climate Change Land Affect in Canada's Tar Sands." *Affective Ecocriticsm: Emotion, Embodiment, Environment*. Eds. Kyle Bladow & Jennifer Ladino. Lincoln: U of Nebraska P, 2018.

Badinter, Elisabeth. *Mother Love — Myth and Reality*. New York: Macmillan Publishing Co., Inc.,1981.

Baraitser, Lisa. "Oi Mother, Keep Ye' Hair On! Impossible Transformations of Maternal Subjectivity." *Studies in Gender and Sexuality* 7.3(2006):217–238.

Becker, Jillian. *Giving Up: The Last Days of Sylvia Plath*. New York: St. Martin's Press, 2003.

Beidler, Peter G. "Louise Erdrich's Lulu Nanapush: A Modern-Day Wife of Bath?" *Studies in American Indian Literatures* 15. 1(Spring, 2003): 92–103.

Bender, Leslie. "From Gender Difference to Feminist Solidarity: Using Carol Gilligan and An Ethic of Care in Law." *Vermont Law Review* 15.1(Summer, 1990):1–48.

Benjamin, Jessica. *The Bonds of Love: Psychoanalysis, Feminism, and the Problem of Dominion*. New York: Pantheon Books, 1988.

Bhabha, Homi K. *The Location of Culture*. London & New York: Routledge, 1994.

Birke, Lynda. *Feminism and the Biological Body*. New Brunswick, New Jersey: Rutgers UP, 1999.

Blake, Thomas. "Affective Aversion, Ethics, and Fiction." *The Palgrave Handbook of Affect Studies and Textual Criticism*. Eds. Wehrs, Donald R. & Thomas Blake. London: Palgrave Macmillan, 2017. 207–234.

Blum, Walter. "Listening to Maya Angelou." *Conversations with Maya Angelou*. Ed. Jeffery M. Elliot. Jackson: UP of Mississippi, 1998.

Bouson, J. Brooks. *Embodied Shame: Uncovering Female Shame in Contemporary Women's Writings*. Albany: State University of New York Press, 2009.

Brain, Tracy. *The Other Sylvia Plath*. Essex: Pearson Education Limited, 2001.

Caesar, Terry Paul. "Slavery and Motherhood in Toni Morrison's Beloved." *Revista de Letras* 34 (1994): 111–120.

Castor, Laura. "Claiming Place in Wor(l)ds: Linda Hogan's Solar Storms." *Melus* 31.2 (2006): 157–180.

Chakravarty, Radha. "Lethal Love and Haunted Houses: The Maternal Problematic in Toni Morrison." *BRAC University Journal* 1. 2 (2004): 13–20.

Chesler, Phyllis. *Mothers on Trial: The Battle for Children and Custody*. 2nd ed. Chicago: Chicago Review Press, 1986.

Chodorow, Nancy. *The Reproduction of Mothering: Psychoanalykksis and the Sociology of Gender*. Berkeley: U of California P, 1978.

Christodoulides, Nephie. *Out of the Cradle Endlessly Rocking: Motherhood in Sylvia Plath's Work*. Amsterdam, New York: Rodopi B.V., 2005.

Cixous, Hélène, Keith Cohen & Paula Cohen, "The Laugh of the Medusa." *Signs* 1. 4 (Summer, 1976): 875–893.

Clarke, Deborah. "Domesticating the Car: Women's Road Trips." *Studies in American Fiction* 32.1 (2004): 101–128.

Clayton, Jay. "Narrative and Theories of Desire." *Critical Inquiry* 16. 1 (Autumn, 1989): 33–53.

Clough, Patricia Ticineto & Jean Halley. *The Affective Turn: Theorizing the Social*. Durham: Duke UP, 2007.

Cohen, Cheryl H. "The Feminist Sexuality Debate: Ethics and Politics." *Hypatia* 1.2, Motherhood and Sexuality (Autumn, 1986): 71–86.

Cole, Eve Browning & Susan Coultrap-Mcquin, eds. *Explorations in Feminist Eth-*

ics. Explorations in Feminist Ethics: Theory and Practice. Bloomington: Indiana UP, 1992.

Collins, Patricia Hill. "Shifting the Center: Race, Class and Feminist Theorizing about Motherhood." *Representations of Motherhood*. Eds. Donna Bassin, Margaret Honey, et al. New Haven and London: Yale UP, 1994. 56–74.

Daly, Brenda O. and Maureen T. Reddy, eds. *Narrating Mothers: Theorizing Maternal Subjectivities*. Knoxville: The U of Tennessee P, 1991.

Davidson, Cathy N. and E. M. Broner, eds. *The Lost Tradition: Mothers and Daughters in Literature*. New York: Frederick Ungar, 1980.

De Beauvoir, Simone. *The Second Sex*. Trans & ed. H.M. Parshley. London: Lowe and Brydone, 1953.

De Spinoza, Bennedict. *A Spinoza Reader: The Ethics and Other works*. Trans. Edwin Curley. Princeton, New Jersey: Princeton UP, 1994.

Deleuze, Gilles. *The Deleuze Reader*. Ed. Constantin V. Boundas. New York: Columbia UP, 1993.

Demetrakopoulos, Stephanie A. "Maternal Bonds as Devourers of Women's Individuation in Toni Morrison's Beloved." *African American Review* 26. 1, Women Writers Issue (Spring, 1992): 51–59.

Derrida, Jacques. *The Ear of the Other: Otobiography, Transference, Translation: Texts and Discussions with Jacques Derrida*. Trans. Peggy Kamuf and Avital Ronell. Ed. Christie MacDonald and Claude Levesque. Lincoln: U of Nebraska P, 1985.

Dijkstra, Sandra. "Simone de Beauvoir and Betty Friedan: The Politics of Omission." *Feminist Studies* 6. 2 (Summer, 1980): 290–303.

Dutta, Satrajit and R. N. Kanungo. *Affect and Memory: A Reformulation*. New York: Pergamon Press, 1975.

Ender, Evelyne. *Architexts of Memory: Literature, Science, and Autobiography*. Ann Arber: The U of Michigan P, 2005.

Erdrich, Louise. *Love Medicine* (New and Enlarged Version). New York: Henry Holt and Company, 1993.

Estes, Clarissa Pinkola. "Introduction: Singing Over the Bones." *Women Who Run with the Wolves*. New York: Ballantine Books, 1992. 3–22.

Everson, Susan Corey. *Bodyself: Women's Bodily Experience in Recent Feminist Theology and Women's Literature*. Diss. University of Minnesota, 1984.

Fanon, Frantz. Black Skin, *White Masks*. Trans. Charles Lam Markmann. London: Pluto Press, 1986.

Ferguson, Ann. "Motherhood and Sexuality: Some Feminist Questions." *Hypa-*

tia 1.2, Motherhood and Sexuality (Autumn, 1986): 3–22.

Ferretter, Luke. *Sylvia Plath's Fiction: A Critical Study*. Edinburgh: Edinburgh UP, 2010.

Firestone, Shulamith. *The Dialectic of Sex: The Case for Feminist Revolution*. New York: Bantam Books, 1970.

Fitzgerald, Stephanie J. *Native Women and Land: Narratives of Dispossession and Resurgence*. Albuquerque: U Of New Mexico P, 2015.

Fitzpatrick, Bethany. "My Body, My People, My Land: Healing the Bonds That Are Broken in Linda Hogan's Solar Storms." *New Directions in Ecofeminist Literary Criticism*. Ed. Andrea Campbell. Newcastle, UK: Cambridge Scholars Publishing, 2008.

Flatley, Jonathan. *Affective Mapping: Melancholia and The Politics of Modernism*. Cambridge, Massachusetts: Harvard UP, 2008.

Freud, Sigmund. *Psychopathology of Everyday Life*. Trans. A.A.Drill. New York: The Macmillan Company, 1914.

Friday, Nancy. *My Mother/My Self: The Daughter's Search for Identity*. New York: Delacorte Press, 1977.

Ghasemi, Parvin and Rasool Hajizadeh. "Demystifying the Myth of Motherhood: Toni Morrison's Revision of African-American Mother Stereotypes." *International Journal of Social Science and Humanity* 2. 6(November, 2012): 477–479.

Gill, Jo. *The Cambridge Introduction to Sylvia Plath*. New York: Cambridge UP, 2008.

Gilligan, Carol. *In a Different Voice: Psychological Theory and Women's Development*. Cambridge: Harvard UP, 1982.

Gordon, Mary. *Men and Angels*. New York: Random House, 1985.

Gordon, Mary. *Conversations with Mary Gordon*. Ed. Alma Bennett. Jackson: UP of Mississippi, 2002.

Grantham, Shelby. "Intimate Collaboration or 'A Novel Partnership'." *Conversations with Louise Erdrich and Michael Dorris*. Eds. Allan Chavkin and Nancy Feyl Chavkin. Jackson: UP of Mississippi, 1994. 10–18.

Grasso, Linda M. *The Artistry of Anger: Black and White Women's Literature in America*, 1820–1860. Chapel Hill: The U of North Carolina P, 2002.

Gregg, Melissa and Gregory J. Seigworth. Eds. *The Affect Theory Reader*. Durham: Duke UP, 2010.

Seigworth, Gregory J. and Melissa Gregg. "An Inventory Of Shimmers." *The Affect Theory Reader*. Durham: Duke UP, 2010. 1–25.

Grewe-Volpp, Christa. "The Ecological Indian vs. the Spiritually Corrupt White Man: The Function of Ethnocentric Notions in Linda Hogan's 'Solar Storms'." *Amerikastudien / American Studies* 47. 2, Global Fictions (2002): 269–283.

Grosz, Elizabeth. *Volatile Bodies: Toward a Corporeal Feminism*. Bloomington: Indiana UP, 1994.

Gustafson, Diana L. "The Social Construction of Maternal Absence." *Unbecoming Mothers: the Social Production of Maternal Absence*. Binghamton: The Haworth Clinical Practice Press, 2005. 23–50.

Hammer, Signe. *Daughters and Mothers: Mothers and Daughters*. New York: Signet Books, 1976.

Hansen, Elaine Tuttle. *Mother without Child: Contemporary Fiction and the Crisis of Motherhood*. Berkeley: U of California P, 1997.

Hardt, Michael. "Foreword: What Affects Are Good For." *The Affective Turn: Theorizing the Social*. Eds. Patricia Ticineto Clough & Jean Halley. Durham: Duke UP, 2007. Ⅸ–ⅩⅢ.

Harris, Trudier. "Of Mother Love and Demons." *Callaloo* 35 (Spring, 1988): 387–389.

Harrison, Summer. "'We Need New Stories': Trauma, Storytelling, and the Mapping of Environmental Injustice in Linda Hogan's Solar Storms and Standing Rock." *American Indian Quarterly* 43.1(2019): 1–35.

Hays, Sharon. *The Cultural Contradictions of Motherhood*. New Haven: Yale UP, 1996.

Held, Virginia. "Feminist Transformations of Moral Theory." *Feminist Ethics*. Ed. Moira Gatens. Aldershot: Dartmouth Publishing Company Limited, 1998.

Hescher, Achim. "Remembering Lulu and Albertine: Intertextual Constellations in Louise Erdrich's 'Love Medicine'." *American Studies* 43.2 (1998):301–312.

Heung, Marina. "Daughter-Text/Mother-Text: Matrilineage in Amy Tan's Joy Luck Club." *Feminist Studies* 19. 3 (1993): 597–613.

Hirsch, Marianne. *The Mother/Daughter Plot: Narrative, Psychoanalysis, Feminism*. Bloomington: Indiana UP, 1989.

Hirsch, Marianne. "Mothers and Daughters." *Signs* 7.1(Autumn, 1981):200–222.

Hogan, Linda. "Preface." *Dwellings: A Spiritual History of the Living World*. New York: Touchstone, 1996.

Hogan, Linda. "Dwellings." *American Earth: Environmental Writing Since Thoreau*. Ed. Bill McKibben. New York: The Library of America, 2008. 809–814.

Hogan, Linda. *Solar Storms*. New York: Simon & Schuster Inc., 1995.

Houser, Heather. *Ecosickness in Contemporary U.S. Fiction: Environment and Affect*. New York: Columbia UP, 2014.

Huffer, Lynne. *Maternal Pasts, Feminist Futures*. Stanford: Stanford UP, 1998.

Irigaray, Luce. "The Bodily Encounter with the Mother." *The Irigaray Reader*. Ed. Margaret Whitford. Trans. David Macey. Cambridge, Mass: Blackwell, 1991. 34–46.

Huffer, Lynne. *An Ethics of Sexual Difference*. Trans. Carolyn Burke and Gillian C. Gill. Ithaca, N.Y.: Cornell UP, 1993.

Huffer, Lynne. *The Way of Love*. Trans. Heidi Bostic & Stephen Pluhacek. New York: Continuum, 2002.

Huffer, Lynne. " I Love to You." *I Love to You: Sketch for a Felicity Within History*. Trans. Alison Martin. New York: Routledge, 1996. 109–113.

Jacobs, Amber. On Matricide: *Myth, Psychoanalysis, and the Law of the Mother*. New York: Columbia UP, 2007.

James, William. "What is an Emotion?" *Mind* 9. 34 (1884): 188–205.

Joannou, Maroula. *Contemporary Women's Writing: From "The Golden Notebook" to "The Color Purple"*. Manchester: Manchester UP, 2000.

Jones, Malcolm. "Life, Art Are One for Prize Novelist." *Conversations with Louise Erdrich and Michael Dorris*. Eds. Allan Chavkin and Nancy Feyl Chavkin. Jackson: UP of Mississippi, 1994.

Juhasz, Suzanne. "Mother-Writing and the Narrative of Maternal Subjectivity." *Studies in Gender and Sexuality* 4.4. (2003): 395–425.

Kao, Wan-Chuan. "The Body in Wonder: Affective Suspension and Medieval Queer Futurity." *Affect Theory and Literary Critical Practice*. Ed. Stephen Ahern. Cham, Switzerland: Palgrave Macmillan, 2019.

Kaplan, E. Ann. *Motherhood and Representation: The Mother in Popular Culture and Melodrama*. London: Routledge, 1992.

Kaplan, E. Ann. "Sex, Work and Motherhood: The Impossible Triangle." *The Journal of Sex Research* 27. 3, Feminist Perspectives on Sexuality (Aug., 1990): 409–425.

Kincaid, Jamaica. *The Autobiography of My Mother*. New York: Plume Books, 1996.

Kincaid, Jamaica. "Biography of a Dress." *Grand Street* (1992)43: 92–100.

Kingsolver, Barbara. *The Bean Trees*. New York: Harper & Row, Publishers, 1988.

Kingsolver, Barbara. "Small Wonder." *American Earth: Environmental Writing Since Thoreau*. Ed. Bill McKibben. New York: The Library of America, 2008. 939–947.

Kingston, Maxine Hong. *The Woman Warrior*. New York: Vintage, 1989.

Kingston, Maxine Hong. *I Love a Broad Margin to My Life*. New York: Vintage, 2012.

Kinnick, B. Jo. "Women's Wilderness." *The English Journal* 67.5 (May, 1978):54.

Koehn, Daryl. *Rethinking Feminist Ethics*. New York: Routledge, 1998.

Kristeva, Julia. *Powers of Horror*. Trans. Leon S. Roudiez. New York: Columbia UP, 1982.

Kristeva, Julia. *Black Sun*. Trans. Leon S. Roudiez. New York: Columbia UP, 1989.

Kristeva, Julia. *Revolution in Poetic Language*. Trans. Margaret Waller. New York: Columbia UP, 1984.

Kristeva, Julia. "Women's Time." Trans. Alice Jardine & Harry Blake. *Signs* 7. 1 (Autumn, 1981): 13–35.

Kuebrich, David. "Apropos of a Modern Faith: Feminism, Class, and Motherhood in Mary Gordon's 'Men and Angels'." *Christianity and Literature* 46, 3–4 (1997): 293–316.

Laine, Tarja. *Shame and Desire: Emotion, Intersubjectivity, Cinema*. Brussels, Belgium: RLE. Peter Lang, 2007.

Lanser, Susan Sniader. "Beyond The Bell Jar: Women Students of the 1970s." *The Radical Teacher* 6, Special Issue on Women's Studies in the 70s: Moving Forward (December, 1977): 41–44.

Little, Margaret Olivia. "Seeing and Caring: The Role of Affect in Feminist Moral Epistemology." *Hypatia* 10. 3 (Summer, 1995) :117–137.

Lorde, Audre. "The Uses of Anger." *Women's Studies Quarterly* 25.1/2, Looking Back, Moving Forward: 25 Years of Women's Studies History (Spring – Summer, 1997):278–285.

Marneffe, Daphne de. *Maternal Desire: On Children, Love, and the Inner Life*. New York: Little, Brown and Company, 2004.

Massumi, Brian. "The Autonomy of Affect." *Cultural Critique* 31. The Politics of Systems and Environments, Part Ⅱ Autumn, 1995: 83–109.

Matos, Nicole C. " 'The Difference between the Two Bundles': Body and Cloth in the Works of Jamaica Kincaid." *Callaloo* 25. 3 (Summer, 2002): 844–856.

Miller, Kelley Gillespie. *Dorothy Allison's "Bastard Out of Carolina" and "Cavedweller": New Representations of Female Development in Light of Mother/Daughter Relationships and Cultural Ideals*. Thesis. Wake Forest University, 2005.

Miller, Melody L., Phyllis Moen and Donna Dempster-McClain. "Motherhood, Multiple Roles, and Maternal Well-Being: Women of the 1950s." *Gender and Society* 5. 4 (Dec. 1991): 565–582.

Miller, Sue. *The Good Mother*. New York: Harper & Row, 1986.

Mohanty, Satya P. "The Epistemic Status of Cultural Identity: On Beloved and the Postcolonial Condition." *Cultural Critique* 24 (Spring, 1993): 41–80.

Morante, Linda. "From Silence to Song: The Triumph of Maxine Hong Kingston." *Frontiers: A Journal of Women Studies* 9. 2 (1987): 78–82.

Morris, Kathryn E. "Jamaica Kincaid's Voracious Bodies: Engendering a Carib (bean) Woman." *Callaloo* 25. 3 (Summer, 2002): 954–968.

Morrison, Toni. *Beloved*. London: Vintage, 1997.

Morrison, Toni. *Jazz*. New York: Alfred A. Knopf, 1992.

Mylan, Sheryl A. "The Mother as Other." *Women of Color: Mother-Daughter Relationships in 20th-Century Literature*. Ed. Elizabeth Brown-Guillory. Austin: U of Texas P, 1996.

Nathanson, Donald L. "Prologue." *Affect Imagery Consciousness: The Complete Edition.* Silvan S. Tomkins. New York: Springer Publishing Company, LLC. 2008. XI–XXVI.

Naylor, Gloria. "A Conversation: Gloria Naylor and Toni Morrison." *In Conversations with Toni Morrison.* Ed. Danille Taylor-Guthrie. Jackson: UP of Mississippi, 1994.

Nice, Vivien E. *Mothers and Daughters: The Distortion of a Relationship*. New York: St. Martin's Press, 1992.

O'Reilly, Andrea. " 'I Envision a Future in Which Maternal Thinkers Are Respected and Self-Respecting' : The Legacy of Sara Ruddick's 'Maternal Thinking'." *Women's Studies* Quarterly 37. 3/4, Mother (Fall-Winter, 2009): 295–298.

O'Reilly, Andrea. *Toni Morrison and Motherhood: A Politics of the Heart*. Albany: State U of New York P, 2004. ed. Feminist Mothering. Albany: State U of New York P, 2008.

Olmsted, Kathryn. "Blond Queens, Red Spiders, and Neurotic Old Maids: Gender and Espionage in the Early Cold War." *Intelligence and National Security* 19 (Spring, 2004) :78–91.

Parrott, Jill M. "Power and Discourse: Silence as Rhetorical Choice in Maxine Hong Kingston's *The Woman Warrior.*" *Rhetorica: A Journal of the History of Rhetoric* 30. 4 (Autumn, 2012): 375–391.

Pearlman, Mickey, ed. *Mother Puzzles: Daughters and Mothers in Contemporary American Literature*. Westport: Greenwood Press, 1989.

Perloff, Marjorie G. " 'A Ritual for Being Born Twice' : Sylvia Plath's The Bell Jar." *Contemporary Literature* 13. 4 (Autumn, 1972): 507–522.

Plath, Sylvia. *The Bell Jar*. New York: Harper & Row, 1972.

Plath, Sylvia. *Letters Home*. Ed. Aurelia Schober Plath. London: Faber and Faber Limited, 1976.

Plath, Sylvia. *The Unabridged Journals of Sylvia Plath*. Ed. Karen V. Kukil. New York: Vintage Books, 2000.

Probyn, Elspeth. "This Body Which Is Not One: Speaking an Embodied Self." *Hypatia* 6. 3, Feminism and the Body (Autumn, 1991): 111–124.

Rainwater, Catherine. "Reading between Worlds: Narrativity in the Fiction of Louise Erdrich." *American Literature* 62.3 (Sep., 1990): 405–422.

Renshaw, Sal. *The Subject of Love: Helene Cixous and the Feminine Divine*. Manchester: Manchester UP, 2009.

Rich, Adrienne. *Of Woman Born: Motherhood as Experience and Institution* (Tenth Anniversary Edition). New York: Norton, 1986.

Rich, Adrienne. "Compulsory Heterosexuality and Lesbian Existence." *Signs* 5. 4 (Summer 1980), Women: Sex and Sexuality (Summer, 1980): 631–660.

Robertson, Nan. "To Sylvia Plath's Mother, New Play Contains 'Words of Love'", *New York Times* 9 Oct. 1979.

Robinson, Bradley and Mel Kutner. "Spinoza and the Affective Turn: A Return to the Philosophical Origins of Affect." *Qualitative Inquiry* 25. 2(2019): 111–117.

Rosenfelt, Deborah and Judith Stacey. "Second Thoughts on the Second Wave." *Feminist Review* 27 (Autumn, 1987): 77–95.

Ross, Ellen. "New Thoughts on 'the Oldest Vocation': Mothers and Motherhood in Recent Feminist Scholarship." *Signs* 20. 2 (Winter, 1995): 397–413.

Rowland, Robyn and Renate Klein. "Radical Feminism: History, Politics, Action." in *Radically Speaking: Feminism Reclaimed*. Eds. Diane Bell & Rnate Klein. North Melbourne: Spinifex Press, 1996. 9–36.

Ruddick, Sara. "Maternal Thinking." *Feminist Studies* 6. 2 (Summer, 1980): 342–367.

Ruddick, Sara. *Maternal Thinking: Toward a Politics of Peace*. Boston : Beacon Press, 1989.

Said, Edward W. *Orientalism*. New York: Pantheon, 1978.

Schapiro, Barbara. "The Bonds of Love and the Boundaries of Self in Toni Morrison's 'Beloved'." *Contemporary Literature* 32. 2(Summer, 1991): 194–210.

Schoeffel, Melissa. *What the Mother Teaches, What the Mother Learns: Representing Motherhood in Novels by Barbara Kingsolver, Louise Erdrich, Ruth Ozeki, and Ana Castillo*. Diss. The University of Wisconsin-Milwaukee, 2005.

Schoeffel, Melissa. *Maternal Conditions: Reading Kingsolver, Castillo, Erdrich, and Ozeki*. New York: Peter Lang, 2008.

Schweitzer, Ivy. "Maternal Discourse and the Romance of Self-Possession in Kate Chopin's The Awakening." *Boundary* 2 17.1, New Americanists: Revisionist Interventions into the Canon (Spring, 1990): 158–186.

Sharma, Devika and Frederik Tygstrup. Eds. *Structures of Feeling: Affectivity and the Study of Culture*. Berlin: Walter de Gruyter, 2015.

Shu, Yuan. "Cultural Politics and Chinese-American Female Subjectivity: Rethinking Kingston's Woman Warrior." *MELUS* 26. 2, Identities (Summer, 2001): 199–223.

Sigouin, Kim. "Things Were in People, People Were in Things." *Affective Materialities: Reorienting the Body in Modernist Literature*. Eds. Kara Watts, Molly Volanth Hall & Robin Hackett. Gainesville, FL: UP of Florida, 2019.

Simon, Louis. "Triumph of Ambivalence: Jamaica Kincaid's The Autobiography of My Mother." *The Journal of Caribbean Literatures* 4.1 (Fall, 2005): 31–37.

Smith, Jeanne. "Transpersonal Selfhood: the Boundaries of Identity in Louise Erdrich's Love Medicine." *Studies in American Indian Literatures*, Series 2, 3. 4 (Winter, 1991): 13–26.

Smith, Sidonie and Julia Watson. *Reading Autobiography*. Minneapolis: U of Minnesota P, 2001.

Snitow, Ann. "Feminism and Motherhood: An American Reading." *Feminist Review* 40 (Spring, 1992): 32–51.

Snodgrass, Mary Ellen. *Barbara Kingsolver: A Literary Companion*. Jefferson: McFarland, 2004.

Sokoloff, Janice M. "Intimations of Matriarchal Age: Notes on the Mythical Eva in Toni Morrison's Sula." *Journal of Black Studies* 16. 4 (June, 1986): 429–434.

Spivak, Gayatri Chakravorty. "Can the Subaltern Speak? ." *Marxism and the Interpretation of Culture*. Eds. Cary Nelson and Lawrence Grossberg. Basingstoke: Macmillan, 1988.

Stein, Rachel and Linda Hogan. "An Ecology of Mind: A Conversation with Linda Hogan." *Interdisciplinary Studies in Literature and Environment* 6.1(1999): 113–118.

Stewart, Kathleen. "Afterword: Worldling Refrains." *The Affect Theory Reader*. Durham: Duke UP, 2010. 339–353.

Stone, Alison. *Feminism, Psychoanalysis, and Maternal Subjectivity*. New York: Routledge, 2012.

Stone, Alison. "Against Matricide: Rethinking Subjectivity and the Maternal Body." *Hypatia* 27.1 (Winter, 2012): 118–138.

Massumi, Brian. "What a body can do" Interview by Arno Boehler. *In The Politics of Affect*. Malden, MA: Polity Press, 2015.

Struth, Christiane. " 'Affects as Stabilizers of Memory'? : The Literary Representation of Emotion, Affect, and Feeling in Self-Reflexive Autobiographie." *Structures of Feeling: Affectivity and the Study of Culture*. Eds. Devika Sharma and Frederik Tygstrup. Berlin: Walter de Gruyter, 2015. 124–131.

Suleiman, Susan Rubin. "On Maternal Splitting: A Propos of Mary Gordon's Men and Angels." *Signs*14. 1 (Autumn, 1988): 25–41.

Tan, Amy. *Where the Past Begins*. New York: Harper Colins, 2017.

Tan, Amy. *The Opposite of Fate*. New York: G . P . Putnam ' s Sons, 2003.

Showalter, Elaine. "Feminist Criticism in the Wilderness." *Critical Inquiry* 8.2, Writing and Sexual Difference (Winter, 1981): 179–205.

Tomkins, Silvans. *Affect Imagery Consciousness: The Complete Edition*. New York: Springer Publishing Company, 2008.

Trezise, Bryoni. *Performing Feeling in Cultures of Memory*. New York: Palgrave Macmillan, 2014.

Tsosie, Rebecca. "Changing Women: The Cross-Currents of American Indian Feminine Identity." *American Indian Culture and Research Journal* 12.1 (1988): 1–37.

Vandenberg-Daves, Jodi. Modern Motherhood: *An American History*. New Brunswick, NJ: Rutgers UP, 2014.

Virno, Paulo. *A Grammar of the Multitude: For an Analysis of Contemporary Forms of Life*. Trans. Isabella Bertoletti, James Cascaito & Andrea Casson. South Pasadina, CA: Semiotext(e), 2004.

Voorhees, Sara. "Review of 'My Mother/My Self: The Daughter's Search for Identity' " by Nancy Friday. *Frontiers: A Journal of Women Studies* 3. 2, Mothers and Daughters (Summer, 1978): 75–77.

Wagner-Martin, Linda. *The Bell Jar: A Novel of the Fifties*. New York: Twayne, 1992.

Walters, Suzanna Danuta. *Lives Together/Worlds Apart: Mothers and Daughters in Popular Culture*. Berkeley: U of California P, 1992.

Wegar, Katarina. " Adoption, Family Ideology, and Social Stigma: Bias in Community Attitudes, Adoption Research, and Practice." *Family Relations* 49. 4 (2000): 363–370.

Wehrs, Donald R. and Thomas Blake, eds. *The Palgrave Handbook of Affect Studies and Textual Criticism.* London: Palgrave Macmillan, 2017.

West, Elizabeth J. "In the Beginning There Was Death: Spiritual Desolation and the Search for Self in Jamaica Kincaid's 'Autobiography of My Mother'." South Central Review 20.2/4 (Summer-Winter, 2003):2–23.

West, Marcus. Feeling, *Being, and the Sense of Self: A New Perspective on Identity, Affect, and Narcissistic Disorders*. London: Karnac, 2007.

Wieland, Christina. *The Undead Mother: Psychoanalytic Explorations of Masculinity, Femininity, and Matricide*. London: Karnac, 2002.

Wyatt, Jean. "Giving Body to the Word: The Maternal Symbolic in Toni Morrison's Beloved." *African American Review* 31. 2 (Summer, 1997): 235–247.

Yates, Gayle Graham. *What Women Want: The Ideas of the Movement*. Boston: Harvard UP, 1975.

Yngvesson, Barbara. "Negotiating Motherhood: Identity and Difference in 'Open' Adoptions." *Law & Society Review* 31. 1 (1997): 31–80.

Zahniser, Howard. "The Wilderness Act of 1964." *American Earth: Environmental Writing Since Thoreau*. Ed. Bill McKibben. New York: The Library of America, 2008. 392–394.

Zucker, Rachel. "The Poetics of Wrongness, an Unapologia." *The American Poetry Review* 48. 3 (May, 2019):7–14.

Zucker, Rachel. *Eating in the Underground.* Middletown, Connecticut: Wesleyan UP, 2003.

Zucker, Rachel. *The Bad Wife Handbook.* Middletown, Connecticut: Wesleyan UP, 2007.

Zucker, Rachel. *Mothers*. Denver, Colorado: Counterpath, 2014.

〔法〕波伏娃:《第二性》,陶铁柱译,中国书籍出版社,1998年。

曹霞:《母爱与黑人女性的成长——解读〈秀拉〉中的黑人母亲形象》,《语文学刊》2011年第1期。

陈爱敏:《流散者的困惑——美国华裔女性文学中的母亲形象解读》,《外语与外语教学》2006年第12期。

陈爱敏:《论谭恩美新作〈接骨师的女儿〉中的母女关系》,《南京师大学报》(社会科学版)2003年第3期。

程爱民:《论谭恩美小说中的母亲形象及母女关系的文化内涵》,《南京师大学报》(社会科学版)2001年第4期。

〔美〕厄德里奇:《爱药》,张廷佺译,译林出版社,2008年。

〔奥〕弗洛伊德:《弗洛伊德文集》(第四卷),长春出版社,2004年。

〔法〕福柯:《疯癫与文明:理性时代的疯癫史》,刘北成、杨远婴译,生活·读书·新知三联书店,2003年。

〔法〕福柯:《规训与惩罚:监狱的诞生》,刘北成、杨远婴译,生活·读书·新知三联书店,1999年。

高合顺:《中美文化的冲突与融合——对〈喜福会〉中的母女关系的文化解读》,《山东社会科学》2009年第8期。

〔德〕海德格尔:《尼采》(上),孙周兴译,商务印书馆,2018年。

〔德〕海德格尔:《存在与时间》,陈嘉映、王庆节译,生活·读书·新知三联书店,2014年。

〔美〕吉利根:《不同的声音:心理学理论与妇女发展》,肖巍译,中央编译出版社,1999年。

〔美〕杰梅卡:《我母亲的自传》,路文彬译,南海出版公司,2012年。

李芳:《母亲的主体性——〈秀拉〉的女性主义伦理思想》,《外国文学》2013年第3期。

李芳:《〈宠儿〉中的母性伦理思想》,《外国文学》2018年第1期。

李芳:《母爱的伦理限度——〈男人与天使〉中的母性观》,《北京第二外国语学院学报》2017年第5期。

〔美〕马尔库塞:《爱欲与文明:对弗洛伊德思想的哲学探讨》,黄勇、薛民译,上海译文出版社,2008年。

〔美〕莫里森:《宠儿》,潘岳、雷格译,中国文学出版社,1996年。

〔美〕莫里森:《爵士乐》,潘岳、雷格译,南海出版社,2013年。

毛艳华:《流动的母性——莫里森《慈悲》对母亲身份的反思》,《国外文学》2018年第2期。

蒲若茜、饶芃子:《华裔美国女性的母性谱系追寻与身份建构悖论》,《外国文学评论》2006第4期。

〔美〕普拉斯:《钟形罩》,杨靖译,译林出版社,2007年。

沈建青:《寻找母亲花园的女作家——几位美国少数民族女作家与“母—女”话题》,《外国文学》1997年第1期。

石平萍:《母女关系与性别种族的政治:美国华裔妇女文学研究》,河南大学出版社,2004年。

〔德〕叔本华:《作为意志和表象的世界》,石冲白译,商务印书馆,2018年。

孙隆基:《美国的弑母文化》,江苏人民出版社,2010年。

〔美〕汤亭亭:《女勇士》,李剑波、陆承毅译,漓江出版社,1998年。

田亚曼:《母爱与成长:托妮·莫里森小说》,中国社会科学出版社,2009年。

王蕾:《托尼·莫里森文学视野中的黑人母性书写》,《妇女研究论丛》2017年第2期。

汪民安、郭晓彦:《生产(第11辑):德勒兹与情动》,江苏人民出版社,2016年。

汪民安:《何谓“情动”?》,《外国文学》2017年第2期。

张丽霞、杨晓莲:《迷失·抗争·引导——解读莫里森笔下的黑人母亲形象》,《外国语文》2014年第5期。

邹丽丹:《母亲形象流变与文化身份建构——后殖民语境中华裔美国族群的主体性回归》,《外语学刊》2014年第5期。

后记

这本书见证了我自己作为母亲的成长，也是我不断认识并理解母亲身份的过程。这一过程充满了困惑与挣扎，伴随着寻找自我的艰辛。即便是在惴惴不安地要将这一孕育了10年之久的“孩子”送到世上时，我还是无法肯定地说我已经彻底明了母亲的内涵，因为，我知道作为母亲我还有很长的路要走。但我能坚信的是，这些女作家书写的母亲使我看到了母亲的无数可能，使我接纳自己的不完美，使我有足够的勇气继续作为母亲也作为自己不断前行。能够有机会做这一通过学术触及自我生命的具有情动力的研究，自然需要感谢许许多多生命中的贵人。

首先，这份感谢属于我的恩师金莉教授。犹记得2006年秋天在重庆召开的美国文学年会上与金老师见面时的情景，当时我怯生生地问金老师自己硕士攻读的是语言学专业，能否改学文学。没想到金老师对我的专业没有任何成见，而是给予我很多温暖的鼓励。后来到北外求学时，我忐忑不安地问老师自己是否可以带着孩子到京学习，没想到老师说：“你要是没带孩子，我还不理解呢！有孩子在身边，没了牵挂，你学习肯定会更踏实。”这句话多年来一直铭刻在我心上，使我深深感动于老师的博大胸怀，也时刻鞭策着自己不断前行。金老师治学极其严谨，对我的博士论文给予了许多指导。选择“母亲”这个话题之初，金老师便不断提醒我，要将自己的母亲角色和所做的研究保持一定的距离。也正是这一提醒，使我的论文得以走出自我局限，在广度上和深度上有所突破。同时，金老师总是精神饱满，充满生活与工作的热情，如同大海中的灯塔时时照耀着我。每当我受挫或懈怠的时候，眼前晃动的都是金老师灿若春光的笑容，于是所有的困难便烟消云散。如今，虽然博士毕业已经多年，但金老师细致入微的关怀总是会跨越时空地温暖着我、激励着我，使我得以不断深化自己的研究，从而与时俱进达到新的高度。因此，很难想象这一路如果没有金老师的指引与帮助，我与这本书会在何处。

这本书源于我的博士论文，因此我也要感谢在博士论文开题和答辩中给予我诸多建议的老师们。感谢郭棲庆教授在我的论文写作中给予的温暖鼓励与细致指导。在开题时，郭老师对我的论文题目及主题定位提出了许多一针见血的问题，使我在一些原本纠结的问题上茅塞顿开。真挚的谢意也要给北外的马海良教授和首师大的李晋教授，马老师以其深厚的理论涵养使我加强了对主体的概念性认识，李晋老师则以其独特的视角使我重新审视了一些主体建构上的逻辑问题。此外，也非常感谢清华大学陈永国教授和社科院的刘雪岚研究员给我提出了许多宝贵意见。

2012—2013年，我在美国马萨诸塞大学阿默斯特分校访学的一年也是我对母性书写获得突破性认识的一年。卡琳（Deborah Carlin）教授作为我的合作导师，向我介绍了许多有关母亲的文本，并在身体状况极差的情况下定期和我讨论这些文本。她对学问的执着、对生活的激情给予我许多力量。她的美国小说课也拓宽了我对当代美国女性小说家的了解，使我在作家作品的选择上多了一些参考。如今，卡琳教授已经不幸离开了人世，但对她的记忆永远珍藏在我的心底。我要感谢姗琪兹–埃普勒（Karen Sánchez-Eppler）教授，她使我有幸在艾米莉·狄金森的故居中上了一学期的"狄金森诗歌欣赏"课。虽然狄金森的诗歌与我的这项研究并无关联，但她使我对狄金森这位自称"没有母亲"的女性产生了兴趣，得以对女性与母亲之间的关系从历史的角度予以考察。我还要感谢史密斯学院图书馆的凯仁·库克尔（Karen V.Kukil）教授，她使我有机会亲手翻开普拉斯60多年前的手稿，在发黄的纸页中探寻作家笔尖下透露的对自我存在的挣扎。我当时的美国房东佩莉（Perry），作为一位女性主义者，一个经历了美国两次女性主义运动浪潮的单亲母亲，也从美国的现实角度给了我很多启示。她常和我一起阅读文本，帮我解答其中的疑难问题，并带我结识了一群现实生活中的美国母亲，使我在解读文本的时候，时时提醒自己把握美国的文化现实。

感谢国家留学基金委和中美富布赖特项目的资助，使我得以于2019—2020年在美国加州大学洛杉矶分校（UCLA）作为富布赖特访问学者潜心于自己的研究。感谢UCLA的合作导师张敬珏（King-Kok Cheung）教授让我参与到她的课堂中，能接触到更多华裔女性作家的作品，从而拓展了自己的思维。感谢UCLA的卡伦·罗（Karen Rowe）教授，让我可以旁听她的女性文学与诗歌课程，从而增进了我对更多族裔群体女性书写的认识。感谢富布赖特项目协调员安·科尔（Ann Kerr），与她的访谈使我对成长于美国20世纪五六十年代的母亲如何走出"无名的烦恼"有了更为现实的了解。

我也非常庆幸自己在西南大学工作的近20年里得到了学院历任领导对我的学习与工作的大力支持与关心，使我得以在科研的道路上不断前行。尤其难忘的是我独自带着孩子在北外求学时，向雪琴书记和文旭院长以其开阔的胸襟和温暖的关怀使我不用为生计担忧，可以安心在北京读博。此外，我也感谢罗益民教授，他鼓励我作为他的博士后在博士毕业后继续研究，使我得以在学术的路上获得更多前行的动力，并促使我拓展自己的研究领域。感谢刘立辉教授和晏奎教授在学术上对我的诸多引领和帮助，使我在从语言学向文学转向的路上获得了珍贵的食粮。还要感谢刘玉教授这些年来在申报项目时给予我的无数宝贵支持以及在美国女性文学研究道路上对我的指引。

回首我的母性叙事研究历程，我要感谢师兄周铭以其谦逊而踏实的学习精神给予我的学术启迪，感谢汪涟以其温暖的师姐风范对我进行解惑，感谢霍盛亚在美期间给予我无数关照，感谢挚友唐树华在我面临各种困境时的支持。如果没有他们一路上不断给予的力量，我的学术之路必然有更多崎岖与坎坷。

这一研究选题也受益于肖伟胜教授对于情动理论的介绍，他使我对情动理论产生了兴趣，并慷慨地给予了我大量相关文献。我也非常感谢国家社科基金后期资助项目的资助以及匿名评审专家的意见，感谢西南大学社科处吕刚武老师在申报后期项目时给予我的建议，感谢西南大学出版社编辑李浩强老师和李晓瑞老师的细心审阅。

我也感谢我的家人。母亲虽然不善言辞，但她的爱使我深深懂得母亲的力量；父亲在我困难时为我承担了照料孩子的重任；姐姐也时刻关心着我并成为我的巨大精神支撑。我也感谢丈夫何正红，这些年分担了很多照顾孩子的事情，使我有更多时间投入到专著撰写中。最后我要感谢我的女儿河意，正是因为她给了我母亲的身份，才使我开始对母亲进行思考，才有了这部专著的开端。虽然我没有将母亲所有的光芒都照在孩子身上，但欣慰的是孩子所需的营养并非来自我一人，这世界无时无刻不以其特有的方式呵护着孩子的成长。因此，我们得以在保全彼此的基础上共同成长着。

专著的撰写虽然不乏痛苦与艰辛，但庆幸的是自己总能得到无数宝贵的帮助。同时，由于笔者学力有限，书中难免有不足之处，对此笔者当负所有文责，也恳请并感谢学界各位学者不吝指正，使之更趋完善。

李芳

2022年10月于北碚